世图传媒

影像的力量

YINGXIANG DE LILIANG

戴剑平◎著

本书出版得到广东省特色重点学科“广播电视艺术学”和厦门理工学院的资助

中国出版集团
世界图书出版公司
广州·上海·西安·北京

图书在版编目（CIP）数据

影像的力量 / 戴剑平著. --广州 : 世界图书出版广东有限公司，2025.1重印

ISBN 978-7-5192-0403-7

Ⅰ. ①影… Ⅱ. ①戴… Ⅲ. ①文艺评论-中国-当代-文集 Ⅳ. ①I206.7-53

中国版本图书馆 CIP 数据核字(2015)第 253632 号

影像的力量

策划编辑 杨力军
责任编辑 钟加萍
封面设计 高艳秋
投稿邮箱 stxscb@163.com
出版发行 世界图书出版广东有限公司
地　　址 广州市新港西路大江冲25号
电　　话 020-84459702
印　　刷 悦读天下（山东）印务有限公司
规　　格 787mm×1092mm　1/16
印　　张 19.25
字　　数 380 千
版　　次 2015 年 8 月第 1 版　　2025 年 1 月第 2 次印刷
ISBN 978-7-5192-0403-7/G·2003
定　　价 88.00 元

目 录

第四编　电影研究

第五编　电视剧研究

序

纪德君

我与剑平兄是同乡,最初只有一面之交。十年前,他作为优秀人才引进到广州大学,我们在学校开会碰面时听到彼此的乡音,会情不自禁地相视一笑,虽未及深谈,却颇有一种相逢如故的亲切感。后来,我到新闻与传播学院任职,才与他有较深的交往。

剑平兄的人生阅历丰富,早年教过中文,研究戏剧、美学和现当代文学,当过高校学报主编,后来转而从事影视艺术与文化传播研究。三十多年来,孜孜矻矻,笔耕不辍,成果颇丰,卓有建树。例如,他在 20 世纪 80 年代提出的"'动作一律'可以突破"、"动态的'自然美'"观念、"整合影视美学的互动机制",以及"电影的民族化与时代精神的融合"等,都曾在学术界产生良好的反响,至今仍为不少学者所征引;特别是他提出的"影像思维论",对影视艺术研究以及学科建设,兼有"观念性"和"体系性"的双重价值,由此延伸、生发的关于"影像本体"的论述和"直捷性"概念的提出,以及将"情绪波动率"等引入"影视鉴赏系统"等,在国内都属于较早出现的、有代表性的真知灼见。

近年来,他又将学术兴趣放在了网络传播、粤港电视剧的比较研究等方面,先后主持了国家社科基金艺术类项目《香港回归以来粤港电视剧的比较研究》、省社科规划项目《粤港青年族群网络使用的传播学研究》、广东省理论粤军项目《广东电影行业发展现状报告》等课题,在《当代电影》《现代传播》《中国广播电视学刊》等重要刊物发表了系列论文。其中《粤港两地电视剧生产体制的比较研究》获得了广东省哲学社会科学优秀成果奖。他的这些成果,带有较明显的前沿性、时代性与地域性特征,故而引起了学界同仁的关注与重视。

此次，他整理、出版的《影像的力量》一书，汇聚了他多年从事影视艺术研究的学术心得与一些创见，其中不乏思想与智慧的闪光。其书名“影像的力量”，也不落俗套，捧读玩味该书，确能从字里行间感受到影视艺术的魅力与影响力。

剑平兄做学问思维敏锐，目光如剑，讲课则激情四射，有时剑气逼人，而为人又很随和平易，故而其名“剑平”，真可谓名副其实！这些年来，广州大学新闻与传播学院先后获得“新闻与传播学”一级学科硕士点、“戏剧与影视学”一级学科硕士点，还有广东省特色重点学科“广播电视艺术学”等。剑平兄作为主要带头人之一，可以说立下了汗马功劳。如今他快到退休年龄了，有时忍不住会对我说，他有了一种“船到码头车到站”的懈怠感。不过，看他的语气神态，却仍有一种宝刀未老、雄风犹在的顽强斗志。这倒不仅仅因为他身体好，精力充沛，更主要的是，他对影视传播研究与教学一往情深。套用艾青的两句诗：为何他的眼中饱含热情？因为他对这一块园地爱得深沉！

真诚祝愿剑平兄学术之树常青，不断结出累累的学术硕果！

2015 年 10 月 30 日于赴山城重庆途中

（纪德君，广州大学新闻与传播学院院长、教授、博士）

自 序

笔者从事学术研究的成果主要涉及戏剧、文学、美学、电影和电视剧等领域。回溯历程，不敢断言这就是笔者对于艺术和传播认识的终结，但它毕竟融入了长期以来笔者对艺术与传播特别是影视艺术与传播关注的一份心血、一缕情丝和一份“答卷”。

关于戏剧研究

20 世纪 80 年代初期，在中国的戏剧研究领域，有一些较为突出的话题，诸如戏剧性、多场景、无场次等艺术创新问题以及关于非情节化的问题。《“动作一律”可以突破》，应该是笔者对于此类问题认识的一个起点。有感于当时剧坛上出现的多场景话剧、无场次话剧（以高行健的《绝对信号》为代表）形式的创新，特将论题指向了此类创作——《多场景话剧窥探》和《关于情节化与非情节化的命题》就是笔者参与讨论的成果之一。

在戏剧研究领域中，对中国话剧结构形式演变的分析，可视为笔者在戏剧研究方面的代表性篇章。中国人民大学报刊社的《戏剧研究》曾全文转载该文。其中将“历史与现实的戏剧”熔为一炉的方法，是笔者思考问题的主要方式之一，至今记忆犹新。

关于文学研究

20 世纪 80 年代中期，中国文艺批评的热潮一浪高过一浪。各种流派、思潮均“抢滩占地”，进“驻”理论界，一时间仅“名词轰炸”的总结就可看出当时的理论动向。作为从“旧时代”过来的人，一时也懵懵懂懂，不知所以然。那时，笔者正在北京读研究生课程，每周辗转于北大、北师大、人大、社科院，被那些“眼花缭乱”的具有“轰动效应”的新报告所吸引，当然，也就有了一些自己的思考。其中，对中国现、当代文学更为关注，便成就了《一种道德观念与一种文学模式》的专论并发表在当时全国影响很大的《当代文艺思潮》杂志(1987 年第 1 期)。随后，中国人民大学报刊社的《现当代文学研究》予以全文转载。当时，关于女性文学研究尚未在国内形成规模，偶尔有关国外的女权主义及女性文学的资料性介绍见诸报端，而在笔者的研究中，较早地提出了“中国 20 世纪文学中的女性形象系列”的概念，并且对“一种道德观念与一种文学模式”的历史演进过程有较深入的分析。尽管今天看来，这一篇并非无可指责，但在当时的理论界，也曾产生过一些回应，有关报刊、文摘卡片等均有全文转载或摘录。至今整理成果时，仍怀念这一成果的指导老师、中国社会科学院研究生院博士生导师——著名现代文学研究专家张恩和先生，这位德高望重的老师给笔者的帮助令人难以忘怀。在《郭沫若诗歌美学观述评》《吴荪甫的民族意识》等专题中，论题指向了时代精神、民族意识、区域政治以及宗教、哲学意识等较深层次。如对吴荪甫的形象研究，当时并没多少特别的感觉，三十年后再看此类研究，还是有一番感慨：以“民族意识及其悲剧发展的趋势”来评判当时具有很大争议的人物形象，至今仍有一定的学术价值。

20 世纪 80 年代中期，理论界对批评方法进行了大讨论，各种学说纷纭迭出，有感于此，笔者当时即以“文学批评现状及趋势片谈”为题提出了自己的见解。文中提出了六种文艺批评态势和历史、时代与审美三位一体的批评原则，企图在“文学”与“人学”之间做出链接，其积极意义至今仍可玩味。

关于美学研究

美，历来受到人类的普遍关注。美学，在世界各文化区域，都是重要的研究对象。从亚里士多德的《诗学》开始，无可计数的哲学家、文学家都涉足过这一领域，其著述用“汗牛充栋”来形容，当不为过。同样是在 20 世纪后 20 年里，中国理论界关于美的讨论的确是高潮迭起。受此感染，又应湖南长沙水电师院靳少彤教授之约，为首届“全国自然美讨论会”提交了成果。尔后在上海出版的《高校文科学报文摘》曾对此有介绍。今天看来，“运动中认识自然美”

这一问题仍然是美学研究中的难点之一。

关于美学专题,个人的成果多与艺术美研究相关,多以一种美学观念对艺术对象进行分析。其中,以“电视文化与影像思维”为代表。这一命题至今仍然困绕着中国电影理论界。该课题中首次使用的“直捷性”判断在国内具有一定的影响。

关于电影研究

电影成为研究对象已有较久远的历史,却又是历史最短的艺术研究对象之一。1984 年,当时的国家教委曾下文要求有条件的高校开设电影课。正是在这种背景下,加之笔者的爱好,开始了对电影的一些探讨,以至于后来逐渐成为笔者涉猎最多的领域。1984 年第 9 期的《电影电视艺术研究》在卷首位置刊发了笔者的成果《电影的民族化及其与时代精神的融合》。在尔后的思考中,总感到意犹未尽,于是在另一组课题中,又以《时代精神与历史意识——影视艺术鉴赏的一个侧面》为题,完成了相应的思考,并逐渐形成了具有特色的电影鉴赏体系,主要包括《影像本体及感映的直捷性》《情绪波动率·接受定向·接受心境》等成果。

1987 年,中国电影出版社推出了一套《中国当代电影理论丛书》,意在总结新中国成立以来的电影研究成果之经验,以及为各个时期主要论争热点问题“立此存照”。成果《电影文学、电影艺术及电影的文学性》被收录在名家荟萃的《中国当代电影理论丛书》第二辑《电影的文学性讨论文选》中。此外,当时具有较大影响的《作品与争鸣》杂志对该文的观点也有摘要介绍。近年来国人对电影文学本体研究时,多有提及此文的观点。

受中国电影出版社出版电影理论丛书的启发,有感于对“理论史”研究的缺乏,对新中国成立至 20 世纪 80 年代中期长达 40 年的电影文学研究中的一个侧面——电影文学本体研究的发展轨迹,特以《纵横》篇章论之。

20 世纪 80 至 90 年代之交,笔者对电影的观念有过一些认真的思考,完成了《影像本体及其文化意义——一种电影观念的描述》等研究。至于对黄建新和冯小刚的电影研究的则是对具体导演研究的“个案”和前述理论的一次“实证”。

关于电视剧研究

在重视影像研究之后，经过一段时间的思考，笔者关于电影的探讨大多延及电视。而在实际论述中，常常以电影为主以电视剧为辅，其主要目的是在一定程度上区别作为传播载体的电视与作为艺术的电影。在此前提下，《电视剧的叙事形态》等成为新的研究成果。

20世纪80年代末，受吉林师范学院刘树林教授之邀，笔者北上长春、吉林，参加了《电视文艺丛书》的讨论、拟定等工作，这套书后来由辽宁大学出版社出版。后又受山东大学郑凤兰教授、山西大学崔洪勋教授之邀，参与了《电视剧美学》的撰稿工作。这次的成果，成为笔者对电视文艺批评的思考和总结。长达三万余言的《电视文艺批评》形成了这一分支学科的系统观的证明。由此引发并扩展的成果一直延续到2006年笔者进入广州大学工作之后，主要是关于粤港电视剧比较研究方面的成果。

需要说明的是，本书五大板块的研究成果曾分别刊发在《文艺研究》《当代电影》《现代传播》《中国广播电视学刊》和《新闻界》等重要期刊，其中又有20余篇被中国人民大学书报社《影视艺术研究》《戏剧研究》《文化研究》等全文转载。此次对成果的分类，有进一步研究的意思，立意在于强调学术研究的历史性、系统性和价值观的统一。

常言道：三十年河东，三十年河西。但对于笔者而言，没有转换的只有一个词，那就是“影像”！这是一个被许多人误解为“画面和镜头”替代性的名词，其实际的内涵和外延要丰富得多。三十年来，我踏步于此，笔耕不辍的目的就是要厘清“关于影像及其系统”，且至今仍在探讨之中。不是无解而是太过丰富。故，笔者只能说，影像真的具有无比神奇的力量，祈盼有更多的知音者认同。

时值盛夏，整理此书，感慨良多，唯有一句铭记在心：历史作证，青春无悔。

谨为序。

戴剑平

2015年7月10日草于广州华颖花园

7月12日改于厦门源昌广场

第一编 戏剧研究

“动作一律”可以突破

摘　要：“动作一律”是“三一律”构成的核心。作为了话剧理论的舶来品，“三一律”与中国现代话剧创作关系密切。从曹禺的《日出》开始，经田汉的《丽人行》，老舍的《茶馆》，一直到高行健的《绝对信号》，中国话剧对“三一律”的突破已经形成新的“特色”和景观。对中国话剧而言，其意义是巨大的。

《雷雨》是中国话剧史上的杰作。然而，曹禺先生却声称他“讨厌”它的结构，因为它“太像戏了”——显然，作者所言是指《雷雨》在与易卜生的社会问题剧等一类的情节剧的师承关系上，没能在形式上有所突破。随后，他创作了《日出》，使集中的戏剧出现了“中断”，即第三幕的“插入戏”，作者称其为“色点结构”。无疑，这对于“五四”以来传统的“三一律”式戏剧是一个挑战。

现代话剧创作的实践证明，“三一律” 中时间和地点的一律早已被突破，但人们一直认为“动作一律”是神圣不可侵犯的法规。何谓“动作一律”？亚里士多德认为它是“动作或情节的整一性”；布瓦洛认为它是指戏剧只能叙述一个完整的事件，大意是指戏剧要在单一的意向下发展；李渔“一线到底”舍“旁见侧出之情”的主张也有此意。显然，情节的整一便是“动作一律”，这是一般情节剧的核心理论。但是，中外戏剧发展的历史证明，这不是唯一的。如《日出》在“情节结构”上的“中断”却别有一番意义。又如《丽人行》是田汉 20 世纪 40 年代的代表作品，剧中丽人者有三：刘金妹、梁若英、李新群，三人均有各自的“动作线”，删去哪一个“丽人”的“行动”，另外两条情节线都将依然存在而不至于破坏各自的独立性。刘金妹有刘金妹的遭遇；梁若英有梁若英的不幸；李新群有李新群的抗争。三条线在表象上互不发生横的关系，但却有着内在的统一性，即通过完整的生活画面，反映了中国女性的觉醒，揭示了黑暗旧中国的某些本质的方面。

老舍先生的力作《茶馆》1981年访欧，欧洲评论界赞其为“向欧洲打开了奇异之门”。奇就奇在独特的并非“集中”的情节结构，异就异在这种非传统戏剧式的结构能展示异常深广的社会生活场景。拭目一瞥，《茶馆》出场人物有几十个，没有贯串的中心事件，因而也就没有遵循把冲突推向危机而形成高潮的模式安排情节。它用以取得戏剧效果的不是扣人心弦起伏跌宕的情节、悬念和危机，而是以“生活确实是这样”的笔触来刻画人物，在人物的言行中孕育着与全剧主旨交融的内涵，从而产生了不合于一般“戏剧性”的戏剧效果。

话剧《陈毅市长》的组场形式是冰糖葫芦式的。其实，这与布莱希特的《伽利略传》很相似。《伽》剧用十五场写了伽利略的十五件事，对人物的性格从各个侧面予以表露。《陈》剧的戏也出在“一人”和“多事”上，且“多事”在表象上又不具有必然的联系。如陈毅关心国营商店的营业与动员其岳父回乡有什么关系？由于戏剧的因果律在这里表现的不是事件与事件的必然联系，因而就显现了情节结构的“非整一性”。

从中国现代话剧史的轨迹上看，《日出》的“色点”是新的结构形式的萌芽，但就“色点”而言，它只有一个即一次“中断”，到了《丽人行》，“色点”就成为复数。《陈毅市长》也是这种色点的联缀，而《茶馆》则是面上的戏剧，但它们在“情节结构的中断”意义上却是共同的，都是“动作非一律”的戏剧，只不过表现形式稍有差别。

但是，必须指出的是，“动作非一律”的戏剧仍然有其整体的统一性。斯坦尼斯拉夫斯基和劳逊都认为，戏剧性动作是指戏剧趋向一个预定目的的不断运动，因而，“动作一律”显然有这样的内容：“不断运动”的“戏剧动作”应该与“预定目标”即主题思想是统一的。劳逊甚至认为动作的统一性和主题的统一性是同一种东西。显然，这混淆了动作（情节）与主题在内涵上的不一致性以及它们作为戏剧整体构成的不可分割性。我们强调情节的“一律”和“非一律”，都是指艺术表现形式问题。就内容而言，任何戏剧都是不可分割的。如上所举的例子中，如《丽人行》中三个丽人作为集合形象互有对立、陪衬，却反映出共同的思想底蕴，即在日寇的铁蹄下，中国的女性正在觉醒。全剧三条线索都向这同一方向“运动”，这即是戏剧整体的统一性。

一般说来，情节剧既追求生活内容之“戏”，也追求情节之“戏”。因而，它靠的是由许多偶然来显示必然,这就容易造成"无非是编出来的"感觉——哥哥占有了妹妹,继母跟了儿子,奇则奇矣,然而却有"人为之感"。因此,曹禺对《雷雨》结构的"讨厌"不无理由(并无贬低《雷雨》的意思)。"非一律"的戏剧一般注重横向的表现生活,减少了一些偶然性和假定性的因素,在形式上也减少了"无非是戏"的影响。《茶馆》靠众多人物身上体现出的时代特征,使观众自然而然地进入了时代生活的场景中——观众是这样入"戏"的。显然,这里的戏剧形式更加生活化了,这是当今话剧发展的主要趋向。生活在变化,艺术在发展。话剧当然也会演变,要保持话剧旺盛的生命力,其中一个很重要的因素就是话剧的实体演出要具有生活真实感。因为一味地追求离奇的情节,则必然拉大戏剧与观众的距离,所以,话剧追求情节的生活原型化,这是话剧达到生活化的一条重要途径。《绝对信号》则是这方面的一个新尝试。以宏观视之,"无场次"似乎是该剧的特点,其实在这部戏中,仍然有场景的切割。如黑子、小号、蜜蜂姑娘的幻觉就是利用模拟的"三进隧道"来完成的,实际上,这依然是情节的"中断",所以,它也是"非一律"的戏剧。所以说情节结构"非一律"的理论意义是不可忽视的。

诚然,"动作非一律"的戏剧亦有其难以克服的弱点,如掌握不好,会使有些应该深入一步或更有"戏"的戏剧内容停留在表面,造成肤浅之感。它还有赖于人们在实践中探索、丰富。

列宁说"任何规律都是狭隘的,不完全的,近似的"。因为现象比规律丰富,现象是整体和总体,而"规律=部分"。如果有人又把"动作非一律"当作新的唯一的标尺,那就错了。生活是千姿百态的,为什么话剧艺术形式非要单打一呢?

多场景话剧窥探

摘　要：中国话剧受西方戏剧影响较深。自田汉的《丽人行》问世，到20世纪80年代的今天，多场景话剧的影响日渐鲜明。对比严格遵守“三一律”创作原则的一类话剧，找出两类话剧结构的各自“优势”，是中国话剧研究的重要命题。

时空限制性是舞台艺术形式的“枷锁”，话剧跳着带“枷锁”的舞。多场景话剧是话剧摆脱时空限制“协奏曲”中一个重要乐章。

场景多的戏剧非自今开始。明、清传奇一部就有四五十场之多。在世界戏剧史上，莎士比亚的戏剧就有不少是多场景的，《安东尼与克莉奥佩特拉》竟多达五幕三十八场。到了易卜生戏剧时代，戏剧在组场形式上强调“集中”而排斥“松散”，较为严格的“三一律”式戏剧，被视为“戏剧正统”并逐渐形成一种格局。以易卜生的《玩偶之家》为例，名为三幕戏，实际上，地点“一律”地被安排在一个地方——海尔茂之家。这与莎翁的戏剧形成一个鲜明的对照。从我国戏剧发展史上看，早在抗日战争胜利后，田汉就有标明“二十一场话剧”的《丽人行》问世。近几年，这种场景多的话剧逐渐多起来。因而，多场景话剧的美学价值当是话剧理论中的一个重要课题。

显然，今天的多场景话剧相对于易卜生的“严密”的戏剧是一种突破，而“破”就破在组场形式上。

多场景话剧一般采用象征意义的简单布景，使其达到灵活调度场面的作用。同时，它利用灯光分割画面，使舞台空间分成几个演区，以扩大剧中人的回旋余地。宗福先、贺国甫创作的《血，总是热的》一剧是个好例证。全剧正在演出的内容是异常审查会议，按照一般话剧的“时空一律”，剧中人是不容易想出“审查会场”的。但作者巧妙地利用灯光把“角色”分切在十几个场景中，并以动作化的台词和表演串起了“剧情”；被分切的各个场景显然不是“一律的时间和地点”,这与《雷雨》型的结构形式是迥然不同的。虽然都是把“过去的戏剧”和“正在发生的戏剧”糅合在一起,但手段各异。如果以《日出》型的结构形式相比,我们不难发现奥妙在于多场景话剧的结构形式是“横断面”结构形式的一个发展。发展的证据即是“插入戏”或曰“色点”除了增加了“量”以外,又被切成若干“小色点”。这部戏的第十个场景叙述,是围绕着厂长罗正刚与外商签订合同时各种人不同的反映。舞台分几个演区,剧情在灯光的明暗交替中被推进——左区、右区、中后区三处交替或同时发展剧情,显示了场面调度的灵活性。

多场景话剧中景与景之间的关系,不同于一般话剧中幕与幕之间的关系。它可以是时间的“暂歇”,如刘树纲同志改编的剧本《灵魂与肉体》[①]是按照剧情的正向发展而设置场景的;它可以是画面的“帷幕”,场景与场景之间既可以有联系、又可以没有联系,成为一种跳跃性,如《丽人行》中对三个女性的分别叙述的场景。这种结构是集横向与纵向结构式的特点于一身,显示出旺盛的生命力。比较而言,它与“横断面”结构的戏剧关系较大——剧情在形式中的中断以及“插入戏”的增加,都是佐证。

由多场景话剧的结构形式,不难想到电影的场景构成,稍加类比,便可看出其相似之处来。但相似不等于相同。多场景话剧的结构形式与电影的蒙太奇结构的差别是显而易见的;电影蒙太奇结构可以使前后左右的“场景”,甚至下意识的、幻梦的场景在一瞬间组接起来而不受任何限制。多场景话剧在空间范围上虽然较一般话剧为“广”,但较之于电影却又明显地存在着局限性。这是话剧舞台演出形式的限制所致。虽然在较好的条件下可以有转台,但“顺连”则是多场景话剧目前的一般规律。《灵魂与肉体》的三十多个场景就是这样组接的;《原子与爱情》[②]全剧采用“截断回忆”的方式推进剧情,但场景组接基本上也是“顺流而下”;《丽人行》虽然分头交代三个女性的线索,但剧情的正向发展使它的场景组接也是“顺连”的;《血,总是热的》虽然在一些场景中利用分切光穿插了一些似乎是旁支或倒叙的“剧情”,但从全剧所描写的围绕着罗厂长的几件事来看,场景显然也是正向顺序中组接的。如果是电影,这些戏在结构顺序上就有可能以更灵活的方式表现之,但多场景话剧在目前只好屈“顺”而从之了。

由于多场景话剧的组场形式的变化,其台词也相应有了变化。在这类剧作中,台词的表现形式除了一般话剧对话的特点外,还表现为剧中人的动作替代台词和以画外音的形式出现的两个特点。《灵魂与肉体》的第12景,没有一句台词,通过不同空间画面的叠印和时间的变化,配以剧中人"碧姬"的表演,表现出碧姬等待着情人的焦虑心情。这使台词隐藏在富于动作性的表演中,达到了"无声胜有声"的艺术效果。同一剧的第24景,"却利"神情恍惚地在街道上走着,画外音把他和碧姬初次见面以及定情盟誓的情景再现出来,以表现却利此时此地的复杂心情。场上人没有语言,但人物的内心语言却十分清晰地袒露给观众。

多场景话剧的结构形式相对于一般话剧的结构形式是一个进步,一个发展,但也明显地存在着弱点。由于场景多,跳跃性大,给人以"匆匆而过"的感觉。如《灵魂与肉体》中起"过场戏"作用的一些场景即是如此。这就为观众提出了一个更高的艺术鉴赏要求,因而,也逼着作者在安排这样的场景时必须谨慎从事,否则,可能"曲高"而"和寡"了。再者,多场景话剧的结构特点也决定了它的台词有相当一部分增添了叙述的色彩。《原子与爱情》的幕间戏,是该剧整体结构上不可缺少的一环,但其中的台词却给人一种纯粹叙述的感觉。这个戏的第三幕写的是何梓沅失恋以后如何全身心地扑在工作上,以及十年动乱期间,他是如何坚持工作的。在这一幕之前的幕间戏里,剧中人叶洁珊却把这些内容用语言概括地叙述出来。尽管作为整体的截断回忆式的结构形式,它是不可少的,但作为"戏剧",这似有点多余。多场景话剧台词的直接叙述色彩势必影响到戏剧的演出效果。因为话剧毕竟不仅仅是叙述的艺术。对于"集中"的戏剧来说,这亦应是一个值得三思的课题。

综上分析,不难看出多场景话剧的意义,首先在于它冲破了时空一律的格局。在时间观念上,由于场景的切割,便于交代前后事件,并且在一定程度上许可了时间的跳跃性,因而为时间的伸缩提供了更自由的条件;在地点观念上,由于场景的多边,为戏剧内容的安排设置了更为广阔的"天地"。因而,也相对扩大了舞台演出的范围,这显然对拆除舞台的"镜框式框架"起到了积极的作用。然而,这只是多场景话剧在艺术结构美学上的表象意义。深究其意义之内涵,可以这样看:从戏剧与生活的关系出发,应该承认,戏毕竟是戏,但也必须是生活。在戏剧内容上,戏不可违背生活的逻辑;在戏剧形式上(主要是演出形式,又不仅仅是演出形式),戏也以"渐进性"的形式无限靠近生活。

西方的小剧场以及即兴的没有舞台的演出形式，除了存在着追求感官刺激的因素外，使“戏就在生活中”的作用理应被视为有意义的和可取的。因为在形式美学上，就戏剧的艺术结构而论，最高的审美标准便是置“戏”之框架于最小的束缚状态，使戏剧内容更加“生活化”。即是使观众不觉得是在剧场中看戏，而是感到置身于“剧情生活”之中，和演员一样地进入角色。这固然主要要求戏剧整体艺术在各个方面的通力合作，但也要求戏剧在表现形式上最大限度地摆脱时间和空间的限制，以求“还生活之真面目”。一般来说，形式上的各种构成因素都直接影响到戏剧形式与生活形式的靠近程度。其中，如何设置场景，即戏剧的外观结构形式如何，应该说是不可缺少的一个方面。多场景话剧便是话剧结构形式演变的一个新起点，它标志着话剧结构形式将走向一个新的阶段——使戏与生活在形式上更加靠近的阶段。也即是说多场景话剧的结构形式使戏剧在更加生活化的道路上前进了。多场景话剧的美学地位由此可见一斑。

可以断言：多场景话剧有一个美好的前景。

注　释：

① 参见《戏剧界丛刊》第一辑。

② 参见《剧本》1980 年第一期。

关于情节化与非情节化的命题

——中国话剧结构形式演变的抽样分析

摘　要：注重情节与淡化情节是当前中国话剧的热门话题。《绝对信号》等一系列新的话剧作品的问世，引发了对“戏剧情节结构”的多重讨论。纵向观察中西方传统的戏剧理论及中国话剧经典作品的创作实际，横向比较理论界对情节、主题概念使用的歧义，并在此基础上提出“中国话剧结构形式演变”的重要命题，期望由此引发话剧研究的新话题。

话剧危机的理论虽然势头正在减弱，但其影响还是较大的。相映成趣的是，近几年的话剧创作时有“创新”，《绝对信号》《街上流行红裙子》《车站》《魔方》《双人浪漫曲》《野人》《W·M》等皆是例证。在各类艺术中，话剧的发展并非缓慢，因而理论界的“研究”也在发生着变化。在众多的课题中，情节化与非情节化似乎是一个一直引发争议的问题。笔者以为，这个问题的答案应该是对中国的具体的剧作分析之后才能得出的——抓住足以产生较大影响的剧目，在结构形式演变的意义上，我们便不难看出情节化与非情节化问题的要旨何在了。事实上，目前话剧创新的各剧目或多或少都与情节问题有直接的联系。就现代话剧在中国的发展而言，情节问题似乎也是一个发展史的轨迹。

何谓情节？亚里士多德曾为戏剧定的基本规范是“动作或情节的整一性”，足见情节是动作的同义词。但目前一般戏剧理论则视动作为冲突。可见，情节，是动作概念双重意向的表象意念。因而，“三一律”中的“动作一律”在某种意义上是指情节的一律，故，始有“动作一律”或“动作非一律”的理论提出。[①] 布瓦诺认为“动作一律”是指戏剧只能叙述一个完整的事件，意即戏剧要在单一的意向下发展。这即是说：细节、人物、性格等戏剧构成因素必须与情节统一起来才有意义。正如一串珠子，没有了“串线”只是一些单一的实体，但戏剧分明是一串“珠石”。在中国古典戏剧理论中，清末李渔虽有直言“三一律”，但他确实对情节问题有过较明晰的论述：

> 荆、刘、拜、杀(《荆钗记》、《刘知远》、《拜月亭》、《杀狗记》)之得传于后，止为一线到底，并无旁见侧出之情；三尺童子现演此剧，皆能了了于心，便便于口；以其始终无二事，贯穿只一人也。②

就戏剧得传于后的效果论，这话固然有些偏颇，但也道出了情节结构要"集中""统一"而不能线索过多的真谛。在他看来，"传奇之大病"乃在于"头绪繁多"。所以，情节化历来是戏剧创作的一个重要原则。

在创作实践上，戏剧家对情节化或严守或突破。远在文艺复兴时期莎士比亚戏剧虽然有几幕几十场的组场形式，但大体上都遵循"一人一事"的情节化的格律。《哈姆莱特》写主人公发现了一个阴谋的真相，立志报仇雪恨，全剧都是围绕这一人一事进行的。19世纪易卜生的话剧是"三一律"形式的标本，因而也是情节剧的代表作。以最负盛名的《玩偶之家》为例：

> 时间：圣诞节前一天晚上。
> 地点：海尔茂之家。
> 动作：围绕着主人公娜拉八年前伪造签字一事展开情节。

的确，在世界戏剧史上，情节剧不乏名作佳篇，这充分证明了情节化的美学价值。

对于中国戏剧来说，话剧的产生曾有过不同的意见，一说认为中国戏曲本身即有"古话剧"的传统，如科白戏之类。另两种意见均认为话剧是舶来品，但是来源于西方话剧还是日本的歌舞伎，意见就有了分歧。事实上，从创作实践考察，"五四"以后，中国话剧的发展主要是受易卜生式，话剧的影响。话剧史上，在国内剧坛上演较早且产生较大影响的是易卜生的话剧，第一个剧本是胡适的《终生大》，也是对易卜生话剧的一个模仿；声誉最高的《雷雨》在结构上很明显地受了易卜生话剧的影响。从理论上看，"三一律"也曾是中国话剧史上的"法规"。但是，长期以来的戏剧实践，除《雷雨》等著名戏剧外，大部分戏剧在"地点"和"时间"上早已突破"一律"，关于"动作一律"，则一直被视为一致公认的真理。因而，情节剧或戏剧的情节化一直是热门的话题。但细考我国话剧发展之实际，非情节化戏剧的确在不时地冲击着情节化戏剧，并由此形成了理论探讨中的双向趋势。事实上,这种论题相悖的现象的症结在于:人们不习惯于从宏观或多角度看问题,评某剧目便有情节化的理论,反之,则有非情节化的命题。在我国话剧发展史上,创作实践却是这样的:情节化—情节的中断—情节的淡化—非情节化与情节化的并存及发展。因而,探讨这个命题的钥匙在于找到"情节中断"的开始。

在世界戏剧史上,反对"三一律"者不乏其人,像歌德这样的戏剧家就宣告过:"地点的一致对我就同牢狱般地可拍,情节的统一和时间的一致是我们想象力的桎梏。"[③]在国内戏剧史上,一个有趣的现象是最早反对情节化的戏剧家却是情节剧写得最好的曹禺先生。

曹禺虽然没有直言"三一律"仅是戏剧的一种形式,但他在创作了《雷雨》之后,说过这样的话:"《雷雨》太像戏了。"戏剧没有戏还叫什么戏呢?曹先生的意思是指《雷雨》的戏剧结构是为了使情节集中、统一,由许多"偶然性"或曰"戏剧的假定性"来显示"必然性"或曰"生活的真实"。这在内涵上是无可指责的。但是表象的"偶然性"和"假定性"却给人以"无非是编出来的感觉"。因而对于真实的戏剧来说,难免有"做戏"之感,这是"集中"的戏剧难以克服的弱点。故,曹禺自己认为它"太像戏"了。难道不像戏就更好吗?不像戏就不是"戏"。应该是"戏"又不是"戏"或曰是"戏"又是"生活"。曹禺确实在这方面做了努力,《日出》便是他的初步尝试。与《雷雨》不同的是,《日出》在情节发展出现了中断,也就是出现了第三幕的所谓"插入戏"。作者视其为"色点结构",这种横向的画面的组合,便于在更广阔的"面"上反映生活。君不见,《日出》中人物众多,且又各行其是,自吹己调,而谁又能说它不是戏剧呢?但它却明显地违反了"三一律"的结构形式。两剧都不可置疑地具有各自的统一性。按作者自己的解释,《日出》结构的统一性藏在"人之道损不足以奉有余"这句话里。实际上,历来对被引用至今的这句话的解释并不全面。从理论上看,虽然剧中各色人物都有自己的性格发展线索,但这些线索还是统一的。不是统一在一件事上,而是统一在一个人身上,那就是各方面的人与陈白露这个妓女的关系。至于"损不足以奉有余"是剧作家创作的宗旨,是通过特定的环境中,人与人之间的关系反映出来的思想,而不是结构的统一线。李渔的"一人一事"说并非仅仅是一个人做一件事,那样理解岂不是太教条了吗?荆、刘、拜、杀又何止"一人"在"一事"中出戏呢?显然,"一人"是指围绕着某个人或以某个人为中心。倘若,我们从《日出》中抽掉陈白露这个人物,则全剧皆无了。也许人们会说,第三幕与陈白露无关,又作何解释？从表现上看,在这个下等妓院里生活的人与陈无关。实际上,作家在这一幕中所刻画的主要人物是“小东西”,而“小东西”正是陈白露和方达生要保护而金八、胡四等人欲奸之害之的对象,她分明是争夺的焦点,而陈白露形象中潜伏着的向善的人性因素,又与挺身保护“小东西”不无关系。无须赘述,《日出》的第三幕戏在内涵上与全剧各幕在情节上仍然是统一的,而且与在情节线中据首要地位的陈白露也不是没有关系。所以说,陈白露是全剧中心线索中的中心人物。再:仍以《日出》剧中人的关系为主干, 与非本剧的其他的人物思想和性格代替之,“损不足以奉有余”可以不存在,却会反映出另外一个什么思想——无须多说,结构形式是没有改变的。如此看来,《日出》虽然在时间、地点上冲破了法定的格律,但动作一律的法则还是严守的。不过,这种“色点”结构毕竟减少了“偶然性”和“假定性”,因而,在某种意义上说,它虽然在形式上少了一些巧妙的“戏”的因素,却在形式上减少了“无非是戏”的影响。相对于严格的情节剧来说,这类戏对“时间和地点的一律”只是一个否定,否定的意义在于证明了“时间和地点的一律”只是一种戏剧结构形式;“时间和地点的一律”也可以构成戏剧的另外的结构形式。《日出》的“色点”结构的意义是显而易见的。

问题在于找到“情节中断”的开始并不是最后的结论。早在两个世纪以前,狄德罗就说过:只要动作保持统一,任何复杂化的手法我都不加以反对。[④] 诚如上文分析,这是对情节整一的片面理解,当我们视“动作统一”中包含着“情节结构的整一性”时,《日出》无疑是我国话剧史上较早的实践,但将其扩而广之的恐怕应推田汉20世纪40年代的《丽人行》。

《丽人行》完全摒弃了“一人一事”的结构模式,用互不发生横向联系的三个情节线组成全剧的结构,显然,这里就不仅仅是“情节中断”的问题。剧中三个“丽人”各自有自己的动作线索。在全剧的二十一场中,三条线索虽是交替出现,但由于其独立性,场与场的衔接不是靠利用观众对情节发展的紧迫乞求心理来安排的,而是安排了一个报告员在每场起首处作解说。报告员一般先重复以上所演内容,然后来一个“按下不表”,请看另外的线索发展。显然,这是一般的小说写法。在戏剧中使用这样的手法是对集中的戏剧观的“反实践”。《丽人行》这样的安排,在情节构成上显露出其不整一性。倘若删去某一个“丽人”的“行动”，另外两条情节线都将依然存在而不至于破坏各自的独立性，只要稍稍改动报告员的台词即可。甚至于在保留一个“丽人”线索的情况下，谓之“丽人行”也未尝不可。实际上，这三条线索都可以独立成“戏”，而田汉先生别出心裁地把它们摆在一起，组合一台戏。所以，这出戏情节的不统一是肯定无疑的。若否定此说，唯有一条理由，即这三条线索交织在一起表现了国灾惨重的情况下，三个不同身份、不同遭遇的女性的生活，借以隐喻讽刺国民党的腐败统治。显然，较之上文关于《日出》的论述，此说法的谬误处也在于混淆了主题与情节这两个概念。

何谓戏剧主题？简言之：通过戏剧情节、人物形象所表达出的思想意蕴是也。如果说一切戏剧的情节都统一在主题思想上，这是无可非议的。因为戏剧整体是统一的，但是主题思想绝不是情节本身。

情节，有人错以为就是故事，其实不然，情节与动作都是指构成故事及其发展的线索。福斯特在《小说面面观》一书中曾说过：我们给故事下的定义是：按照事件的时间次序来进行叙述。情节也是叙述事件，但是它强调因果关系。

故事是不变的，情节是可变的，这就是情节作为结构形式对内容的反作用的一个先决条件。为了求得故事的“为什么”和“怎样了”等答案，也为了更好地抓住读者和观众的心，情节的作用在于巧妙地回答这些问题，即合理地、恰到好处地安排结构。而主题则是这种结构以及结构所包含的内容本身(故事)所反映出的思想主旨。如果说“情节的统一”与主题思想是一回事，显然是不妥的。“情节的统一”应该指作家在编织“为什么”“怎么样”的“经纬之线”的时候，做到了使每一个细节和人物以及人物动作都统一在这个中心“经纬线”上，并且做到在这个“经纬线”上没有多余的“紊杂”之线。很显然，故事的统一性或者戏剧故事的统一性应该是戏剧的中心动作而不是主题。诚然，这并非否认主题的重要性，他们之间的关系是这样的：故事是基础，情节是结构的手段，主题是前二者的深刻反映。如果，正如《日出》的“情节构成”并非“统一”在“损不足以奉有余”的思想主旨上一样，把《丽人行》的“情节”(情节结构)说成是“统一”在某种思想之下的观点是站不住脚的。《日出》的“中断”到了《丽人行》不是简单地一次“插入”，而是作为整体结构的“形式”存在着。在三个“丽人”“行踪”之间，没有以某一人或一事为主，三人皆有各自的“发展”。刘金妹有刘金妹的遭遇；梁若英有梁若英的不幸，李新群有李新群的抗争。作为集合形象，她们反映出共同的思想底蕴，这是她们作为形象而存在的整一性。但在情节构成上，她们又不发生“横”的关系。这种特殊的结构形式证明“情节的统一”并非唯一的“组场标准”。

“情节非统一”的戏剧能达到怎样的艺术效果呢？首先，这种结构形式从“形式”上使演出的戏剧更靠近生活，也就是说在戏剧表现上，它相对减弱了“偶然性”和“假定性”的因素。

仅仅强调戏剧是生活还不够，戏剧还必须是戏剧的，不管在内容上还是在形式上，都应如此。从这一点出发，“情节非统一性”的戏剧使《丽人行》在结构上便留下了明显的松散的瑕疵。陈瘦竹先生云：戏剧还是集中的好。[⑤] 这说法是对的。因为戏剧不可能将生活中的一切像私塾老先生似的，一板一眼地、摇头摆脑地、一五一十地数落出来。似此，一切生活形式都可入戏了，这显然是不可能的。我们承认《丽人行》的结构能在较少的时间里容纳更多的戏剧内容，但也应该承认它的不集中所造成停留在表面，造成肤浅之感，以至留下“概念化”之嫌。虽然如此，《丽人行》在结构的“松散”的效果上是独具特色的，并且，这种手法会使有些应该能深入一步或更有“戏”的戏剧内容上的独特处在中国现代话剧史上留下有意义的一笔。

假如我们一定要寻出《丽人行》在情节结构上的弱点的话，恐怕应该承认地点和时间的相对集中还是有一定的形式制约作用的。我们无意做优劣之比，但考察一下夏衍 20 世纪 30 年代的《上海屋檐下》便不难看出，非情节化在艺术尤其是在叙述性比较强的艺术形式如戏剧、电影中，的确有一个“度”的规范。《上》剧与《丽》剧的相同点在于从人物的情节线索上看，同属多线索而不发生横向联系的一类，但《上》剧则无松散之感。作者十分巧妙地将同往的五家人的各自动作线摆在一个剖面上展示，虽无《雷雨》一类戏的紧迫感，却有《雷雨》一类戏所不具备的“自然感”。夏衍明确说过：“话剧（我指的是易卜生以来的话剧形式），是一种受时间和舞台限制得很严的艺术形式。不从舞台的实际出发，一出戏分成几十场，零碎松散，前无伏笔，后无交代，或有头无尾，或有冤无头。其毛病在于不考虑到舞台的实际限制，不讲究结构，不讲究‘叙述法’……任何一种艺术形式，都有各自一定的‘章法’，而话剧尤然。”[⑥] 但他又认为戏剧是不能过分追求情节的，戏剧不排除巧合等手段，但“‘偶然’和‘巧合’太多，必然会削弱故事的真实性和说服力”。[⑦] 这是否就是“度”的规范呢？用我们的话说就是既有情节又不要唯情节化，既无情节又不可非情节化。事实上，这是无论如何也说不清的命题。我们仅能在较为接近的意义上去理解情节与非情节的命题。所以，在相对的意义上，我们视从《日出》到《丽人行》是一个发展，而从《上海屋檐下》到新中国成立后的《茶馆》又是一个发展。如果说《上》剧是“点”上的戏剧，则《茶馆》是“面”上的戏剧；但从人物、事件以及由此构成的情节线上看，就其本质而言，两剧又有相同之处——无中心人物、无贯穿事件，区别在于《上》剧有地点和时间的“一律”，而《茶馆》则有更广阔的时空。在这里，上文所受说的“度”似乎又不存在。那么，答案究竟是什么呢？

《茶馆》之后，中国话剧的发展停滞了，直到新的历史时期，才又有新的动向；其间，多场景、非情节化重新被视为新的发展方向。近几年来，《陈毅市长》的事件贯穿式，打破第四堵墙的一些戏剧如无场次话剧《绝对信号》，以及如文首所述的《野人》《魔方》等都引起理论界的极大兴趣。粗略考察后便不难发现，这些戏剧的共同发展趋势是摆脱中心人物，摆脱中心事件，追求非情节化的戏剧效果。在戏剧形式美学的原则上，这种追求的内质是力

图寻找戏剧无限靠近生活的相切点，就戏剧形式本身而言，这是各类艺术都望尘莫及的。唯有戏剧有直接与观众对话的可能性。就发展趋势而言，非情节化似乎是未来戏剧的重要形式，事实上，这种发展趋势是不以外在意志为转移的。戏剧要发挥自己的优势，就势必追求能与观众更接近的直接对话形式，因而更趋向生活化，这并非否定情节化，而是戏剧追求艺术真实在形式方面的反映。问题在于，就目前观众鉴赏水平而言，加之传统的鉴赏心里的积淀，大多数观众还是对情节感兴趣。就形式而言，情节剧与非情节剧均各有利弊，我们不能抑此扬彼，但应该承认戏剧向非情节化发展的趋势是存在的。但是，承认这种趋势并不等于承认非情节化剧最终将取代情节剧，因为形势的发展以及自身的演变始终与外在的鉴赏心理、社会发展、各类艺术的相互影响有关。通俗地说，事物的发展从来就是从不平衡到新的平衡直至打破新的平衡的循序渐进。当然，新的平衡并非对旧平衡是一个简单的重复，而是在更高层次上的发展。如此，我们似乎并没有找到答案，事实上，答案已在上述的论述中了，即“戏是生活又是戏”。任何片面追求生活或戏剧性的倾向都不是戏剧的根本原则。这样我们也就找到了对目前戏剧创作的理论解释了：情节

剧的“平衡状态”正在被打破,非情节剧的“新的平衡”尚未建立,因而,观众中不同层次的“欣赏度”都应有合理的满足,不必强求一律。因为,即使是非情节剧的“新的平衡”在创作与鉴赏两方面都建立之时,新的非平衡因素依然会出现。

愿话剧创作与理论有新的发展。

参考文献:

① 戴剑平.“动作一律”可以突破[J].文艺研究,1983(4)。
② 李渔.李渔全集(第三卷. 闲情偶记)[M].杭州:浙江古籍出版社出版。
③ 伍蠡甫等编.西方文论选[M].上海:上海译文出版社,1979(454)。
④ [法]狄德罗.戏剧的特性和戏剧结构的特性[J]剧本,1957(12)。
⑤ 引自陈瘦竹先生给笔者(戴剑平)的复信。
⑥ 夏衍.夏衍杂文随笔集[M].北京:三联出版社,1980(738)。
⑦ 夏衍.论“十五贯”的改编[N].人民日报 1956-5-17。

广播剧纵横谈

摘　要：艺术与媒介技术的交融是一个大趋势。对这类“交融”的新品种而言，本体论的研究是一切研究的基础。以广播剧为例，对其“叙事的、有声的，以对话为主的，无视觉形象而又必须追求视觉形象的带有文学成分、戏剧因素、影视艺术印痕的以无线电技术为媒介的综合的艺术形式”的判断，是需要融入例证分析后才能确认的。如是，广播剧自身的艺术构成及美学意义便在纵横几个方面构成了较为明晰的轮廓。

声音，并非人类所专有。然而，人类科学与艺术的发展使自然界的这一神秘的“波”成为人类在某种意义中的独具。19世纪末，正像蒸汽机的发明带来了工业革命一样，无线电的问世使人类在声音的领域里向前大大地迈进了一步。20世纪初，这种技术开始了实践的新阶段，即开始用于广播。最初，它只用于一般新闻的广播，继而，它开始了“艺术生涯”——音乐、戏剧等都得以特殊的声音形式诉诸听众。应该说，1906年美国人费森登利用无线电台进行语言和音乐的广播实验，奠定了无线电技术的“艺术生涯”的基础。但是，刚刚起步的这种无线电技术的“艺术生涯”只是一种为已成的各种艺术形式提供新的表现手段的带有一定“艺术”色彩的技术而已，并没有多少自己的特点。1924年初，它结束了“预备”阶段的生活，萌生了属于自己的艺术“新芽”——英国伦敦广播电视台播出了世界上第一个广播剧《煤矿之中》，作者是理查德·休斯。所述内容是某煤矿塌方之后，井口被堵，矿内外各色人物焦急异常，由于充分调动了对话、音乐和音响效果等艺术手段，起到了逼真地反映内容的效果，因而为无线电技术的艺术化开辟了新的“航道”。从此以后，一种新的艺术形式产生了，它不仅丰富了人类的艺术生活，也为人类的科学研究提供了新的课题。

20世纪20年代后半期，中国才有了自己的广播电台，在此之前，中国的电台都是外国人办的。1934年,南京建立了电台,次年,中国的广播剧开始问世。有人以为洪深的《开船锣》是我国第一部广播剧,其实不然。《开船锣》是1936年创作并播出的,在此之前,由袁牧之的话剧《寒暑表》中的一幕改编的广播播音剧已经问世了。20世纪30年代,随着抗日战争的爆发,一些进步的影剧人也涉笔于这个新的艺术剧种。夏衍的《"七·二八"那一天》、孙瑜的《最后一课》、于伶的《以身许国》等都相继问世。中国共产党虽然在1940年就建立了电台,但播出广播剧是在1946年年底,由东北的延吉新华广播电台播出,名为《黎明前的黑暗》,此后又有《留下他来打老蒋吧》《田炮手》《归来》《血泪仇》等剧目相继播出。新中国成立后,中央人民广播电台最早播放的广播剧是《一万块夹板》,但产生较大影响的是由张仁庆编剧、胡旭之导演的《潘秀芝》。剧中人潘秀芝在包办婚姻的桎梏下,受到种种迫害,婚姻法公布后,她当上了工人并与一小学教师结了婚,学了文化,成为厂里的先进工作者。该剧为新中国妇女的解放唱了赞歌。在尔后的年代里,除1957年前后没有什么值得一提的作品外,各个历史时期都有一批佳作问世,象《哈尔滨之夜》《卓娅》《金鲤鱼》《皇帝的新装》《黎明河边》《马业民》《刘文学》等都是至今仍有价值的保留剧目。可悲的是"文革"十年,广播剧一片空白。在文艺的春天重新到来之际,广播剧又以新的积极姿态,跻身于文艺的百花园中,并获得了较为显著的成绩。象《窗口》《伤痕》《彭元帅故乡行》《二泉映月》《项链》《裂缝》《支票》等都产生了一定的影响。不仅如此,还出现了连续广播如《居里夫人》,有的剧目还打入了国际广播剧坛,如《李自成闯石门寨》。可以说,广播剧也同其他艺术一样得到了"新生"。广播剧的繁荣,为理论工作者提出了一个又一个崭新的课题。什么是广播剧?它是文学还是戏剧?它的艺术语言(手段)有哪些特点?它与小说、戏剧及影视艺术有哪些异同?这些都是广播剧本体论的重要问题。搞清楚这些问题的理论价值,更有利于研究它的社会作用及其在社会主义精神文明建设中所占的重要地位。

何谓广播剧?它是一种以无线电技术为基础,通过艺术化了的语言诉诸听觉的文学的戏剧艺术形式。这里所说的语言是非狭义理解的广义的语言,我们称其为广播剧的艺术语言,即广播剧的主要表现手段。要从本体观上搞清楚什么是广播剧,必须从这个特殊的手段入手。

广播剧的艺术语言包括三个方面。一是叙述性和非叙述性对话,前者是解说员的讲述,后者是剧中人的规定台词,它包括对话及心里自述等。由于它是以声音的形式出现的,有人对此就以简单的“语言”冠之,显然,这容易造成概念上的混淆,故以从属于广播剧艺术语言的叙事语言表示之。这种叙事语言有较强的文学色彩,可以帮助观众“看见”虚幻的舞台;二是音乐语言,它是叙事语言的辅助性手段,类似于电影中音乐片的贯穿音乐。它在描写环境、烘托气氛、表现剧情的起承转合以及刻画心理状态方面有独特的功能。如《二泉映月》中瞎子阿炳的琴声,时而抑郁,时而悲哀,时而激荡,时而欢快,随着剧情的发展而变化,根据人物的性格不同而“改弦易张”;三是效果语言,这是广播剧艺术语言表现的又一种形式。它可以是马蹄踏踏,也可以是开门、做水的声音,也可以是咳嗽、气喘吁吁等环境的声音因素。《杜十娘》中,李甲的始乱终弃极大地伤了十娘的心,当李甲以一千两银子将十娘卖给孙富后,十娘一怒之下打开了她的“百宝箱”:

孙富:哎呀,这么多宝石。
……宝石、玉器投水声音
……
孙富:好大的夜明珠呀!娘子,娘子你……
……珠宝投入声。

在孙富、李甲窘态十足以“可惜”之言相劝时,那珠宝的投入声便是一声又一声血泪的控诉——效果语言所达到的艺术佳境由此可见一斑。在特殊的情况下,静场也可视为效果语言的一种,因为静本身也是一种环境的因素。鲁迅先生的名句“静到能听出静的声音来”,就是从效果出发得出的绝妙的结论。在《皇帝的新装》中,由于怕被视为不称职和愚蠢,大臣们在并没有织布的“织布者”面前只好承认布是如何如何漂亮,如何如何美。可轮到国王自己看那根本不存在的布时,也傻了眼,说不存在吧,等于承认自己“蠢”,说存在吧,又看不见,这是出现了“突然的寂静”,显然,这“寂静”是紧随而来的阿谀的赞美的喧哗声的前奏。一静一哗,非常巧妙地利用无声响的“静”的声音元素,达到了强烈的艺术效果。

叙事语言、音乐语言和效果语言是广播剧艺术语言的三大语言之柱。其中叙事语言是基础的基础。这个基础显示了广播剧的“叙事”的特征,因而也就有广播剧在本体观(叙事功能)上与各种叙事艺术的异同,广播剧的独立的艺术价值正是在这个“异同”中显示出来的。

所谓叙事艺术,除大型的叙事声音和叙事长诗外,主要包括小说、戏剧和影视艺术等。

班固在《汉书·艺术志》中说:“小说家者流,盖出于‘稗官’,街谈巷语,道听途说者之所造也。”这种街谈巷语后来经过神话传说及其演变产生了和今日小说有某些共同处的小说,中经六朝志怪小说,唐代传奇、宋代话本、明清章回小说,一直发展到今天的现代小说。纵观古今小说,其最主要的特征是它们多是通过人物具体行动的描绘来展开情节、刻画性格的,现代小说又增加了一些直接的心理描写等,但其核心便是具有“故事性”。正由于此,才决定了它以文学语言的形式见诸读者时的“外貌”是“叙事性”。即便是今日的所谓的心态小说、意识流小说也不能完全排除这个特性,因为读者想知道的是“为什么”和“怎样了”,这既包括表象世界的呈现性“叙述”,也包括心理、意识深层结构的探寻性“叙述”。至于由此而衍生的其他手段如抒情性、议论性等等都是从属于叙事性特点的。如此,再看广播剧,在叙事性这一点上,它与小说具有同等的意义,但仔细分辨,便可看出它们的区别在于“如何叙事”。以《项链》为例,在小说中,有这样一个细节,当小职员的丈夫罗瓦赛尔想让妻子参加名流的舞会,妻子马蒂尔德要求买一件漂亮的衣服,需要四百法郎,这是丈夫意料之外的事,“他有点变色, 因为他正积攒下这样一笔款子打算买一支枪,夏天好和几个朋友一道打猎作乐,星期日到南戴尔平原去打云雀。”——小说是这样描写的,可到了广播剧里,同样的叙述却换了形式,即它是通过罗瓦赛尔的口说出来的。再,晚会上,马蒂尔德的美貌使所有的男人都倾倒了这个细节, 在小说中完全是 “她如何如何” 的直叙, 而在广播剧里全部变成了对话——舞会上的男人甲、男人乙、部长、女主角以及罗瓦赛尔之间的对话。显然,结论是:叙事在小说中更为自由,或直接叙述或间接叙述,或对话叙述,但在广播剧中除了必需的解说之外,主要只能依靠对话叙述,因为它毕竟是声音的艺术。

戏剧是包括戏剧文学、表演艺术、音乐艺术、舞台艺术、导演艺术等在内的综合体。它的最初产生是娱神或祭神的歌舞,如《楚辞·东皇太一》所描写的巫女穿着美丽的衣服虔诚而欢愉地祷告上苍的场面。虽然戏剧之“戏”在最初并不与今日的戏剧之“戏”同,但现在通行的大家约定俗成的对“戏”的认识都是与小说相同的“故事性”或曰“情节性”,一般又称“戏剧性”。由于舞台演出的限制,戏剧对故事性的要求远比小说更强烈、更集中。在今日的戏剧领域内,话剧被认为是外来艺术,其实并不尽然。尽管中国话剧的发展是近几年的事,且受了一定的外国话剧的影响,但它一经进入中国,在其发展中已经明显地民族化了。虽然今日之话剧的发展出现了多场景的、无场次的等等新形式,但究其本体的内在意义,它与广播剧有一个相同的特征即它们主要是通过对话推动情节的发展以求艺术效果的。广播就之“剧”大概就是由此处的类比而定名的,即通过无线广播的形式“演”出的“话剧”。但是它们之间也有一个明显的差别,即“演出形式”不同。如剧中人处在十分尴尬的境地,欲言又止,在话剧中完全可以借无声的“语言”(形体动作)来表现,可广播剧此时除了以声调的强弱以及感情色彩表现外,别无他法。可见广播剧虽然也是剧,也要求“戏剧性”,却分明是在宏观无视觉形式的“特殊剧”。似此,广播剧自身的又一特点便愈见真切了。

电影是数种技术的发展并应用于艺术之后出现的综合艺术,电视是继电影之后,技术与艺术合一的又一新的艺术(传媒性暂不讨论)形式。由于二者的区别主要是银(屏)幕的大小,放映(播出)的环境不同,它们在其艺术形式的本体上还是很相近的。此二者又与戏剧是“近亲”——最初艺术与广播剧比较,其差异显然也是“可视”与“可听”。但在最基础的“叙事”这一点上,广播剧与影视艺术是没有区别的。只是“可视”与“可听”的各自特点却规范了它们在叙事手段上的必然相异,即影视艺术主要是“动作化”的,因为它本身是“画面感”的“动”艺术,而广播剧虽然也要求“动作化”,但绝无“形体动作”而言,它只能在适当的情况下使自己的听觉在最短的时间内迅速转变成画面感的“幻象式”的视觉形象。此外,广播剧在音乐和效果语言上完全可以同影视艺术相提并论,只是由于缺少形体动作的陪衬,有更为强烈的突如其来的要求,只是如此,广播剧才能较好地完成听觉空间向视觉空间的突变。这一点如能完满地实现,将使广播剧的天地更为自由。在某种意义上说,这是广播剧应该追求的最高的“形式美学”标准——广播剧与影视艺术的异同可见一斑。

综上所述,广播剧是叙事的、有声的,以对话为主的,无视觉形象而又必须追求视觉形象的带有文学成分、戏剧因素、影视艺术印痕的以无线电技术为媒介的综合的艺术形式。如是，广播剧自身的艺术构成及美学意义便在纵横几个方面构成了较为明晰的轮廓。

在科学技术高度发展的今天，各种带有技术性因素的艺术样式成为欣赏者的“宠儿”，并且已逐步形成各自的流派，如电影学派、话剧学派等。广播剧显然也得到了人们的“厚爱”，若以“重听效果派”将之归类，似乎是合乎道理的。正由于广播剧的这一特点，致使它有可能成为最普及的艺术形式之一。小说印行数万册；戏剧每场上千人；电影、电视的观众可多达数亿，但广播剧通过那神秘的“波”可以传遍世界。而且，它的播出大多在人们饭后睡前的最佳时间里，所以，广播剧的繁荣将会使艺术透过那声波，更深、更深地渗入广大群众的心中——这是必须重视广播剧的创作和理论研究的最重要的理由。由此也可看出其在精神文明建设中的显著地位。

愿“重听效果派”的广播剧有一个长足的进步！

第二编 文学研究

一种道德观念与一种文学模式

——对现、当代文学中两类女性形象系列的考察

摘　要：知识女性和普通女性(以农村妇女为主体)是中国现当代文学中的两类形象，其纵向意义上形成了各自的系列。两类形象在内质上又体现出共同的价值观：从自我观念到群体观念到自我观念与群体观念的合一，与此相关的情感、爱情等问题又多与所谓“贞”的观念交织在一起，因而，“自我”“群体”与“贞”的观念便成为我们所特指的女性形象的伦理价值观。形成这种现象的原因与中国现当代文学创作中的“道德”意识密不可分，故以“一种道德观念与一种文学模式”加以论证并寻求对此类现象进行研究的价值。

一种极其有趣的现象——在目前理论界界定的范围内——在中国现、当代文学中，我们可以找到的成功的女性形象远较男性形象多，并且令人隐约地感到有一种无形的标尺在制约着这些形象，而这标尺又成为作家创作与读者鉴赏的共同准则，可这标尺是什么呢？是道德。

在科学的意义上，道德是一种文化现象，是一种不具法律形式的“法律”，是一种“社会调解器”，是社会的无形约束力和社会的人的行为规范。当我们将道德作为一个“过程”来看时，它同时具有双重性质，即现实性(含继承性)与理想性，二者是辩证的统一。在我们特指的文学形象身上，较为明晰地体现出道德的这种性质。而道德的具体内容在这里直接以性、情感、婚姻等问题面世。统观这些现象，所给我们的认识是妇女在现代社会中的心态演变历程如次：从自我观念到群体观念到自我观念与群体观念的合一，与此相关的情感、爱情等问题又多与所谓“贞”的观念交织在一起，因而，“自我”“群体”与“贞”的观念便成为我们所特指的女性形象的伦理价值观。现、当代文学中女性自身的存在便是这一判断最好的说明。我们在这些形象中的两类系列即普通妇

女(主要是农村妇女)与知识女性在纵的意义上的联系中,以及两个系列的非同即同的存在意义上会发现问题的真谛所在。

先看知识女性形象。

在“五四”时期或者说在“五四”高潮和落潮期,知识女性是文学中数量最多、影响较大的一类形象。这类形象的一个显著标志是暴露封建婚姻制度的罪恶,表现了知识妇女“自我观念”的觉醒。其时的思想界关于女子问题的讨论,诸如女权、恋爱自由、婚姻自主、社交公开、妇女教育等都在这类形象身上得到体现。但无论是“庄严流丽”的吴佳瑛(罗家伦《是爱情还是苦痛》),还是“寂寞空虚”的英云(冰心《秋风秋雨愁煞人》),抑或是“热情勇敢”的镌华(冯阮君《隔绝》《隔绝之后》),甚至包括鲁迅笔下的子君在内,在其形象的内质意义上,共同体现的是“女人也应该是人”的观念,这是整个社会思潮在作家与鉴赏之间所搭成的沟通情感的“桥梁”。一般文学史家常常在这里寻出易卜生的个性主义色彩的影响之类,这的确有其合理的一面,但在论述中常有一种忽略,即对中国传统伦理在整体意义上的崩溃趋势缺少分析。在中国,所谓“君臣父子,夫妇之义,皆取诸阴阳之道”,而“王道之三纲可求于天”。[①] 实质上是带着“天命”色彩的。因而,中国的“国”与“家”作为合一的概念实际上是互补的,与“民顺、忠臣、仁君”相对应的是“子孝、妇顺、父慈”。我们可以在这种同构关系中看到中国的妇女观是古代中国国家学说在妇女身上的派生,所谓“家统治于家长”,甚至家长有权处死本族“不贞”之女等都是此说的论据。由于中国封建社会进入明清之后逐渐走向凝固化,加之资本主义因素的滋生和思想的渗透,使中国的国家学说发生了动摇,而与之相联的妇女观念也正在走向解体,个性解放思想在“五四”时期能较迅速地在中国占领思想阵地是内外两种合力的结果。当然只是从这里开始而不是在这里结束。在文学上,在早期的知识女性形象中,体现出“女人也是人”的观念的形象大多表现在对不合理的婚姻的控诉与反叛上;在控诉一类的作品中,如英云虽出身上流社会,但仍不免在“父母之命,媒妁之言”中断送了自己,这表达了作家在主题意念中的同情与不满;在反叛一类的作品中,如冯阮君《旅行》中的女主人公“我”,大胆冲破礼教束缚,与心上人一齐旅行的举动便是一例。更具代表性的当然是鲁迅塑造的“子君”,她昂首挺胸,毅然走进心爱的人的怀抱当是一种壮举,只是这一形象的复杂性并不仅仅表现在这一点上。此外的一些作品无论是希望女子受教育（如冰心的作品），或是刻画女性的苦闷与彷徨（如庐隐的作品），都从不同的视角观照着“女人成为人”的命题。

以鲁迅的《伤逝》为标志，知识女性的塑造出现了一个重大转机，即此后的作品除了一小部分继续探寻女性形象的“自我观念”之外，大部分作品中的知识女性形象急速地随着社会的变动而增强了社会解放意识。如果视此为“群体意识”的话，我们看到的《伤逝》对“娜拉走后怎样”的一个方面的回答导致作家们从这一角度，但却是另外的一面观察女性，发现女性的解放并不仅仅是“自我观念”的确立所能达到的。在大革命失败之后，作家们能发现这一问题的实质所在实属难能可贵。在这类作品中，尤以茅盾的《虹》与叶圣陶的《倪焕之》为代表。茅盾在《蚀》三部曲中塑造的两类知识女性以及丁玲笔下的莎菲在知识女性系列的位置中也应看作是一种过渡性的形象——无论是单纯、温婉，投身社会又时时幻灭的“静女士”，还是抱着“任心享乐”处世态度的“章秋柳”，抑或是“心灵上负着时代苦闷创伤的青年女性的叛逆的绝叫者”的“莎菲”，都以涉足社会为背景，而不同于此前囿于家庭、婚姻一类的作品。尽管《莎菲女士的日记》写的依然是情爱问题，但却展示了爱情的现实性与理想性之间的冲突——实质上是现实道德与理想道德之间的冲突。这种明显的变化本身证明文学形象的意义的发展，其发展的新阶段则是女性群体观念与社会解放思潮的同步。此时一些较为概念化的“革命加恋爱”的作品虽有不足，但在总的趋势上也体现出与如上所述的“群体观念”的协调发展。抗战爆发后，由于民族矛盾急剧上升，整个现代文学的面目发生了较大的变化，知识女性形象的“群体观念”汇聚成一股洪流，如茅盾的《第一阶段的故事》、巴金的《火》、郁茹的《遥远的爱》、艾芜的《山野》等都通过对投身民族解放那个时代的知识女性的刻画，展示了作家关于女性群体观念的一种整体性理解。但这仅仅是问题的一个方面，谨以此说涵盖当时所有文学中的知识女性形象是不具充分说服力的。钱钟书的《围城》、巴金的《第四病室》、《寒夜》等作品中的知识女性可在作家关于女性群体观念的“社会的人”的意义上理解，如对曾树生就可在这个意义上看成是子君形象的发展。她是一个有了经济自主权的女性，同时她又与曹禺笔下的陈白露有着类似的悲剧实质。所以，此类形象毕竟与前述形象不同。钱钟书在《围城·序》中表述道：“我想写现代中国某一部分社会，某一类人物，写这类人物，我没有忘他们是人类，只是人类，具有无毛两足动物的基本根性。”假如我们没有理解错的话，钱先生大约希冀在《围城》中的各色人物身上寻出“人性的各种表现情态”——问题在于这类对于文学来说具有永久魅力的课题并不反对、排斥文学本身的时代性。以《围城》中知识女性群而言，在其背景下，我们不难看到作为社会群体的女性，一方面已经摆脱了“五四”时期关于妇女议题的一些焦点问题，如恋爱自由、婚姻自主、大学开女禁之类，另一方面却又极其深刻地反映了“五四”时期“女人也是人”这一课题的深化，在道德实质意义上的深化——既然是人也就具备一切人的特征，自私、欺骗、排他等无不具有。站在发展的角度观察，这深化的问题在社会解放的潮流面前似乎有一种超越性。时至今日，当我们在新时期突然发现民族解放完成之后“人”本身尚未完全解放时，便会承认这类形象的合理性所在了。应该承认，从“五四”时期的自我观念到20世纪20年代末30年代初乃至抗战乃至尔后年代里形成的群体观念，是知识女性形象意义发展的一个明显趋势，但“自我观念”纵深意义上的探讨并未停止。作为发展趋势，群体观念在新中国成立之后相当长的一段历史时期内成为左右文学的规则，并基本形成一种固定模式，最具代表性的作品是杨沫的《青春之歌》，书中女主人公林静道从反叛婚姻到反叛社会，形成了一个“自我—群体”观念的演变过程，一直到新时期之初，这种观念基本没有变化。

新时期关于知识女性的描写发生了一个急剧的转变，即“五四”时期关于“女人也是人”的命题在更高层次得以回归。这是一个极其有趣的逆反现象——“五四”时期在从自我观念走向群体观念，而新时期则是从群体观念走向自我观念。以新的历史时期较早问世的《天云山传奇》为例，宋薇形象就是一个佳例：如果说她与罗群的离异表明她的政治态度，倒毋宁说她被强烈的群体观念所支配。在那个特定的背景下，任何对此的非议都是不合理的。关键在于这个形象的完成过程，即在新时期，强烈的“女人也是人”而不是附庸、摆设的观念使她完成了人生态度的哲理性思考，假如仅仅将此看成她在心中依然恋着罗群而不是爱吴遥，未免有点浅薄。当历史拉开一段距离之后，我们便看到这个形象的复杂性以及在文学整体转变意义上的重要性。在新时期众多的作品中，我们可以发现一个共通的现象，即知识女性形象共同协奏着一支曲调——我是我吗？我怎样或应该怎样存在呢？张洁的回答是：爱，是不能忘的（《爱，是不能忘记的》）；勤凡的回答是：女人需要事业也需要情感（《公开的情书》)；张弦的回答是：无论自我的消融还是自我的强化都可以成为女人的道路(《挣不断的红丝线》《未亡人》)；张辛欣和张抗抗的回答是：女人和男人处在同一地平线上，女人应该走自己的路(《同一地平线上》《北极光》)；孟伟哉的回答是：女人应该更多地负起女人的责任(《黎明潮》)；航鹰的回答是：中国女人就是中国女人(《东方女性》)……通观所有答案，我们看到的是作家企图回答诸如女人与女人、女人与男人、女人与社会、女人与传统伦理观念等问题，其间所透露出的女性自我观念与较为单一的意向有所不同，即这里的“自我”始终与“群体”交织在一起，只是稍稍对上列问题连缀一下便会发现这种合一的发展趋势：女人应该是人，尤其是女人自身，但女人同样是社会的人，可传统伦理观念的束缚又是同样难以挣脱……尽管回答各不相同，但作家几乎是从同一视角观察生活、塑造女性形象的，其“焦点”的融汇便是“女人与道德”。同“人成为自己”一样，女人成为女人自己比男人又多一层屏障，即“道德观念”。在中国，尤其如此。以知识女性形象的发展线索为例，尽管道德观念是随社会经济及上层建筑各个领域的发展而变化的，但旧有的道德的潜存性却是极难改变的。如果我们将《爱，是不能忘记的》与《莎菲女士的日记》摆在一起，便会发现一个惊人的相似，即两个主人公追求的内质——理想的爱情是一致的。而阻碍二人达到理想境界的，无论是凌吉士的徒有其表还是老干部的合法婚姻，在表达作家主观理想完善化的意义上也具有相同的意义。显然，理想与现实的冲突是构成莎菲与钟雨爱情悲剧的基本症结所在。如果我们将莎菲对一个吻怀着既神圣又鄙视的心态与钟雨既爱又无任何举动的心态这两个细节放在一起，便会看到在文学的悲剧冲突背后隐藏着作家主体的伦理道德观念，一种与“贞”联系在一起的观念，它是航鹰力图为婚外恋染上“情投意合”的色彩，但方我素的形象却使人看到茅盾笔下静女士、章秋柳一类形象的影子，这并不等于承认她们是“同一”的形象，而是指她们身上所体现的传统道德观念的淡化意义的相近。令人思索的是，林清芬的坚忍却从另一面证明现实道德的合理性，至于将她的举动视为纯粹人道主义的看法显然是只看到事物的一个方面，并由此形成的超出形象本身存在意义的理想化批评。在“存在”的意义上，“做什么”是现实，“应该做什么”是道德规范，而道德规范本身又具有矛盾性，这种矛盾性规范了林清芬的“现实性”。在作品中，我们更多体验到的是她对丈夫的爱，她的慈母心，她强烈的名誉感以及她的嫉妒本能与家庭观念。在与道德的联结点上,航鹰将她推到传统道德合理性一面的领奖台上。问题不在于她该不该救那位情敌和那可怜的“多余”的孩子,而在于这种举动的道德背景,即在方我素表示永远离开孩子而林清芬终于原谅了丈夫并决定抚养这个她原先视为“谬种”的孩子时,两个女人都站在道德评判的同一尺度上,而这显然透视出作者道德观念的封闭性——方我素的放纵与女儿小朵的狂放不羁似乎可以是这一判断的论敌,但方我素的企图自杀及她尔后的隐姓埋名并在女儿事变后的沉思都证明传统道德的规范性的社会约束力——自然的人性与社会的人性碰撞便遭到惨败,理性终将战胜情感。

新时期作家笔下的知识女性形象在归属上表现为一种“个性消融”的趋势,但正是在这里又表现出作家追求知识女性“自我观念”的完善化倾向,这一矛盾的两个方面在其实质上依然摇摆于既存道德与理想道德之间,并由此显露了作品的悲剧意识,但缺少一种个性的悲剧即悲剧感。以《东方女性》为例,作者在过分奇巧的情节中将“当事人”一律推向无退路的死角,然后按既定的主观的道德观与理想观放她们一条唯一的出路,因而造成道德左右文学的困境并显露出文学在这里的模式化状态,这便是现、当代文学关于女性形象塑造的困惑所在。

普通女性形象自“五四”开始便成为妇女形象中的最重要的部分之一。从叶圣陶的《这也是一个人?》开始,便直奔“女人——人”的主题,叶先生说:“女子自身,应知道自己是个‘人’,所以要把能力充分发展,做凡是‘人’当做的事。又应知道‘人’但当服从真理,那荒谬的‘名分’‘伪道德’,便该唾弃他、破坏他。”这一思想在现、当代历史时期中的作品中始终占据主要地位。这种现象与知识女性形象的演变似乎是不同的,但细细思考便会发现二者的共同点。普通女性的形象在“五四”及20世纪二三十年代在总体寓意上也是对“女人——人”的自我观念形态表现的,只是这类形象多表现为对生活本身的剖析和鞭挞,与知识女性形象的理想化色彩形成一个对照,这剖析与鞭挞本身便是作家主观意愿的反映,但在表现形态上这种“自我观念”是以曲折的形式表现的。在这类作品中,面对同一道德观念,作家的表现尽管有区别,但在总体特征上是一致的,无论是《贞女》中“贞女”的自杀还是祥林嫂穷困潦倒的死;无论是爱姑的离婚还是单四嫂子的丧夫丧子;或者是《生人妻》和《为奴隶的母亲》以及20世纪30年代巴金《家》中的婢女一类,都程度不同地以揭露血淋淋的社会现实为己任。可在这背后隐藏的作家的主观意念却常常被笼统的作品本身的“反封建主义”的归纳所代替。事实上,这类形象与反封建意义联系在一起的内涵同样存在着作家主体对女性“自我观念”的认识。如对于祥林嫂的撞香案,固有的评价都认为这是她受“饿死事小,失节事大”传统观念的影响,是“贞”的观念的潜移默化。的确,这判断本身并没有错,但她这举动也是对婆家强行将其卖身的反抗,再联系到尔后她又死了丈夫后在鲁家的遭遇,以及她捐门槛之类的细节,便较明白地判断出她对自己的估价:我为什么和你不一样?这里所浸透的作者与形象本身的意义都证明在揭露封建伦理观念杀人的同时,一种潜在的关于妇女的自我观念正在形成,而这一观念在整体上基本与知识女性形象所体现的意义相同。殊途同归,这与整个思想界的变革不无关系。这种以揭露为表象特征的给女人以独立人格和地位的女性观,在现代文学中普通妇女形象身上发生转折是到了20世纪30年代中期乃至1942年以后的解放区文学才出现的。显然,作为普通女性与知识女性类别,这里出现了时代的差异性。

单纯、热烈,具有强烈的复仇和战斗火焰是20世纪30年代中期及1942年以后文学所描绘的普通妇女的总体特征。时代的急变带来了最下层人的急变,没有任何犹豫和徘徊,没有伤春悲秋的细腻情感,却有“小刀子扎你没深浅”的豪迈气概(《王贵与李香香》),这绝不是女性男性化,而是社会解放的潮流为农村妇女带来了总体性格的转变。作为这一转变在文学中的反映,我们看到:20世纪30年代中期,潜伏在爱姑、祥林嫂身上的反抗意识以新的类型化面影问世,普通妇女的反抗举止跃动在作家们的笔下,从《春儿姑娘》《春桃》《刘嫂》到《向导》《末一个女人》《生死场》《一个奇怪的吻》《生与死》等,基本上摒弃了纯揭露的“形态”而直接进入“普通女性走向社会”的新阶段。对照之下,我们看到这与1927年之后出现的知识女性的转变在总体上的一致性及在类型化方面的差异性,即知识女性的徘徊过程和普通女性的陡转过程,我们由此发现作家追随时代的敏感的神经。1942年以后,普通女性形象在陡转之后迅速地固定化——群体观念的确立规定了这类形象反映生活的尺度——小芹、李香香、荷荷、白毛女等基本上都属于同一类型。新中国成立之后,在群体观念的意义上,无论是继续以反封建、追求婚姻自由为主题的作品还是描绘新制度下生活的新女性如李双双一类形象都在表现普通妇女群体观念的发展上落笔。只是在一段历史时期内,这种与社会解放联系在一起的群体观念被逐渐推向了极致,并以此为衡量文学形象的唯一标尺,从而使在这一命题涵盖下的形象成为单纯政治倾向的代言者而过多地失去了文学形象本身的特征。

新时期以来,与知识女性形象趋向自我观念与群体观念合一并深化的同时,普通女性形象也出现了与之同步的趋势,只是这种发展重新经历了一次“剖析与鞭挞”的过程。张弦的《被爱情遗忘的角落》、祝兴义的《杨花似雪》、问彬的《心祭》以及《土牢情话》(张贤亮)、《张铁匠的罗曼史》《流泪的红蜡烛》(张一弓)、《人生》(路遥)、《锁链,是柔软的》(戴厚英)、《老井》(郑义)等一系列作品中的女性形象重新回到了“女人——人”的主题上,所不同的是在这一系列形象身上,一种强烈的自我观念不是以“五四”时期那种曲折的含蓄的形式表现的,而是以直露的形式表现的,这绝不是作者主观强加的“亮色”和“光明的尾巴”,而是生活本身的发展与变化及作家主体的社会化过程规范了这种“人”的基本要求——人类解放的第二层次的要求。这种“剖析与鞭挞”与“女人——人”的观念的统一与转化在一些引起较大反响的作品中尤其令人瞩目。在《被爱情遗忘的角落》中,存妮与小豹子的爱情悲剧和更具深刻涵义的母亲菱花与荒妹形象的前后映照,极鲜明地揭开了道德作为一种潜在的力量是随着经济基础的变化而变化的,从菱花挣脱包办婚姻到她企图为荒妹包办婚姻的细节描写,证明了女性的解放是以社会的解放为前提的,而社会的解放如果仅仅停留在政权变更的层次上将是可悲的;只有在经济层次上也获得解放才是使妇女的“自我观念”与“群体观念”成为一种新道德的规范,否则,只是退回到旧道德的老路上去。但仅仅到这里,仍是一种“剖析与鞭挞”,这类作品中女性形象的新意在于在文学形象发展的纵的系列上所生的变化。与荒妹没有接受母亲的包办具有同等意义的是:《杨花似雪》中的杨思萍,以备受摧残和折磨的一贯逆来顺受的女人勇敢地站出来同恶势力的代表郁秃子展开了真正的搏斗,就个体而言,这是性格的转化与发展;就整体而言,是女性自我观念在新背景下的显现。另一层次或者说是在文化层次上显示普通女性追求的自我观念的形象在《人生》中巧珍、《老井》中的赵巧英和《鸡窝洼人家》中的桂兰,甚至包括在《绿化树》中以另一种形态出现的马缨花身上也看到这种追求的朦胧意识。

对于较为突出的“巧珍”这个形象，虽说在爱情的追求上是一个悲剧，但我们却在这追求中看到普通女性“自我观念”的深化。高家林是一个有头脑、有文化的人，单凭这一点就使巧珍甘愿献出自己的全部，并且是顶着社会道德的压迫而确立了自己的位置的。稍有区别的是，桂兰以悲中有喜的正剧宣告普通女性的依附性正在被挣脱，而巧珍的悲剧则暗示着道德观念变更的长期性和艰巨性，但她们却在同一层次上再一次地宣告了她们自己的存在价值。

显然，现、当代文学中普通女性形象的历程在总体上与知识女性形象的发展基本上是同步的，只是在转折与反映的背景上存在着差异性——除了陡转与彷徨之外，单一与多变也应纳入到此范围。

以《鸡窝洼人家》与《井》(陆文夫)为例，我们看到的事实是：在桂兰与麦绒的对比上，后者的贤惠、勤劳等体现在她的最高理想是有一个小农式的封闭家庭。而在这个家庭中，她将最大限度地体现出传统的伦理道德意义上的女性美德，在相对于“人的独立”的前提下，她的这个愿望表现了绝对的依附观念——禾禾的不轨就在于他是不可依赖的，二者亦同，唯有回回是可以依赖的，在这个意义上理解麦绒，就不可否认她的现实的合理性，即现实道德的规范性。同样，作为互补的形象，桂兰最大的特点在于不满足，无论是对物质的和精神的追求都表现出极大的兴趣，在人的性格上，这仅仅是一种差异性，假如没有改革的时代，没有总是“玩弄新花样”的禾禾，她会同麦绒一样成为固有小农经济的牺牲品，而事实上，她成了历史转变时期的“幸运儿”。在现实道德面前，她的行为标准是“我行得正走得端，我有啥怕人的？”这岂不就是子君“我是我自己”的再现，就是《旅行》中的“我”吗？尽管她并不是从反对传统道德的有意识的反叛开始，但她的行为准则却与“反叛”的准则合一。这种思想意义在不同类型形象之间的交互渗透同样表现在知识分子形象上。张洁在《方舟》中所集中描写的三个不幸的知识女性是以婚姻的坎坷为问题核心，从而揭示了文明程度较低的社会层次中，知识女性同样存在着陈腐的社会观念的精神压迫问题，而《井》中的徐丽莎便是这一相关人士发展的极致。一个20世纪80年代的知识女性竟死在传统舆论的压力之下，尽管我们可以在作品中找出极“左”路线的迫害之类，但传统道德的压力不能不说是一个十分重要的原因——女人嫁错了，就不要有非分之想；更可悲的是，徐丽莎的助手童少山，这个曾在潜意识中的确对徐有过一些想法的所谓“男人”，在徐丽莎向他宣布爱的抉择时，竟退缩了。在个性意义上，承认这个“弱女子”的典型意义，但在形象发展史的意义上，20 世纪 80 年代的知识女性徐丽莎与 20 年代的农民形象祥林嫂如出一辙，这并不等于否定这一形象，从祥林嫂到徐丽莎，形成的与固有系列形象思想意义的相悖现象展示了文学创作的灵活性，同时也证明了道德对文学的约束力是那样的强大和持久，而文学对道德的反叛与张扬又是那样的彻底和复杂。

是的，到这里，我们可以剖开女性自我观念确立的道德内涵即“贞”的观念的“面目”了。“贞”的观念是人从动物的人到社会的人的产物，其根源与经济的、人类生理和历史发展的、宗教的等等因素有关，它成为一种强有力的道德约束力在中世纪僧侣哲学背景下是禁欲主义的伦理观；在中国班昭作《女诫》把男尊女卑的思想系统化，也将“贞”的观念固定化，而更主要的如上文所述，这种观念成为妇女的一种约束力在观念形态上是与中国的“国——家”学说联系在一起的，因而显示出更强的统治与被统治色彩，长期以来，所谓“忠、孝、节、义”的一体化便是最好的说明。贞节思想在“五四”时期妇女解放的浪潮中发生了较强烈的变化，但是，即便是较高文化层次的知识女性也未必对此有一个根本的否定，《旅行》中的“我”在当时是够开放的了，但作者却一再暗示：一对恋人之间绝无非分的肉体接触；在《莎菲女士的日记》和《爱，是不能忘记的》诸类作品中，都能使人体会到这一点，在普通女性形象身上，我们也能发现这种状况。丁玲的《我在霞村的时候》便是一个佳例，贞贞自我人格的确立的最重要的障碍便是“贞”，尽管作者企图以全新的“贞的观念”观照生活，但生活本身的抗拒性却是那样的强大，即使是解放了的人们，也是既定道德观念的维护者，甚至在 20 世纪 80 年代的知识分子徐丽莎那里，不也同样存在这一问题吗？究竟如何评价这种文学的“载道”现象呢？其一，从“自我观念到群体观念到二者的合一”是现当代文学妇女形象所体现的理想追求中的一种历史现象，它与中国思想界从“五四”初期的个性解放思想很快地进入社会解放的民族意识，又在相当长的一段历史时期之后重新探索个性问题的思想发展历程是一致的；其二，现、当代妇女形象所蕴含的作家的主体意向表现为两极，一极是传统道德的约束；一极是对显示道德的反叛和对理想道德的追求，前者始终作为一种潜在的心理定势时时向作家、包括生活和读者挑战，如对“贞”的理解,后者在与前者构成矛盾的同时(第一层次),自身也构成冲突(第二层次),因而又表现为揭露和理想化的属于文学的两极:揭露多体现在普通女性形象上,理想化多体现在知识女性形象上,而新时期文学发展的今天则在这一意义上出现了合一的发展趋势,即过往的属于系列之间的明显界限不清楚了;其三,作为现实性与理想性在美学意义上统一的文学,在传达几十年来女权思想或妇女心态史的意义上形成一种固定的模式,即作家的视点的统一与文学形象的道德化过程。

从认识论角度出发,道德认识与艺术认识分属两个不同的认识范畴,但在现、当代文学中,尤其是表现妇女命运的作品中,二者却是交融在一起的:道德认识成为艺术认识的内容,而艺术认识则成为道德认识的载体——我们很难找到一本现代中国伦理思想史,却可以在文学形象的发展中体察到某种伦理观演变的变与不变的轨迹的存在,中国的文学是道德化了的文学,这种古已有之的现象正以新的形态发展着。问题在于怎么认识这种文学反映与表现的固定模式。首先,我们看到的是在三个不同的时期,中国现、当代文学面对生活所取的真实态度:以中国妇女解放历程的特点而言,中国没有形成强大的女权运动,这与半封建半殖民地社会、资本主义不发达、家庭个体经济的束缚以及长期严密的封建伦理规范对妇女的精神统治有密切的关系,而中国妇女在总体上的解放又是那样的迅速,甚至可以说是一种超越——随着民主革命的完成,一下子就从“非人”走到了“人”的地位,而道德观念本身虽然也随着社会经济的变化而变化了,但作为一种观念形态,其变化的过程则是缓慢的,因而有一种与社会解放程度非同步的现象,由此便构成了显示道德观念的复杂性。而文学对此的反映,无论是对现实道德的剖析还是对理想道德的追求,在总体上对道德发展的进步意义是呈现肯定态度的,无论是从历史意义上看还是从社会变革的、思想发展的视角观察,道德与文学都成为了一种积极的互补现象,道德对文学的约束力在文学中又生成变革道德的推动力,因此也就具有了“善”的价值。但是,仅仅是真与善并不是文学的全部价值,我们所特指的文学的困惑即是作为一种模式的不足,造成此类文学及形象在审美价值意义上的欠缺感,这与我们所指“真”的意义并不矛盾:道德作为一种社会的精神现象理应是文学反映的重要对象,但文学决不能等同道德说教,文学是情感的记录,即使这记录的内容是道德但毕竟应是情感的,由此才能达到美的升华。而这种升华又取决于现实如道德的反映的真实程度。我们如上所述的文学对道德的现实性和理想性描写的统一是一种主题性抽取所得来的结论。事实上,分而观之,大部分作品多表现为"一极"倾向,即成为某种单纯否定和追求的观念的替代品,这是道德史家的任务而不是文学的专利,文学应该观照的是现实与理想的情感冲突,而它的内容则可以是多种因素的当然也包括道德的,《爱,是不能忘记的》便是较为成功的一例。事实上,这部作品所描写的女主人翁复杂的情感是道德行为与文化制约性之间的同悖现象的显露——人,既是个体的又是社会的,而人的任何道德行为,当然也包括道德化了的情感活动,一方面具有人的自然与社会统一意义上的本能的行为动机;一方面又凝聚着一定精神、文化的内容,因而这是一种多元状态。问题在于,我们的评论如对《爱,是不能忘记的》无论是肯定还是否定,都是站在单一道德判断的立场立论,从而给出了纯道德而非审美的结论。而当代哲学人类学学说告诉我们,应该排斥"单一道德"论,这即是说,成功的文学作品及形象是排斥一种道德说教,排斥一种固定"反映模式"的。同理,在如上所述的作品中,某些类型化达到极致,或者说将社会解放的群体观念直接赋予形象本身的作品,尽管在系列形象的意义上有存在的价值,但要成为永恒的佳作则是不可能的。只有在人心史与人的情感史方面,同时具有真、善及美的统一价值的现象才能有"永恒"的殊荣。

参考文献:

① 金观涛.在历史的表象背后(摘自《春秋繁露》卷12"基义")[M].成都:四川人民出版社,1984(34).

吴荪甫的民族意识琐谈

摘　要： 研究文学(艺术)形象的意义应该从运动和发展中考察。从《子夜》作品实际看，民族意识及其悲剧的发展趋向是吴荪甫性格发展的基线。因而，“民族意识及其悲剧的发展趋势”是这个形象的“动态”意义。

吴荪甫是《子夜》中的主要人物。几十年来对吴荪甫是民族资产阶级的典型这一问题的研究大致有三种说法。一是反动的民族资产阶级的代表；二是进步的民族资产阶级的英雄；三是具有进步和反动两面性的民族资本家。前二者由于片面地强调某一点已被人们所舍弃，第三种观点是现在通行的说法。准确地说，两面性固然是民族资产阶级的基本属性，但在阶级属性与艺术典型之间简单地画上等号并非科学的认识。所谓“两面性”的观点认为：吴荪甫的形象反映了民族资产阶级相对于买办资产阶级的一定的进步性及其阶级本性决定的反动性。仅此而已，这在立论上显然存在着不足。研究形象的意义应该从运动和发展中考察，否则就容易走上教条主义的歧途。从作品实际看，民族意识及其悲剧的发展趋向是吴荪甫性格发展的基线。因而，进步性占主导地位并逐渐趋向消亡，反动性逐步上升是这个形象的阶级内涵的较为确切的概括。

唯物辩证法认为，事物发展过程中的各种矛盾是不平衡的。有时矛盾着的各个方面似乎势均力敌，但这种平衡是有条件的、暂时的、相对的；不平衡则是无条件的、绝对的，所以，矛盾着的各个方面中，必有一方居于主导地位，成为主要的矛盾方面，而这个主要的矛盾方面对事物的性质起着决定性的作用。由此看吴荪甫这个形象，作为一个存在或曰过程来看，在他身上体现出的民族资产阶级的共性是多方面的，评论界将其主要点归纳为“两面”亦是对的。问题在于这矛盾着的两方面中，孰为矛盾的主导方面？历来的评论者之所以不愿迈这一步，在很大程度上是受“资产阶级”这个概念以及教条化的阶级分析法(或者说是“左”的政治倾向)的限制。茅公自己分析《子夜》时,对书中主要描写的三方面人物的说法,前后就不一致。1952 年在《茅盾选集·启序》中说是“买办金融资本家,反动的工业资本家,革命运动者及工人群众”;1977 年在新版后记中却把第二类人改成“民族资产阶级”。显而易见,这二者是不尽相同的。这说明连茅公本人有时也是言不由衷的。所以,评论家们若是承认进步性占主导地位又唯恐被戴上“吹捧资产阶级”的帽子,便只好以所谓“两面性”来概括。这在哲学的立论上显然是欠妥的。即便是从阶级分析入手,民族资产阶级的两面性也是有其历史发展过程的——在什么历史条件下,它表现出进步性;在什么背景中,它又显现出反动性。不如此,我们怎么解释一个阶级在某一历史时期是进步的、革命的,而在另一阶段则是反动的这样的命题呢?

提出“两面性”立论的偏差,并不等于要全面否认“两面性”的论点,而在于对其作适当的补充,即:在吴荪甫身上,“进步性”是怎样发展及其趋势如何,“反动性”又居于一种什么样的地位。回答这个问题必须找出民族资产阶级在作品发表时所处的环境的特点;同时,还应该通过分析作品中吴荪甫形象的阶级内涵的实质,来窥探这个形象在这种环境下的“行动线索”,也就是他是在怎样一个运动过程中趋于悲剧结局的。

先看环境特点。

第一次性界大战期间,各帝国主义列强之间忙于战争而放松了对中国的侵略,中国的民族工业有了一定的发展。大战结束后,在帝国主义卷土重来的势力面前,中国民族工业便由繁荣景况立即转入萧条阶段。1929 年秋,资本主义世界爆发了一次大规模的周期性经济危机,为了转嫁“危机”,帝国主义的侵略又加紧了,所谓的“过剩”商品日趋增多地向中国倾销。而各帝国主义之间的矛盾又促使他们互相争夺利益而不惜付诸武力。日本在占领东北之后,于 1932 年 1 月 28 日又发动了对上海的进攻,次年又侵占了热河、察哈尔等大片土地。在此期间,经济侵略也在加强。而借战争机会发了大财的官僚资本家又形成了四大家族的经济体系,加之内战,以及农村经济的破产,民族工业这时已陷入了破产或半破产的境地。这样,民族资产阶级在发展道路上面临着一个问题:是投降帝国主义、买办资产阶级,还是继续维持自己的独立。作为一个软弱的阶级,民族资产阶级在蒋介石“四·一二”叛变革命后曾一度倒戈,站到了人民的敌人的一面。而新的形势的发展——中国更加殖民地化的现实,有没有使民族资产阶级发生向左转的变化的可能呢?由于这个阶级没有地主阶级那样多的封建性和官僚买办资产阶级那样多的买办性,它是有可能发生变化的。作为外在条件,应该承认,当时的政治气候也发生了能够使民族资产阶级转变的客观条件。从时局看,其特点是新的民族革命高潮即将到来。究其因,乃在于日本帝国主义的侵略,使"中日民族矛盾的发展,在政治比重上,降低了国内阶级间的矛盾和政治集团之间矛盾的地位,使他们变为次要的和服从的东西"。[①]国内政治矛盾主导方面的转移,使"人民"的概念具有了更广泛的内涵。正如毛泽东同志指出的那样,民族资产阶级"是人民大众的一部分"。[②]而新民主主义革命的任务又分明是反帝反封建以及反对官僚资产阶级,民族资产阶级在这特定的时代的进步倾向性是无可怀疑的了。这便是《子夜》发表前后,整整一个历史时期民族资产阶级的时代特征。

吴荪甫正是这样一个时代、这样一个阶级的一员,但是吴荪甫的形象绝不是这种阶级性的简单缩写。若如此,我们只好承认他是进步的民族资产阶级的英雄了。我们不能因为民族资产阶级在蒋介石叛变革命之时对人民倒戈,就说其时的一切民族资本家都是反动的资本家,也不能因为民族资产阶级在20世纪30年代后期乃至抗战时期倾向进步就得出一切民族资本家都是进步的结论。我们应该在对具体形象作具体分析的前提下,承认吴荪甫形象与民族资产阶级的共性有一定的联系,且又有自己的个性特征,即便是在体现阶级共性上也是如此。吴荪甫的形象在作品中究竟是如何体现阶级共性的呢?从情节和人物两方面窥其一斑。

以吴荪甫为中心,作者安排了他与买办资产阶级的代表人物赵伯韬的角逐,与企业中工人的阶级冲突;与双桥镇威胁着他财产的农民的矛盾;与有着同等阶级地位的其他企业家的争夺;在家庭生活中与妻子之间的感情意志上的内在冲突;甚至包括他与其父之间的发展与守旧的认识分歧(尽管一开始就以了结的状态出现)。在这诸多矛盾中,哪一个是最主要的呢?一般研究者认为作家安排了两条主线,即吴荪甫与赵伯韬之间的冲突、吴荪甫与工人之间的冲突。资产阶级与工人之间的矛盾是由双方的根本利害冲突所决定的,任何一个国家和民族都是如此,这是资本主义商品社会中存在的一种特定的经济关系,双方是互为存在前提的。但中国民族资产阶级却有些不同,其特征之一就是它与帝国主义经济及其代理人官僚买办资产阶级存在矛盾。茅盾正是从中国民族资产阶级这个特征入手，在不违背其阶级本质的情况下，着意安排了最主要的情节，即民族资产阶级与买办资产阶级的矛盾。

在小说中，帷幕一拉开，吴老太爷的“风化”只是“引入”和“象征”。吴荪甫在丧礼上还念念不忘“办企业”，与此同时，点出赵伯韬居心叵测地拉吴“入伙”的第一步，即先给他一个甜头，以“势利”为诱饵钓吴上钩(资本家毕竟是利欲熏心的)，但此时吴荪甫的注意力主要还是放在实业上，如吞并朱吟秋的丝厂。说他剥削也好、吞并也罢，都是指这个阶级赖以生存所必须采取的手段，是不依读者和吴本人的意志为转移的。赵伯韬当然不能容忍吴荪甫的所作所为，这个老奸巨猾的金融寡头自有他的谋略，在一拉之后便是二打，打而不死，又施以“仁”，要放债给吴，美其名“合作”。吴荪甫也不是凡夫俗子，一眼就看穿了这套把戏无非是拿绳索来套他，于是拒绝了。最后走投无路便孤注一掷，在公债市场上与老赵抗衡，不料竟连同全部家产一起输掉了。很明显，小说贯穿始终的是民族资产阶级与买办资产阶级的矛盾。这也就是作品的主线。而吴荪甫与工人之间的阶级冲突，则是他那个阶级固有属性的描述，也是他失利时“转嫁”恶果的必然。因而，这两条线索是有区别有发展的。以宏观视之，小说全篇十九章，除第四章写双桥镇，第八章写破落地主冯云卿外，直接写吴荪甫与工人冲突这条线的仅有三章(十三、十四、十五)，其余十二章，主要是写吴荪甫从办企业到做公债(在第一章中同时着笔的)直至破产的过程。这大概也可看作全书主要线索是吴、赵的矛盾冲突的佐证。小说在草稿阶段时曾定名为“夕阳”，也是此说的一个形象的注脚。

情节线索如此，吴荪甫形象的意义又如何呢？

从表现阶级共性处着眼，他是一个秉性粗暴、刚愎自用、独断专行的人。这一性格特征决定了他对工人的态度，同时也使他在“办中国人自己的工业”信念的主宰下，面对威胁、利诱没有任何奴颜媚骨，如赵伯韬以借款为名，行控制他苦心经营的益中公司之实时，他虽有“内心的颤栗”，但还是很强硬地拒绝了赵伯韬的所谓“合作”。要知道，他面临的是这样一种境地：战事不停，益中公司的八个厂生产过剩，加之赵伯韬的经济封锁，向前一步就可能破产。虽如此，他依然没有屈膝就范。对于这个形象，作者是颇费了一些笔墨的，只要从书中随摘几例便可窥见作者主旨之所在了。

杜竹斋是吴荪甫的姐夫,是个银行家。一次,吴荪甫对他谈起自己的事业时,在对不景气的情况发了一通办工厂不如办银行的牢骚之后,旋即“转成坚决的态度,右手抱拳打着左手的掌心”说:“不!我还是要干下去的!中国民族工业就只剩下屈指可数的几项了,丝业关系中国民族的前途尤大!——只要国家像个国家,政府像个政府,中国工业一定有希望的!”

书之起首,吴老太爷丧生,这对吴荪甫来说,至少是一个人生的悲痛,可作者写后来参加“吊唁”的资本家孙吉人提出一个包括长途汽车、矿山和银行等在内的宏伟设想时,“吴荪甫的眼睛里却闪出了兴奋的光彩”,“他觉得遇到一个‘同志’了”。(见《子夜》)——死了父亲是小事,办企业才是大事,一个醉心于“事业”的形象活现在字里行间。

互相倾轧、吞并是资本家的本性,对朱吟秋这个即将破产的民族资本家,吴荪甫的态度是:“他们到底是中国人的工业,现在他们维持不下,难免要弄到关门大吉,那也是中国工业的损失。”乍一看来,这似乎有点假心假意,然而他还说:“如果他们竟盘给外国人,那么外国工业在中国的势力便增加一分,对于中国工业更加不利了,所以为中国工业前途计,我们还是要‘救济’他们!”“救济”固然是兼并的代名词,但不能盘给外国人的认识却是极精当的议论。

诗人范博文有一次对吴荪甫说:荪甫,我就不懂你为什么定要办丝厂?发财的门路岂不是很多?”这一问才真点出问题的症结之所在。是呀,天下道路千万条,何必非走这独木桥不可呢?吴荪甫的回答极利索:“中国的实业能够挽回金钱外溢的,就只有丝!”又是中国实业!尽管这完全可以看作冠冕堂皇的“剥削经”,但不能不承认在他的思想中确实存在着“民族意识”。

无须赘述,吴荪甫追求的是中国人自己的工业,在民族矛盾日益加深的时代环境中,这无疑是一种进步,这种进步正体现出他的“民族意识”,而这种意识在吴荪甫的身上是有着自身的发展趋向的。在一系列的“失利”面前,在“利欲”的制约下,他的目标越来越大,并且一经在公债上获得“利”,便一发而不可收。一手办工厂,一手做公债,这无形之间是一种削弱,以至于在“四面楚歌”中,他私下里给自己安排了“出路”——“虽然是投降的出路,但总比没有出路好多罢!”在益中公司最后讨论“出路”的会议上,吴荪甫已成为“主降派”了。而且他还和同僚们商定,把工厂抵押给外国资本家,将其资本拿去做公债。什么办自己的工业之类的信念此时在他身上已不占主导地位，此时的他要的只是“利”，甚至在他手上没有现款的情况下干脆把自己的家产连地皮一并和工厂做了抵押去做公债，结局是可想而知的。吴荪甫的所作所为正是他的民族意识及其悲剧发展的过程，这个过程一方面有外来势力的打击，一方面是他所代表的那个阶级的本质所决定的。作为民族资产阶级的一员，这种“进步意识”的悲剧结局，将可能导致反动意识在他的思想中占主导地位。情节的发展是有这种可能性的。在小说中，他最初对赵伯韬的公债并不感兴趣，而对孙吉人的“办大企业”的主张却兴致勃勃，但随着环境的变化，他把主要的注意力集中在做公债上，甚至不惜以“毁”了“自己的工业”为代价。这是他利欲熏心所致，也是他在赵伯韬的打击下向买办阶级靠拢的必然趋向。尽管在作品中这一点揭示得并不深刻，但民族资产阶级毕竟是一个软弱的阶级。因而我们说，所谓“两面性”在他身上是有一个转化过程的。综观时代、环境、书中情节、人物形象等都证明这一立论是可以成立的。

评论界在谈到《子夜》的结构时，有一种意见认为除了“游离”的第四章外，工厂这一条线索写得较薄弱。茅公自己把这解释为他依据的是“第二手材料、不太熟悉”。事实上，这都不是问题的核心。评论界甚至包括茅公本人都犯了一个错误，即认为阶级的共性等于吴荪甫形象，因而也才有“两面性”的说法，也才认为吴荪甫与工人之间的矛盾这条线索展示的不够。对于评论家来说，这是从理论出发去“套”书中人物；对茅公来说，是不得已而为之的诠解（情况是复杂的）。如果从“民族意识及其悲剧发展的趋势”这样的命题出发，小说本身并不存在什么“线索展示的不够”这样的问题。作者明显地抓住了民族资产阶级在那个特定时代的特点，抓住了吴荪甫这个人物的性格特征，二者揉为一体，塑造了“这一个”典型。瞿秋白在《子夜》问世后，有以“施蒂而”为笔名的《读子夜》一篇，该文在谈到吴荪甫这个形象时说：“在意识上，使读到《子夜》的人都在对吴荪甫表同情，而对那些帝国主义、军阀混战、共党、罢工等破坏吴荪甫企业者，却都会引起憎恨。”这虽然是作为意见来提的，却反映了作品的实际效果，就是吴荪甫在读者印象里“不容易引人生反作用”。[③]一个在工人面前表现为赤裸裸的、凶狠面目的资本家却引起人们的同情，这不得不从形象本身找原因，而这原因是显而易见的，即他的性格的发展是他的“民族意识”所表现出的“进步性”逐渐趋向悲剧结局所致。因而，民族意识及其悲剧的发展趋势当是这个形象发展的实际过程。

评价一部作品的历史意义和地位,对典型形象的内涵即形象本身所包孕着的思想内容必须有一个公正的、切实的评价。否则,就会影响评论的"价值"。茅盾在1977年《子夜》新版后记中明确指出,他写《子夜》是为了驳斥托派的所谓"中国走上了民族资本主义的道路"等观点,并且是"通过吴荪甫一伙的终于买办化"来达到目的的。"终于买办化",这是作者的主观愿望,但生活和艺术本身并没有完全按照这个线索发展,虽然吴荪甫的孤注一掷以及他的出走和"益中"盘给外国人等都可以预见他的结局,但"权且如此,等待时机,东山再起"的思想还在他那里留有影响。所以,以悲剧的发展趋势作注,承认有趋向买办化的很大可能性,才是正确的结论,这是全书发展的主要线索,也是吴荪甫形象所表现的意义,并由此反映了作品的主题所在,即民族资产阶级是一个软弱的阶级,中国在进一步走向殖民地化,而没有发展到资本主义阶段。此说与"两面性"的观点之间有相同的地方,却又不能等量齐观。"两面性"的说法是静止的分析形象,而"民族意识及其悲剧的发展趋势"的观点,则是在运动中挖掘形象的意义。

物质是运动的,事物是发展的。宇宙万物皆如此,何况文学作品中的形象呢?

参考文献:

① 毛泽东.新民主主义论(《毛泽东选集》第四卷)[M].北京:人民出版社,1960(234).
② 同上.P. 183。
③ 瞿秋白.读《子夜》[J].新文学史料.1981(4).

评司马长风著《中国新文学史》

摘　要：香港学者司马长风著《中国新文学史》在价值尺度、框架结构、史料问题三个方面具有独到之处。因以评之。

司马长风著《中国新文学史》全书三卷，约90多万字，香港昭明出版社出版。上卷1975年元月初版并于1976年6月、1980年4月再版和三版；中卷1976年三月初版，1978年11月再版；下卷1978年12月初版。在长达4年的时间里，这套史著才得以全面问世，可以想见作者其中的甘苦。大凡鸿篇巨制，没有精细之研究，理论之推敲，资料之搜集，是很难想象的。通观全书，感到在价值尺度、框架结构、史料问题三个方面，该书都具有独到之处。因以评之。

一

任何文学史著若无史的线索将不成为文学史，而史之线索又是靠价值尺度连串的，所以，价值尺度是一部史著的灵魂。《中国新文学史》在第一卷初版时仓促间没有写序，在中卷出版时以“跋”代之，其中，关于该书的价值尺度有自我的解剖：“我有两点自信：第一，这是打碎一切政治枷锁，干干净净的以文学为基点写的新文学史；第二，这是以纯中国人的心灵所写的新文学史。我痛感五十年来政治对文学的横暴干涉，以及先驱作家们盲目效仿欧美文学所致积重难返的附庸意识，为了力挽上述两大时弊，是我写这部书的基本冲动。”[①] 这是司马长风先生治史的指导思想，其在外观上的意义很清楚，即无论是大陆版的新文学史还是台湾版的新文学史，都因受当局的政治影响而不能成为真正的文学史。由于某种原因，台湾版的新文学史姑且暂置一边，以大陆版的新文学史论，单是版本就不下几十种。但是，由于政治运动的频繁，以及政治第一、艺术第二的口号的偏颇等原因所囿，大多数大陆版的文学史都是以毛泽东的《新民主主义论》为价值尺度，诸如新文学史本身的概念内涵、性质、史的线索、分期以及作家作品地位的权衡等无不与此有关。进入新的历史时期以来，由于对“文艺从属于政治”口号的修正，出现了一些新的现象，但更多的是如何解决几十年来文学史界的种种矛盾，各种各样的理论，新的探讨纷至沓来。其中，在治史的价值尺度上也有一个内在的根本转变，即写真正的属于文学的历史。正是在这种气候下，司马先生的大作得以流传大陆并产生了一定的影响。以影响和效果而论，司马先生治文学史的价值尺度是应该探讨的理论问题之一，这便是这套书的积极面。

大陆各种版本的文学史长期以来受价值尺度的限制，排斥了一部分应入史的作家。如周作人，因为做了汉奸，遂成“反动”，这本是“铁案”，无需翻案，问题在于以文学史家的眼光看，在新文学开创期，无论是他的理论主张，还是他的创作实践，特别是散文的实践，都有较突出的成就；再如沈从文，因与“新月派”有关系以及在抗战时说过一些过头话，便被拒之于文学史之外；还有“资本家的‘乏’走狗”的梁实秋，以徐志摩为代表的后期新月派，以戴望舒为代表的现代诗派，以施蛰存、穆时英为代表的现代小说派……，如此等等，都由于“政治”的甚至包括“个人”恩怨的情绪而被束之高阁了。正当人们从封闭的状态中解脱出来并着手修正已往的过失时，司马先生的书超前一步问世。因而这部以“文学”自足体为标尺的著作中的某些对如上所述问题的观点一下子变成了“新颖的理论”而被接受了。无可否认，这是司马先生治史思想的积极影响。然而，这毕竟是宏观认识，在具体的细部的认识上，司马先生的立论基础究竟是什么呢？这就必须从具体问题中找出些许的例证来。

例证一：司马先生在整个文学史的小说创作中，主要肯定了三大家，即鲁迅、郁达夫和沈从文，而尤嘉沈从文。他说：“沈从文在中国有如十九世纪法国的莫泊桑，或俄国的契诃夫，是短篇小说之王，……仅有的几篇长篇如‘边城’、‘长河’等全是杰作。”以《边城》为例，作者以为这部小说是一首“长诗”，是“二十一幅彩画连成的画卷”，“是小说中飘逸不群的仙女”，“是三十年代文坛的代表作”。[②]显然，这多属空泛之论。要点在哪里呢？司马先生归纳了五条，即1.烘托手法；2.写景的圣手；3.暗示笔法；4.带有泥土味的语言；5.独特的结尾。谨此，我们只能得出这样的印象，即司马先生是“技巧派”。假如到此为止，司马先生的“价值尺度”本身就是不健全的、矛盾的。只要按如上所引司马先生的话，稍微回味一下莫泊桑与契诃夫的作品就会得出答案——《羊脂球》与《套中人》绝不是仅仅靠技巧取胜的。细察司马先生的评价便发现在字里行间还藏留着他的价值尺度的另一要点，他认为《边城》是“平凡的人物，平凡的梦，平凡的坎坷，可是表现了不平凡的美”。达到这一“美”之境界的途径当然与上举五点分不开，但更重要的是，沈从文描写了“淳朴的人性”，而这“正是沈从文永写不厌的灵感泉源”。[3]在司马长风看来，技巧表现与人性的讴歌是判定美的文学的标尺。

这“尺度”作为宏观认识是应该肯定的，其积极意义也是毋庸讳言的。但司马先生在具体的“度量”时也常有偏差，究其因，乃在于“尺度”本身的“伸缩性”。他在评价茅盾及其《子夜》时认为茅盾的作品“以《蚀》和《子夜》最令文坛重视，《子夜》且被推举为三十年代的代表作，其实这只是一种不负责任的浮夸，直到今天没有一个文学史家敢于深入剖析这部小说”。[4]在此基础上他还援引了鲁迅与朱自清的评价以为论据。的确，鲁迅与朱自清对《子夜》的评价是中肯的，但这并不能成为否认《子夜》是20世纪30年代长篇代表作之一的立论。我们认为，对现实丑恶的披露与对理想人性的向往，都应该成为文学的表现对象，单纯强调其中的一种，作为衡量“人的文学”的标尺都是不科学的。沈从文的《边城》是佳作；茅盾的《子夜》也是上品。事实上，从文学的角度看，这两部作品一个是潺潺流水，一个是疾风暴雨，风格迥异，有不同的审美价值，是难以在同一范围内论优劣的。

例证二：现代文学史最难写的恐怕是新诗部分。综观司马先生全书，大约将诗分为如下几个时期：“后放脚”的诗；重整步伐的新诗；诗国的阴霾与曙光；诗歌的歧途和彷徨。就其具体评价来说，在总的把握上，如对过分西化等现象的批评都是中肯的，也是符合实际的。这与我们过去一味强调诗的政治色彩等形成对照。在具体的“品尝”中，司马先生评价美的诗的标尺也基本与总体准则吻合。如他认为“胡适缺乏诗情，根本不是一个诗人。他所写的新诗，没有一首诗意够浓的诗”。对同时也写新诗的刘半农，他认为“诗才出众”，并举了《教我如何不想她》一首为例，说这首诗“写出一种自然朴素的美”。理由除了这首诗最早使用刘半农自己创造的“她”字外，还有三条，一是这样的情诗是中国传统诗中最缺乏的作品；二是这首诗的音节和韵脚自然；三是这首诗有和谐之美。同时，又援引周作人的评价说这首诗“没有一点朦胧，因此也缺少了一种余香与回味”。这样的分析与评价是有说服力的。

然而，司马先生在评价具体诗人与诗作时仍有不公正之处，如对郭沫若前期诗作而言，郭沫若的《女神》《星空》与《瓶》三部诗集是重要作品。但司马先生除肯定了《天上的街市》一首诗外，对郭沫若前期的诗集只字未提，令人困惑。无论如何，郭沫若在诗情、诗才与诗作上都不应在刘半农之下，这或许是因为郭沫若诗作中有过多的政治倾向——假若肯定了《女神》的时代精神，就等于肯定了“五四”的时代精种，而这又与共产党的宣传是一致的，要完全摒弃政治的影响就没有必要一定让这些诗人史。其实，司马先生在本书中评价其他诗作时也自然地承认了时代的影响，如对抗战诗作的评价。抗战全面展开之后，整个文艺界也发生了巨大变化。在诗的领域里更是如此。艾青就有如下的论述：“诗人能忠实于自己的时代是应该的。最伟大的诗人，永远是他所生活的时代的最忠实的代言人，最高的艺术品永远是产生它的时代的情感、风尚、趣味等等之最忠实的记录。抗战在今天的中国，在今天的世界，都是最伟大的时间。不论诗人对这事件的态度如何，假如诗人尚有感官的话，他总不能隐瞒这件事之触目惊心的存在。”[5] 司马先生也引用了这段话，虽然也指出这段话的不足，但也给出充分的肯定，并认为当整个民族被战火拖到死亡边缘，作家们抗日意识、民族情感如烈火狂烧，他们无暇思考，将自己所有的一切，包括生命和创作都献给时代，是“自然的发展”。在指出从文学角度看“一切为了抗日”的口号混淆了文学与宣传的同时，也承认这是难免的，并在评价像朗诵诗运动这样的文学现象时提出两点标准：“一是从历史的观点去了解，从事实上了解它的兴衰起伏；二是从诗的鉴赏观点去了解，朗诵诗以听觉去鉴赏诗，使诗受听觉的检查与批评，以策进诗的发展。”[6] 在具体分析时，他严格按这标准去衡量，指出朗诵诗的时代感强烈，注意了音节的变化，是对前期诗作中欧化因素的修正，但也有较多的粗糙滥制的现象。这评价无疑是公允的，合乎实际的，具有较强说服力。就诗本身来说，作者也注意到了前后的联系、发展与变化，因而，具有“史”的意义。如此回顾对郭沫若的评价，司马长风的主观色彩就一目了然。

例证三：在对鲁迅的评价上，书中的良莠现象更是明显。关于鲁迅小说总体风格的把握，司马先生基本上是正确的。像以血腥的气味所体现出的揭露性；对“揭出病苦，唤起疗救”的信念感；对作品的仔细推敲形成的严肃感。将鲁迅小说分成火辣冷隽与温润柔情两类,以及有些作品缺少浑圆,失之色彩等是较好的论述。这种实事求是的评价与有些一味说好以及将鲁迅作品一锅煮的文学史的不足形成对照。但是,司马先生对鲁迅的一些作品的评价是不符合实际的。《狂人日记》在中国小说史上的地位是有目共睹的,司马先生除了对"用日记体写小说,用白话写没有故事的小说"以及"以一个疯子的胡言乱语浑成一完整的作品"的喝彩外,余下的就是否定。虽然承认小说有借一个狂人的精神活动,对中国传统和社会做了锥骨敲髓的讽刺的意义,但马上又说"它不过是作者急于籍狂人之口来咒骂传统的文化'吃人'而已"。[⑦]同样,在评价《阿Q正传》时,引用鲁迅自己关于"开心话"的那段论述,正面理解鲁迅先生的反话,批评了"滑稽"。这里,司马先生忘记了后来鲁迅先生在《答〈戏〉周刊编者信》中曾为了给阿Q带帽子的问题的论述,那显然是对有人将阿Q理解成滑稽相的不满。司马先生还以鲁迅在《呐喊·序》中未提到"阿Q正传"等类似的三条意见为理由,否认了这部小说是鲁迅的代表作品之一。且不论司马先生对鲁迅原话理解的出入,以司马先生本人的意见,《阿Q正传》的失败在于鲁迅"将阿Q当作一个人物",并"把他写作民族的化身"。[⑧]为避嫌疑,我们将置国内近几十年来对"阿Q"形象的评价于一边,找出20世纪30年代按司马先生理解为"中性"的评论者观点来说明。苏雪林在《〈阿Q正传〉及鲁迅创作的艺术》一文中认为,它打动人心、倾倒一世并不在于写了一个极形象的乡下无赖汉,并且指出若论滑稽可以推《笑林广记》,何必推"阿Q"?原因在于《阿Q正传》在苦涩的笑声中包蕴着一种严肃的意义。她说:"善做小说的人既赋作品人物以'典型性'(Typica Trait),同时也必赋之以'个性'(Individual Trait),否则那人物便会流为一种公式主义,像中国旧剧里的脸谱一样。陈西滢说'阿Q不但是一个Type,同时又是一个活泼泼的人,他大约可以同李逵、刘姥姥同垂不朽了'。(《新文学以来十部著作》)这就是说阿Q虽然是个典型人物,同时也是一个个性人物。《阿Q正传》之所以在文坛获得绝大成功,其原因无非在此。"[⑨]司马先生还指责《阿Q正传》在行文中杂有一般人不理解的古文,并且认为《阿Q正传》的艺术成就不高。这种指责显然没有充足的理由,只是以偏概全的意念式批评。同样是30年代"中性"批评家的李长之对《阿Q正传》的艺术成就有过正确的估价——风格的"从容",艺术的真实等使之具有"永久价值"。

在价值尺度的核心理解上，司马先生有其正确的一面——一切作为政治附庸的文学都与真正的文学有一定的距离。问题在于，作为一种精神现象，文学的广泛社会联系性使其自身不可避免地染上时代的、历史的、经济的、宗教的、民俗的、民族的乃至政治的色彩，而这些色彩的共同底色又是文学的美的价值。这是一些互相排斥、吸引、包容、并存、发展、运动，在各种情况下会产生出不同结构形态的原素。在文艺研究中，史家更应该注意诸“原素”在空间里的位置，如果仅仅强调了共同的底色，那只是彩色胶卷的三原色，只有与各种原素结合起来，并放在社会的背景中来认识，才能显出“千姿百态”的真实色彩来。当然，连“三原色”都不要，只顾政治原素的创作与研究更不具备文学的历史的意义。

二

任何建筑，都有其框架结构。文学史著，作为文学研究的建筑，也理应有一定的结构形态。

《中国新文学史》在结构上最显著的特点是分期和以史线评述作家作品。

分期问题历来是文学史著的焦点问题。大陆出版的各种文学史版本在分期问题上，尽管有几种不同的看法，但以往的基本模式便是按新民主主义革命的历史时期的划分为准来划分文学史的。近几年来已有不少同志提出异议，并有研究成果出现，比较集中的见解是“按文学自身发展的规律来划分文学史”。其具体意见虽有不同，但从发展趋势上看是较为正确的。司马先生在大陆文学史家尚未涉足此类问题时已实践了自己的观点，并且对国内文学史家产生了良好的影响。以北京大学黄修己的《现代文学简史》为例，可以看到两种书在分期问题上的相似点：

司马本	黄　本
诞生期 1917—1921	发生期 1917—1920
成长期 1921—1928	发展一期 1921—1927
收获期 1929—1937	发展二期 1928—1937
凋零期 1938—1949	发展三期 1937—1949

两本相近的分期法都力图证明现代文学的发生不是“五四”之后而是在“五四”之前。国内理论界近来发生了较大的变化，在文学史的分期上，已提到文学观念的高度来认识了。所谓“二十世纪中国文学”概念的提出，便是力图在中西文化大交汇的格局中找出中国新文学的真正位置，尽管还缺少一定的论证及史料的收集，但这认识无疑具有开拓意义，较之“不是从‘五四’开始”的观点是大大地发展了。但应该指出，在现代文学史研究的领域里，司马先生是较早实践以“文学写史”的观点的有识之士。同样，按体裁论述文学现象虽不自司马先生始，但由于在分期思想的框架左右下，其各个时期的总结与划分是有一定学术见地的。如对散文的论述与分期——从“早熟的散文”经“散文的泥淖与花朵”到“散文的圆熟与飘零”，在一定程度上总结了散文本身的发展规律。当然，对鲁迅杂文的认识是否囿于偏见，恐怕应是另外的关于文体的论题了。

既然提到文学史分期的背景问题，就有必要对此有相应的说明。的确，司马先生也注意了东、西方文化的问题，但更重要的还在于强调古典文化的继承与发展问题，贯串在全书结构中，其与“文学写史”的经线相比，大约是“纬线”的位置。一个民族有一个民族的特点，文学艺术中所反映的每一个民族的生活和心理特点，不是预先注定的，而是在社会历史发展过程中，在周围自然界和社会生活条件的影响下逐渐形成的，它们本身也是发展和变化的。在宏观上，从文化背景这样的高度着眼，《中国新文学史》还未达到将文学摆在世界文学运动的格局中考察的高度。作者更多注意的是文学的发展取决于个别天才创作个性的显现。事实上，如果缺少对作家客观条件诸如他们进行创作的历史环境、国家、民族和时代的特点的分析，便较难总结出深层的个性，只能流于一般的“排座次”式的分析。应该承认，任何历史首先是人们的相互作用和历史创造活动的过程。人们视不以个人意志为转移的历史上形成的物质和精神为前提，自己创造自己的历史。文学家对自己在历史阶段中的选择，与他本人对生活的多方面的理解有关。关于这一点，司马先生在上卷的《周作人的文艺思想》这篇补充的资料中有较好的论述，但从全书看，尚缺少对整个历史阶段与个性独创的统一的把握。

另外，《中国新文学史》是以史线评述作家作品，如叙述鲁迅，便将郁达夫放在参照物的位置，并认为他们是中国现代小说自成风格的两派。这一论点目前正风靡国内，因为这种比较是有道理的。在横向比较的同时，作者还较多地注意一个作家在不同的历史时期的发展与变化，如对巴金的评价，作者认为在众多的反映社会变革带来的动荡的作品中，《家》获得较多读者，乃至在今天仍有意义的理由是《家》对人的刻画的成功，如对高老太爷临终忏悔的描写即是例证。同时，作者比较公正地指出《家》在艺术上的缺点是“缺乏艺术锤炼”，叙述部分急于表达思想等，但在总体上作者对《家》是持肯定态度的。可贵之处在于真实地指出名著的缺憾，并在巴金尔后的创作的分析中将这一点联系起来分析，认为到了20世纪40年代的“人间三部曲”，其艺术功力的发展与成功，使巴金舍去了那些粗糙的叙述。这就在发展中勾画出了一个作家的“史”的轨迹。

三

《中国新文学史》在史料的处理上也颇有值得赞赏之处。

其一，纯粹从史著的观点看，该书在各章后所列的作家作品录、文坛大事记，都是各文学史未曾注意的问题，方便了读者，也从另一方方增进了史的观念。

其二，在发掘新史料或对未曾引人注意的史料，提出自己有见地的意见。在记叙左联机关刊物中，作者所列的刊物远较国内著名学者王瑶的文学史所列的多。在下卷第二十六章“长篇小说竞写潮”中，作者单列一节“无名氏的《无名书》”，论述了抗战时期作品是畅销的小说作家之一的无名氏的小说创作，从作家的经历到其家事、创作风格、小说分析、作品集锦以及创作的不足等各方面给予一定的评价，这在一般文学史著中是不多见的。

其三，灵活运用史料以求文学全貌，也是该书在处理史料上的一个特点。在下卷第五章中，由于对战时文坛作家的情况难以把握，加之创作混乱，一般史料多在背景上下功夫，司马先生却灵活地运用了他所掌握的史料，披露了战时战后文坛的一般概貌，如对各类期刊、报纸副刊的叙述，都使人从出版状况中窥见了战火的蔓延、时代的变迁、文坛的兴衰。

其四，不任意歪曲史料，严格遵循事实真相，也是该书在处理史料问题上的又一特点，以往文学史著多有从主观出发的意向，为了说明某个与政治有关的论题，剪割史料以为“我”用，丢失了历史的真面目。司马先生是与之相反的。如“古文大师章太炎，民国元年即曾主张采用白话”——不因后来的复古而讳言。再如，将胡适写信骂劝人们改革国语的驻华盛顿清华学生监督处的秘书钟文董一事如实披露，对理解胡适前后的变化及当时的改良主张均有益处。

诚然，《中国新文学史》在史料的处理上也有疑问之处，主要表现在对某些史料考查不实等。如对茅盾的祖籍，作者这样写道：“茅盾（1896—）原名沈德鸿……浙江宁海人……”显然，这是误述。另外，在叙述某些刊物的兴衰时，将这些刊物从兴到衰的细节，甚至将某人与某人的关系之类加进去，有琐碎之嫌。刊物的兴衰固然也是文学现象之一，但细究起来，文学史重要的在于从宏观到微观探求文学发展的规律，一些不必要的枝蔓应该剪去。

参考文献：

①②③④⑥⑦⑧ 司马长风.中国新文学史[M].香港:昭明出版社(中卷第324页；中卷第40页；中卷第49页；中卷第50页；下卷第183页；上卷第69页；上卷第111页)。

⑤ 艾青.诗论[M].北京:人民文学出版社,1956.

⑨ 陈西滢.新文学以来十部著作[J].国闻周报1934-11-5(第十一卷第四十四期)。转自《六十年来鲁迅研究论文选》上卷第135-136页。

文学批评现状及趋势片谈

摘　要：在广义文学批评的意义上，从目前国内文学批评的动向看，大致可以寻出以下几种趋势：注重本体研究的趋势；科学的批评趋势；注重审美批评的趋势；注重文化背景的批评趋势；意识形态论的批评趋势；技巧批评即形式批评的趋势等。

在中国，文学批评与研究作为社会科学的分支，无论古今均有浩大之态势。近几年来，就其深化的趋势而言，文艺研究在社会科学研究中又充当了“先锋”——景象的繁荣、内容的深入均使各学科刮目相看。这个变化的最显著的时间标志是1984年。自有现代文艺批评以来，这是一个值得记忆的转折年代。认真总结近几年文艺批评并理论发展的现状及趋势将有益于未来批评与理论的发展。

鉴于理论界概念规范的非一致性，有必要为文学批评说两句：广义而论，文学批评是对文学作品以及文艺问题的理性思考。它讨论、评价作品、论证文学本质以及作家在文学史上的地位。《不列颠百科全书》文学批评条认为当代文学批评与此前的文学批评是有区别的：它的研究领域和方法包罗万象，它借用了社会科学的许多程序；另外，它对细节的高度注意也是前所未有的。由于文学在社会中的位置已经变得更加难以捉摸，更加扩散式，加上人文科学教育实际已经成为一门专业，拥有大批相互都能评论的专业人员，文学批评已经成为一门复杂的学科。它既是个人感情和鉴别能力的运用，又是道德与文化的反映。《苏联简明文学百科全书》中也认为随着时间的推移，文学批评分解为两个独立的学科：文学理论和文学史。但在解释狭义的文学批评时又认为它仍然保持了伴随文学科学的各个分支的产生而来的基本属性，即历史主义、理论的依据、一般美学标准等。由此看我们的文学理论概念中，文学批评被明显地与文学评论等同了，事实上文学批评应该包括理论基础、狭义的批评即评论,以及对批评对象的史的勾勒即文学史。在广义的文学批评的意义上,我们从大约十多种目前国内文学批评的动向看,大致可以寻出以下几种趋势,即注重本体研究的趋势;科学的批评趋势;注重审美批评的趋势;注重文化背景的批评趋势;意识形态论的批评趋势;技巧批评即形式批评的趋势等。

关于本体研究的批评

在“是什么”以及本质论的意义上,这里的本体意义大致包括概念旳界定、质的规定两个方面的内容。这类批评意在框正以往理论中“决定论”“反映论”之不足。如经济基础决定上层建筑,文艺是一定的社会生活的反映,这些理论本身的正确性至今仍应坚持,但事实上,这其中的确存在着一个主体性问题。批评界正是在此基点上寻找着旧有理论框架的突破口。这类批评的要义并不单单在于强调”主体”,而是通过对文学的主体性批评,寻求作为“人学”的文学的价值。故这类批评多以寻找哲学基础为表现形态。就多数论者而言,更多表现为寻找心理学和精神现象学为基础——在科学的价值论上出现了弗洛伊德热,肯定并扬弃了弗的学说。这是否有真正的发展,目前还不能完全肯定。对此,我们以为这是将文艺研究引向真正研究的良好开端。关于人的思维、人的精神现象,虽然与脑科学有较直接的关系.但长期以来我们并未认真地站在自然科学发展的基点上看待文学,而过分地热衷于文学的外部价值论。如果我们不能很好地解决此类课题,将无法解开属于文学内部的“隐秘”,这是至今仍未被认真开垦的处女地。这样的评价并不等于要全面肯定弗洛伊德的学说,而是指我们批评界的这种态度。从实质上看,所有这些论题都在文艺学范围内将论题的深度指向了一种方法论的合理性, 这是一个讳莫如深、长期禁闭、应该研究而无人涉猎的课题。承认这一点并不等于宣布唯物主义的过时,而在于纠正我们以往理论的偏颇。以这类批评中较有特色的文艺心理学的批评论,它是站在心理学的角度观察文艺并使理论界发生变化的一个重要方面。心理学的文艺研究认为文学对生活的反映是一种主观的反映,是一种因个性不同而不同的反映, 并且认为社会生活只有首先成为心理的,才有可能成为艺术的。文学艺术的世界是一个“心理的世界”,是一种主观的精神状态。以鲁枢元先生的意见论,他的心理学的文艺观主要包括“物质世界与心理世界的本体”,“模仿自然与表现心灵的创作论”,“干预生活与干预灵魂的价值论”。排除“本体”概念在这里欠妥的意义外,这种批评的内在系统实际是“本源—本体—效应”以及由此构成的双向回流式封闭系统。很明确,无论就总体还是就部分,这个系统都不排除“存在”的意义,但它又分明暗示着心理的主体及其重要价值。谢遐龄先生已就区分“自然存在”和“社会存在”的问题提出意见,认为马克思所说的作为本体的社会存在是超感觉的、非物质的,因而是社会存在决定意识。这论题在一定意义上为如上所述找到了理论依据。如果说鲁枢元的心理学的文学观在本体批评的意义上仅走到了文学与心灵的关系这一步的话,那么,关于文学的核心要素——形象本体的探讨则是批评趋向本体研究的一个重要标志。刘再复的“性格二重组合论”就在这个意义上成为批评界的“众矢之的”。

组合论者认为人的性格本身是一个复杂的系统。每个人的性格,就是一个独特构造的世界,都自成一个独特结构的有机系统,形成这个系统的名种元素都有自己的排列方式和组合方式。但任何一个人,不管性格多么复杂,都是由相反的两极所构成的,并且对美与丑、善与恶、真与假、刚与柔,粗与细、崇高与滑稽等范畴即二极的具体“内涵”及不同组合方式作了论证。他肯定地指出“任何性格、任何心理状态,都是上述两极内容按照一定的结构方式进行组合的表现。性格的二重组合就是性格两极的排列组合”,因而,他将组合论推向了“普遍的”意义。性格二重组合论在其实质上是典型化问题的深入。从哲学角度看,揭示性格内在的矛盾性以及由此而在引申意义上厘清“人”的真实与“社会的”真实的统一关系是典型的要义。因为没有矛盾就没有世界,没有性格的内在矛盾性,就不能个性化地把人的本质力量与社会关系的冲突表现出来,也就不会有真正的典型的活生生的人。二重组合论者实际上是将对立统一的规律,作为范畴在性格内部寻找对应的“运动关系”,即在各种性格因素的对立统一中产生立体形象感并认为这才是典型化的根本要求。这种在哲学的命意上探求形象的本质并由此观察文学的批评,改变、丰富和发展了旧有的典型理论,吸收了国外的诸如复调小说理论的合理性,为文学批评摆脱单一的“环境—人物关系”的典型论开辟了新路。当然,在这种理论提出之前,批评界就有复杂性格论,但尚未形成体系。即使是目前的二重组合原理也依然存在着丰富完善的问题,作为一种普遍原理,在各色各类形式的批评中,如单相性格能否成为典型,就是一个值得深思的问题。尽管刘再复先生已做了关于典型层次的说明,但尚未得到广泛的支持。事实上,单相性格依然可以成为典型,甚至具有永久的典型意义。在本体批评的命意下,批评界不仅注重了心理、哲学的基础问题,还在哲学的立意上注重了文学的内外关系、主客体关系、主体意识等方面的问题,这种批评的发展趋势在于纠正以往对文学本质探讨的教条化倾向,将文学本质的研究引向了广泛而深入的境地。

关于科学批评

这里的科学批评实际是指近几年出现的方法论变革意义上的批评趋势。这类批评也可分为具体评论与理论倡导两部分,但就目前状况看,具体评论方面的建树实属微薄,因之,仍处在理论倡导阶段。这方面较为风行的是系统论、控制论、信息论的引入批评界。就其深入程度看,又主要集中在系统论上。钱学森、李泽厚两位专家已就此提出意见,认为三论实际上是一论即系统论。因而宏观批评是近两年来的热门话题。林兴宅在厦门会议上把批评方法的更新概括为三方面内容即借鉴西方各种批评流派的方法;引进自然科学的概念、知识和方法;运用系统科学的方法,并认为重要的是后者。事实上,在方法论意义上,肯定其在思维形式上的变革,具体问题的分析等方面的积极意义是理论界公认的事实。但对一些具体问题恐怕还应做具体分析。这里仅以林兴宅同志的诗与数学结合论说明之。我们赞成这种说法的理由之一,是从社会发展的高度规范化,到规范化的解体的发展趋势的角度认识文艺,即文艺的发展有一个自由—规范—自由的异化—异化扬弃的过程,但是这种过程是非常缓慢的。以中国文学发展实际而论,目前实际上只是出现了情节淡化的现象且尚未得到鉴赏界较多层次的认可。因而,文学的诗化是一个非常遥远的期望;理由之二的出发点是因为一段时期内,人们太注重文艺的功利性,而且是多么庸俗的功利论。诚如上文所述,这忽略了文学本体的认识,因而从主体研究创作的机制并以此为批评武器是认真研究文艺的途径之一。许久以来,我们的文艺研究缺少一种艺术通感和艺术个性前提下,对文艺史的轨迹的勾勒以及对文艺的整体性、各部类艺术的独立性、相关性的描叙,只有对文艺进行上述领域的考察,才能发现当今时代艺术的存在条件及发展的态势,否则，岂不有纸上谈兵之嫌。在自然存在与社会存在统一的意义上，我们看到物质的发展改变了文艺的形式，改变了文艺所反映的对象。很难想象，当对象发生变化时，反映本身还是千年一副面孔，在这个意义上可以承认文学回归说即文学诗化论的部分合理性，这是诗与数学结合论的中心环节。然而，正是在这个“运动”的意义上，回归说依然是阶段意义上的发展观而不是过程意义上的认识论。以具体文学为例，情绪化、象征化、散文化都不是明了化也不简单地等于诗化。况且从整个鉴赏层次论，在高度发展的物质世界里，人们欣赏富于诗意的创作同时也需要情节化作品的刺激，不是有人在分析前几年美国西部片卷土重来的社会原因吗？人们在一切物质包括性生活等都得到极大满足时，却由此产生了追求新奇、追求不平衡的社会心理。人们不满意电视的小屏幕，而渴望在宽广的银幕上欣赏跃马扬鞭的英雄，以满足希望出现奇迹的社会逆反心理。美国人对橄榄球的热衷也说明社会的心理在向“力”的方向发展，人们希望在这最激烈的竞争中得到一种与社会心理合拍的满足感——以比赛规则论，橄榄球有一条规定是不许冲撞没拿球的队员，而对拿球的队员则可以施行其他运动形式中所不具有的推、踏、压……等“野蛮”动作。只要稍微做一个引申，我们便发现这条规则正是资本主义社会竞争与自由观念的体现。在某种意义上，体育也是一种变形艺术，由此推衍出的结论将有助于我们解释情节化与非情节化的命题。很明显，当绝对的平等观念统治着人的社会性思维的同时，便埋下了崇拜新英雄奇迹出现的社会心理的种子，正如过分崇拜神必然导致人们的社会心理趋向“张扬个性”一样，这是一种精神的逆反状态，我们不能以此一时的现象如情节淡化而推导出永久的结论如文学诗化终极说，任何“永久性”离开“可变性”都不是事物发展的必然。假如我们说“诗与数学的结合”在目前发展趋势上有其合理性的话，那么，一旦这种结合真正完成了，在这个长久过程中实际上已经积淀了新情节化的因素，而未来人将把新的情节化看作一种发展趋势来立论，如此也许又是回归说的翻版，但这种回归绝不是“重复”，正如文学的诗化在目前的境地一样，未来文学的新情节化的态势在今日是难以推论的，但就“运动”的本质论，这是事物发展的必然——文学诗化终极说不能不说是用系统的方法得出的结论，但其瑕疵也是明显的。

如上论述并不在于反对诗与数学结合的理论在研究或批评领域内成为一种流派或在方法论意义上其自成风格意义的地位的确立。事实上，文学与数学之间在科学及研究的意义上仍有其相关性。诸如数学方法像统计和概率论对于文学艺术中相互间可以进行比较的范畴，当是有力的手段，对于千姿百态的读者心理来说，亦然。同样，其他科学的方法在文艺研究或批评中的地位都应予以承认，如版本学、笔迹、手稿真伪考证，各种复杂文艺体系之间的关系等，科学的方法论批评在批评界引起的反响较大，其注重宏观认识，注重内外联系，注重在运动中观察，注重科学意义或数理意义上的直观分析、立体化等特点都属新的动向，其去向如何，还有待于其本身的发展。

关于文化背景批评

在这类批评方面，似乎又可分为两大部分即中西文化渗透论和历史与现实统一论；寻根派与“趋势批评”的趋势。前者如世界文学概念的引入、20世纪文学观念的提出，文学批评在史学意义上的当代性问题，历史的合理性与现实的合理性统一的问题等；后者如由“五四”断层说而派生的寻根论，以及关于未来文艺的批评等。

世界文学概念的引入是近几年理论界又一热门话题。其潮头便是对马克思关于世界文学概念的歧义所见的讨论，而由这讨论及国外文化史研究状况的影响和渗透，直接导致关于中国文学与世界文学的合流问题。这一问题在批评界引起较大反响的是运用这些观念并与中国文学史尤其是近、现代文学分期研究的思潮合流，形成了20世纪文学的观念，这是中西文化渗透论中较有代表性的意见之一。

所谓20世纪文学的观念是将中国文学置于两千年的中国古代文学传统以及该世纪开始形成的世界文学格局的纵横交织的状态。以尚未填充深层内容的宏观体系看，这种观念的可贵处在于真正具有了“历史的”和“宏观的”眼光。其内质，则在于描述出中国文学变革的内在动因与世界文学对中国文学产生影响的外力的合力的形成，并由此产生出既属于民族自身又属于世界整体的中国新文学及其发展趋势的图画。就这个构想提出者目前的设想，这个观念的具体内容大致有以下几个方面：1.走向“世界文学”的中国文学；2.以“改造民族的灵魂”为总主题的文学；3.以“悲凉”为基本核心的现代美感特征；4.由文学语言结构表现出的艺术思维的现代化进程。显然，第四点的意思是指文体学意义上的艺术形式，并由此探讨与20世纪中国文学内容变迁相关联的艺术思维方式问题，这实际上是前三个同“本体”有关问题的另一面，只是为叙述方便才单列出来的条款。细究前三项，可以从中理出“历史的”“时代的”“审美的”三个基本内核。所谓“世界文学”的“进程”，便是企图勾勒宏观历史发展的必然性；所谓特殊国情下的文学的总主题，便是时代的规范与时代发展变化的产物；所谓与以上二者相关联的风格问题，实质上是宏观的美感特征问题。倘若我们以旧有批评的尺度如别林斯基的学说来概括的话，便会发现除了审美因素的内涵在这里有变化之外，前二者仍未超出别林斯基的“批评尺度”。在这个意义上，此类批评仍是具体的批评类型，只是在认识论的意义上，具有思维视野开阔、研究方法拓展的倾向。当然，作为一个整体来看，此类批评的价值在于提出系统性质的理论，将科学方法具体化的特点。细考近几年学术界总体形势的发展，我们看到这类批评与近几年文化史研究的发展有一定的联系。如李泽厚提出的文化积淀说便在20世纪文学观念中被“透视”出来，如面对外来文化的中国传统文化的更新之“传统”的内涵，在其质的意义上是借来了文化积淀说的思想的。同样，关于“寻根”问题的讨论也与此类似。

目前寻根论已发展到如下的状况：承认寻根说的积极意义，承认社会现实包括文学现实与传统文化心理有必然的联系和反叛；对“根”做较为详细的探讨，区别出优根、劣根及旁枝等；对“回到xx”的倒退说提出了发展论意义上的批评；反对以xx文化为传统之根的片面认识；明确提出“寻根”是为了未来的发展等。“寻根”问题本身并不具备系统性质，因而，理解的相异也是正常的。在文化背景批评的意义上，寻根说也不失为一种认识问题的方法，当然其间也同样透露出历史、时代、审美等批评尺度的相对独立与统一的批评准则。因此，文化背景批评的共同意义可见一斑。自1986年下半年以来，对“积淀”思想、寻根论的反批评不能不说具有挑战的姿态，但就目前情况来看，在“立论”意义上尚未有体系的规模，而对某些具体问题的反批评也缺少准确性，所以只能拭目以待发展。

关于审美批评

审美的批评趋势在进入20世纪80年代之后就有了发展。在理论体系上，批评界在承认文学的审美功能的同时，开展了美文艺的研究，潮头之初是美学研究与文学研究的合流，然后逐渐分衍成文学的美质与文学的审美意义两个方面；就美学体系而言，也由理论美学到部门美学，由内到外，又由外到内，逐渐重新合流并在具体批评中迅速成为一个重要标准。尽管在对美的本质、文学美的本质以及文学的审美意义等问题上存在着较大分歧，但在批评准则的意义上，审美的批评已渗透在各个批评流派、不同的批评思想之中。如上所述的本体批评、科学批评及文化背景批评无不包容审美批评的原则，因而对于审美的批评应有充分的肯定——从审美的角度来肯定文学有积极意义，但唯此而无其他也并不是真理。这一批评准则被迅速接受，又很快被它种理论所吸收的道理亦在于此。由于这类批评无论在观念上或在具体阐述上虽然一度出现过“体系化”的倾向，但以目前状况看，其形态主要是以一种“原则”的方式向各种“体系”渗透。因而，我们在承认这类批评为文艺本质及功能的探讨方面的积极意义的同时，理应承认其批评原则的普遍意义。故，无须详述。

关于意识形态论的批评

这里意识形态也仅是一个借用，言之所指企图包括思想批评、社会学批评、政治学批评等。从这类批评的概念上看，似乎应是不受欢迎的批评，但事实上，我们批评界在受“左”的思潮干扰之时的一些类似批评并不是真正意义上的思想、社会和政治的批评，多是在此之前添加“庸俗”二字之后才能下定论的。按照辩证的观点看，当我们摒弃此类概念的尘垢之后，便会发现这类批评的积极意义。以宏观政治而论，如果我们否认了一些既存的文学与政治的通联，就等于不承认文艺的立体意义。即便是以新观念和新方法察之、研之，鲁迅那段关于什么人从《红楼梦》中看什么的论述也有对读者进行分类的研究价值——我们不能仅仅在作家、作品、读者、社会的四位一体的意义上承认文学的系统意义，还应看到每一个分支如接受者作为一个系统来看时，其类的划分、审美差异性的搜寻都是重要的课题。而这些命题本身如果抛开社会的、政治的（包括时代和历史的因素）以及思想的（包括文化背景和审美的因素）影响，将只能是空泛的命题，本身并无实际意义。目前国内文学的政治等方面的批评，一方面在拨乱反正之后继续寻找真正意义的带有真理性质与文学的整体批评关联的批评，一方面又受旧有教条主义的影响，尚未完全建立新的体系。如对《讲话》的评价，国外学者已提出，在接受美学的意义上，《讲话》对文学理论的贡献是应该得到肯定的。问题是国内存在一种偏向，不愿承认被利用了的理论本身的正确性，而只反对被利用并引申到反对被利用者本身。在认识论意义上，谁也不能否认这种观念的“机械性”和“教条化。当然，这类批评中也有较好发展势头的部分如社会学批评。文学同任何社会的存在一样也是社会性的实践，以其载体既手段论，是无法否认其社会性的。作者是社会成员，作品是社会的创造和反应，也正是在与读者的沟通或者说是在社会的流通中，文学才最后有了自身的完善形态。既以作者和读者的主观经验、感情等的千差万别而言，一旦进入创作和鉴赏怎能排除“类”的意义呢？旧有的教条主义认识以及目前仍存在的将文学与社会学内容作为互相对立的方面进行阐释的观念，使其对文学的批评陷入了难以自拔的形而上学的困境——任何纯粹的形态都是不存在的，这与强调主体性及个性并不相悖。在矫枉过正的发展中，文艺社会学的崛起与发展，以及其他社会学意义上的批评，当然也包括某些思想批评和政治批评正在发生融汇的趋势，而在具体的尺度上，这类批评正在吸收科学批评的立体方法、审美批评的美感准则及由此引申的社会美感的准则，也在吸收本体批评中通例与宏观的质的规定性尺度相结合等准则，并且已经形成较好的态势。愿这类批评成为真正的“派别批评”。

关于“技巧批评”

乍观技巧似乎有唯形式论之嫌。我们这里所云技巧在其内涵上与现代派有直接关系。现代派的各色理论在近几年中已成为文坛的重要话题，反对者有之，赞成者有之，调和者有之。也许正是由于“中庸”所致，调和论者认为所谓现代派的文艺思潮是反动的，比如意识流派实际上是颓废的文艺流派，而意识流的写作技巧和方法则是可以接受并能成为本民族的东西的，如对王蒙的作品的评价，甚至还有对中国古代、现代作家进行意识流方法的论证等皆是。如此，我们称这类批评为“技巧批评”，为避嫌疑，加了引号。我们无意全面评价具有思想内容和形式变化多种意义和价值的现代派之优劣，只是在形态论的意义上评价此类批评。

在技巧批评的意义上，批评界企图将现代主义在方法上的独特处与现实主义拉上师承的关系。如对心理分析手法，批评界认为现代主义的“内视法”源于现实主义大师福楼拜；再如象征主义流派，批评界又企图在“比、兴”和原始象征手法上寻找母体意义，甚至对“荒诞派”也认为是夸张手法的变形等等。在表象上看这种批评有割裂现代主义整体的倾向，但就更大的背景看，在形式美学意义上肯定形式本身的发展进程、演变形态同样具有宏观的认识价值，也是系统的认识论。而这种批评又与国内创作实际相关，即创作界的确注重吸收的是形式而不是内容，这大约与中国历来能较快在形式上吸收外来文化的传统有关。所谓“中学为体，西学为用”的思想在整个文化意识中占据重要地位，并能在具体问题上顽固地坚守自己的领地，直到目前仍是中国文化的特征之一。事实上，这不是“旧瓶装新酒”而是“新瓶装旧酒”。如此，中国文艺的创作实际，在技巧上呈现出现代主义与现实主义相互包容和互为一体。有疑问的是，现代主义涌进国内文坛并非自目前始，也不可能单单是形式引进的问题，并且创作界如上所述的 20 世纪 80 年代初期的“形式化”现象已经衰退，代之而起的是既具有民族意识又具有现代意识，且融合了现代主义当然也不排除现实主义的技巧的创作倾向，尽管这类创作目前还不足以在中国文坛上一显身手，但的确昭示着一个美好的前景。故而，批评界在注重文化背景批评的前提下，对中国文学发展中的现代主义问题提出了一系列有见地的意见。诸如“五四”时期现代主义思潮的传入、渗透及二三年之后的停顿、演变，其后 20 世纪 80 年代在新层次上的发展问题；在现代佳作中挖掘被遗忘的与世界文学发展中的现代意识相关的哲学和社会意识并与之相统一的形式问题，如认为阿 Q 身上蒙上的一层荒诞的色彩，使这个形象的效果体现在阿 Q 每一次企图证实自身价值的行为总是失败，以及由此反映出的人与人之间的冷漠、隔阂与孤独，以及彼此的无法理解，并由此希图在此寻出存在主义哲学的影像等。总之，这类批评认为目前国内文学中的现代主义因素体现了现代意识与表现技巧的统一及现代意识与民族文化的统一，并因而对“无边的现实主义”说提出了疑问——表现方法的无多元化认识等于取消一个科学概念的“界线”，在这个意义上，仅仅承认现代主义技巧是不够的——如此，以“技巧批评”冠之也只是站在目前阶段意义上的立论，其走向在质的规定性上也可抽出历史、时代及审美的三大要素。

以上对六种态势的综述,目的在于理清线索。关于文学批评,已有较多同仁发表各类看法,认为目前的批评正在走向宏观化、科学化、立体化,这意见虽有道理,但细品之后总有一种欠缺感,即以上三化无论是单独立论还是统而论之,其内质都不能涵盖批评界的现状,犹如唯物辩证法是一个普遍的原则,但在历史研究中就应该是历史唯物主义,而历史唯物主义的内质必须是方法论意义上的原则与对象化的历史论的统一。同理,文艺批评在方法论意义上的发展绝不是以笼统的视角、方位和具体方法的概念可以界定的。也正是在这个意义上,我们不称比较文学批评,而在更广泛的意义上称文化背景批评。笔者以为,文学批评在如上所述的六种态势中,从内在的意义上看,一种历史与时代统一的普遍原则正在形成,以社会道德的审美原则论,文化背景批评认为任何道德因素都有两种合理性即历史的合理性与现实的合理性。诚如在小说《人生》中,巧珍所体现的道德原则是符合历史的合理性,而高加林则体现的是现实的合理性。这种动态批评的质的意义在于注意了历史的与现实的因素,因为大写的人不正是由这种因素构成的吗?此外,关于文学批评当代性的理论探讨也正体现出历史感与时代感统一的普遍原则。在具体批评上,这一原则又建立在审美原则的基础之上,如对高加林与巧珍两种合理性的批评实际是以读者审美心理的变化为对象的。所以,历史、时代与审美的原则正在形成三位一体的发展趋势。本体批评、科学批评与审美批评的联合趋势是建立以审美为基础的新文艺学;文化背景批评、意识形态批评及正在发生变化的技巧批评(或称现代主义批评)的联合趋势是建立东西文化比较为基础的新的文艺史学,排除截然划分的弊端,我们看到这正体现出文学内部与外部的关系。所以,整个批评界的发展趋势是新的批评体系的建立,这个体系将有如下几个特点:一是文学成为真正意义上的“对象”;二是具体方法多样化;三是原理与史学在新体系意义上的统一。当然,要真正完成这三点特别是最后一点将有相当一段时日,但批评界毕竟已露端倪,也正由于是“新兴”,希望仍在于“运动”。未来发展如何,我们谨以“并非结束语”作注。

郭沫若诗歌美学观述评

摘　要：郭沫若对"什么是诗"(诗歌本体论)的见解(文艺观)以及对诗之功利的认识（形成的过程），在纵横两个方面构成他的诗歌美学观。学界对此认识分歧较大。如对郭沫若诗之功利观的认识就有肯定与否定两种截然相反的观点。在此前提下，提出"郭沫若的诗歌美学观"是一个动态形成的过程，应该是一种"新解。"

作为一个诗人，郭沫若一生写了极多诗，从古体到今诗，洋洋洒洒十数集。此外还有许多谈诗之文、论诗之著，涉及内容十分广泛。综观他的诗作和诗论，我们不难发现他对"什么是诗"以及"如何才能是诗"是有独特见解的(诗歌本体论)。同时，他对诗之功利的认识(他的文艺观的重要组成部分)是有一个发展过程的(诗歌功利论)，此二者在纵横两个方面构成他的诗歌美学观。对此，分而论之的研究常见，统而论之者不多，且各有所持，如对郭沫若诗之功利观的认识就有肯定与否定两种截然相反的观点。本文试图对郭沫若的诗歌美学观作一概略的述评，并就某些如上所举的争议处略述己见。

诗，最早"侵入"郭沫若的思想，应该上溯到他的幼年时期。三四岁时，母亲就教给他一些唐人绝句和千家诗之类；在家塾就读时，启蒙老师教的也是诗，三天一回诗课，以《千家诗》《诗品》和《唐诗三百首》为教材；他最初的试笔也在此时，现有《郭沫若少年诗稿》为证。此时，诗在他的思想中是有一定成规的，这个"成规"主要表现在诗之形式上，即要讲究平仄、对仗、韵脚等。郭沫若在文坛上的地位显然不是以旧诗的创作而是以新诗的创作确立的。"新"加在"诗"之前，在郭沫若那里，首先留下烙印的是"洋诗"。据他自己回忆，民国二年，他在成都读书时接触到了一些外国的诗，给他印象尤为深刻的是美国的朗费洛(Longfellow)所做的《箭与歌》(The Arrow and The Song)。到日本后，他又接触了泰戈尔等人的诗。当他读了泰戈尔的《岸上》(On the See Chore)

等诗后，那“清新和平易”径直使他“年轻了二十年！”无疑，这证明了他对诗的认识有了发展。除了“洋诗”，当时诗坛上一些尝试新诗的作者也给他提供了“影响”，如康白情的《送曾琦往巴黎》。[①]郭沫若一读到这首诗便吃了一惊：这就是新诗？之所以如此，是因为在他的思想里，诗在形式上所构成的观念，是要整齐划一而不是长短不一；是要讲究平仄对仗，用典精当，而不是平白如话。朗费洛的诗已经使他对诗产生了新的认识，而作为中国人的康白情也如此作诗却大开了郭沫若的眼界。于是，他便奋笔疾书，将自己的情感倾泻于笔端（在此之前，他也试着做过口语化的小诗，只是没发表过，因为他当时认为它们不足为诗）。大约就在他进入四川高等学堂之后至出国初期的一段时间里，他对诗歌的认识在古典的标准“样式”之外，又添加了新的诗歌成分。这与他对西方文学的学习以及其时国语改革浪潮的冲击是不无关系的。郭沫若对诗歌的真正理解是在他终于明白了“诗是什么”和“如何才能是诗”以及“诗之功利性”的时候。这是整整一个历史时期，其历史时期的潮头便是人们通常所称郭沫若的诗歌“爆发期”，即“五四”前后，他以新诗的创作在试探上独占鳌头的时候。郭沫若对诗之认识是有着从形式的变异到内容的趋时更新这样一个发展过程的。

那么，郭沫若究竟认为什么是诗呢？他说：诗的本质专在抒情。抒情的文字便不采诗形，也不失其为诗。[②]诗是强烈的情感之录音。[③]诗以限之抒情，这个传统是值得宝贵。我们在这点上确确实实比欧洲诸国先进。[④]

1921年，郭沫若翻译了歌德的《少年维特之烦恼》。在序引中，他历数了自己在此书中能产生共鸣的种种思想，冠之其首的便是歌德的“主情主义”。理论上如此，创作上如何呢？在他的诗歌创作中，可以看出他也是一个主情者，一旦有了情，便不可抑制地任其“发泄”。他写《地球，我的母亲》时，脱了“木屐”，睡在大地上，去接受“母亲”的拥抱；他写《凤凰涅槃》时，犹如害了一场大病，趴在地上，身上发冷，牙关打颤，直到搁笔为止。他有一句名言：“诗不是做出来的，只是写出来的。”“做”诗便是“拼拼凑凑”“剪剪裁裁”；“写”，则是情感的记录。他说：“我想我们的诗只要是我们新中国的诗意之纯真的表现，生命源泉流出来的Strain，心琴上弹出来的Melody，生之颤动，灵的喊叫，那便是真诗。诗，便是我们人类欢乐的源泉，陶醉的美酿，慰安的天国。”[⑤]无疑，这段话的中心就是主张诗要有纯真的感情。楼栖先生认为这是郭沫若受了纯艺术论的影响。这种评价没有点出“纯真”与“情”之间的线索，当有偏颇之嫌。一个诗人关于诗的见解，还表现在他如何评价其他诗人的诗作上。从郭沫若的一些著述中，我们可以看到他极力推崇的诗人有屈原和李白等。他认为屈原的作品之所以是好诗，而继承屈原之后而起的一些铺张扬厉的汉赋只是一些有韵的散文而不是诗，只是因为屈子的诗作是“限于抒情的”。对于李白，郭老亦有类似的论述，这均可视为郭沫若诗歌本体观的最好注脚。新中国成立以后，郭沫若也有不少新的诗论出现，其中，“主情”之论是始终占据主导地位的。1962年他出版了《读 < 随园诗话 > 札记》，书中札记七十余条，大都是对袁牧的指责，唯对袁牧的“性情”说持肯定态度。可见“主情”在他诗论中的地位。

“主情”说是郭沫若对诗歌本体论中“什么是诗”即“诗的本质”的回答，而关于“如何才能是诗”的一些具体论述则是他的“主情说”之内涵。若对此梳理清晰，必须从情入手。在中国古典诗论中，有以《尚书》中的“诗言志”的理论为代表的言志派和以曹丕的“诗赋欲丽”及陆机的“诗缘情而绮靡”的理论为代表的“源情派”。在“源情派”的各家之说中，尽管在主情之内涵上，所论不尽相同，但在强调诗自身特点上，诗是主情的这条线索的历史发展是明晰的，即各家都认为“诗”与“文”不同，诗要有独特的情感。郭沫若的主情说正是这古典诗论母体中分娩出的新生婴儿。这个新生婴儿在宏观上（即主情说）与古典诗论并无多大差异，但其细部已明显地带有“现代”的痕迹，这便是郭说的特点。

特点之一是郭沫若认为诗应该是动的艺术。

一种理论认为，所谓情的主要构成内容便是“情绪”。郭沫若亦是力主诗要有情绪的。在郭沫若看来，情绪是想象和联想的流动，是这一事物到那一事物的连缀和飞翔。在宏观上，这强调了诗歌思维的特点；在内涵上，则是指诗人情感流动的规律即诗的节奏。他说，诗“是情绪自身的表现”，而“情绪是有节奏的，故诗不能无节奏”。在这个意义上，他又吸取了诗要“入乐”的乳汁，认为诗歌“富于音乐性”，所以，诗“在其本质上实近于动的时间的艺术”。诗是动的艺术，这便是郭沫若“主情”说的具体内涵之一。其他如诗歌要讲求韵律、和谐，诗要能朗诵，要有流线型等，都是由上面的说法派生出来的。

特点之二是郭沫若认为要有独创性才能为诗，否则，即使具备诗的形式特征，也不足为诗。究其原因，这与强调“自我”有关。理论界认为情绪有两种，一是“自我情绪”，一是“社会情绪”，郭是推举前者的。他认为诗歌要表现“自我”,就要力避因袭,这便为“情”染上了“我”的色彩,这也正是诗之独创性所要求的。他曾举歌德写“恶魔”、罗丹雕“没有鼻子的人”为例,说它们美也就美在“奇特”上。他又认为屈原在艺术上最伟大的成就,就在于他的《离骚》成为一种特殊的体裁。的确,在郭沫若的论诗之著中,以为要有独创性方能为诗的论述是随处可见的。

特点之三是郭沫若将“情”与“真”联系在一起,并视之为诗的“真谛”。1937年7月25日,即卢沟桥事变刚发生没几天,郭沫若毅然回国。在商船上,他有后来成为名诗的《归国》一首。他说:“我在当时的确把我全部的赤诚倾泻了出来,我是流着眼泪把诗吐出来的。”这真正是唯有真情在了。另外,关于《胡笳十八拍》是否系蔡文姬所作,学术界曾有过争论,郭是蔡作说的代表。且不论其考辨上的正谬,对我们来说十分重要的一点是,他认为《胡笳十八拍》“是多么深切动人的作品啊!那像滚滚不尽的海涛,那像喷发着熔岩活火山,那是用整个的灵魂吐诉出来的绝叫”。因而,他认定“那一定是蔡文姬作的”。因为不亲历其境,怎有如此的“真情”在?由此可见,郭沫若论诗的标准除“情”之外,还有“真”。

有情才有诗,但诗毕竟还有其客观的存在形态,即诗的形式。主情说不仅规范着郭沫若对诗之本质的认识,而且还影响着他的诗之形式的观念。他认为形式虽然是一种外壳,但必须与内容结合在一起才有意义。他不认为形式有一定的模式,而主张其“绝对(郭沫若原文为“端”)的自由”。他的诗作中有古体、有律诗,更多的是新诗;有长到几百行的诗,也有短到三行的诗。他说:好些人一说到诗便和韵脚或分行的形式相联,这不外是一种俗套的习惯上的成见……纯粹的诗,可以有韵,可以无韵,可以分行,也可以不分行。有韵和分行不一定就是诗,有韵和分行写的告示,你能说它是“诗”吗?

对于他自己写诗,他是这样看的:我打破一些诗的形式来写自己能够够味的东西。

“纯粹的”和“够味的”显然是指诗之真谛——情感。而无韵、不分行的东西也可以为诗,这在古典诗论中,即便是主情者也未必就承认其为诗。时至近现代,诗之形式的观念才被打破,郭沫若便是诗在形式上解放的浪潮中最勇敢的斗士之一。他力主“情感至上”,反对一切形式的限制,此乃与一般古典诗论在形式上的区别。

如果说郭沫若是反对一切诗的形式,也是不妥的,因为,“绝对的自由”的说法只是他早期诗作爆发时的论述,后来,在《怎样运用文学的语言》一文中,他又说:“新诗的韵律虽然没有旧诗严,但平仄的规定是不能废的。”这出自一个“最厌恶形式的人”之口,可见其对于形式的认识也是发展变化的。1962 年,郭沫若给萧殷的信更十分正确地指出:诗歌“内容要有正确的思想,纯真的感情,超越之意识”;诗的“形式要使韵律、色彩、感触都融合得适当”。如此,才是“优秀”的诗,因为它做到了内容与形式的“有机结合”。应该承认,郭沫若始终是坚持主情说的,这个理论他自己在不断发展完善。这便是他的诗歌美学观本体论的最基本的内容,亦是他衡量“美的诗”的一个重要标准。

如果说对于诗本身的认识,总的说来在郭沫若那里没有什么大的变化,那么,他对于诗之功利的认识,情况则有不同。

早在 20 世纪 30 年代,就有人指责郭沫若,说他早期文艺观是“唯艺术”和“唯美”的。对此,理论界历来说法不一,有肯定亦有否定,但双方所持的基本观点却是一致的,即无论是肯定或是否定唯美主义对郭沫若的影响,其前提都是在“唯美主义”与“消极因素”之间画等号的。连郭本人也承认这一点。其实,那些批评家和郭本人都犯了一个错误,即没有认识到同一种文艺思潮(包括方法等)在不同的时代是有不同的表现形式,乃至于有着某些本质的区别的,一旦混为一谈,就会造成不必要的错觉。所谓唯美主义对郭沫若的影响便是一例。

唯美主义于 19 世纪后半期在欧洲兴起,其基本理论是反对文艺的社会教育作用,认为艺术创作的中心是表现美,主张“为艺术而艺术”。事实上,这个理论的定义与这个艺术流派之间并不完全是等号。以其代表人物王尔德和波德莱尔而论,他们的一些作品并不比现实主义的作品逊色,而且有着一定的进步意义。即便以理论上的唯美主义与“五四”时期郭沫若的文艺思想相比,他们也并非完全契合。因为在当时,“为人生”与“为艺术”都是针对封建文艺的一种反叛。在这个意义上,二者有同等的进步的时代意义。因而,郭沫若其时之诗歌观即便是“为艺术”的成分,也不足与理论上的“为艺术而艺术”等量齐观。但是,应该看到,在那个狂飙时代里,一些热血青年们积极寻求救国救民的真理,在没有仔细辨别真伪的情况下,“拿来了”西方的一些人文主义理论,其中,唯美主义便是一些人借以反叛封建思想(文化)的“武器”,由于阅历有限,加之马克思主义在当时的中国还未被更多的人所掌握,片面地、机械地认识问题的方法左右了很大一部分人。郭沫若也未能幸免,他注意了“拿来”,却忽略了对“拿来之物”的分析,因而,不能不承认“唯美主义”的影响(不利的一面)还是切实地存在于他的作品之中。

先看理论上的影响。

郭沫若早期文学主张中有一个最著名的论断,即“生命的文学”(1920年提出)。其内容是:“生命与文学不是判然两物,生命是文学的本质。文学是生命的反映。离了生命,没有文学……生命的文学是个性的文学,因为生命是完全自主自律的。”[⑥] 这其实不是郭沫若的发明。日本的厨川白村在他的《苦闷的象征》一书中曾这样写道:“文学是纯然的生命表现;是能够全然离了外界的压抑和强制,站在绝对自由的心境上,表现出个性来的唯一的世界。”曾留学日本的郭沫若不能说没有受过这种观点的影响。从他关于“生命的文学”是“个性的文学”,是“自由自律的”说法看,与厨川白村讲的是一码事。不满封建文艺,要打破封建文艺的桎梏是当时的文艺思潮,在这个潮头上挺立的战将之一的郭沫若,是要以“生命的文学”来反抗那腐朽的文学,这里的“生命”概念之内涵主要就是“个性”和“自主自律”,这与厨川白村的“绝对自由”“离了外界”和“个性的唯一世界”的涵义是相同的。虽然我们不能苛刻地要求郭沫若在当时就有马克思主义的认识,但是这种没有经过批判的“武器”确有不利的一面。其重要的标志就是在这种文艺观支配下,他对诗歌的一些失之偏颇的认识。比如他说:“诗人写出一篇诗,……如一阵春风吹过湖面所生的微波,应该说没有所谓的目的。”艺术的无目的性与无功利性虽然不可以互代,但其联系却是明显的。倘若无目的,还有什么功利可言?承认诗歌客观效果的功利性,又否认诗人创作主观动机的功利成分,显然构成了矛盾。这一方面表明他受了为艺术而艺术思潮的影响,一方面又证明了其与“唯美主义”的区别——影响就在于郭的观点排斥功利性在广泛的文艺领域中的渗透,并有将人(作家)对立于社会存在之嫌;区别处最明显的特征是唯美主义在理论上是一种泛论,而郭沫若的说法只局限于诗人的主观动机。而且,他还说过,艺术是要“有益于人生”的。如果我们说诗人主观功利性的观点是为了强调文艺自身的规律也无不可,这亦与唯美主义是不相同的。

再看创作上的影响。

郭沫若一踏上诗坛，便是以一个“功利诗歌”的诗人出现的，这有他反封建的、战斗的、充满爱国主义激情的《女神》为证。他的创作与他的理论认识是有一定出入的。但也并非没有露出唯美主义的端倪。在他的诗作中，个性解放思想也有些绝对化的成分，他所追求的“自我体现”，正是“艺术表现自我观”的表露。有人认为，郭沫若诗作中的“我”是“大我”，没有个人主义的成分。事实上，“大我”中也不乏“小我”的替代。那首《蜜桑索罗普之夜》就是一例。诗中“厌世者”的“我”，“独披着件白孔雀的羽衣”，“在一只象牙舟上翘首”。有的评论者从诗中“我”不愿“流泪偷生”中得出结论，说此诗并没有“象牙之塔”里“酿酒”的芬芳，而只有作者“惨淡的血液”。“血液”是有的，不过，是一个厌世者的“血液”。与一般厌世者不同的是，他还不愿辜负“前面的那轮明月”，因为这是他的“理想之宫”。正如他写于此时的诗《春蚕》所吟的那样：“蚕儿呀，我想你的诗，终怕是出于无心，终怕是出于自然流泻。你在创造你的‘艺术之宫’，终怕是为的你自己。”“蚕儿”和披着孔雀羽衣的“我”实在都是郭沫若“自我”的最佳肖像。他有蚕一样的劳作，又有厌世者一样的“厌感”，不是为了别的什么，只是为了自己，虽然厌世，却也要前进——目标就是那“象牙舟上”的“艺术之宫”。以此，要否认“为艺术而艺术”的影响也是欠妥的。

郭沫若大量的创作说明，批评他早期文艺观是唯美主义是不当的；以上理论和创作两方面的分析也说明，替郭沫若辩护，说他早期文艺观并没有什么唯美的成分，也是不合适的。正确的结论是，我们不否认郭沫若曾受过唯美主义的影响，也应该看到那个时期他的文艺观中对诗歌功利性认识的独特处，这里的所谓的“特”是指郭沫若当时所处的时代与十九世纪末唯美主义兴盛的时代之间是各有特点的。郭沫若是在各种文艺思潮以及马克思主义思想等一并涌入中国时，在并没有十分理解的情况下将其兼收并蓄的，因而他此时诗歌功利之认识是复杂的。这可以说是郭沫若诗歌功利认识的雏形期。这是他在尔后的年代里，思想和认识发生变化的一个基础。

20 年代末 30 年代初乃至以后相当长的一段历史时期内，郭沫若的诗歌功利观发生了相当明显的变化，这是理论界公认的事实，但是具体评价却迥然有异。一说他清算了早期唯美主义，确立了“为人生”的功利观；一说这是他对早期诗歌主张的反叛“带有浓厚的形而上学成分”。孰正孰谬？

1924 年 8 月 9 日夜，郭沫若在给成仿吾的长信里，谈到自己怎样翻译河上肇的《社会组织与社会革命》及所受的深刻影响。他认识到将来最美的世界绝不是“唯美主义者的象牙宫殿”。在文艺观上，他自认为“见解也全盘变了”。他视文艺是“被压迫者的呼号”，“是斗士的咒文”，“是革命的文艺”。自此，他常有“我从前的思想不大鲜明”的自责，也常表示要“牺牲了自己的个性”而“去为大众人的个性和自由请命”。对于仍然追求所谓的“纯诗”的新月派，他以嘲笑的笔触写道：“你们要睡在新月里面做梦吗？”当徐志摩以“脏布代替纸，眼泪与唾沫代替文学”来讥讽革命文学论者时，郭沫若毫不留情地以“小丑”之冠奉送之。在创作上，他的《前茅》和《恢复》以崭新的阶级观、旺盛的战斗热情、鲜明的艺术功利性而披露于世。据此我们不能不说他的整个文艺观包括诗歌功利观起了一个很大的变化。然而这并非答案的全部。由于矫枉过正，郭沫若在摒弃唯美主义的影响、高举诗歌功利战旗的同事，又对功利性的认识提出了“过激”的解释。如他在《英雄树》等文章中提出要文艺青年们去“当一个留声机”，就在一定意义又抹去了文艺自身的特点。当时，创造社内部也有人对此提出批评，但批评者本身对此的认识也是含糊不清的，因而并没有使郭沫若对这种解释来一个认真的反省，而只是在“就是要当留声机”后面加上三个惊叹号。纵观此诗郭沫若的诗之观念的两个方面的发展，可以说，他通过马列主义、社会科学理论方面的学习研究，在理论上提高了自己的认识，但由于没有完全掌握辩证的认识论，加之当时创造社同人的一些过激理论的提出，以及他个人“趋时更新”的气质的影响，这使他在一定程度上失去了冷静的分析，说了一些“过正”的话。全面衡量，其时郭沫若对诗以及整个文艺的认识虽然还存在着“形而上学”的成分，但毕竟距辩证的认识越来越近了。

自20世纪30年代初到40年代末，郭沫若有流亡日本的10年，有抗战的“东山再起”等。其间，他在理论上的认识除了巩固以上的观点外，没有什么大的变化。这期间民族矛盾的发展日趋成为国家民族的头等大事，这是郭沫若的人生不会发生什么突变的外在原因；更重要的在于内因即郭沫若的诗之功利观是符合人民大众的利益的。我们视这个时期为郭沫若诗之功利认识的成形期。

然而，当外因的变化出现了“逆转”时，郭沫若对诗之功利的认识也随之出现了变化。1958年前后，郭沫若的诗歌功利观在狂热的“左倾”思想的影响下逐步升级。在理论上，他基本没有新的见解，而且就其认识在理论上的正确性来说也无可厚非，但在创作上，却受时代色彩的影响，写了一些并非真实的诗作。这些诗作在客观效果上也在一定程度上反映了诗人的诗歌功利观在向谬发展，尽管这是时代的错误，但诗人自己“趋时更新”的气质不能不说起了“催化剂”的作用，这个问题的复杂性在这里是难以勾勒清楚的。我们只能在承认事实的基础上，指出如上的一些客观因素的影响。

1961 年 6 月至 1962 年初，周总理、陈毅等先后在不同会议上强调了文艺的真实性及文艺自身的规律等重要问题，这对新中国成立以后一直存在着的以政治代文艺的某些倾向是一个纠正，对郭沫若的思想也有一定影响。此时，他又有一些关于诗歌的认识见诸报刊，以同年 3 月 29 日《文汇报》发表的《郭沫若谈诗》最富代表性。这是一次谈话记录，郭沫若讲了许多关于诗的问题，其中值得注意的是他的关于文艺(诗)要给人愉悦的观点，这看起来是老调重弹，但此时则说明，在郭沫若的思想深处，他对诗的本质认识还是有定规的。在某种情况下，他不便说出，当气候适宜时，他又难以控制，非说出来不可——他的成绩、地位、经历给他造成了一种复杂的局面，所以，有时他自己也有难言之苦衷，不得已而为之的现象时常出现，这是不正常的政治思想的影响和渗透。这个影响和渗透在郭老这里产生不良效果的最后一个标志是他的《李白和杜甫》，这里只取其某些观点以视郭沫若之功利观的变化。

对于李白与杜甫，他历来更喜前者。分析起来，这多属诗人的个人气质问题。李白以浪漫主义诗人著称于世，他在人们的心目中是一个狂放不羁的诗人形象(单指气质这一点)。而郭沫若的早期创作不能不说也和李有不少相似之处，他的“亲吻”“大地母亲”的举止；他的一发而不可收的创作激情；他作诗时“作寒作冷”的情态都可找到李白的影子。因而，他特喜欢中国诗史上的这位浪漫主义“诗圣”。相比之下，他不大喜欢在气质上和他相距甚远的现实主义诗人杜甫，这原是无可厚非的，但到了《李白与杜甫》一书中就不同了，他的受了错误的时代规范了的非真实的批评标准使他在抑杜扬李时，露出了一些在今天看来是破绽乃至错误的观点。试举一例：

在《杜甫的阶级意识》一节里，郭有《新婚别》译文，在文后的评注中，他说：“全诗是新娘子泣别辞，把新娘写得十分慷慨，很识大体，很有丈夫气。但这无疑是经过诗人的理想化。诗人有时是以地主生活的习惯来写‘贫家女’，真正的‘贫家女’是不能脱离生产劳动的，何至于‘父母养我时，日夜令我藏’？

这里显然是诗人的阶级意识在说话。”且不说“藏”并不等于“娇养”,即便如此,也只是父母与子女的情感描写,怎么又成了“地主阶级”的呢？在当时,郭沫若的确把艺术的功利性提高到了惊人的程度,在众多的似以上所举的例子中,即“绝对的阶级属性=作者的世界观=作品的社会效果”,显然,这违反了文学批评的基本常规。尽管社会的影响有不可推卸的责任(尤其是四人帮的排斥和打击),但它在客观上使人们对郭沫若的文艺思想(包括诗之功利观)发生了怀疑。然而,这只是暂时的,当赤县神州上空的阴霾被驱散之后,他又“张开双臂”热烈拥抱“科学的春天”。他说:“我们精神上重新获得一次大解放。一切有志于社会主义文艺事业的文学家、艺术家,有什么理由不敞开思想,畅所欲言,大胆创造呢？”这位“创造社”的开创者不止一次地提到要“创造”,在“春天”到来之际,他又极言“创造”,其内涵是显而易见的。他没有来得及在理论上纠正自己的一些说法。若非他过早地离开人世,我们相信他会有新的正确的理论以及充满热情的创作问世的。细究他近几十年的思想发展和创作实际,在诗歌功利观上,我们称这个时期为他的迷途归返期恐怕也不过分。只是应该承认这其中有很大的人为成分。

变与不变是一对哲学范畴,这是万千世界中事物发展的“真理”。若以此概括郭沫若的诗歌美学观,恐怕是再恰当不过的了。

参考文献:

① 郭沫若在《我的创作经过》一文中将此诗误记为《送许德珩赴欧洲》。

② ③ ④ 郭沫若.沫若文集[M].北京:人民文学出版社,1958(第10卷,P.211;第8卷,P.106;第12卷,P.131).

⑤ 郭沫若.论诗三札[M].北京:人民文学出版社,1958.

⑥ 郭沫若.创造十年[J].时事新报《学灯》副刊1920年2月23日。

第三编 美学研究

存在·发展·自在·自为
——论动态的自然美观

摘　要：从自然美到艺术美是人类审美认知的运动趋向。在这个过程中，认识自然美就必须承认主体的重要价值。在存在、发展、自在、自为等运动的范畴意义上对自然美本体意义的界定，应该是一种“动态的自然美观”。

一个棘手的问题：自然美。

国内对自然美的意见甚多。以观点而论，在美学体系上大约有如下几种主要意见：

一是认为自然美是指自然事物的美或自然界中的美。而自然事物之所以美，首先在于它们本身所固有的特殊性质，在于这些自然事物本身的美的规律，没有人类社会时就有了这种规律，有了人类社会时也同样有这种规律。自然物的美的规律并非有了人类社会才产生，也不会因为没有人类社会便不存在。①

另一种意见认为自然界中无所谓美，在觉自然为美时，自然就已造成表现情趣的意象，就已经是艺术品了。②

第三种意见是：自然美是变化、发展的，是随着人们社会生活的发展而发展。随着自然不断被人的劳动所征服，从而自然与人们社会生活的客观关系愈来愈丰富复杂，它的美也变得丰富和复杂起来。③因而，对“人化”应有区别，即客观实际上的“自然的人化”（社会生活使然）与艺术或欣赏中的“自然的人化”（意识作用造成）。“自然之所以成为美，是由于前者而不是由于后者，后者只是前者某种曲折复杂能动的反映。同样，“离开人（即离开人的生活，离开自然与人的客观关系），自然美便不存在；离开人的比拟（或离开人的文化，离开自然与意识的主观联系），自然美仍不失为美。”④

除此之外，尚有一些略有出入的观点，但大体均可在如上多种意见里找出同一性。对自然美认识不一致的根源何在呢？从各种对立的论述中，可以发现,对“美”这一最基本概念的不同理解,是对自然美得出各种不同结论的关键。尽管学术问题可以有各自的认识,但对一些基本概念的界定如果不能统一,便永远不会有较为统一的认识,从而影响整个学科的发展。同样,在运动过程中认识自然美首先碰到的也是自然美本体意义的界定,但这个界定也必须以“美”的界定为前提。为了说明的方便,我们将这三者放在一起,对如前所述的三种意见进行分析,以使我们对自然美本体的认识融汇于其中。

A. 美是物的意义上的存在

这种假定是指在国内学派中如前所述的第一种意见的归纳。那么,在这个判断下,自然美的界定有多少的合理性呢?

以山水之美为例,便可看到黄山的奇、庐山的秀、大海的深广等。仅以黄山而言,它的特点突出表现在“雄”与“奇”二字上,故有“黄山归来不看岳”的美谈。那莲花峰的雄姿、鲫鱼背的奇险、梦笔生花的峭拔等,一起构成黄山群体的总的特征。加之山石与怪松的映衬更突出了黄山的特点。面对这自然界的鬼斧神工,当我们从“美是物的意义上的存在”的理解来认识时,应该承认任何美都依赖于自然物本身的属性而存在,而这种美的属性又与事物其他自然属性密不可分。如山之高是一种自然属性——山的重要属性,而山高与地壳运动有关。显然,这是物理属性。在山这个属性里,还存在着属性的差异性,即同样是高的类型,尚有雄、奇、秀等明显的差别,因而可以借用哲学的“度”的概念来理解,也即是用黑格尔在《小逻辑》中的论述——“尺度,是质和量的统一”[5]的观点解释自然的质和量的规定性。通俗地说,即事物的“真”达到怎样的“度”才合乎美的规律,并认为这主要表现在三方面:一是质的规定符合一切审美客体;二是量的规定性;三是个别的事物。这种补充意见在实质上是“美是典型”的深化解释。在此命题下,是有说服力的。其贡献在于承认物的存在的前提及其决定意义。

B. 美是主客观在观念形态意义上的存在

按照这种美的概念的规范,意味着主客观统一说的合理性,即离开了审美主体的人,则无所谓自然美,而一旦与人构成对象的存在,则自然美也就具有了艺术美的特质。所谓移情的观点便在这里得以充分体现。因而,纯以观念形态论,也就不存在自然美的问题,所以才有仅以“自然物——艺术美”的联系而承认“直觉”的观念。朱光潜认为单纯的客观事物还不能成为美,要使客观事物加上主观意识形态的作用，然后使“物”成为“物的形象”，这时才有美。他主张“美是客观方面某些事物性质和形状适合主观方面意识形态的，可以交融在一起而成为一个完整形象的那种性质”。[⑥]尽管赞成这种观点的人并不多，但在“美是观念形态的存在”的前提下，这论题仍有讨论的余地。问题在对“观念”的理解上又有分歧：我们常犯的一个错误是将观念等同于主观，进而将其送给“唯心主义”。事实上，观念属于“主体”范畴，但主体并不等于主观，主体本身也是一种主客观统一的存在，正如客体不等于客观，客体也同样体现着主客体统一一样。以哲学上固有概念的内涵论，一般总认为主观就是指主观意识，不过，倘若将主体仅仅等于意识，我们就有将人对立于社会、对立于实践、对立于物的存在的偏颇。

C. 美是主客观在人类社会实践意义上的客观存在

很明显，这个判断是企图在上述两种意见中取中和态度的审视基点。如文首所述第三种意见。

对这一意见最强有力的反驳例证是在自然美问题上，比如高山峻岭、江河湖海，早在几千万年之前就已形成自然美的形态了，何来“人类社会的实践”。但是，取社会实践认识的同志对此有不同的理解：对于比人类历史漫长很多的自然历史，这派意见认为应按马克思关于“自在之物”的观点来解释，也即是说，物在与人类的社会实践构成对应关系时，其仅有“自在”属性(尽管除了物理、化学和物化等属性外，在其类属上也存在着成为审美判断的对象属性或称美的属性，但毕竟是属性而已)。显然，在人与物的关系上，在“人化”理论上，承认人的社会实践的观点对于“人化”的理解是实践作用于自然，是生产劳动的成果，是“人类社会历史发展的整个成果”。[⑦]这样，就将自然界本体、人的主体及二者在实践意义上的统一性揭示出来。如此理解自然美，就将人的观念的形成的主体属性(宏观)的重要性提到重要位置，同时由于强调了自然本身的客观性，也为这种自然美找到了唯物的依据。由于在具体解释中，将美与美感分列在两个前提下，常常使人感到美与美感的混淆，故而，在认定“美是客观存在而美感才是观念形态的存在”的前提下，为避矛盾，持此说者又将自然美千姿百态的形式称为“形式美”或“美感形态”。因而，在如此界定的范围里，人类社会实践说在解释自然美时便有概念不统一的状况。

如此，对于自然美乃至美来说，实在无法找到更好的界定了吗？

我们认为任何界定都有其合理性,但任何界定都有其片面性。对如上界定的综述是为了证明每种界定的合理性在哪里,不足在哪里,希望能在宏观的运动的意义上把握自然美及美的概念的界定。从这一目的出发,我们需要强调物的第一性价值;也需要强调人的主体价值;更要强调二者在什么意义上构成对应关系并有美与美感的产生。我们所企图界定的是三者的统一。因而,有必要对具体的自然美现象给予更深层次的分析方能说明问题。

自然物本身的生成、演化是有其规律的,大至天体,小至微生物,都具有内在的“物种的尺度”。无论是物理的生成原因还是化学的生成原因,抑或是物化的生成原因,都将导致物的内质与形态的发展与变化——在论及自然之美时,我们常常将此过程看作是静止的存在,因而生出不必要的纷争。为了说明这个问题,我们可以在未被人认识、已被人认识等范畴中找到的地震现象为例。

作为自然景观,在地震爆发的瞬间如火山的喷发是美还是不美呢?作为地壳运动本身,这种物理属性是不以人的意志为转移的客观存在,无论在人类诞生之前还是现在,其物的属性都表现在其自身,但一进入人类社会实践的范围,它便在内容与形式两方面显现出变异性:在内容方面,它在功利价值上可以直接导致对人类的危害性。唐山地震便是一例。但在远离人类群居之处爆发的火山却成为一种审美对象而供人游览与参观。因为此类火山在功利价值上不构成对人的威胁, 而且火山在爆发时具有一种 “力之美”“光之美”“声之美”的形式的综合美。可在唐山地震时,这类形式是更集中、突出的,所谓“山海呼啸”,在其内质上是具有“力”的审美特征的。显然,离开此时此物而言彼时彼物或言指所有自然物之美是有失偏颇的。显然,自然物的属性及其变动过程可以表现在“无人化—人化”的过程中,而物与物之间在客体意义上表现出的属性的差别一旦与社会的人的实践相撞,便即刻出现了纯功利价值所不能概括的价值属性即美的属性,或美的观念的对象物。正如恩格斯所说“随着劳动而开始的人对自然界的统治,在每一新的进展中扩大了人的眼界。他们在自然对象中不断地发现新的、以往不知道的属性”。[8] 在对社会造成了毁坏的地震与供人欣赏的爆发的火山之间,前者是内容决定了形式,后者则是形式制约了内容。面对自然界这种复杂的状态,就内容与形式而言,具体的存在便会有相应的具体的美生成,因而在纵向运动中必须对“自然—自然美”有一个过程的划分。我们赞成并主张将“自然—自然美—艺术美”作为一个统一体来考察并由此在过程意义上做出一定的划分。即在存在形态意义上分为

“未被人认识的自然”和“已被人认识的自然”两大类。在后者,又可分为三个层次,即未被改造的自然形态、已被改造的自然形态和艺术中的自然形态。当然,这种划分也是依人的实践为线索的。马克思指出:“社会生活在本质上是实践的。凡是把理论导致神秘主义方面去的神秘东西,都能在人的实践中以及这个事实的理解中得到合理的解决。”[⑨]仍以黄山为例,便属于未被改造但已被认识的自然形态(一种总体性把握),这种已经进入认识范畴的对象,其高、其奇、其雄,都是美的潜在性或称“潜在质”,这种潜在质在人的认识范畴内成为对象化之物。所以,在对自然美的认识上,我们所主张的“过程论”即对从未被认识的自然美(物的属性上的概念)到被人认识的自然美(认知判断意义上的概念)到艺术中的自然形态美是一个有机的系统。换言之,在这个纵横交织的体系内,从纵向方面,我们看到的是“物—物与人—人与物—物人和人物”。以这四个基点向横向观察,各自有其自身的形态。如“物”——尚未被人认识的自然形态——如宇宙之谜,假如这可以成为美的存在的话,那么,它的美就是无垠、多变和神秘造成的人类的困惑、迷茫和博大等认识;再如“物人”——已进入人类认识范畴的自然物及美的形态——如黄山、桂林山水、张家界、贵州溶洞、四川九寨沟等。这样区别的目的在于强调无论怎样论述,都要有一个准确的界定,否则,我们都会以某一部分的界定来推断对另一部分的界说。但是,这样的判断很可能将我们推到否认美的客观性,仅以主观来界定的唯心主义的境地。因而,在继续深入探讨时,必须对“主观”问题稍加说明。

在认识论意义上,马克思主义最基本的常识是存在决定意识,但同时也承认意识的能动作用。我们常常错误地将主观 = 主体 = 意识;同样,也将客观 = 客体 = 存在。从哲学概念来说,主客观与意识和存在的对应关系是没有什么疑问的,只是如果将主、客体一类概念也作如是观就有混淆的偏颇。以主体而论,它强调的是以人为主体,而人在这里既是物的存在又是意识的存在;既是实践的存在又是理念的存在;既是历史的存在又是现实的存在;既是单个的存在又是整体的存在。客体概念亦同。所以,在对美及自然美做出最后界说的时候,需要解释主客体并以这种解释为前提。就美学研究的实际而论,早已有一个反对此说的命题,即所谓“认知判断意义上的美是美感而不是美”。恰巧,正是在这里,从美与美感的联系中更能伸展我们对“过程”的认识。

以大自然带来的美感作为整体认知的条件,我们所看到的黄河、桂林山水、庐山等,其美的内容究竟是什么呢?首先,我们可以有“高”的判断;但这不是美，因而，仍属一般的形式判断，进而，我们可以说它崇高、雄伟或者秀丽等，这是另一层次的判断，或许可以说这就是审美的判断。但是，这并不是过程。这个判断的结果，或者说由这判断而得到的心理和生理的统一，如快感、娱乐感、神圣感、升华感等便属美感的范畴了，其具体内容在这里可以显现为"崇高感""雄伟感"等。概括起来说，山高不等于美，但山高是美的条件，从"高"到"崇高"是一个过程，是从属性判断到审美判断的过程，离开任何一方或两个层次的判断之一而言，美都有偏颇性。山，不因人而高、而雄，但山因人而显现"崇高""雄伟"，进而显现"崇高感""雄伟感"。再以色彩为例，颜色本身并不是美，但在自然属性与社会属性统一的前提下，颜色与人便构成了千姿百态的审美关系。一件黑色的衣服使安娜的性格显露无遗，从而成为一个时髦的流行色便是一个例证。即便是对颜色本身而言，也与人的快感等不可分割，这是一种物种生存的对应关系。达尔文认为"如问明艳之颜色何以能激动快感……惟习惯必与此结果有关系，因最初有对于吾侪之感官不适宜者，最后成为适宜，此等习惯即被遗传"。[10]这里，作为动物与人的区别何在呢？显然，前者对色彩的反应是生理的，而人则是以生理为基础并由此而发展的。所以，依然可以对此归结为一种对应的科学。审美关系作为人与现实对象（自然、社会）的一种关系，它有客观的方面：美的本质、美的形态；也包括主观方面：美感、美感的类型、审美理想；也包括因"主客观统一"而产生的高级形态的艺术。也就是说，"审美关系包括美、审美、艺术这三大部分，以审美关系为中心、为中介把这三方面辩证地统一起来"。[11]我们认为，使用"关系"这个不太明确的字眼未必如用"过程"概念更准确。我们的意思是更注重强调"动态性"。从人对自然本身的认识出发，首先是见诸功利性质的，所以，自然界远在人类存在之前和人类存在之初所构成的属性价值的反映大多是一种可怕、莫测的形态。这种认识在古代文字的记载中随处可见，《女娲补天》就是其中一例。在《手稿》中，马克思说道："实际上，人的可能正是表现在他把整个自然界——首先就它是人的直接的生活资料而言，其次就它是人的生命活动的材料、对象和工具而言——变成人的无机的身体。自然界就它本身不是人的身体而言是人的无机的身体。"[12]这里比较明确地表达了未经改造的自然对象一进入人的认识范畴，便与人的物质和精神两方面的活动构成多种形式的联系和认识，从而得出主体人的"能动性"认识的结论。显然，我们又回到了从物到人的过程的认识上来了。

只是，面对如此的分析，一个明显的论敌是：怎样解释“美的客观性”？

以自然美为例，当我们所指为第一形态的自然美——未被人认识的自然美时，我们仅是在物质属性的意义上承认其潜在质；当我们以被人认识的自然美即第二形态的美为对象时，我们的回答是：当社会实践的人的审美判断成为社会存在本身时，作为对象之物原有的潜在质就在客体意义上构成了与主体对应的转变，即具有了“美的客观性”。这里的客观性是指具体的存在而言的，只是这个存在已进入总体人的认知范畴，并且所显示的属性价值不是物理的、化学的而是“美”的。显然，我们承认美的客观性有两个层次的内涵，即作为客体的物的存在意义的客观性和作为客体的“物人”统一意义上的客观性。如果以此推及美的客观性，在二者合一的意义上仍不失其确定性，只是在具体阐述中应注意论述对象的阶段性和总体的联系，即是在总体过程上认识呢？还是就某一阶段(过程)的具体对象而言呢？事实上，对美做任何理性的概括都存在着欠缺。这里存在的问题是，同文学与文学理论一样，前者作为对象是一种表述的客体，而后者则企图在理性上加以把握，因而造成一种错位感。在“美”这里，美本身的存在意义也是一种对客体的表述，而美学则是哲学的概括，由此形成的某些难以对位的认识当是不可避免的。在客观性上，具体到美本身，仍应坚持马克思主义的认识论，在承认物质第一性的前提下，重视人的主体性的渗透，即“自然—社会”的统一与“社会—人”的统一。马克思曾表达过这方面的意见，其要旨在于从整体而不是从单个和分裂概念的意义上去把握事物，他提醒人们注意避免把“社会”当作抽象的东西同“个人”对立起来。他认为，人是一个特殊的个体，并且不只是他的特殊性使他成为一个个体，成为一个现实的、单个的社会存在物，同样的，他也是总体观念的总体，被思考和被感知的社会主体的自为自在，正如他在现实中既作为社会的存在的直观和现实感受而存在，又作为人的生命表现的总体而存在一样。同样，马克思还表述过人与环境的辩证认识，即人创造环境，环境也创造人以及社会本身生产作为人的人一样，人也生产社会。这些意见对于理解主体的人有相当的积极意义，即人是社会的、实践的、大写的人。同时，对于理解相当于主体的客体来说，也避免了机械唯物论的认识。在二者统一的意义上界定美并由此阐述自然美也许更接近本体意义的认识。借用贾勒德的话：“客观对象必须是一个适当的对象，而主体也必须是准备就绪的主体……而美就出现在这二者之间的关系之中。”[13] 所以，我们对美的最基本的界定似乎可以是：美是主客体在客体基础上统一的具有实践意义的审美认知系统。这样,我们一方面承认客观说的合理性;一方面也承认实践说的正确性;同时也承认对于艺术美来说,主客观统一说的合规律性。在总体上,我们应该看到,从自然美到艺术美是人类审美认知的运动趋向。在这个过程中,认识自然美就必须承认主体的重要价值。因而,我们对自然美的界定是:主客体在自然存在意义上统一的具有趋向艺术美的审美过程。我们之所以回避"观念"、"意识"等概念,目的在于强调"过程"的"运动形态"以及产生这种认识的客体本源。假如我们舍弃了"自然的存在",便会滑向唯心主义;舍弃了"趋向艺术美"的定语,便会是静止的判断,至于主客体,前文已有详论,不赘述。

我们仅仅以自然美为例,在存在、发展、自在、自为等运动的范畴意义上对其作了本体意义的界定,故谓之"动态的自然美观"。但这个涉及"美的本质""美的规律"等重大理论问题的神经是由多种神经元组成的,其复杂性仍有待于进一步探讨。

参考文献:

① 蔡仪.美学原理提纲[M].长沙:湖南人民出版社,1985.

② 朱光潜.文艺心理学[M].开明书店1946(进入20世纪80代以后,朱先生的说法有所调整,但内质未变)。

③ 李泽厚.美学论集[M].上海:上海文艺出版社,1980.

④ 李泽厚.美学论集[M].同上。

⑤〔德〕黑格尔著,贺麟译.小逻辑[M].北京:商务印书馆,1980.

⑥ 朱光潜.美学批判文集[M].上海:上海文艺出版社,1982.

⑦ 李泽厚.美学论集[M].上海:上海文艺出版社,1980.

⑧〔德〕马克思.马克思恩格斯全集[M].北京:人民出版社,1956.

⑨〔德〕马克思.马克思恩格斯选集(第一卷)[M].北京:人民出版社,1956.

⑩〔英〕达尔文.人类原始及类择》(第一部)[M].北京:科学出版社,1972.

⑪ 周来祥.美学问题论集[M].西安:陕西人民出版社,1984.

⑫〔德〕马克思.一八四四年经济学手稿[M].马克思恩格斯全集(第42卷)[M].北京:人民出版社,1986.

⑬ 朱狄.当代西方美学[M].北京:人民出版社,1984.

夏衍影剧美学观三论

摘　要：夏衍的影剧美学观包括“本体观、功能观和未来观”三个部分。在本体观方面，他力主电影是“形象的艺术”。其“形象的”表象意义显然是指“视像的”，而内涵则是“典型的”，这一认识延及他对戏剧本体的认识。在功能观方面，他力主“艺术是时代的和人民的”。在未来观层面，他力主艺术应该摒弃任何形式的制约。“三位一体”是夏衍影剧美学观的全部。

一

在中国现代文艺史上，夏衍以其电影和戏剧的剧本创作写下了重要的一页。探讨夏衍的影剧美学观对研究我国现当代电影和戏剧（话剧）来说都是不无裨益的。

作为艺术的样式，电影和话剧在中国的历史都不算太长。对于话剧的产生，有人认为“科白戏”就是中国的“古话剧”，另两种意见尽管对话剧来源的解释不一致，但对话剧是“舶来品”这一点却是共同认可的，按照这种意见，可以基本认定话剧是在20世纪初进入中国的。电影是继话剧之后问津中国观众的。电影是一种特殊的艺术形式的观点今天已被理论界所接受并成为电影研究中最基本的理论阐述。夏衍一方面承认这种本体观，一方面在进一步阐发了自己的观点，而这正是电影本体论的症结所在。夏衍除了承认电影在表现形式上与小说和戏剧的异同外，他力主电影是“形象的艺术”。其“形象的”表象意义显然是指“形体的”，而内涵则是“典型的”。他说：“电影要用形象说话，这是电影的视像特点决定的。电影要塑造形象，通过情节和人物性格来表达思想，艺术作品不能从概念出发，主题思想必须通过艺术形象来表现。”① 如果我们考察一下电影艺术的实际，便会发现夏衍“形象论”的合理性——作为参照系统，电影与文学的重大区别就在于在心理感应层次上。前者是“直接的感应”，而后者则是间接的“虚构形式的感应”，而造成这种感应差别的原因主要在于电影是“视觉化”的艺术。至于“形象论”的第二个层次的涵义，则属一般文学艺术的共同命题，夏衍已有鲜明的阐发，故略而不述。同样，作为一种艺术观的组成部分，他对戏剧本体的认识也与上说类同。夏衍认为戏剧毕竟是“综合艺术”，其形式的特征在于“一切性格描写都只能追缩到极精练的日常的生活的对话和动作之中”。乍看起来，他似乎只强调了戏剧艺术的独特性即一般意义上的时空限制性，但他一再论述过的“戏剧是人生的缩影”，应该追求“性格的真实”等却也从一个侧面证明它对戏剧的认识在本体观上除了艺术个性之外，其核心见解与对电影的见解是同出一辙的。夏衍说过：“话剧(我指的易卜生以来的话剧形式)，是一种受时间和舞台限制得很严的艺术形式……任何一种艺术形式，都各有一定的章法，而话剧尤然。”[②] 另外，他又说：“戏剧本来是人生的‘剧’烈部分，因之采用波涛壮阔的事件和性格鲜明的人物，也许反可以说是戏剧的本分。”[③]很明显，这里的论述一则强调艺术形式的特性及重要性，一则又在整体艺术通则的意义上重审了“形象论”的第二要义即“典型观。”因而，“形象论”可视为夏衍整个艺术观念的重要组成部分。

在电影和戏剧创作上，他是自己理论的最好实践者。

夏衍创作的电影剧本(包括改编)主要有《狂流》《上海二十四小时》《渔光曲》《春蚕》《压岁钱》《林家铺子》《祝福》等，其题材多是现实的。而《上海二十四小时》中的陈大、老赵等作为群体形象则深刻地暴露了阶级压迫的丑恶，反映了雇佣工人的悲惨生活。由夏衍改编的《春蚕》等亦有同样的意义。更具有代表性的是《林家铺子》和《祝福》。在林老板身上，观众体会到的是什么呢？在改编中，夏衍一面强调了林老板的奴性，一面又注意了他的狡诈和贪婪，按夏公自己的说法是“绵羊”与“野狗”的混合，尽管他对此的解释有概念化之嫌，但通过对摇摆于某些既定法则之间的人物性格的“描绘”，在一定意义上完成了形象的典型塑造。在形象的外观上，夏衍曾对该片导演谢添说，对林老板要有分寸，既演出狡猾又演出他的人情味。必须指出的是，夏衍剧作的形象的特征并非仅仅指人物典型的，而是一方面是典型的，另一方面又是“实体的”，这是电影的特性决定的。综观“文学典型说”的历史，由于人类社会发展的变异和复杂化，我们不难发现其内在的线索在最一般的意义上可分为如下几个层次，即：类型(主要寻求的是普遍性)；具体型(主要寻求的是特殊性)；观念型

(主要指情绪的复杂性)。当然,这种划分不能是绝对的。从鉴赏与创作是矛盾的统一体的角度观察,典型史上最初追求类型因素是一直存在并居于不可抹煞的地位的。夏衍在《压岁钱》中,一块银元在纸烟店老板娘、交际花、司机、经理以至强盗和舞女的手中虽然很短暂,却也体现出种种类的典型性,而这种"类"的典型性的体现正披露出夏衍的"形象的艺术"观念之内涵,即电影是形象的艺术,电影是电影本身。

在话剧创作上,夏衍仍是以形象(性格)为本的。只要我们回顾一下现代话剧发展史,便不难发现,可以在人物画廊中占据一席之地的形象就有不少出自夏衍的手笔:赛金花、秋瑾……从比较艺术美学的视角察之,与电影本体观不同的是,夏衍戏剧本体观中的"形象论"虽也有形体的成分,诸如"动作(表象意义)的艺术"(夏衍语)说即是[④],但他特别强调的是"对话",此说虽系一般理论见解,但夏衍自有夏衍的独特处。如果我们考察一下戏剧理论,便不难看到一般是在动作与情节之间画等号的,而夏衍在承认此说的基础上,进一步强调了推动情节发展的"形式"问题——属于话剧本身的形式问题。显然,夏衍认为对话是推动戏剧情节发展的重要的手段。至于这个"手段"怎样才算是恰到好处,夏衍的观点基本上可以概括为六个字,即"生活化"和"浓缩性"。作为美学见解,它首先与艺术的基本观念联系在一起:艺术是生活的反映,必须遵循生活的规律,但艺术毕竟是艺术,又理应恪守艺术的规范。而"生活化"和"浓缩性"又与以形象为本不无关系,即在话剧创作中,对话的生活化是形象真实性的基本要求,而对话的浓缩性是话剧的艺术规范,二者的统一表现在形象本体上,一方面显示形象实体的真实感,一方面要求形象本体在高度的概括中达到典型化。以《上海屋檐下》为例,该剧中,匡复、林志成与杨彩玉的感情纠葛是最有"戏"的部分,但作家在安排三人的对话时,几乎没有任何激烈的外部冲突,一切强烈的感情冲突都隐藏在三人的平淡的对话之中。当匡复与彩玉意外相见时,这对曾相爱的夫妻的情感都在内心奔涌着,彩玉悲痛的啜泣,匡复沉默不语。对于匡复来说,爱人丧失是沉重的精神压力,可他又认为八年来彩玉与林志成也是有爱情的,在这种矛盾的心境中,他说:"我不该来看你们,我简直是多此一举了。"而当杨彩玉要求他给予"生活是否幸福"的答复时,夏衍独具匠心地安排了"匡复不语",一切情意都在这"无言"之中。无论是"平淡的"对话或是"无语"的状态,都深藏着二人的复杂情感,这种极富生活气息的恰到好处的处理,使形象更真实、更丰富。在夏衍的话剧剧作中,这种例证俯拾皆是。据此,夏衍对话剧的认识亦可如此概括:话剧是形象的艺术,话剧是话剧。

综而述之,在电影、戏剧的本体观上,以整个艺术认识论为基础,夏衍认为它们是形象的艺术,既要求艺术的典型性又要求艺术形式的独特性——在电影那里表现为要求实体感的动的艺术境界;在戏剧方面则既要求动作的可感性,又要求对话的"生活性"和"浓缩性"。应该指出这种独特性必须与形象的观念紧密地联系在一起才有意义。在更深一层的意义上,夏衍还强调这两种艺术样式也必须追求细节的真实等一系列文艺美学的基本原则, 否则,就将失去应有的艺术地位。当然,这属于更深一层的美学观念问题,尚不在宏观的本体论之列,但其与形象本体的联系是不能分割的。

二

任何事物除了内部规律之外,都有其相应的外部规律,艺术即如是。如果说本体观是夏衍电影、戏剧美学观的内部规律,那么,外部规律则理应是他的电影与戏剧的功能观。

在艺术功能观上,夏衍不但重视戏剧与电影的本体规律,更重要的还在于他力主作为艺术的戏剧与电影是属于人民的,是属于革命时代的,因而必须具有"人民性"和"时代色彩"。他说,"我们的电影既要有最能表现中国民族精神的内容,又要有最容易为中国劳动人民所接受、所喜爱的表现形式","要通过阶级观点和时代特征来表达出中国人民的民族性格,民族精神"。⑤夏衍的影剧功能观由此可见一斑。因此,与之相关联的诸如艺术与现实的关系、真实性等一些问题便分明地体现出夏衍"功利的"功能观。当然,这种"功利的"功能观未必在夏衍的创作中都处在最佳位置,有时,反而因此影响了作品的深广度。如在《芳草天涯》中,作家对知识分子心态的把握是那样地准确、恰当,但同时,他又借剧中人之口对既存的某些伦理观念发表一些主观的议论。在总体上,他的现实主义创作方法及实践对于"功利的"功能观是一个有力的证明,但在一些具体描写中却又囿于"功利"的束缚。仍以《芳草天涯》为例,剧中人尚志恢是有妇之夫,但夫妻缺少内在气质的统一与和谐,在与另一女子孟小云的情感撞击中爆发出新的爱情"烈焰",作者在对同是知识女性的孟小云的"动作提示"中,写得很值得玩味:她面对尚志恢的热情的爱,"像是电火火石,小云反射地看了志恢一眼",然后是"低头""转身""心跳加速",最后是下了决心,自然地与志恢"分开了手"——这种既注重个性、情感与理智冲突的描述,也因道德观的阻碍而停滞在一种既定的功利观念上——夏衍影剧美学观中的"功利"观既具有积极意义,又存在消极因素。但在总体上仍应承认这种功利观的进步性。

创作是理论最好的说明。在戏剧与电影创作上,夏衍的道路是一条现实主义的道路,因而对艺术与现实关系的认识便自然地在创作中透露出来。

20 世纪 30 年代,面临帝国主义的侵略及国民党腐朽的统治,夏衍有著名的历史讽喻剧《赛金花》,有为民族民主志士立传的《秋瑾传》。在《赛金花》中,他以深刻辛辣的笔触勾画了清廷上下以"叩头为本"的"奴才群像"。在《秋瑾传》中,他以女侠秋瑾的事迹为线索,为一种献身精神大唱赞歌。这两部戏不管是前者的深刻揭露,还是后者的"忧时愤世",都是作者面对艰难时世的"有感而发",按他自己的意见,其创作的目的在于使读者能在历史人物的身影中发现"今天人们的姿态"。抗战爆发后,他大笔成就《上海屋檐下》,通过对林志成一家和匡复等人物的描写,曲折地反映了时代的民族解放运动。在电影创作上,他早期的《上海二十四小时》《狂流》《春蚕》等亦有相同的意义。我们不难在他的创作历程中寻见,夏衍是始终赋予艺术以时代感和人民性的。究其因,则在于夏衍是以历史唯物主义的观点看待艺术的。在理论上,艺术与现实的关系是一切艺术美学理论的基础,唯心主义美学观的特点是艺术与现实的分裂,而唯物主义美学的基础则是把艺术理解为正确地和形象地反映客观现实的本质。夏衍的戏剧、电影创作亦是此说的最好证明。

仅仅承认电影与戏剧是现实的反映还不够,问题的更深一层的意义在于研讨"如何反映",即什么是"真实的"反映或曰"真实性"。夏衍作品的现实性就在于他笔下的人物与环境是一个有机的统一,而性格就在这个统一中显露出"这一个"的特色。功利电影戏剧观不仅仅体现在夏衍的某些作品中,而是他一以贯之的整个创作的主线。在理论上,夏衍的观点亦然。应该强调的是他并不仅仅认为艺术是一种宣传,而是在承认"功利"的同时又强调艺术的独立性。如抗战时,抗演一队曾在柳州上演过《寄生草》,夏衍对其有一段评论甚为微妙,"一个有闲夫人或者女性的电影演员将抗战将士的服装认为光荣而把自己也武装起来, 这心情很容易理解", 但是,"假如她并不真到战场上去打仗,口红蔻丹没有洗去,生活习惯乃至姿态语调没有改掉",那么,"当她以这种姿态而在人前出现的时候，可以唤起的似乎不会是尊敬的感觉而只是一种使人颦蹙的心情”，“很奇妙，《寄生草》使我想起了这样的事情”。[⑥]尽管这种说法有点过激，但这种评论是极富艺术色彩的，其深刻的道理就在于艺术的倾向性绝不是贴张金纸就能光耀世界的，而价值对于艺术来说，就是要体现倾向性与真实性的统一，而真实性除了宏观的时代感、人民性等因素外，细节的真实是艺术的不可忽略的重要的“因子”——抹着口红、操着小姐腔的“战士”永远不是战士——夏衍对真实性的认识昭然若揭。无疑，这也是夏衍整个艺术功利观的一个“形象”的注脚。

三

大千世界中，事物的存在都包含有发展的因素，所谓“存在即发展”者是。作为艺术的电影和戏剧是有其“未来状态”的，因而，艺术家的艺术美学观也有一个“未来状态”，而这种“未来状态”的发展与变化的“因子”显然就在“存在”之中，故未来观的推论也将成为艺术家艺术美学观的映衬，因为它们是“一体的”。陈瘦竹在评价夏衍剧作时认为“他并不故意制造戏剧性的情节，而像一个散文家或特写家一样，选择平凡而有特征性的生活细节，以表现……有性格的人物”。[⑦]这固然是精当的评论，但如果从艺术本体观念出发，窥探艺术家的艺术发展观，便可以进一步这样认为：夏衍是话剧创作的能手，因而，他对各类形式是谙熟于心的，这从他的话剧创作实际中可以看到。但是，夏衍不是某些形式的刻板的遵循者，他的“不故意制造戏剧性情节”的特点的实际内涵，是他的戏剧本体观与功能观统一的见证，即他不是“制造”“戏”，而是从生活出发，使作品透露出更强的生活气息，由于生活的千姿百态，加之艺术家本人追求的并不是什么“纯艺术”，致使其形成了多样化的剧作风格。他不是“因形害意”，无论是场景集中的《上海屋檐下》，还是“流线型”的《法西斯细菌》等都是此说的证明。在电影创作方面亦然：《压岁钱》的电影化（电影化实际上是一种形式观念），其他电影剧作情节的简单化等都是例证。需要研讨的是，事物的发展观是以事物的存在形态为前提的。从本体观与功能观统一的视角观之，夏衍对电影与戏剧的认识中所包含的未来艺术的因素则应别有一番意义，因为未来的发展与现实的存在之间有一种变与不变的辩证关系，正是在这个变与不变的统一中方能显示事物的“真理”意义。如此，在这种意义上才能从整体上把握夏衍的影剧美学观,可见,推动未来观的必要性。

诚如上文所述,在艺术是艺术的观念上,夏衍对电影与戏剧的认识是没有差异的,但在它们各自是什么样的艺术这一点上,却因它们本身的差异性而导致他认识的不同。具体说来,不同就不同在对它们各自的形式的认识上。即同样是形象的艺术,电影更注重形体的影像化,戏剧则强调对话的重要性,而它们整体意义上的共同特点在于,夏衍认为它们是形象的艺术,因为它们是生活的反映。所以,如果仅仅从形式特点上回答夏衍认为什么是电影或者什么是戏剧的话,只能是以偏概全的认识。可以这样说,在总体意义上,夏衍认为电影与戏剧首先是“生活”,其次才是它们自身。如是,便是夏衍影剧创作形式多样化的根源之所在。依此推论,在电影、戏剧的发展观上,夏衍的影剧美学观的核心见解即“生活的”与“形象的”是不会改变的,而“生活的”与“形象的”则是他艺术本体观与功能观中最基本的“未来因素”。由于他始终遵循、实践并倡导这一点,加之他已形成的多样化的手法,可以推定夏衍的影剧发展观在形式论上是否定某种戏剧的特定形式就是戏剧,或者某种电影形式就是电影,故而,夏衍影剧美学观中可以改变的就是现阶段认识中的某些艺术形式的成分,在戏剧与电影互相吸收各自的影响,一个摒弃舞台化,追求“空间的真实”;一个以各种手段缩短银幕与观众之间的距离的今天,以至在此基础上发展了的明天,夏衍影剧美学观在内质上的变与不变的统一仍将有其显著的艺术美学的地位。无疑,它将对理论与创作界的现状及未来产生积极的影响。

统而论之,对夏衍的影剧美学观来说,本体观、功能观与未来观是三位一体的。

参考文献:

① 夏衍.电影论文集[M].北京:中国电影出版社,1979.

②③ 夏衍.夏衍杂文随笔集[M].生活.读书.新知三联书店,1980(P.738; P.251).

④ “表象意义”为笔者所加。

⑤ 夏衍.电影的人民性[M].电影艺术.1960(9).

⑥ 林绍武.夏衍戏剧研究资料[M].北京:中国戏剧出版社,1980.

⑦ 南京大学中文系编.左联时期无产阶级革命文学[M].江苏:江苏文艺出版社,1960.

电视剧叙事及其审美价值形态

一、叙事与叙事主体

摘　要：电视剧是新兴的“技术的艺术”，对其进行叙事研究，有前瞻和实践指导的意义。通过研究“叙事与叙事主体”和“叙事的审美价值”，为电视剧叙事研究奠定了不可或缺的基础。

一、叙事与叙事主体

电视是一种传播媒介，电视剧是这种传播载体中的一类艺术形态。电视剧之为“剧”，则必然与人物、情节等艺术审美因素构成对应关系，因人物与情节又是叙事文艺类型的支架。在艺术美学的意义上，人物与情节就是叙事的全部内容，所以，从审美的角度观照电视剧，无论是创作，无论是作品本身，还是作为接受主题的电视观众，都是促成一类艺术的叙事及其审美价值形成的方方面面。显然，探讨电视剧审美中的叙事形态，必然先给出“叙事”的基本的理论框架，我们认为这就是“什么是叙事”，或称为“叙事与叙事本体”。

什么是叙事呢？援引著名小说家和理论家佛斯特在《小说面面观》中所说的：“我们对故事下的定义是按时间顺序安排的事件的叙述。情节也是事件叙述，但重点在因果关系上。”[①]这位获 1961 年英国皇家“文学勋位”的大作家又举例对如上的判断做了说明，所谓“国王死了，然后王后也死了，是故事；而国王死了，王后也伤心而死则是情节”。的确，他这里说的是故事与情节，但我们从中不难发现三个方面的奥妙，即故事、情节与人物。简单地看，故事就是内容，情节则是内容的叙述，而无论故事或是情节，又怎能离开人物呢？而这里的人物既是文艺作品中的人物，又与“人物”的创作者及“人物”的接受者的心理有关。由此，我们想到了一则广泛流行的传说。在《一千零一夜》中，那位没有故事听就要杀人的国王,终于在一位擅长讲故事的公主面前睡去了,公主保全了性命,而国王得到了快乐。从这则传说的意象结构中,我们看到国王就是“故事与人物”的接受者,其心理结构恰似一位暴君;那位美貌的公主就是创作主体,其赢得国王欢心的不是她的“形体”,而是她的“故事”的内容,在她连续不断的娓娓动听的叙说中,“国王”的心灵被占有了。其间,不难发现作为接受主体的国王心理,具有“窥探隐秘”的心理定势,用一句流行的话说,就是“欲知后事,且听下回分解”。历来的文艺作品中,凡涉及叙述,就与这种人和事的心理欲望及其满足相关联。在艺术术语中,这被称为情节与情节心理。显然,在叙事性文艺作品及其社会接受中,叙事便表现为叙述的内容和叙述的结构(情节),前者如“国王要死了”,后者如“姑娘为什么钟情于这样一个傻小子呢?”当然,叙事的接受还表现为叙述行为的社会化,如传授双方的心理感映过程。反言之,若不具有这种感映的“叙述”,只能是没有叙述接受对象的潜在的叙述形态。内容、结构和接受的心理感应等三个方面是三位一体的。假以图示,我们看到如下的联系:

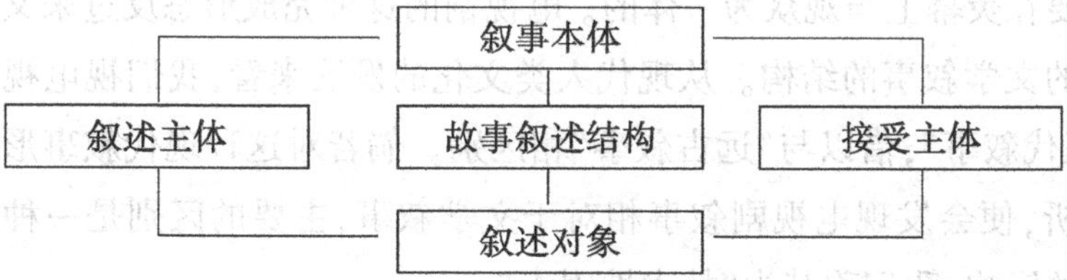

由图可知,叙述对象是叙述主体与接受主体联系的纽带,而故事和叙述结构可以是叙述对象又表现为“叙述本体”,原因在于,与叙事本体相关的三个方面都是以“大写的人”为中心的!言其社会化也好,称其为人的存在也罢,抑或以哲理意识加以概括,都直接指向整体艺术的存在价值,故而“本体”命之。可见在艺术中,叙事与叙事本体是有区别的统一体,“统一”即如上述,区别则在于叙事是一种客观存在,叙事本体是一种客观存在的理性概括。电视剧既然是一类“叙述的艺术”,其存在形态也不可避免地与上述的内容相一致。

或许,我们会发现,“叙事对一切叙述性艺术都具有统一的形态吗”这样的疑问,所以,有必要对电视剧一类艺术产生之前的文艺的“叙事形态”有一个大致的了解,才能逐渐进入电视剧叙事形态的具体分析。

且从叙事的远古形态开始。

人类文化的发展证明,叙事是人类交往、感情交流等文化遗传的初始形态,它与人的存在(社会人的存在)一样的古老。在没有产生符号文化(文字)之前,人类的叙事是通过口头或体态语言来传递信息的,有了文字之后,叙事便成为记载人类一切行为的一种手段,如“郑伯克段于鄢”,便是一种叙事。其中,人物、地点、时间甚至潜在的内容与情节都已呈现出初期叙事的基本要点,直至今天也没有改变这样的事实。在不断的发展变化中,当文学与历史等其他记载形式发生冲突、分离并各自独立之后,叙事在不同的文化形态中就具有了相异的存在形式:在历史描述中,叙事成为记述固有存在并由此表达一种观念的手段;在文学描述中,叙事成为观念与情感创作的载体……与我们特指的电视剧的叙事的历史相关的便是这类文学的叙事,二者之间具有渗透、影响与师承的关系。如“郑伯克段于鄢”这样远古的叙事,虽然不是纯粹的文学叙事,但如上所述的叙事的基本要点,已成为后世文学叙事的标准参照系。问题在于,这种文学叙事与电视剧的叙事虽然在叙事本体的意义上具有一致性,却不能在二者之间画等号,因为电视剧虽然经历文学叙述的阶段,但最终是要在荧幕上与观众为一体的。电视剧的这种完成形态反过来又影响着电视剧的文学叙事的结构。从现代人类文化的发展来看,我们视电视剧的叙事为“现代叙事”,借以与“远古叙事”相区别。倘若对这种现代叙事形态作稍稍的剖析,便会发现电视剧叙事相对于文学叙事,主要的区别是一种技术的内趋力的影响,我们称其为“技术性因素”。

人类的社会生存,亘古以来直至今天,甚至未来也不能彻底解决,而人又拼命寻找解决路径的命题便是“认识人类自己”。在文学中,人们在接受内容的叙事与叙事的感映中完成对这个命题的千百种回答,但在形式上,人们并不满足文学的代码性叙述,几乎与文字产生同步或稍后发展的一类艺术——戏剧,便弥补了人的心理上的这种需求的不足,实体的人尽管也是一种“代码”,但距“真实人”的实体存在更为接近,于是,如何创造一种接受景观的绝对真实感便成为叙事形式发展的文化的内趋力。后世的电影虽然并不是戏剧的直接性文化衍生物,但在上述内趋力方面的联系却是不可忽视的,电视是电影的第二代的文化衍生物,也无法回避技术性因素对叙事形态的直接影响。如从叙事本体的角度出发,在电影、电视的传播过程中,色彩、声音等已成为叙事的异化形式,其产生的直接的本源心理,也不能排除“人的绝对真实存在"这样的前提。而这类现代叙事的新的"基因"明显受电影或电视的技术发展的制约,同时,也反转影响到电视剧一类的叙事的构成,又在这个前提下与旧有的文学叙事相佐。试举一例。在彩色电视接收机没有研制成功的时候,电视剧的叙事元素就极少有色彩方面的影响性因素的制约,换句话说就是没有色彩观念的叙事形态,当彩色电视接收机普及之时,电视剧的叙事元素中早已将色彩及其观念形态列入叙事的一类审美因素了。

总之,叙事是人的一种外在行为,却又是人的存在的内在性本体。在文艺叙事发展的历史长河中,从远古叙事到文学叙事的其他叙事指导现在叙事的历程中,我们看到叙事基本要素的一致性和变化性,于是,文学叙事成为电视剧叙事的正宗,电视剧叙事受电视行为的技术性因素的影响,形成了现代艺术叙事的新格局。

怎样在总体上看待"叙事"的价值呢?我们认为叙事在文艺现象中不能单独存在,但又不能舍弃,其审美的价值主要表现为"中介"属性。

二、叙事的审美价值

叙事不是电视剧所独有,而是艺术通则意义上的审美范畴,在艺术通则的意义上,其审美价值的界定主要包括叙述主体、叙述对象、叙述的接受形态,以其叙事是一种"生活的重组"、叙事是"情感的载体"等要素,诸要素在叙事本体的意义上构成艺术创作与艺术欣赏的"中介"形式。

叙事是叙事的具体表现。叙述主体类似于创作主体,通常表现为文化环境制约下的动态性结构。创作主体因受政治、伦理、观念、文化的历史、时代精神、民族精神、民族意识等因素的制约,具有复杂的"内容机制",不同的时代、不同的地域、不同的文化、不同的环境、不同的民族,创作主体的主体意识的内涵绝不会相同的。与创作主体相同的是,叙述主体作为创作主体的具体存在与具体过程,与创作主体具有类同性结构,即叙述着的主体不是孤立的存在,而是社会、文化等因素共同性制约下的存在。因此,"叙述什么"是叙事审美中的首要的前提,凡符合社会发展趋势,积极、乐观、给人以审美的内容都应是叙述主体观照的主要方面。以中国电视剧的创作(这里取其叙述主体的规范)为例,在1988年全国电视剧题材规划会议上,阮若琳以《在改革的大潮中发展电视剧事业》为题，表述了他的认识："电视文化作为现代社会的一种全民文化的现象，其渗透力、包容性、覆盖面都为其他文化所不及。电视剧作为电视文化的重要组成部分闯进了千家万户，这些节目除了满足观众的审美情趣外，更左右着观众的思维、心理和认识。因此，如何通过电视剧正确地用改革思想、改革意识，影响、引导一代观众的进取精神，如何适应改革开放的大潮，唱出时代的最强音、主旋律，是我们艺术工作者义不容辞的责任。"② 从中，我们看到叙述主体两个方面的内容制约，即审美和社会价值，这便是叙述什么的全部内容的总括。而叙述什么首先是叙述主体的出发点，因此，叙事内容制约了叙述主体，使叙述主体成为主客观一体化的产物。

"叙述什么"的具体内容经过叙述主体的思考，必须在叙述对象中以"再造的自然"的形态出现时，才能真正体现叙述的主客观的统一性。所谓叙述对象主要包括故事作为故事而存在的"叙述着的自然与叙述着的真实"以及"怎样叙述"的形式框架。美国电视连续剧《侠胆雄狮》叙述的内容是一丽质女子凯瑟琳与外形丑陋却心地善良的"隐居者"文森特共同与社会邪恶势力的斗争，以及他们的感情历程的故事。在全部的叙述内容中，只有善与恶的对立。文森特以及家族在一个并不真实存在的地下洞穴生活，凯瑟琳在繁荣、美丽却又肮脏的现代都市之中，她坚持正义却遭凌辱，文森特挽救了她的生命，但她被文森特可怕的面影吓坏了。在返回都市之后，在坚持不断地对社会邪恶势力的斗争中，文森特成为超越法律的象征，每当罪犯逃出凯瑟琳的调查网并可逍遥法外的时候，他就作为叙述内容中假想的"武力崇拜偶像"而出现，在超出法律约束的情况下给罪犯以打击。正是在这一过程中，这位表面丑恶的"雄狮"在凯瑟琳心中成为"正直与理想"的化身，二人也在逐渐地在了解中产生了心灵的"感映"。瞧，这是一个多么动听却老而又老的故事啊！在人类的生存竞争中，善恶观念自古以来就是人们思考的中心，作为第二自然的文艺在很大程度上是这一观念变化的再现的"历史"。影视剧中的叙述对象在内容上继承了这一"叙事的传统"，添加了现代生活与现代幻想的佐料，在怎样叙述的形式框架中，有意创造了一个人间之外的"人间"——文森特的不受世俗偏见影响的世界，借以与现代丑恶社会对比，形成叙述什么和叙事对象的存在，只要在与接受主体形成心灵碰撞时，才能成为叙事对象的真实存在，否则，只能是叙事对象的潜在形态。

怎样认识接受主体呢？叙述什么与怎样叙述的一体及其客观的存在，是为了与接受主体产生对应性联系才存在的。我们称这个过程为叙述的接受形态。应该承认，接受主体本身也是社会的客观存在，其主体意识与叙述主体具有同质形态，因为接受主体也是社会的思考的存在着的人，在电视剧的接受过程中，接受主体是特指与泛指相统一的观众群体。同叙述主体一样，接受主体也受社会、文化诸因素的制约，只是在具体的对应过程中，接受主体与叙述主体具有顺应、非顺应、既顺应又不顺应等多种形态。以上以电视剧为例，叙述对象中潜存的“观念形态”如善恶标准，与我们对它的分析是一致的，作为电视观众或者说接受主体的我们，在叙事的接受形态中，所形成的心理就是与叙述主体的顺应性结构。当出现对以上善恶观念的排斥心理或并非全部接受的心理时，其他两种接受形态便形成了。在这个意义上，接受主体与叙述的接受形态均为非固定性结构的运动形态。像电视连续剧《红楼梦》的叙述对象的内容，如何叙述的形式制约与叙述的接受形态形成的心理感映更是多重组合形态，诸如黛玉是爱情、宝钗是婚姻，凤姐既可恨又精明的很多的感叹；诸如封建伦常的解体、政治社会变迁、封建社会没落等结论性认定，便表现出叙事的接受因叙事对象的内容的丰富而丰富、简单而简单的特征。

由以上描绘不难看出，在叙事整体的审美价值中，在过程的意义上，叙述主体、叙述对象与叙述的接受形态是三位一体的。电视剧中的叙事概莫能外。只是在传播与接受心理相统一的意义上，电视剧叙事的动态性结构更为明显，受大众文化制约而显现的通俗意义更为鲜明罢了。

文艺及至电视剧中的叙事在审美意义上还可以表述为“生活的重组”与“情感的载体”，这是由文艺的性质与电视剧的基本属性所决定的。

“生活的重组”首先在理论上面对的是“生活的真实”，其次才是“艺术真实”，在电视剧的叙事形态中，这两种真实是统一的，因为任何艺术品包括电视剧，在叙述对象的意义上都是对象化的物态真实。列宁认为：“人在自己的实践活动中面向着客观世界，以它为转移，以它来规定自己的活动。”同时，“外部世界、自然界的规律，乃是人的有目的的活动的基础”。[③]由此观照电视剧的叙事，便会发现任何真都是客观世界的运动、变化、发展之中所表现出来的生活本身的客观规律性。由此观照电视剧的叙事，便会发现任何真都是客观世界的运动、变化、发展之中所表现出来的生活本身的客观规律性。同时，这种真也表现为叙述主体与接受主体有目的的活动。所以,在电视剧叙事中,真,往往表现为“善”的选择。这里,真,是一个不变的美学范畴,而善则因内容的不同而不同。由此映照的是,如何安排“善”的结构,成为电视叙事构成的重要方面。我们认为,与“重组”善的内容有关的因素主要包括细节的魅力、场面的组合、结构的类型以及形象的确立等。以中国电视剧《丹姨》为例,它叙述的是一个女人的悲剧。未婚先孕的大学生,经历了磨难,有了唯一的欢乐——女儿,随着女儿被海浪吞没,丹姨走完了空寂的一生。在这部电视剧中,一座被废弃的教堂曾多次出现,似乎是一种象征,象征一个心灵空寂的女人,在丹姨遭到不幸的时刻,她就住在那四壁空空的破教堂里,形单影只,默默地思念,默默地忍受。作为一种对比,我们看到在丹姨成为一个老妇人时,她出现在一个婚宴上,一改沉默、孤寂的面影,大声说话,大碗喝酒,拼命地抽烟……这些细节成为剧作中最为活跃的“因素”,构成了对剧中人悲剧命运的深刻思考。按一般常规,婚宴是一种带着喜庆气氛的环境和场面,可对丹姨来说,这无疑是引发隐痛的契机——空寂的环境及孤独的女人,喜庆的氛围与忧愁的女人,作为形象,前后是统一的,但环境与场面都是变化的,就像观察一个人换了一个视角,其内容仍然不变。变化的环境为不变的形象的站立铺垫了坚实的“土地”。显然,这里的场面组合是一种对比的方式,所以,场面在电视剧叙述中往往是细节的不同排列,这种排列的不同分类又成为结构类型的不同。像《丹姨》这种以个人命运为主线的叙述结构与电视剧《凯旋在子夜》的大跨度、交叉性、以时代背景与人物命运为叙述的共同出发点的结构形式,便形成不同的结构类型。但在叙述的总体框架中,叙述故事并不是目的,目的在于塑造形象,并借以传达艺术对“重组的生活”的理解,上举两剧中的主人翁的成功形象以其社会轰动效应,就是较好的说明。

至于叙事及至电视剧叙事中的“感情的载体”,与文艺是“情感的形式”的论断是一致的。情感是什么呢?在心理层面上,感情以情绪为基础;在心理与生理统一的意义上,感情以情绪为象征。在我们特指的艺术叙事中的情感,是指从叙述主体到叙事接受完成形态中的特有的精神现象。它具有双重的感情因素,即一是客观生活存在的情感本身,一是叙述对象作为艺术品而存在时的感情质及叙述的接受过程中分解出来的创造力、娱乐力、理解力等多种功能的感情化。这两种感情共同构成电视剧叙事中的艺术情感。在前引《侠胆雄狮》一剧中，生活本身对善恶的认识左右了叙述者和接受叙述者的共同的情感，剧中人凯瑟琳与文森特的离奇故事又构成了能够被分解的“情感质”——当我们为正义而生存、为善良而苦寻、为爱情而献身的时刻，前一种生活中的情感便与后一种“叙述”中的情感共同形成“情感的认同”与“情感内容的接受”。所以，“生活的重组”与“感情的载体”是融合在电视剧叙事中的共同性因素，只是在理论表述上存在着切入角度的不同。如果从电视剧的叙事及其审美价值的角度观察这个问题；便会自然总结出电视剧叙事在叙事本体意义上的“中介”属性。

首先，我们界定一下“中介”的概念。中介是辩证思维的概念，在哲学中常被释义为“联系的存在”。一切事物的联系大致有两种方式，即“直接联系”和“间接联系”，后者即我们特指的“中介”，所谓“一切都在中间环节融合，通过中介过渡到对方”。因此，中介使主客观世界处于整体的联系之中。在艺术的叙事中，中介明显表现为叙述对象的“联系的存在”。一般说来，艺术乃至电视剧中的叙事在构成社会存在的意义上应以净化人类道德情感为准则，在其整体上便自然形成前文已审明的规律性，即“叙事的审美规律”。我们认为其中最主要的是“叙述的审美价值”。马克思说过这样的话；“我在我的生产中物化了我的个性和我的个性的特点，因此我既在活动时受了个人的生命表现，又在对产品的直观中认识到我的个性是物质，可以直观地感知的因而是毫无意义的权利而感到个人的乐趣”。[4]这里说的是生产的乐趣，一方面是“个人生命表现的享受”所体现的主体价值，另一方面是“对象的直观感受”，以及感受到的物质形态。当我们视电视剧是一种生产性存在时，无论是叙述主体还是叙述的接受主体都会产生这种状态。所以，我们赞成苏珊·朗格的说法：

> 艺术形式与我们的感觉、理智和情感生活所具有的动态形式是同构的形式。正如亨利·詹姆斯所说的，艺术品也就是感情的形式或是能够将内在情感系统地呈现出来以供我们认识的形式。[5]

如果我们将这段论述理解为“艺术是情感的符号系统”的话，那么，电视剧中的叙事及其全部美感的生成，就可以从“物化的叙述对象”的角度看待，电视剧审美的中介形态，就是所谓的“叙述着的情感”与“叙述着的形式”的统一，共同构成了电视剧审美系统的“联系的存在”。因此，我们认为电视剧的叙事在审美价值的意义上显现为“中介的联系”。

我们在叙事与叙事主体以及叙事的审美价值两大方面的纯粹理性的概括中描述了叙事的艺术形态，并以电视剧的叙事为例加以说明，只是这种描述不仅适合于电视剧叙事，还以一种通则的意义广泛地存在于一切艺术叙事形态之中。所以，在个例的前提下，还必须深入电视剧叙事的具体内涵中，以发掘电视剧叙事形态的独存价值。

参考文献：

① ［英］佛斯特．小说面面观［M］．花城出版社，1987．
② 阮若琳．在改革的大潮中发展电视剧事业［J］．中外电视．1988(3)．
③ ［俄］列宁．列宁全集(38 卷)［M］．北京：人民出版社，1986．
④ ［英］詹姆斯·穆勒．马克思恩格斯全集(第 42 卷．《政治经济学原理》艺术摘要)［M］．北京：人民出版社，1979．
⑤ ［美］苏珊·朗格著．滕守尧等译．艺术问题［M］． 北京：中国社会科学出版社 1983．

论影视艺术欣赏的审美关系

摘　要：影视艺术欣赏是人类在精神上对美的需求且与其对应的、按美的法则建造的“第二自然”，具有审美属性；是一种审美创造与审美关系。从悲剧、悲剧感，喜剧和喜剧感及其审美价值等方面均可印证这一说法。

一、主体需求、美的法则和审美属性

理论界普遍认为，影视艺术在艺术通则的意义上，是社会、作家、艺术品、观众四位一体的凝聚物。需要证明的是，这四者之间并不截然的对立，而是一个相互交叉的环形链式结构。无论如何，如果不给出前提的话，是难以找到它的起点与终点的。也就是说，任何给出固态终点的企图都只能是一种企图而已。但是，只要给出前提，情况就不同了，比如：对于影视艺术作品而言，其完成形式是怎样的呢？显然，离开了观众就不存在完成形态。而观众又是具体的人、整体的人，甚至是抽象的人。在主客体的意义上理解，这种对应关系在总体上是否表现了一种需求呢？的确，人需要慰藉，需要不断得到满足；社会需要协调，需要一种“平衡器”。对影视艺术欣赏而言，以上判断的本质显然是一种审美的判断，而一切都从需求开始。

在现实生活中，无论是个体还是整体都需要美。艺术接受乃至我们所特指的影视艺术欣赏，是满足人对美的需求的重要途径和方式。固然，生活本身亦可以是美，但作为再造现实的艺术则更美。人，作为欣赏主体对艺术更加厚爱的道理就不言而喻了。由于这种精神需求主要表现为“第二自然”与“实践的人”的对应关系，所以，我们在一般的理论意义上可以很自然地寻出一些判断来。

首先，影视艺术欣赏作为人类在精神上对美的需求形式，与其对应的按美的法则来建造的“物化的第二自然”，在本质上是一致的。马克思曾有过十分精辟的表述：“动物只依照它所属的物种的尺度和需要来造型，但人类能够依照任何物种的尺度来生产，并且能够到处都把内在尺度用到对象上去，因此，人也按照美的规律来造型。”①影视艺术创作过程与其他文艺创作一样，也表现为对对象的主体渗透——主体的意志、主体的情感、主体的道德、主体的美学理想。而作为在一定前提下是影视艺术终极完成形式的欣赏过程，也可以同样体现自身的美学理想，以达到满足自身审美需要的目的。这样，我们又触及了影视艺术欣赏是一种艺术的再创造的命题。

为什么说影视艺术欣赏是一种再创造呢？如果说艺术家的创作是精神的物化，那么，欣赏应该是精神的还原。但这种还原，由于受观众在欣赏中的经验与想象的影响，而体验与想象本身又呈现复杂形态，所以，欣赏主体不但把艺术家所创造的艺术情境、艺术情致、艺术形象、艺术情感以及诸范畴所涵盖的丰富内容复现出来，加以充分领悟和理解，而且还因为欣赏主体的差异性以及表现出对以上诸范畴的变动、改造的形态：一种不能完全复原、其差异性存在着使原有情境更丰富、形象更丰满的可能性。总之，在一种审美关系的意义上理解影视艺术欣赏的过程，就是审美对象如何制约和引导审美主体而审美主体又如何积极地能动地接受并突破制约，对物化态的精神进行还原并再创造，从而达到一种辩证统一的境地。

其次，充分体现了“按照美的规律来造型”的影视艺术欣赏的存在前提，是影视艺术作品本身的美感力量。理论界对此的说法不甚一致，有人认为，所谓美感力量就是艺术魅力；亦有人认为艺术魅力不是艺术品的一种客观属性，只是发生学的一种诱因。我们认为二者之间并不存在明显的差异，要点在于对艺术魅力与欣赏概念的解释，站在各自对这两个概念的认识上，其阐释都具有合理性。这里，我们取艺术魅力是艺术欣赏过程中客体属性的判断为准绳，因而，我们认为在影视艺术欣赏作为审美关系的客体方面，存在着相对于主体的美感力量。对具体作品来说，它又是美学特性。事实上，这里的美学特性绝非孤立的，而是包裹着心理与社会属性诸方面的内涵的。只是这种“包裹”在审美的前提下表现为悲与喜、崇高与快感等范畴。

二、审美范畴举隅：崇高与快感

事实上，悲与喜可以表述为艺术的欣赏类型，但这里，我们主要取其与美感的联系并给出我们的答案。由于它们与崇高感和快感始终密切地联系在一起，所以我们在统一的意义上认识此类命题。

“崇高—崇高感”是一种美感，但又与一般的美感有异，这主要表现在其本身如何产生及固有特征上。朱光潜在《悲剧心理学》中曾引述布拉德雷的分析，认为崇高感的产生有两个阶段：一是压抑、困惑、震惊甚至感到无法理解，无法接受及至有一种被威胁感；二是在崇高的事物和精神面前，人们打破了自己平日的局限，在想象与情感的扩大和升华中，使理想与自己等同起来。理论界一般认为，恐惧、敬畏的痛感是艺术欣赏崇高感的主要特征。比较一下一般美感的产生，我们可以看到“宁静”“悠然”与“激动”“不安”的对立，但这并不排斥崇高是一种美感，因为它具有深刻的震撼力量。比如，在中国文化史上，有着显著地位的以屈原为题材的文艺创作，其绵延不断的原因是多方面的。但有两点是十分重要的：其一，指屈原事件在历史演化中形成的爱国主义思想；其二，便是这个悲剧事件带来的强烈的震动人心的力量。二者的统一，便构成一种升华了的崇高感。其中，不乏历史因素的制约，更有各个时代在演化形态中形成的不同的时代内容。例如，中国抗日战争时期上演的话剧《屈原》，在其时代氛围中形成的强大冲击，是一种大文化“神力”的再现；同样，20世纪70年代末，在特定的历史转折背景下，国内影坛上映了香港拍摄的《屈原》所产生的社会性震撼早已超出了放映影片本身。由此而升华的一种社会的集体意识：正义和人民是不畏强权的思想（尽管这种思想的面影与历史的屈原事件不尽相同）已经具有了社会悲剧感，但这种由悲剧内容带来的“崇高感”早已成为一种普遍意义的社会美感。显然，在这个例证中，我们不仅给出了崇高感的答案，而且还点到了悲与悲剧的问题。一般理论研究认为悲剧的本质同崇高是一致的，即悲剧感是一种崇高感，因而，崇高感的特质也是悲剧感的特质。其区别亦可引朱光潜先生对《李尔王》的分析。朱先生认为《李尔王》的悲剧和一场暴风雨所给人的感受是不同的。他说：“两者都展示出一股巨大的力量，都唤起人的无力和渺小的感觉，又都使我们打破平时的局限而分享它们的伟大。但是一场暴风雨绝不能唤起我们对李尔王的苦难或对考狄列娅之死所感到的怜悯。如果我们面对崇高的对象而感到怜悯，那对象对于我们立即就不再是崇高的了。作为一种美的形式，可以说崇高恰恰是可怜的对立面。悲剧的奇迹就在于尽管悲与喜在美学意义上都有独存的价值，但于它能够将这两对立面结合在一起。"②如果改动一下这个例证,将《李尔王》换成电影《屈原》,即刻会得出结论,即影视艺术欣赏的悲剧感在美学意义上只不过是艺术美感的通则罢了。

同样,对于以笑为特征的喜剧,在我们特指的欣赏之中主要表现为一种化丑为美的感知与理智的把握。以卓别林的喜剧艺术为例,在他的每一部优秀的影片中,都含着极其深刻的讽刺成分。人们欣赏卓别林影片的一个最大接受特征是在笑声中接纳,但这笑却有着严谨的属于理智把握的内容。比如对小人物查利,人们的笑声表明对这个形象的一种喜爱,但正是在这里,小人物查利与社会现实的极不协调(笑是从这里生发的)却又使观众在社会的感知中有了深层内涵的理解。比如,工人查利在《摩登时代》中只不过是想搔搔痒,可结果却是使传送带上的快速工作丧失了协调,造成了混乱,观众在看到查利忙乱的动作时,在捧腹大笑中接受了一种对现实的嘲讽。正如马克思曾指出的那样,历史本身的进程把生活的陈腐的形式变成喜剧的对象,人类将含笑和自己的过去告别。的确,查利形象有一种马戏团小丑的"影像",那夸张的动作、形象的虚拟性、细节的荒诞性等都足以证明这一点。但正是在这种"丑角"的行动中,观众含笑接受并产生了一种美感,一种以快乐特征和理智的把握相统一的美感。再如中国的喜剧电视片《猫眼儿》,叙述的是一个社会学家如何告诫人们不要"门缝里看人",而结果是自己也没逃出门缝里看人的窠臼。由此可以看出,讽刺、滑稽均属喜剧范畴。对于影视艺术欣赏来说,喜剧类型作为一种客体属性在欣赏过程中主要诱导主体对丑的不同把握并从而达到快感的升华。因而,喜剧感亦是美感的种属。同崇高感与悲剧感一样,喜剧感亦是艺术欣赏的通则之一,影视艺术欣赏自然对此无特殊的规范。

三、对象化与影视艺术欣赏的多样性

影视艺术欣赏作为一种审美关系的另一种表述是:作为审美客体的影视艺术,其美感属性只有在审美观照中才能成为真正意义上的存在,即对象化存在。在马克思主义看来,美与"人的本质力量的对象化"有密切的关系。由于影视艺术欣赏亦是一种审美关系,所以,离开了对象化之物就无所谓主体,但同理,离开了对象主体何来对象之物呢?如此,也就无从谈起美及美感的生成。所谓情感只是情感认同的审美创造物,而欣赏又是以人为主体的,所以,在统一的意义上,应该看到无论是“真正意义上存在的美感属性”,还是“受第二自然制约的主体”,都以人的社会存在为前提。再由于这种存在即活动是在“联系”中呈现,而这种联系本身又受心理与社会各层面的多样性、复杂性所制约,所以,我们所特指的影视艺术欣赏在“关系”属性上亦表现为多侧面、多层次或称多样性和复杂性,即非单一性。也正由此,又引出影视艺术欣赏作为一种审美关系表现为个人性与群体性统一的理论推导。应该看到的是,这里的个性与群体性,一方面存在着心理与社会及文化的属性;另一方面,又专指审美个性与审美的群体性。在影视艺术欣赏中,就这里涉及的问题而言,心理与社会的属性只是问题的发生而规律意义上的判断则是“审美属性”。所以,以审美个性与审美的群体性论之,这仅是一种说明而已。

四、审美关系与影视艺术创造

作为一种审美关系,不仅要看到在影视艺术欣赏过程阶段的主客体属性,二者的对应关系,应注意的是在更广阔的背景上,影视艺术欣赏与影视艺术创造有着十分密切的关系。如果说上面三点是一种内视,那么,这里则是一种外观。

任何艺术欣赏都离不开艺术创造,二者是艺术整体活动中密切联系、相互制约的两个方面。由于影视艺术欣赏可以视为影视艺术消费,而影视艺术创作可以称为影视艺术生产,所以,它们亦遵循着生产和消费关系的一般规律。这主要有两方面的表现:一是影视艺术欣赏生产着艺术创造,一部电影的完成和一部电视剧的制作,只有在艺术欣赏实践中,才能证明自己是一种现实的存在。据报载,卓别林谢世之后,人们发现了不曾问世的影片,这种被“历史”搁置起来的影片如果不公开放映,是永远不会被承认为艺术的存在的。马克思说过,“生产物要在消费中才得到最后的 finish (完成)”,“一件衣服由于穿的行为才实际上成为衣服;一间房屋无人居住,in fact (事实上)就不成为实际的房子。”③影视艺术欣赏与影视艺术创造的关系也是如此。所不同的是,一般物质产品在流通中形成完成品形态,而艺术品只有在欣赏过程中才得以完成和再造;二是影视艺术创造同样生产着影视艺术欣赏。它又表现在三个方面:一是没有影视艺术创造,影视艺术欣赏必然失去对象之物;二是由于影视艺术作品是影像之物,影视艺术生产和艺术品的审美性质规定着影视艺术欣赏必须具有审美的形式;三是影视艺术生产能够消费它的“消费主体”。诚如马克思所说:“艺术对象——任何其他生产物也一样——创造着有艺术情感和审美能力的群众。”以上从四个方面论及了作为一种审美关系的影视艺术欣赏。显然,如果将这里的论述与通行的艺术美学观作“同一”的观察,那么,不难发现阐明此问题的理论出发点和依据分别是:心理需求与美的法则和规律;审美范畴与社会属性;人的文化存在和审美创造。由此揭示了作为一种审美关系的影视艺术欣赏的基本美学内涵及其不同的表现形态。

参考文献:

① 〔德〕马克思.马克思恩格斯全集(第42卷)[M].北京:人民出版社,1972.
② 朱光潜.悲剧心理学[M].北京:人民文学出版社,1978.
③ 〔德〕马克思.政治经济学批判(导言)[M].北京:人民出版社,1995.

综论电视文化与影像思维

摘　要： 电视文化的中介属性是以“视听”特点为表征的，而“视听”特点明显与人类思维形式的演变相关。以“影像”为特征的电视思维是关乎电视文化发展的核心命题。电视，文化，影像和思维是一个“四极”结构，其统一的命题价值是不容置疑的。

一、文化面面观

人类有别于动物的最主要的特征之一便是人成为思维着的人。对此命题，虽然不能说是妇孺皆知，恐怕也早已经成为普遍性的真理了。可是，史前期的人类思维是怎样一种形态呢？倘若再将这种思维形式及其演变与人类本世纪最伟大成就之一的电视联系起来观察时，是否能够发现许多问题？当我们将“电视”与“人”视为一体的时候，便又会发现以研究“电视——电视观众”为主体的“电视观众学”，必将涉及人类文化形式的发展与人类思维形式的演变这样的课题。显然，我们必需先给出我们的文化观。

严格说来，文化观与文化概念的界定有很大的关系。按照通行的广义文化的解释，文化是无所不包的：从人文、历史到现实、政治，乃至吃、穿、住、行等无不表现为一种文化；反之，狭义文化观则视文化为“社会的意识形态，以及与其相适应的制度和组织机构”。不难看出，后一种文化观是偏重文化精神的认同，这与中国特定的文化观念的历史有较大的关系。据文字学考证，中国最早的甲骨文和金文中的“文”，其字型结构为四条线相交，原始意义为“交错”，即由此引伸出的“天地经纬”之意。如果我们以此为参照，反观如上提出的广义文化，则可窥见，中国早期对文化的认识已包涵了天地自然以及人们对天地自然的看法，这与现代人们对文化的解释，即“文化是集人类精神和物质为一身的复合体”的命题是基本一致的。那么，仅仅将文化局限为精神现象的狭义文化观是怎样演变的呢？要全面描述这一轨迹是困难的，在中国，这种演变历史中最早的理论依据明显来自儒家学说。当儒家学说统治中国后，那种重“义”、重“礼法”（精神）而轻“利”（物质、经济）的人的存在观便成为一种文化观的基础，所以，传统儒学观念认定文化是一种精神现象，因此，这种文化观是排斥物质成分的文化观。事实上，在西方，文化观也有类似的转化过程，如古希腊文化中的文化观——假如从文字学的角度考证，其对文化概念的界定也存有物质与精神一体的认识。但到了中世纪，随着基督教的兴盛，文化观在本质上更贴近一种精神现象，即被“宗教”所同化了。在西方，随着社会物质生产的发展以及思想历史的解体与重建，广义文化观很快又在一个新的层次上得以回归，并形成了一直到现代仍有影响力的各文化学派，其中，当推马林诺夫斯基的主张为“正统”。他说，“文化是指那一群传统的器物、货品、技术、思维、习惯及价值而言的，这概念实包含着及调节着一切社会科学”。[①]在更深一层的解释中，我们看出，文化被解释为满足人类的需要而存在的，是为了满足人体直接生理需要和间接精神需要而产生的复合现象，于是，这种观念与中国引入马克思主义之后产生的“文化是人所具有的自然属性和社会属性的一体化”的观念具有了一致性，这种文化的双重属性的观念成为现代文化观念的理论基础。在进一步的发展中，弗洛伊德从人本心理角度进一步发展了文化服务于人之本能的认识；马斯洛的“动机理论”将文化是“满足人的需要”的论断进一步深化，解剖了人的需要层次：生理需要、安全需要、爱的需要、尊重的需要以及自我实现的需要。只要稍作分析，便可发现这五个层次是一种连贯且逐渐升级的关系，由此引伸，即可窥见这种“升级”的轨迹是从人本心理到人本心理的社会化（或称人本心理的弱化）。问题在于，当我们从一种文化观上审视人的需要的时侯，“弱化”并不等于消失，“升级”也有一定限度，或者说“升级”并不完全排斥人本心理，二者的关系是一种对立的统一。这样，我们便会看到所谓广义文化主要是一种与人类生存共生息的广泛的文化表象（现象），而狭义文化则主要是指人的需要走向高级阶段的精神需求。事实上，只有站在二者统一的意义上来看文化时，文化才具有真正的立体面影。如此，文化既是无所不包的，又是一种绝对精神需求的代码或中介：文化以人的需要为本，以人的社会化为流动方向；文化既是物质形态又是精神现象，文化具有自身的历史，文化是一个动态的结构，文化表现为人类为生存而奋斗的历史，表现为人类为更好地生存而实践的现象，表现为人类为文明而思辨的未来理想。当三者成为一体时，我们便会发现文化是人类的伴随性产物。这便是我们的文化观。为了更准确地表述这一论题，借用文化学家的理论概括，立此存照，以为如下对电视文化的具体性论证提供此许的论据。这种理论概括表现为对“文化”界定的八个方面：⑴文化是作为历史的世界的标志，有进步的发展态势；⑵文化是人类生存方式的系统，有群体性或在某个特定历史时期内为某一群体所制约；⑶文化无所不在；⑷文化是个人性与群体性的统一；⑸文化具有可探寻的规律性；⑹文化有时代、区域性差别；⑺文化有变异性；⑻文化因内容的不同有多种形态[②]。

文化即如是，电视文化呢？

二、电视文化系统观

显然，电视文化是整体文化的子系统，既具有整体文化的属性，又具有自身独存的价值形态。在整体文化的意义上，我们以如上提出的文化诸方面的特征为前提，认定电视文化所具有的文化的普遍性意义；在自身文化价值的意义上，我们以一种系统观观照电视文化，从而确立一种具体文化在文化空间中的坐标系。

概括地看，我们对文化观的描述的总前提是：文化是集人类精神和物质为一身的复合体，它满足人在各个层面的需要。具体到电视文化，我们可以发现，电视是人类物质生产（科技发展、工艺生产等）的产物，诸如光学、电学、化学、传播技术等都是促成其发展的重要方面；同时，这些综合的技术实践所要达到的目的又表现为满足人的感官需要（生理需要）——以“看”为表征的一种综合性的人本心理，其内涵因载体内容的不同，从而形成与人本心理诸如爱的需要、尊重的需要、崇拜的需要、排遣忧郁的需要等相对应的不同的精神形态。当然，由于人或者说是我们所特指的电视观众是自然人与社会人的统一，所以，这诸多精神形态又与社会、历史等方面的因素形成合拍。爱，成为自然欲求及其社会化的过程，崇拜，也变异为对具体的英雄或其它内涵的社会性精神认同。只要我们从电视观众与电视内容的关系上看待这个何题，便会一目了然。那么，这种总的前提与前述的文化诸方面的特征在电视文化中是否具有统一的形态呢？不妨再稍作分析。

人所共知，电视产生在电影之后，是一类技术媒介的产物。电影主要表现为艺术形态，电视虽然主要表现为一种传播体的形态，但同时也只有“技术的艺术”的特征。如果我们说电影改变了人类的艺术欣赏习惯，则电视亦具有类同性。在较深层的意义上，电视较之电影，具有改变人类文化接受形式(方式)的更重要的意义。如在中国，1988年，天津市的一些大、中学校将文学教学的一些内容改成“课本剧”，并在电视中播放，这对教育形态的改变无疑具有较大的冲击。在世界范围内，尤其是在发达国家，这种形式已基本成为普及形态，可见电视已经作为世界的标志，历史的标志，对人类有进步的发展态势。

由于电视改变了人们的生存形式、思维习惯，它亦具有与广义文化相同的群体性特征。一种观点认为：电视是非集合的接受形式，不具有群体性特征。其实，这只看到了问题的一面。电视确实具有客厅属性，但这仅是一种表象存在。试想，对于同一层次的欣赏群体而言，在同一频道或相近频道接受各种信息以及由此形成的欣赏的定向性，在内质上难道不是处于一种文化圈的群体性状态?！在新闻节目或其它具有时效性的电视节目中，电视接受甚至呈现出“后群体效应”——电视中的议论中心成为人们茶余饭后或次日各种集合人群如办公室等的主要话题。所以，电视所具有的群体性特征是不容置疑的。问题不在于观众怎样观看电视，而在于从观众观看电视至信息到位及其效应产生的过程仍然具有非个体性。

至于无所不在，电视传播的强大覆盖性以及其内容的广泛的渗透性都可资证。如中国本世纪八十年代中期，一部小说原本并不出名，可改编成电视剧后，竟一度成为全国的议论中心，剧中人李向南也成为风云人物。再如日本电视连续剧《阿信》在中国播映后，其对中日文化交流所产生的巨大影响是不可低估的。这部电视剧在日本本土及中东国家播映时，均产生过万人空巷的景观，可见电视传播的确是无所不在的。

一代伟人赫尔岑有句名言：“人类世世代代，各以自己的方式反复阅读荷马。”由此反观电视，也会立即看到仁智互见的现象。正因为电视接受具有群体性特征，正因为电视接受形成了无所不在的特征，才又有电视接受的个人性特征。从接受内容的角度观察，一个人就是一个社会，人的经历、坏境、文化、思想、气质、特殊心境等的不同，使之形成接受个体的“自我”属性。如上述的电视剧中人李向南,以为他是改革的英雄者有之,以为他代表了一种清官意识者有之,以为他的思想当属批评之列者亦有之。尽管存在着群体性接受形态,但仍不能削弱个体的色彩。再者,在接受形式上,爱看不看,伸手可开可关,一种选择自由也体现了电视——电视受众之间的个人性与群体性统一的特征。

当电视成为人类生活中的必然现象时,作为一种社会存在,电视必将成为一种理论研究的对象,于是,电视规律的探寻使成为电视文化与整体文化之间的纽带。因此,电视文化同样具有可探寻的规律。

同所有文艺形式乃至其它精神产品形式一样,电视文化的时代性与区域性差别也是显而易见的。比如二十世纪八十年代的中国电视,与此时中国社会的政治、经济、文艺思潮的时代特征当是密不可分的,以所谓改革题材电视剧的评奖为例,明显是一种时代变革因素的制约;至于区域性差别,主要表现为区域性文化的制约,象香港电视的商业化倾向,台湾电视寻找普遍人性的文化特征,大陆电视的载道意识都是电视作为文化形态的区域性差别的例证。

所谓文化的变异形态,在电视文化这里,一般有两种表现,一是作为电视文化景观对其它文化现象的影响与渗透,比如电视文艺中的歌曲、服饰成为社会上流行歌曲和流行服装:一是通过电视媒介,不同区域或不同国度、不同民族、不同语言的电视观众所形成的非原生态的接受对象。如美国电视剧《亨特》以一英俊男子和一丽质女子两位警官为屏幕的主要形象,通过一次次的侦破案件,展现出一幅警匪混杂的图画,每一次的结局总是俊男美女获胜。对美国人来说,它并不具备什么特殊的意义,更与一般意义上的警匪片并无太大的差异,当然,美国人并不排斥其中的“社会意义”,但在这种欣赏过程中,主要是一种感官需要的满足。这部电视片在中国播映后,从观众主体的角度出发,一种从中认识美国社会的企图便自然产生了,甚至还伴随着“美国社会怎么如此混乱”的接受心理。显然,这是接受主体固存的“真实观念”与一种电视现象的对应——中国人载道意识十分浓重的文艺欣赏观与美国人浓厚的娱乐性接受观念形成了不同的接受形态,并由此发生了电视文化的新变异。承认这种事实,即承认了电视文化具有变异性。

电视作为文化,或电视文化与整体文化因素的对比,最后一个方面是电视因内容的不同具有多种形态。比如对于具体的电视文艺节目而言，且不说不同节目的安排具有多种形态，就是同一类型的节目如电视剧，也可分为历史题材片、现实题材片、以及武打片、抒情散文片等。

在以上一个总的前提和文化形式八个方面的分析中，我们已经确立了电视作为文化形态与整体文化的一致性，这种一致性对电视文化而言也表明其自身的文化价值。问题在于，除此之外，电视文化是否还具有某种特质呢？诚然，这种特质对确立电视文化在文化空间中的位置是较为重要的。

为了描述的方便，我们以从属于文化的文艺形式为例，予以说明。在世界范围内，以纯文艺为例，我们可以看到一种历史的轨迹，即从口头创作、形体创作，到诗歌、舞蹈、音乐的艺术形式。由此又分解为三种类型，即符号化了的散文、小说等抒情与叙事的书而文学；视觉化、固态化了的绘画、雕塑、建筑等物化的视觉艺术，以及位于此二者之间的戏剧形式。在这三类艺术的基础上，又产生电影、电视以及“技术的艺术”的艺术形态。目前，这种状况正在发展。由此，当我们以一种传播媒体与一种艺术相统一的形式界定电视时，便会发现，电视作为一种具体文化的特质大约表现在如下两个方面：一是传播的内容与艺术表现的内容沿袭了符号文化的内涵，诸如报纸、电台等的功能和小说、散文等叙事艺术的叙事功能，但已经失去了符号文化的“文字符号”的属性；二是传播的形式与艺术表现的形式融合了戏剧真人演出的“假定形式”(形体与声音)与绘画一类固态化的视觉艺术形式，使“动”与“静”以及声音的结合向人与世界的本来面目既无限靠拢又保持衡定的形式上的距离。这两个方面共同构成了电视文化的视听特质。这种视听特质使电视文化在“电视——观众(人)”的意义上成为最有普及意义的文化形态。由此引伸，电视并不仅仅是一种艺术形式，它还在人类的生活中起着巨大的传媒作用。因此，一切与人有关的精神形态都与电视发生了横的关系。政治、经济、教育、文艺，甚至科技等都在电视与观众的联系中形成电视政治、电视经济、电视教育、电视文艺以及电视科技等异化形式。正是在这里，电视文化明显具备了“中介”属性——一种集物质与精神各方面因素为一体的属性。如此，电视文化既具有具体文化的特征如视听文化特征，又具有文化的广泛性特征。这便是电视文化在整体文化空间中的位置。一种传播媒体促使整体文化的载体发生了变化，改变了文化接受的某些形式，这种中介文化自身独存的文化价值显然与其自身存在形态密不可分。如果我们从电视观众学的意义上看,“电视人”的概念大约亦可成立,而在更深层次地探讨电视文化的“选本”形态等问题时,必须先在“电视——人”的意义上寻出与人们的思维形式相关联的一些问题的答案,因为电视文化的中介属性是以“视听”特点为表征的,而“视听”特点明显与人类思维形式的演变相关。

三、思维的历程与形式

一部人类发展史与人的思维历程的演变有密切的关系。从总体上看,人的思维是从简单到复杂的发展形态。在吮毛茹血的时代,人所具有的思维是一种前影像思维或称简单的影像思维,它以自然本能的影像形态看取世界,不具备抽象的能力。当文字产生之后,这种前影像形态便在人的思维中退居次要地位,一种崭新的符号文化及其抽象的思维形态便成为人类思维的主要形态。但是,在艺术的创作和欣赏中,以影像为表征的一类思维仍然占居着重要地位,只是这时的影像思维是与前影像思维不尽相同的。在前影像思维中,抽象的成分极少,但在影像思维中,抽象与逻辑成分已成为必不可少的部分,甚至以符号为表征的抽象思维如文字的符号性思维在文艺接受中,也必须依赖符号或文字代码的分解、重组,以潜在的影像性出现。时至今日,符号思维与影像思维已成为互补的思维形态。这便是人类思维在一个方面的历程。那么,为什么说电视文化与人类思维形式的这种演变历程有关呢?只有分析一下思维的结构,才能给出恰当的回答。

思维,就其本质而言,是一种认识过程。它在结构上表现为深层、中层和表层等几个层面。深层层面指以意识为要素的思维的潜在活动,主要表现为无意识、前意识和意识三个方面;中层一般指以概念为要素的思维的核心内容,主要包括概念、判断、推理等方面;而表层,在旧有的理论研究中,一般只认为它是以语言为要素的思维的物质外壳,主要包括语义、语法和语音等方面的内容。我们认为,“以语言为要素”只是思维形式的一种形态,另一种形态便是我们上文已提到的影像形式的思维形态,它也表现为思维的物质外壳,主要包括影像本体、影像构成法则及影像语言等方面的内容。从人的本原意义上看,这两种思维形态都有先天的自然属性:从语言到文字,表现为人“听”

的感官的物态化形式,而影像则表现为人的“看”的感官的物态化形式。听与看的这两种形式与人的早期思维、现阶段思维以及未来思维形态均有联系;或者说,听与看是人类思维不可缺少的构成部分。在这种思维结构的前提下,我们再回看电视作为思维着的文化形态,此不难发现,视、听的一体,是两种思维形式的融合,它标志着电视作为文化形态在形式上的巨大进步。所以,承认电视改变了人类的思维形式,并不过分。应该补充说明的是,这种视、听一体的思维形式在本体意义上表现为人对自身认同的一个方面,而这种表现早在戏剧和电影中就已经存在,只是在戏剧与电影中,这种思维形式主要局限在艺术接受的范围里,而在电视中,由于电视与人的一体程度具备无限广阔的范围,所以电视才成为真正意义上改变人的思维形式的载体。当然,在电影中,由于存在着新闻电影、教育电影等形式,也已具备了与电视有同等意义的载体性质。所以又有影象思维属于电影和电视的说法。那么,影像思维在电视这里表现出怎样的文化意义呢?

四、影像思维的文化意义

既然影像思维同属于电影与电视,在它们各自不同的“领地”是否还存在着区别呢?正如上文所述,影像思维以影像本性为基础,在电影这儿主要表现为影像的艺术化语言形态;而在电视这里,影像思维除了表现为影像的艺术化语言形态之外,还表现为一般语言的广义的影像化。显然,我们必须先从影像本性说起。

影像,在语义上被解释为光影生成原理与人的生理视觉的统一。当电影最初问世时,人们之所以争相观看并形成轰动的原因是人在动态的影像构成与人自身存在的形态真实性之间找到了一致性,即人们终于使潜意识中的“看到自己”成为可能。但在电影这里,影像基本上还属于一类艺术欣赏的形式范畴。进而,在电视中,影像还超出了一股艺术欣赏的界线,使各种复杂的社会与人生、世界与历史以各种不同的内在形式统一于自身。这样,一种思维形式便具有了自身的“语言的”系统意义。目前,各发达国家已经充分注意了这一世界性趋势。当影像形式或以影像为本的思维形式在人们的生活中占有越来越重要的地位时,就不能不承认,它改变了人类的思维形式。其文化意义在总体上即如是。从人本心理出发,每当人们睁开自己的眼睛,就会发现周围存在着一个现成的世界:天空飘着白云,湖水泛着碧波,风吹积起的沙丘,高耸的楼房,平坦的大地,各色各样的人等等,一切形状、质地、大小、颜色、深度、活动、位置共同构成了人的视觉的外在主体。在电视时代全面来临之前,尽管人们可以通过非动态的摄影等看到世界,但在信息传播的过程中,人们更主要的是通过另一种中介即符号——语言来实现信息接受的,于是,寻求原始感觉形式便成为人的潜意识。正是在这种原动力的驱赶下,人类的科技与文化的共同发展才使人的这种本能欲望得到了逐步的满足,并进而形成了人类文化的大变革。显然,影像思维的意义主要表现为一种人本心理及其在社会化过程中的中介属性的变化。人类传播系统的演变是这一论断的最好证明:人类的发展,从语言到文字,几万年;从文字到印刷,几千年:从印刷到电影和广播,四百年;从第一次试验电视到从月球播回实况电视,五十年。关键在于这种传播手段的形式,即文字的传播、声音的传播与图像的传播。显然,前二者单独存在时,均表现为符号文化,唯有图象的传播才构成影像文化,而现代影像文化的发展在高科技的带动下,又呈现出声像一体的趋势,所以,又有视听文化的论断。事实上,我们之所以对影像文化的概念加以认可,并不认为影像文化概念比视听文化概念更准确,而是认为在这种文化形态中,声音只是传递方式不同的"语言"形态,它一方面从符号意义上弥补影像的不足,另一方面,以声音的感觉真实来衬托影像的真实。但在这统一的形态中,毕竟是以影像为本的,因为人的思维形式在这里发生了形式的变异。这种变异便显现出一类思维形式的意义。正如我们在思维的历程中描述的那样,单就形式论,人类史前期的思维以及作为符号文化主要标志的文字产生之前并文字产生初期的人类思维,都具有鲜明的影像思维的特征,即这时的思维类似个体人的婴幼儿时期的思维,它主要表现为现实世界"实像"的"影像认同",所谓树木就是树木,河水就是河水,而没有创造出树木、河水的具有代码意义的文字形卷。在这种前影像文化基础上,逐渐产生的符号文化也存在着一个过渡时期,如中国文字的象形本质便是这种发展的一个最佳例证。当以图形的"鸟"字终于成为代码意义上的"鸟"时,前影像文化便从人的思维中的主导地位退出,使符号成为人的思维的主要形式。人类各种知识的传播是与人的这种思维转变密切相关的。它标志着人类智力发展的脱胎换骨的革命的完成。

但是，当符号文化成为人类的主导性文化形态时，以影像思维为特征的影像文化并没有退出历史舞台，而是在与符号文化分庭抗礼且互相渗透的并行发展中缓慢地变化着，直到电影与电视技术发明之后，这种文化才在科技的“助产”下迅速地发展起来，尤其是电视技术普及之后，这种思维——文化的一体意义更加鲜明。实际上，目前还不能说这种革命性的转变已经完成，这种人本心理与杜会性变异形态的统一只是刚刚开始，而没有完全成为现实。从未来学的观点看，当高清晰度电视和录像系统以及其它信息系统的变革完成之时，这种思维形式的文化意义才会更加明显。未来学家为人类描绘的事实是，人的起居、通讯，以及消遣娱乐，甚至购物等一般文化行为都将伴随着影像以及影像思维：远方的亲人生病了，千万里之外，可以在壁挂电视上看到真实的一切；需要通话，普通电话将被可视电话所代替；可以任意选择世界各地正在进行的娱乐为观看对象；坐在家里可以看清购物中心、每一件商品的质地与标价。如此等等，人们才真正找到了在纯粹符号文化阶段所丢失的“自己”，在形式上、也在内涵上更多地找到了自己。事实上，影像思维对符号文化的冲击，现在已露端倪。试举一例。

日出，曾是古往今来的文人墨客的主要审美对象之一。无论国内国外，均有大量佳作名篇。但它仍然是写不尽的。中国当代诗人刘湛秋 1988 年访美时以“飞越太平洋”(后收入《刘湛秋诗歌散文集》)为题，写出诗人在飞机上俯视海上日出的情景，他从太阳的第一次跃动到周围天幕的色彩的变幻，从他内心的感触到对日出壮观景象的感慨，真有落笔生辉之感。然而，他的这篇散文的最后结论却令人深思。他说：“我无法复述这一印象。但我觉的灵魂已为这辉煌的瞬间镀上了一层亮色。”“无法复述”是一种感慨，是一种代码意义上的技巧性处理，目的在于给读者以更深广的联想的余地。但同时，我们又会从中发现符号文化的欠缺，当我们把“实在”与“影像”视为一体时，具有代码意义的语言永远无法使影像世界真正的还原。反之，又可视为影像的不可描述性。假如我们以绘画为例，人们对世界名画《蒙娜丽莎》不知进行了多少研究，甚至动用了现代科技的静电扫瞄等技术手段，以求证明这幅画中的美人的微笑的内涵，诸如，“永恒的微笑”，“神经病患者的痴笑”等等，都是不同的“结论”——表现为代码意义的文字对影像文化描述的困惑。应该承认，不同的主体，在《蒙娜丽莎》面前的整体悟性是各不相同的。静态影像中的这种不可描述性,在动态影像或者说在电视影像的构成中同样存在着,影像思维的特征便在这里得以显露。

由于影像思维具有不可描述性,形成一种影像接受的特点的"真",其直接的心理效应是影像接受的直接性——直感与快捷,同时也简单、明确。这种直接性又导致电视影像的另一特点的形成(电影亦同)。在旧有的语言(符号)文化中,文化接受明显受制于人种、民族、历史等差异,这种差异在形式上首先表现为符号文化的语音性障碍,其次方是文化接受的心理、民族、历史等方面的相异性。随着文化的发达,对于语言艺术来说,翻译成为沟通地域性差别的第一座桥梁。但在影像文化中,这种语音性障碍已经大大缩小了;动态的、直感的影像给人们带来了新的跨国界沟通的渠道——人们已经不需要太复杂的翻译,便可看懂美国电视动画片《米老鼠和唐老鸭》。其深层意义上可以表述为人们找到了新的对世界认同的方式,或者说人们在新的层次上找到了已经失落了的对世界的认同方式。

总之,影像思维改变了人类的思维定势。电视中的影像思维超出了一般文艺的范围,具有了更广泛的文化意义。由于电视已经全面蚕食了旧有文艺,形成了新的电视文艺体系;由于电视已经向旧的教育形式展开了全面攻势,形成了新的电视教育形态,由于电视的商业形式的存在以及以上诸方面的杂处形式在电视中形成的新景观的产生,仅仅在文化——电视文化、思维——影像思维的理论意义上论断电视文化或描述电视观众与电视文化,只能是一种理论的前提。所以,具体的文化形态的分析应是研究电视观众与电视文化的进一步的分析对象。

参考文献:

① 费孝通等译.文化论[M].北京:中国民间文学出版社,1987(P.4).
② 北辰编译.多当代文化人类学概要[M].杭州:浙江人民出版社,1985.

解构作为通俗文艺的电影与电视

摘　要：电影和电视的通俗性与文艺的大众性相关联。影像接受的普及性与类型影视作品接受的通俗性共同构成了通俗影视作品的外在形态。与此类形态密不可分的是人本心理及其社会演绎状态。

公元一千八百九十五年，唯一有诞生日期的艺术——电影以令人惊叹的面貌问诸世界。自20世纪30年代开始，由于科技日益进步，一种崭新的信息传播媒介——电视，更以轰动世界的“效应”抬高了自己的身价，并且自20世纪四五十年代开始，这种传播媒介又对一切旧有的文艺领地进行了大规模的“蚕蚀”。时至今日，电影与电视，甚至包括方兴未艾地发展着的录像系统、光盘系统和网络系统等，共同构成了一种视听文化的新格局，一切旧有的文艺样式，无不面临着此类“技术的艺术”强大的冲击和挑战。因此，当我们审视通俗文学或推而广之为通俗文艺时，就无法回避此类艺术的存在。

所谓通俗文艺，无论中外，无论古今，大凡与普及性、娱乐性等命题有关。正是在这里，电影与电视较之其他文艺样式更具有鲜明的特征。早在电影诞生之初，一顶“杂耍”的桂冠便在一种本体意义上规范了这种“玩意儿”的“下里巴人”的属性。在中国，电影引进之初，也只是在“三教九流”汇聚之所的茶馆里放映的、有“电光影戏”之称的“影戏”。这“影戏”虽有较为深刻的艺术美学的内涵，但也不能免俗，因为“戏”在中国与小说等“俚俗之物”为伍，同属民间之物。经过近百年的发展演变，没曾想当年被贵族们视为“杂耍”，而且还要压低帽檐去观赏的电影以及后来发展的电视，竟被尊为艺术之神——且不说这是否有贵族化倾向，只此一隅，便可看到所谓“通俗文艺”“大众文艺”其实也是一个动态发展的过程。只要稍稍分析，便可发现，电影与电视比较集中地反映了与通俗文艺有关的问题。那么，在这个意义上，怎样理解作为通俗文艺的电影与电视呢？我们以为如下几点是分辨这个问题的关键：首先是通俗性与通俗文化的界定;其次是通俗性与人本文化和社会文化的关系,主要表现为影视艺术所具有的形式中介的通俗意义或称为通俗的形式、又可分解为影像接受的普及性和类型意识与类型化形态。由此引申的问题才是作为通俗影视所表现的内容,依次表述为:娱心价值;英雄崇拜与自我心理的统一;对世态人生的虚拟化认同并排遣忧郁的心理平衡等属于人本心理的理论命题。

一般说来,所谓通俗,不外乎是指简明易懂,容易被群众接受。显然,这仅仅表述了通俗的外观,在深层意义上,通俗表现为被描述对象在内容上的风俗化,符合民俗民情以及接受对象的普遍性,二者的统一构成了通俗的全部内涵。进而言之,通俗文艺是相对于高雅文艺而存在的一种文艺形态,在影视艺术这里,就有通俗电影、电视与高雅电影、电视之分。问题在于,如此划分,有将通俗电影与电视排斥在"艺术"大门之外的偏颇,似乎只有高雅的电影与电视才是真正的艺术。事实上,通俗的电影与电视并非与"高雅"无缘,而高雅的电影与电视也未必不通俗。如台湾电视连续剧《昨夜星辰》属一般家庭剧意义的通俗电视,但其表现之细腻、情感之真切、意境之深远、情节之感人,仍不失一种高品位艺术的"气质";反之,美国电影《音乐之声》可谓高雅艺术,那音乐、那舞蹈、那画面、那场景,无不透露出"高贵的气质",但谁又能否认这部影片的通俗性呢?简明易懂,不事雕琢,透过一种社会历史,表现出特定环境下一个民族的风俗民情以及能为最广大群众所接受的可能性,方方面面无不透出一种通俗的气质。于是,我们由此反观电影、电视与整体文艺,便立即发现所谓通俗文艺的模糊性,由此,才又有文艺的通俗性。

一种观点认为,所有的文艺都是通俗的,即如电影与电视,明显受商品经济的制约。票房价值等因素使得这类艺术必须让庶民看得懂才行,否则,动辄千万元甚至上亿元的投资,岂不等于投币于水。然而,问题的关键在于文艺包括电影与电视的通俗性是与文艺的大众性相关的, 而大众性又有普及与提高的两个层面,所以,文艺的通俗性应是一个变体;所谓既定时代的文艺的通俗性在内涵上是与此前时代不尽相同的,同时,受地域及文化背景的限制,通俗性又不能以一种固定的标尺来衡量, 这两方面的合力促使文艺的通俗性成为一种"动态结构"。以影视艺术为例,20 世纪美国三四十年代的情节片应该既属于通俗文艺又表现为文艺的通俗性,但是自五六十年代以来,美国电影与电视的通俗性或通俗的电影与电视则被其他形式所取代,其中,以 20 世纪 70 年代最为盛行的科幻片成为通俗影视的主流，可见影视艺术的通俗性往往呈现出一个动态的结构：通俗并不等于浅显，通俗也包蕴着理性，通俗可能是局部或区域性文化的产物，如此等等，视为对“文艺总是通俗的”判断的一个补充。

显然，通俗文艺与文艺的通俗是一个交叉的关系。至于通俗文化，或以电影与电视反观通俗文化时，应该承认，凡以人为本、以人本心理为基础，以普及的文化形态出现的文化形式都是通俗的文化。而在电影与电视中，这种通俗文化又可能变异为其他的文化形式，如影视明星的服饰成为流行服装的过程及其社会心理效应，影视歌曲成为流行的通俗歌曲及社会心理效应，以及影视艺术特有的商业属性等都证明通俗文艺是通俗文化的一部分，而文艺的通俗性是通俗文化发展的必然。因此，在过程意义上，每一阶段的通俗文化仅仅是未来大众文化的潜在形态。

那么，我们可以从这类与人本心理、社会文化关系甚密的艺术中寻找出哪些基本的存在形态呢？我们以为，区别这类文艺的通俗性与其他文艺的通俗性的关键并不在它所表现的内容而在它的存在形式，是为通俗的影视美学。其主要表现一是影像接受的普及性，二是类型意识与类型化形态。

影像性是“影像接受的普及性”的前提。这里的影像，其本意主要是指由镜子所构成的物体的形象，在本源意义上，常以“影像”述之，但在与影视艺术相统一的意义上，这个概念又生出属于特定艺术形态的社会化的内涵，并被上升为艺术美学的概念。因此，从总体上看，在影视艺术领域中，影像是一种自然形态，主要表现为光影生成原理与人的生理视觉的统一。正由于影像是与人一起诞生的，所以，影像又在人的实践中形成社会化变异。承认影像是一种自然形态，显然与人的生理本能的“看”有关。每当人们睁眼看世界的时候，一切形状、一切颜色、一切动感共同构成了既复杂又简单的“视像”，于是，“看”成为人的一种自然需要。一切形式、大小、质地、活动、色彩、位置、深度等，均成为人的视感觉与视知觉的丰富的对象主体。在进一步的剖析中，我们发现，影像的自然属性是与社会属性交织在一起的。这种社会性变异最突出的特征表现为人对自身形象心理欲望的认同及其满足的过程。在文艺史上，最早的戏剧也表现为人对自身的认同，甚至单纯在形式上看也是如此。说得绝对一点，在古希腊文化中以真人相搏和残杀形式出现的“角斗士”，也在形式上表现出人对自身勇猛形态的再现心理。当然，这并不仅仅是艺术问题。在人类社会中，一类艺术史的明显轨迹是：绘画、雕塑、戏剧、摄影，直至今天的电影、电视与录像光盘和网络文化系统。从形式发展的角度观察，艺术进步的标志之一便是人在假定性形式的追逐中逐渐与现实人的真实性趋于一致。那么，为什么说这种影像性具有艺术接受的普及性呢？这里的要点在于符号文化与影像文化的中介属性的不同。在人类文化史中，符号文化是人类初级文明及其未来高级文明发展的标志（我们认为自有文字以来的社会文明仅仅是文明社会之初级形态），同样，影像文化亦然。但是，出于初级影像文化主要依赖于影像的直观，感受的直捷性而存留自身，而符号文化主要以抽象化形态问津世界，所以，影像接受就自然呈现普及形态。尽管在未来的发展中，影像接受将抵消相当一部分符号文化，并且也潜存着抽象化的因素，但以"看"为主的影视艺术在形式上拥有更多的"读者（观众）"则是确定无疑的。曾获1987年度西柏林电影节金熊奖的中国电影《红高粱》的导演张艺谋在谈到他的体会时说，他主要追求的是"观赏性"。观者，看也；赏者，玩也。总起来就是满足观看需要的娱乐。显然，这主要是形式美学的范畴。

不妨再举例予以进一步的说明。

与《红高粱》同时出国参展的另一电影节的中国电影《孩子王》虽然夺奖呼声很高，最终不仅没有获奖，反而得了个金闹钟奖。我们的理论家尽力为这件事鸣不平，认为在内容上，这部影片无可非议是较深刻而有意义的，在国内放映，也拥有具有一定"文革"历史知识的观众。但值得疑问的是，理论家们是否注意到了形式接受的大众化（普及性）这一问题呢？由于影像性及以此为基础的影像文化在一般意义上是排斥较多理性，排斥较多抽象的，所以，当影像被人为地与符号文化硬性交配时，就使影像的形式也具备了思辨的色彩，从而忽略了影像原本具有的普及性。《孩子王》的境遇应在这里找到一种答案。电影、电视作为通俗文艺的形态之一，是不能对普及性进行全面超越的。至于未来形态，假如制作一部电影或电视剧如同今人写一篇文章一样简单，尤其是经济承受能力较为简单时，主观性也好，抽象化也罢，恐怕都不是太重要的问题了。即便如此，如果在流通的意义上观察未来的电影与电视，大约也难以排斥"大众化"以及由此派生的通俗特征吧？！

通俗的影视美学在理论上包含另一层面的内涵——形式的内涵，主要指影视艺术的类型意识与类型化形态。

所谓类型(genre),在艺术理论中,常与“样式”通用。也有的理论认为类型就是由于主题或技巧的不同而形成的“种类”。只是当类型与意识构成一体时,便不能仅仅用“样式”或“种类”来概括。比如“美术片”“新闻纪录片”“故事片”可以是不同种类的电影或电视的形态,但不是类型电影或类型电视,因为所谓类型电影或类型电视主要是指具有某种固定化模式(类型意识)的影视创作。韦勒克和沃伦在那本著名的《文学理论》中认为:划分文艺类型的标准一个是外在形式(如特殊的格律或结构),一个是内在的形式(如态度、情调、目的等),以及大致的题材和读者观众范围。进而,他们提出划分类型主要“应倾向于形式主义一边……而不是把政治小说或机关工厂小说划为类型”。借此审视我们过去常说的军事电影、电视和工业、农业电影、电视仅属于题材式的划分,而不能以类型电影、电视来概括。在这个意义上,我们认为在总体上电影或电视仅有三大类型,即先锋电影和电视,严肃电影和电视以及娱乐电影和电视。在前者的范围里,早期的视觉电影、法国的新浪潮,以及作家电影、电视等都属该类型的子类型;在严肃电影、电视中,一切具有思辨价值的哲理电影、电视,战争反思电影、电视,传记电影、电视等都是该类型的“中坚”;在娱乐电影、电视中,一切具有“喜”“闹”“幻想”和“神奇”等色彩的影视片,如惊险片、推理片、喜剧片、科幻片、歌舞片、武打片等都自然具有了既同非同的类型化面影。显然,参照我们如上的分析,可以看到,在先锋电影、电视中,通俗性是极为淡薄的,而在严肃电影、电视中,通俗主要以艺术的通俗性成分的面影而存在,一般不表现为“通俗电影”或“通俗电视”的通俗文艺形态;只有在娱乐片中,一切普及性、一切通俗性都成为此类影视片内在形式与外在形式统一的形态。由此,我们所说的通俗电影与通俗电视主要是指这类影视作品。从创作与欣赏相统一的角度出发,不难发现娱乐电影、电视作为类型电影或类型电视是具有某些较为固定的形态的,比如情节性与情节心理的统一便是此类影视作品最基本的“景观”。正是在这个意义上,我们才提出通俗的影视作品是一种“类型化形态”。究其原因,乃在于类型意识是创作与欣赏的共同产物,当创作的主体意识与欣赏的主体意识在影片中充分展现时,当二者的合拍形成一种审美对应时,类型意识便在创作与欣赏两方面形成了共同的积淀,在新一轮的审美实践中便会不自觉地因袭一种“模式”。显然,此类模式的形成与人本心理有关,因为只有在与人本心理的需要相关的因素中,“模式”

才能够形成并逐渐演化成固定形态。如与人的性意识相关联的观淫癖、性爱价值等因素;如与人的生存竞争本能相关的英雄崇拜、自我心理调节等因素;如与人的忧郁本能相通的人生的虚拟化、排遣忧郁的忘我心态的因素等都可能或者说是已经形成一类固定形态,或曰:影视作品的类型化。以美国西部片这种最具通俗电影特征的影片为例,我们所看到的事实是:最早的西部片仅是以美国西部为展开故事的背景,以开发美国西部荒原为题材的电影创作,像《火车大劫案》等。在这类影片中,其基本的文化形态是个人意志与集体意识的撞击,野蛮与文明的对立,自然与社会的冲突。而这一切又与头戴宽边帽、身穿紧身裤、皮上衣、腰束子弹带的警长和牛仔联系在一起。初期的这些影片受一种文化背景的制约,更多地与再现一种历史精神——开发西部的精神结合在一起。于是,人们看到的是淘金热、边界惨剧,横越大陆的往来,南北战争、印第安人,土生土长的英雄们和他们的"战绩";在动感的画面上,人们看到的是群马狂奔,嶙峋的山崖,灼热的沙漠,以及散布着奇形怪状天然建筑的旷野;在人物形象上,人们看到的是富有英雄气概的牛仔和警长们,以及生活放荡却心地善良的妓女或是把文明带给西部的端庄淑女。西部片正是在这样的内容与形式的统一中,形成一种粗犷却又恢宏的气势与风格。如此,西部片才成为具有广泛观众的类型电影。显然,类型意识具有复杂的内容,而类型化则具有较简单的形式,类型电影与电视的通俗意义当是由形式再延伸至内容的一种审美关系。如是,影像接受的普及性与类型影视作品接受的通俗性共同构成了通俗影视作品的外在形态。而与这种外在形态密不可分的是上文已提到的一些与人本心理相关的因素,只有这些因素与影像性、类型化相统一时,我们才能看到电影与电视作为通俗文艺的完整的面貌。试分析几组与通俗影视相关的人本心理因素及其变异形态。

在中国,进入20世纪80年代之后,电视开始形成普及的态势。在这段时间里,日本电视和香港电视曾经垄断了我们的电视剧节目。以其中较有影响的日本电视连续剧《血疑》及其"血的系列"片为例,许多评论认为人们欣赏此类电视剧主要是冲着影星山口百惠的,这也不无道理。但倘做深层理论分析,便会发现纯情少女的形象在我国文艺创作中受时代与历史的限制,较长时期里已不复存在了。因此,在大众心理中积存着一种企求,一种以纯情少女为爱恋对象的心理企求,所以才会在这种意义上形成这种家庭剧的普遍接受,并因此使这种欣赏成为通俗文艺欣赏的一个部分。再者,这类电视剧在日本也曾引起轰动,从轰动效应的角度看,除了存在着对山口百惠的认同心理外,还存在着对剧中人大岛茂作为慈祥父亲的崇拜心理。日本影评人称其为标准的现代父亲,如果我们回想一下“严父慈母”的古训,如果我们分析一下日本男性主宰地位的文化形态,便会发现这种对“慈父”的全社会性的崇拜是有深刻的文化根源的,主要表现为社会既存伦理观念与社会逆反心理的潜在冲突。正如曾经风靡全球的美国西部片在20世纪五六十年代衰落之后到了七八十年代又突然卷土重来的事实一样,也正与人类从崇拜神到崇拜人的历史的发展相似,人们乞求的是新的英雄化时代的到来,而这种总体心理在个体中的表现可解剖为:假定我就是促成文明发展的勇士。这种潜在的“骑士精神”便表现为一种英雄崇拜的社会心理,而“大岛茂”的慈父形象则与西部英雄崇拜在内蕴上呈反向性,即对英雄内涵的理解不甚相同,但二者共同表现的对英雄的崇拜心理明显系一种人本心理的再现。香港电视剧《霍元甲》中的霍元甲,《上海滩》中的许文强等形象都存有这方面的意义,只不过另添了爱国主义的金粉罢了。同理,对美国大型历史艺术影片《斯巴达克思》和罗马尼亚影片《斯特凡大公》,也可以在类同的意义上找出它的通俗性特征。问题在于这种崇拜心理与前述的人们普遍存在的爱恋心理是一种衡定中有变化的人本心理现象,崇拜的对象与爱恋的对象是千变万化的,但崇拜爱恋及其自我认同心理却是不变的。张艺谋的《英雄》正是由于对“受众不变的心理认同”的改变,才造成其“英雄”崇拜的缺失,并使《英雄》在形式的类型化的同时,其类型意识以及由此衍生的通俗性的“缺席”:因为在通俗文化的意义上,观众心理中的英雄已经类型化了,不需要“谁是英雄”的疑问。这可能是追求类型与艺术高度统一的张艺谋所始料未及的。反观以上我们所分析的类型意识与类型化问题,便不难看出通俗的影视艺术与影视艺术的通俗性能够成为某种类型的重要原因之所在了。显然,除了内在的心理因素联结之外,外在的影像形式也与此类人本心理及其在通俗影视艺术欣赏中的显现有关,即影像接受的直捷性、形象化、直观性等在载体意义上促使一种人本心理与影视艺术中的既存因素加速“对话”,舍此,所有其他文艺形式都存在着这种人本心理认同的可能性。通俗的影视艺术又有何自身的特征呢?张艺谋的《英雄》仍然被大众在“好看”的意义上接受的事实,也证明了通俗影视外在形态的重要性。

如果说上举例证尚不具有充分代表性的话，我们不妨以公认的言情片与武打片为例予以必要的说明。我们在理论上给予这两类通俗影视作品欣赏的判断是：言情片表现为人们对世态人生的虚拟化认同；武打片表现为人们排遣忧郁的心理平衡。

先看言情片。当年，当台湾的琼瑶电影兴盛的时候，当琼瑶的作品在大陆风靡并成为影视竞相争拍的对象的时候，一种心理认同显然已经外化为人们通过电影、电视等艺术形式对世态人生中的浑浑噩噩、复杂的情感纠葛的认识的情感形式。大千世界中，最复杂也最简单的就是人情，最脆弱却又最坚韧的亦是人情，这种人情建立在人性的基础上，披上社会、家庭、伦理的外衣，被创作者纳入一种情节框架之中，便自然形成人们观赏的普遍性接受景观，从而形成通俗性艺术——如我们所特指的电影和电视。在中国播放过的墨西哥电视连续《诽谤》《下卡》等虽然拖沓得使人头疼，但观众仍然不忍关机不看。形成这种情况的原因固然与艺术接受的情节心理有关，但在一波三折之中，情感的波浪不时迭起当是重要的原因。也正是在这复杂的情感里，人们在潜意识中将艺术接受的对象视为自己的“经历”，于是，一切欢乐、一切纯真、一切罪恶、一切误会、一切释然却成为接受者心理平衡器上的砝码，剧中人的命运便成为观赏者心理平衡的对应之“物”。近年来流行的韩剧，大多以都市家庭生活为背景，在“言情”的“俗套”中编排着既陈旧又新鲜的故事。其中，现代都市群体生活的写照；都市人心理与情感上的冲突；都市人在经济社会中的伦理观念的变化以及都市人对人的沟通和理解的渴望都在言情的框架内寻找着大众的情感认同。由是，影视作为通俗艺术的一个侧面，已经展现得异常清晰。

再看武打片。早在20世纪80年代的影坛上，当香港的《少林寺》在内地一炮打响之后，武打片已经成了大陆影片最主要的类型之一。在当时的电视中，随着《射雕英雄传》的轰动，电视武打片也日见增多。这与香港武侠小说在内地的大流行的意义是相近的。一直延续至今的金庸热，便是较好的说明。事实上，这类武打片与西方之警匪片是有相近的接受心理特征的，西方的警匪片在反映社会问题的面纱下，主要与观众主体意识中的“打破平衡”的心理相关。著名人类文化学家普列斯顿曾提出人始终在平衡与非平衡之间的论题。从心理学角度看，警匪片、武打片的惊险性、打斗性，是与人本心理中的征服欲相关的：征服与占有是人本心理中的一个层面，但在道德社会中，秩序、伦理、法律，早已成为随意征服、随意占有的强有力的约束，于是，这种人本心理所产生的“能量”便在社会与艺术中寻找发泄点。在社会中，成为犯罪；在艺术中，成为潜在的犯罪及其假释。在这种艺术接受中，人们在心理上假定自己就是警察或者是匪徒，假定自己就是能够飞檐走壁的武林人士，所以，人本心理的能量便在这种假定中得以释放。假如不能释放，或堵塞了这种释放的渠道，人们就可能形成忧郁、焦躁等不安心理，平衡也就无从谈起。因此，正是在这种情景中，一类影视艺术的接受便具有了排遣忧郁的功能，同时，因为这种“忧郁—平衡”的现象是人们共存性的心理特征，所以，才有此类艺术接受的广泛性与普及性。

需要说明的是，艺术的创作与欣赏，从来都是“托马斯旋转”，绝不是单一层面的论题所能涵盖全部面貌的，从通俗角度认定的影视艺术自然不能例外。如在上文所举的西部片、言情片、武打片、警匪片中，也存在着消极的负面作用，甚至可能形成艺术接受的变异形态，即负面作用成为个体的主导面，从而导致诸如社会犯罪与文艺欣赏的内在联结。应该指出，这绝不是文艺的罪过，而是一种复杂的社会集合效应。

综上所述，影像本性、类型化与人本心理是作为通俗艺术的电影与电视的三个最基本的方面。至于与此相关的命题，多是在这三方面的深化或变形。

参考文献：

① 〔美〕马文·哈里斯．文化人类学[M]．北京：东方出版社，1988．
② 〔苏〕格·姆·达夫里扬．技术．文化．人[M]．石家庄：河北人民出版社，1987．
③ 〔英〕丹尼斯·麦奎尔，〔瑞典〕斯文·温德尔．大众传播模式论[M]．上海：上海译文出版社，1987．
④ 〔法〕保罗·利科尔．解释学与人文科学[M]．石家庄：河北人民出版社，1987．
⑤ 〔美〕雷·韦勒克，奥·沃伦．文学理论[M]．北京：生活·读书·新知三联书店，1984．

第四编 电影研究

电影文学、电影艺术及电影的文学性

摘　要：当下，关于电影文学的激烈争论显示出理论界和电影业界对这一问题的关注。其争议的焦点在深层结构上还是关于电影的本体性解读。而概念的歧义性使用是造成“误读”的诱因。事实上，电影文学和电影艺术是两个有联系又各自独立的概念，电影文学与电影的文学性的所指亦是有联系又有区别的。这一论证角度为论辩双方提供了观察问题的“新窗口”，对电影本体研究有促进意义。

在今日的电影理论界，有人以为“电影是用特殊手段完成的文学”，有人以为“电影绝不是文学，而是独立的艺术样式”。实际上，歧义所在并不是观点的对立，而是在对概念的理解上。因此仔细研究一下概念的实际内涵是很有必要的。

对于文学和艺术这两个概念，历来就存在着使用的差别。因而，在对电影文学与电影艺术两个概念内涵的理解上，也出现了差异。一曰：电影文学是指电影剧本的创作；一曰：电影文学 = 电影艺术 = 银幕形式。显然，存在差异性的原因在于对“文学”和“艺术”这两个概念的理解上。

现在使用的文学和艺术这两个概念之间大致有三种关系。一是相等的关系——人们常常把艺术典型、艺术形象和文学典型、文学形象这样的概念视为一回事，这就在艺术和文学之间画上了等号。二是并列关系——当艺术专指绘画、音乐等内容时，作为诗歌、小说、散文等集合名词的文学与之是并列的关系，它们互有渗透又互不相关。三是包涵与被包涵的关系——斯大林在《马克思主义与语言学问题》一书中指出：“上层建筑是社会对于政治、法律、宗教、艺术、哲学的观点，以及适合于这些观点的政治法律制度。”[①] 这里就没有谈到文学。实际上，这里的艺术是整个文学艺术的统称，文学的内容被包括在艺术概念的内涵里。所谓“诗歌艺术”“小说艺术”便是此说的例证。由于存在着以上几种情况,致使人们在使用这两个概念时常常出现偏差、混淆。由此也出现了关于电影文学和电影艺术的争论。

那么,我们应该如何理解电影文学和电影艺术这两个具体概念呢?

电影从剧本到银幕,大致可以分为三个阶段。一是文学剧本的创作;二是以导演为中心,包括表演、剪辑等各种创造性劳动在内的影片制作;最后是银幕的放映形式。这三个阶段各自独立又互相关联,互为一体。从整体来看,电影的最后完成形式是银幕的放映,这种银幕形式是前两个阶段的劳动成果。因而,它体现着剧作者和导演、演员等各方面的功力。从导演、表演都是一门艺术的观点出发,人们把电影的银幕形式称为电影艺术,这是电影作为三阶段总体观的一个认识,即电影艺术是就电影整体而言的。事实上,电影的三个阶段又是"各自为政"的。电影文学剧本是电影的基础,它为电影的制作提供"蓝图":剧情的、动作的、人物典型的等。因而,它具备了一般叙事文学样式的特征。正是在这个意义上,它才被列为文学的又一种形式;也正是在这个意义上,它才作为电影艺术这个总体概念下被包含的内容而存在着。导演、表演以及影片制作过程是以导演为中心的新的艺术创作,这里的"艺术"概念与电影艺术之"艺术"有范围的宽窄之分,都是与文学并列的概念——如前所述"文学 与艺术两个概念之间的关系"之第二条,所谓电影是"第七艺术"的说法便是一例。必须指出的是,在"编"和"导"统一的情况下,电影文学与电影艺术的概念之内涵也是不一样的,剧本创作与导演制作的各自独立性规范着编剧时作者是一个"自我",而导演时,则是另一个"自我"。虽然这可能由一人来完成的,且编写脚本和导演是一个连贯性的创作过程,但编者的"自我"思维是文学的(亦有电影的),而导演的思维则是电影的(亦有文学的),一个重要的问题在于在什么前提下认识电影文学和电影艺术,是就总体而言还是就部分而论。在总体上,电影是艺术(较宽泛的概念,如"综合艺术说");在部分上,电影是电影文学、导演艺术、表演艺术、剪辑艺术、摄影艺术的分立(狭隘的艺术概念)。总体与部分之间是相互独立又统一的关系。正是由于这个前提的存在,我们才能看出电影文学与电影艺术的差别。

先看电影文学。电影文学指的是电影剧本的创作。就总体而言,它是电影艺术的一个组成部分;就部分而言,它是以文学语言的形式见诸导演和读者的文学(当然,必须有电影的成分)。文学,就其概念本身来说,也是有其发展历史的。自古以来文学概念的意向就不是一个,如先秦时期就将一切文章,包括哲学、历史、文学等方面的著作一概称之为“文学”,即指除韵文以外的文章;另,又指官名(汉时初立,宋与明清时曾两度废此官)。除此之外,文学还有文法的意向,所谓辞章修养即文学。我们今日所指文学则专指包括诗歌、小说、散文等在内的语言艺术,它是较为狭窄的概念。高尔基说:“文学就是用语言来创造形象、典型和性格,用语言来反映现实事件、自然景象和思维过程。”[②] 所以,在文学之前加上“电影”二字,显然是指电影剧本的创作而不是指银幕形式。从电影剧作自身存在的形态来看亦是如此。电影剧作的初期是大纲式的“电影脚本”。它并不具备文学的一切特征,所以也就无所谓“电影文学”,但它毕竟具备了文学的“雏形”,即它有“故事”之“筋”。如果视此“筋”为“经线”的话,与文学作品相比,它缺少的是其他“修饰性”的“纬线”。在文学作品中,这个“纬线”表现为抒情、心理刻画等。随着银幕艺术的发展以及剧本自身形式的演变,到了 20 世纪 20 年代末 30 年代初,在世界范围内,它才形成独立的文学形式(中国还要晚一些),即它不仅是银幕艺术的基础且又成为与其他文学样式并存的文学样式。其显著标志是“经线”更加完整,“纬线”也已具备,只是存在形态与一般文学作品有异:一切的“修饰性”手段都为人物形象的可见性服务,如电影中的对话(台词)便有着自己的独立的美学标准(区别于一般文学中的对话)。这是电影的可视的特点所决定的。严格地说,这个形成过程到现在恐怕还不能说是最后完成了,但它毕竟有了自身独存的意义,其意义之核心在于它与其他文学形式的区别:具备银幕的特性。一些文学剧本之所以不能投入拍摄的原因,是它没有“注目”到电影文学的这一特征。作为基础,电影剧本应该是“文学的”,又必须是“电影”的。所谓“文学的”系一般文学的泛指;“电影的”则是指电影化或电影性,其内容主要在于电影是有声的、画面感的、动的艺术。这是电影作为审美客体的“美”之所在。这个存在以及这个存在的发展和变化使其产生的基础——电影文学也在发生变化。正如经济基础与上层建筑的关系一样,电影文学剧本是起决定性作用的基础。剧本乃剧之根本。电影的银幕形式一旦形成又反作用于电影文学剧本,这个反作用的具体内容便是电影艺术的美学标准在规范着电影剧本的创作,那就是“可视与可听”。

再看电影艺术。从电影文学到银幕形式之间有一个以导演为中心的制作过程。我们之所以不能把这也与电影剧本一起称为电影文学,是因为导演、表演等都是独立的艺术“样式”。 我们可以说导演艺术、表演艺术,而不能说导演文学、表演文学。这是区别电影文学与电影艺术的一个有力的证据。诚如上文所述,电影艺术就总体而言是指银幕形式,银幕形式是影片的最后完成形式。从整个制作过程看,电影是各种艺术元素的综合体。导演、演员、摄影、美工、作曲、当然还有编剧,一起成为银幕形式的作者,所以,银幕形式是这诸多艺术的合一。但是,这诸种艺术因素一旦进入电影,就受电影的制约,而不再完全是原来的面貌了。文学成为电影文学;音乐成为电影音乐;绘画成为电影美术。倘若我们因为电影有文学的成分就称其为电影文学,那么,我们同样可以称电影为"绘画"和"音乐"。显然,这是讲不通的。由此,也可看出电影毕竟是电影,而不是简单的艺术因素的凑合,它是一个整体,是一门独立的艺术。电影艺术正是在这样的前提下才确立其独立的艺术意义的。诚如电影大师普多夫金所说:"我们有机会用一种新的艺术形式来细致而真实地表现这个世界,这个新的艺术形式已经继承了并且将会代替其他一切历史较久的艺术形式。"替代之说是失之偏颇的,但"新的艺术形式"的确是精当的结论。电影之所以有"新的艺术形式"之称,除了它具有独特的技术手段外,还在于这些"手段"能够"表现世界",否则,是无艺术可谈的。

明确了什么是电影文学,什么是电影艺术,还必须正视它们之间的关系,即二者是互为存在前提的。没有电影整体的完成形式,则无所谓电影文学;没有电影文学也就谈不上什么电影艺术。除此之外,还应该指出它们互相包涵的关系。电影剧本(文学)是为拍摄而编写的,是电影不可缺少的基础,为了拍摄,它必须具备电影的特点;银幕形式是电影文学的银幕表现形式,所依据的就是文学剧本,因而也必然有文学的特点,但又不能仅以文学冠之,而应该从较为宽泛的艺术概念上去解释它。如此,并没有否认电影是文学的。这里要搞清楚文学与文学性的区别。它们的区别在于文学性是指各种艺术形式所表现出的文学的基本特点,而文学则专指文字语言的艺术形式。电影银幕形式的基础是文学性的显现使得一些同志认为银幕形式就是电影文学,也才把电影文学与电影艺术等同起来。因而,我们有必要在为电影文学和电影艺术正名的同时,弄清楚电影(整体)的文学性及其表现形式。

电影与一般文学作品文学性的表现形式有所不同。它是直接地将形象作用于欣赏者的感官,而一般文学作品中形象的塑造则表现为间接性。如小说是通过语言的组合来构成并不存在于视觉空间中,而又存在于作者的想象中的艺术形象,即是文学作品非直观性的特点。鲁迅在《祝福》中对垂危中的祥林嫂是这样描写的:

> 五年前的花白的头发，即今已经全白，全不像四十上下的人，脸上瘦削不堪，黄中带黑，而且消尽了先前悲哀的神色，仿佛是木刻似的，只有那眼珠间或一轮，还可以表示她是一个活物。她一手提着竹篮，内中一个破碗，空的；一手拄着一支比她更长的竹竿，下端开了裂，她分明已经纯乎是一个乞丐了。③

到了银幕上的《祝福》，便是演员的一个实体形象。电影与一般文学作品显露形象的特点各异，但塑造形象的效果却是相同的，那就是通过典型环境中典型性格的塑造来再现人生，反映生活。在具体表现方法上，电影还具备一般文学的抒情和叙事的特点。日本电影《绝唱》对剧中阔少爷和贫家女的爱情的描写是多面的，其中，联系着二人心灵的“伐木歌”与他们互相思念的画面交织在一起，组成了人之感情的美的旋律，起到了强烈的抒情效果。至于叙事特点，在电影中俯拾皆是，如情节性。对于心灵描写、潜意识的刻画，当今电影并不比一般意识流的文学作品逊色。由此，电影的文学性可见一斑。故，人们常说电影是银幕上的文学也不无道理。为了避免概念的混淆，我们只说电影的文学性，而不说银幕上的文学，因为文学是以文学的方法完成的“文学”，而电影则是以电影的手段完成的“艺术”。如此，可见本文起首处所提到的两个观点是值得商榷的。所谓“用特殊手段完成的文学”之“文学”，实际上应为“电影的文学性”，而“电影不是文学”也说得太绝对，因为电影艺术是离不开电影文学的。

电影文学和电影艺术是两个有联系又各自独立的概念，电影文学与电影的文学性的所指亦是有联系又有区别的。搞清这一点，对电影文学、电影艺术的创作和研究都是不无裨益的。

参考文献：

① ［俄］斯大林．马克思主义与语言学问题[N]．真理报 1950-6-20．
② ［俄］高尔基．论文学[M]．北京：人民文学出版社，1978．
③ 鲁迅．鲁迅全集(《祝福》)[M]．北京：人民出版社，1981．

新中国成立以来电影文学本体研究纵横

摘　要：电影理论界关于电影文学的争鸣此起彼伏，形成一种僵持的局面。关于电影文学的本体论是一个重要的学术命题。新中国成立以来，关于电影文学研究的历史阶段的形成以及域外此类研究的比较，形成纵横两条线。依此两条线为结构，厘清关于电影文学本体研究的问题，是解决电影文学研究症结所在的重要路径。

纵　篇

近几年来，电影理论界关于电影文学的争鸣此起彼伏，形成一种僵持的局面，而这种争论的根源与新中国成立以来关于电影文学的研究有直接的关系。纵观30多年来电影文学研究的状况，从外观着眼，大致有三个阶段，即20世纪50年代的兴起，60年代的深入，80年代的高潮。毋庸讳言，70年代由于历史的“误会”，也使这方面的研究成为空白。外观并不证明事物的本质，要全面理清几十年来这一理论研究的线索以及当前的研究现状及发展趋势，势必对这三个时期的各家之说有详尽的综述，在此基础上，才能为推动整个电影研究的发展尽绵薄之力。

大千世界，从宏观宇宙至微观生物，都有其本质属性问题，诸如人的本质之类真是不胜其数，但细究起来，通俗地说，一切与本质属性有关的理论研究都可以归结为3个字，即“是什么”。同样，电影文学“是什么”也是电影文学研究中最基本的也是最重要的核心问题。

从电影文学本体的视角察之，20世纪50年代在这方面发表了主要篇章并有代表性的人物大致有钟惦棐、张骏祥、阮潜、羽山、柯灵等。他们基本上是持“基础说”的。如钟惦棐认为50年代的电影文学实际上是电影小说。虽然在电影文学不景气的情况下，可以允许这种“两栖”的样式存在，但是，“电影文学，按照它本来的意义说，它绝不是电影小说，而是电影脚本或剧本。电影文学，应是一种可供拍摄的文学”，[①]所以，在一定意义上，它是“未完成的文学”。阮潜对此持同样的看法，只是统一使用“电影剧本”的概念而不用“电影文学”。1957年开展的关于电影问题的讨论，带有文学观念、政治意向的色彩，但也夹杂着一些电影本性、电影文学本性等重大理论问题的笔战。在这刀笔交锋战中，有一个比较重要的与电影理论有着较大联系的问题便是编导之间的关系的论争。羽山当时有《要不要电影文学》一篇，其他也有一些争鸣文章问世。其间所透露的关于电影文学的基本观点便是“电影文学＝电影剧本”，并认为这是“一种新兴的独立的文学样式”。因之，有的同志曾提出，不管是否能拍摄，电影剧本可以出版，作为文学作品供人阅读。这大概也是我国各类文艺杂志竞相发表电影剧本的契机所在吧。当然，新中国成立之前也有类似状况，但并未形成风气。1959年，柯灵发表了《电影剧本的特点》一文，虽然也承认电影文学是电影剧本，但更进一步的是他强调了电影剧本的作用。他说：“电影剧本是电影艺术的基础。电影剧本本身已经被公认为一种独立的文学形式，但写作电影剧本唯一的目的，是为了拍摄电影；虽然它同时也可以作为一种文学读物而存在。舞台剧本在不断的演出中，可以不断地进行修改，而电影剧本写出之后，却只能供一次拍摄。”[②]影片“是不是具有高度的思想性，反映生活是否真实，人物性格是否鲜明和突出，影片有没有激动人心的力量，其成败的因素基本上决定于电影剧本”。[③]张骏祥在50年代也有一些关于电影研究的重要理论建树，在电影文学问题上，他虽然也有关于悬念、对话、剧本的长短、戏剧冲突等问题的阐述，但更主要的是将电影作为一个整体来认识而注重强调电影的特性，基本上没有对电影文学这个概念做过详尽的论述。

20世纪50年代关于电影文学本体研究的状况大致如上。以今日眼光看待当时的研究，可以说这些研究属于最基本的概念说明一类，因之，就我国电影文学研究的史的轨迹而论，50年代关于电影文学的研究是新中国成立以来电影文学研究的最初的起步。

到了20世纪60年代，以1961年全国故事片创作会议为界，整个中国电影从创作到理论研究都有了新的起色。在理论上一度停下来的关于电影文学问题的研究又被重新推出。其中，《光明日报》编辑部于1962年1月邀请上影导演孙瑜等座谈电影文学剧本一事颇有震动。在这次座谈会上，大家就导演如何要求剧本的问题畅谈了各自的意见,其中涉及电影文学的意见主要是以“电影文学是电影文学剧本”为前提的,参加座谈的4位导演一致承认“基础说”。这些观点并没有超出50年代的水平。1962年5月,陈荒煤同志发表了《从电影的“基础”说起》,其中最主要的观点是强调了电影剧本是文学,但首先应该是“电影的文学”。在一系列论述中,他提到了“电影剧本的文学性”这个概念,认为这种文学性主要表现在“文学的描写”上。他反对视没有文学色彩的描写如简单的“日出”“黄昏”“月夜”等为电影文学的特征;同时,他也反对以抒情的而不能通过画面表现出来的文字来描绘人物的心理活动、自然环境等。因而,他所强调的“文学性”即是要求电影剧作把人物动作(包括心理动作)描写得非常生动鲜明,显出各个人物的性格的特征和人物之间的关系,从而体现出银幕形象的典型性格,并且注意了属于电影的外在形式特点,即电影的形象应该是“视觉形象”。显然,较之此前,这是一个发展,其标志便是他这样回答了“电影的文学是否就是电影文学”这个问题:“用文学描写出观众将在银幕上所看到的一切,这就是电影文学。”[④] 的确,陈荒煤的论述应该说是60年代关于电影文学本体研究向纵深发展的一个标志。因为自此之后一些电影文学研究的文章在其主旨上所涉及的多是关于电影剧本的特征及与之相关联的一些问题。如1962年,柯灵在一次电影编导座谈会上就提出了电影剧本的三个特征问题,言之所指即“电影特性、文学性和新鲜感”。于是,电影的文学性问题一时成为议论的焦点。羽山在《也谈电影文学的文学性和编导关系》一文中认为电影文学剧本的文学性不是向小说看齐,诸如以夹叙夹议、描写和叙述交替进行、细致的心理刻画、人物自白和作者助言的相辅相成等小说手法来要求电影剧作显然是不妥的,因为一定意义上“电影文学剧本的基本手法和戏剧相同,即主要是表现……”所以,他认为电影剧本的文学性之要义在于承认它要“叙述”的是“看得见的人物行为和动作,即所谓诉诸视觉的形象”。从内涵上看,羽山的观点则在于进一步强调了电影以及电影剧本的视觉特点,并有将电影剧作与电影的完成形式视为一体的初步认识。如他提出应改“基础说”为“蓝图说”——“电影文学剧本是提供了未来影片的一切,包括人物、情节、结构、语言、细节、环境等等”,总之,电影的一切风格已在电影剧作里形成。于是,关于电影文学的研究约在60年代便出现了论题不一致的现象,即是就部分而言还是以整体而论。但总的是越来越趋向深入。以

1962年6月于敏的《本末》一文为例，便是在此问题研究上深入的标志。在该文中，作者认为，对于电影文学来说，文学的共同规律是本，是第一位的；电影的特殊规律是末，是第二位的。并在此基础上提到了电影思维的问题，他认为电影文学用电影的方法思维，用文学的方法表达思维的结果。这一极有理论价值的问题一直到80年代才由于敏同志再次提出，因不属本文专论，故从略。1963年电影界曾展开过关于"好故事"的讨论。如杨沅柱同志就明确提出"电影的好故事"应是"银幕上的好故事"。他援引了老黑格尔关于艺术的"情境"及"充满了冲突的情境"的观点，并在此基点上承认电影是更接近于戏剧的艺术。同样，对情节的"奇"与"巧"，也有不少同志承认其内在意义为："探索富于戏剧性而引人入胜地展示冲突，刻画性格。"显然，这也在一定程度上承认电影是靠近戏剧的艺术——电影剧本的研究出现了与整体电影研究融汇的趋势。

1963年6月，《电影文学》发表了陆建华的专论《电影剧作的电影特点和文学色彩》。他在承认"电影剧作应该符合电影形象的要求"的基础上进一步指出"动作性"是"构成电影形象的必要方面"（也承认电影与戏剧的不同）。因而，"应该把电影剧本当作是一份动作、绘画和音乐这些创作手段所构成的乐谱"。同时，他也承认就电影剧本而言，由于其主要是以文学的形式出现的，所以，以上提到的构成乐谱的"音符"，只能是对电影剧作的基本要求，因而，电影剧本"既要符合电影形象的要求，又要讲究文学色彩"。通俗又形象地说，就是文学家的笔在电影剧作这里应该等于电影导演的眼睛，此二者的合一便是电影剧作的主要特征。应该承认，这种认识是有道理的。

综上所述，20世纪60年代关于电影文学研究的发展标志是继续承认基础说，认为电影文学就是电影剧作，深入研究电影剧作的特性等。但是，正是在深入的同时，也出现了诸如论题对象不一致的状况。例如将"电影是什么"与"电影剧作是什么"等同起来以及关于文学性的模糊概念。因而1964年胡惠玲发表在《电影剧作》上的《电影剧本的文学性与银幕感》一文中的观点就应该专门提出，他认为要划分两个界线，一是电影剧作与电影的界线，原因在于电影（作为整体）所采用的手段是"电影的"，而电影剧作则主要是"饱和着电影手段诸特点在内的文学手段"；二是电影剧本与话剧剧本的界线，他承认此二者在"动作性"上有共同点，但"以对话来展示一切"的话剧与主要通过形体和内心活动"来创造意境、表现人物"的电影有着本质区别。尽管这种界定法并非十分科学,但提出这样的问题是有积极意义的。遗憾的是当时没来得及就这些问题继续进行深入的探讨,整个国家便陷入了一片混乱的局面,电影文学的研究也被迫中断了。

严格地说,电影理论界兴起的又一次真正的理论热潮是在20世纪70年代末和80年代初,并一直持续到目前还在不断地发展着。在这理论的潮流中,举凡电影理论问题均有所涉及,其中,唯有关于电影文学问题的研究呈现出广而深的发展趋势。当然,最初是以重提五六十年代关于这个问题研究的理论形式面世的,因而,电影文学本体本来并未形成统一认识的问题就成为议论的焦点,加之60年代出现的论题不一致的倾向影响,致使在这个理论浪潮中呈现出一种较为复杂的局面。但在总体上,这一时期关于电影文学本体的研究的线索还是清晰的。它主要涉及了电影文学、电影的文学性、电影的文学价值等问题。

关于电影文学,在本体意义上,进入20世纪80年代以来,最有影响的并引起较大争议的是张骏祥提出的"电影文学是可以在银幕上兑现的文学"的观点。他认为电影的银幕形式是电影文学的完成形式,不能在电影剧作与电影文学之间简单地画上等号。由此,他进一步提出了诸如电影的文学价值问题以及反对"电影剧作是影片的基础"等说法。相对于五六十年代以来关于电影文学本体的研究,这明显是一个理论上的重大发展。电影界对张的观点展开了广泛的讨论。张卫的《"电影的文学价值"质疑》是较早发难的一篇,但尚欠深入。郑雪莱在《电影文学与电影特性》一文中对张骏祥的观点提出相反的意见,他认为电影是综合艺术,而电影文学应该是指电影剧作(或称第四种文学),他强调了电影剧作首先是电影作品其次才是文学作品,他力图从电影剧作本身特点(文学性、电影性)的研讨来阐明自己的观点并进而提出基础说的合理性等。许多理论工作者甚至电影剧作家参与了这次讨论,尽管在说法上不尽相同,总的趋向是承认电影文学的存在,但对在什么意义上电影文学才有其本体意义的认识是有较大分歧的。值得提到的是邵牧君的《电影、文学和电影文学》一文。在该文中他一方面承认从国内的实际情况看,电影剧作是第四种文学的观点能够站得住脚(强调了中国的特殊情况);另一方面又根据世界范围的电影理论和电影创作实际的分析得出结论,认为电影剧作的创作与戏剧剧作的创作是不同的，后者可以看作是特殊形式的文学创作，理由是戏剧的文学过程和艺术过程是分开的，前者则不同，根据是"电影从剧本到银幕形式应该是一个整体，即连续的创作过程"。故而，他的结论是"电影文学是已经存在的影片的全部思想和艺术内容的文字记录作品，一部电影文学作品不能脱离作为它的视听对等物的那部影片而独立存在"。[⑤] 显然，他的认识综合了两种观点。就其论点的前一部分看，他承认既存现实；就后一部分看，他深化了或者说更清楚地解释了张骏祥的观点。因而，与整个电影观念问题挂上了钩。

1987年，中国最高级别的出版机构之一——中国电影出版社，连续出版了一套电影理论研究与争鸣的文集，其中第二集便收录了80年代初至80年代中期关于电影文学包括对其本体研究的各家有代表性的文章。唯一感到缺憾的是缺少对"电影文学本体"研究的总体评价。在理顺了50至80年代中期我国关于"电影文学本体"研究的史线之后，有必要以当时中外电影理论为背景，在横向比较中给出关于"电影文学本体"的认识，以期与电影理论史的纵向勾勒共同形成80年代中期之前，我国电影文学研究的坐标系。

横　篇

几十年来我国关于电影剧作本体的理论探讨与世界电影理论的"格局"有关；同时，作为观照的对象，其客体存在意义上的发展与演变，尤其是自身特性形成的历史将是"本体论"重要的论据之一。显然，寻出前者的趋势与后者的轨迹的目的在于给出"新中国成立以来电影文学本体研究"的横向坐标，并企图标出"电影剧作本体"目前阶段的函数位置，故曰"横篇"。

在世界上各电影大国的电影理论格局中，关于电影剧作本体的探讨的线索大致相同。以美国为例，好莱坞早期的剧作是"梗概化"的，但在好莱坞发展到鼎盛时期，就出现了比较完善的文学剧本，以至于电影剧作研究已成为他们的重要话题。据美国南加州大学休斯顿先生介绍，尽管美国人认为只有搬上银幕的电影才能成为研究对象，但将"电影剧本作为对象"研究的观点已成为一种重要的意见(1984年夏，全国第二期高校电影讲习班，上海师大)。事实上，早在20世纪第一个10年中，格里菲斯就有过精辟的论述。他认为电影编剧艺术将与电影表演艺术同样迅速地发展,并且预计100 年后,将出现倾毕生精力创作电影剧本的小说家——他对剧作本体的认识是:1. 电影剧作将以图像的手段创作人物、情景和戏剧情节;2. 创作电影剧本的人必须具有电影感,必须具备清晰、连贯的视觉化能力;3.电影剧作有不同于悠闲的小说的严格的形式限制。在美国,编导合一的现象很普遍,但对电影剧作本体的认识与理论上的批评准则基本上是趋于一致的,如著名导演希区柯克说:“我通常和编剧一起搞电影剧本。所谓电影剧本实际上是对影片的一次描述。它精确地描述将在银幕上显现的东西。”“我搞完电影剧本,影片就已经在我头脑里大功告成了。”⑥ 显然,电影剧本在美国影业人员的理性思维中占居重要地位,并视其为与电影整体不可分割的部分,其独立价值的表现不是相对于电影整体而是相对于其他艺术样式——中国几十年来电影剧作本体的研究也基本上是在这样两条线上伸展着。

在苏联,早期的电影界同样不注重电影剧作,20 世纪 40 年代末才逐渐形成一种舆论,即承认电影剧作是与它种文学样式处于同等地位的文学作品,以及承认它是“未来影片思想艺术的基础”。尽管 50 年代末曾对这一问题展开过激烈论争,但五六十年代以来的理论态势则明显趋于承认电影剧作的独立价值。以已故的在苏联现代电影中有广泛影响的艺术家瓦·舒克申的观点论,他认为在电影中,一切都应该是“可见的”。在这个意义上,他承认“应该有电影文学,哪怕就叫作电影剧本”,并且进一步提出:只有真正的、伟大的电影文学才能作为电影的基础。同样,M.罗姆提出的应在电影剧本构思中确定“摄影机的位置”的观点,也标志着苏联剧作理论研究的深入。其在内涵意义上的价值主要表现为:注意电影剧作的“视觉感”;在“载体”或“符号”意义上强调电影语言在剧作和银幕形式两个阶段的统一性,较之四五十年代在这一理论问题上的看法,在其肯定剧作独立价值的表象认识中,深藏着反对剧作成为一种独立样式的“内涵”。正如有的观点所表述的那样,“希望在某一天,电影剧本不再作为独立的艺术作品而存在”。显然,它是针对可读性文学剧本而言,在发展的意义上,这种认识是有所偏颇的。

在近邻日本,强调电影剧作的重要性也只是 20 世纪六七十年代以来的事情。以野田高梧的《电影剧本结构论》而言,从以下几个判断中便可窥见其主要观点:故事是内容,剧本是内容的表现;剧本是一种技巧,文学作品与电影剧本两者是有界限的;剧本原来目的,不是想通过文字来传达故事,而是以文字作为一种手段来描写电影;剧本就是影片以前的影片。在这些判断中,我们可以推衍出的结论与上述美苏等国电影理论界对这个命题的解答趋于一致。

以上所列未必涵盖一切,但就国外电影理论的基本情况看,具有一定的代表性。作为参照系统,可以看到我们新中国成立以来关于电影文学本体的研究并未超出这个范围,即一方面承认电影剧作必须是"电影的",另一方面又将这种以文字形态出现的"对象"摆在"文学样式"中寻出异同性。而这两个判断的理论依据,摘其要点大致如下:电影是艺术。这个判断在"表现"与"创造"的本质意义上与一切它种文艺都是相通的,但在外形式上,它特指一种"符号"属性,正如苏珊·朗格所认识的那样:假如以为为演出和欣赏而创造的音乐不同于仅能供人在静读中感受音乐形象的乐谱,并以此推论出文学也必须像乐谱一样,只有当读出声而且被听到时才算是被充分地体会的话,那么,这种类比,"是十分轻率和无实际意义的类比"。所以, 她明确断认她所说的"以大写字母 A 开首的艺术是指任意一种艺术或是指包括绘画、雕塑、建筑艺术、陶瓷艺术、金器艺术或其他手工艺术、音乐、舞蹈、诗、散文、小说、戏剧和电影在内的一切艺术"。[⑦] 国内理论界对电影剧作本体两种相反的意见的根源,就在于一是以整体电影是艺术为依据,而否定了剧作是文学;二是以电影剧作与同类文学形态相比,有独存的价值形态,故承认其是"别一种文学"。深究于此,感到解决这个问题的办法只有对电影剧作本身作深入的解剖,才能得出较合理的答案。而这个解剖的前提,即我们的理论支架是:电影是文学与艺术在技术媒介撞击下生成的混血儿;电影改变了人们的思维习惯,未来的艺术鉴赏力将在很大程度上以是否具有电影思维能力为准绳,在这二者合一的前提下,我们从电影剧作的内形式与外形式两方面来分析。

撇开主题意向、形象本体等整体艺术的"同一"论题,任何艺术形式都存在着不同的审美特征。应该承认,艺术形式不是一种空洞的范式或制作程序的编码,其中,融合着形式在发生发展过程中积累起来的美感经验、艺术技巧、审美规范的储存和进化的手段。而在形式论上,它又可分为内形式和外形式。以内形式论,对于一般叙事文艺来说,主要包括叙事艺术的情节、结构、叙述视角等,电影与小说在内形式的意义上,二者的差别是不大的,因为它们存在的核心是"故事"。佛斯特在《小说面面观》中对"故事"不等于"情节"有较明确的论述。当然,对于现代派文艺或非情节化的叙事艺术来说,故事与情节的明显差别已经改观,但从总体及发展趋势上看,这类艺术形式丢弃的仅仅是“情节结构”而不是“故事”。以海明威的小说为例,研究者认为他的《乞力马扎罗的雪》是“靠电影手法来推进动作的”;同样,对于《别了,武器》这部小说,W.H.弗洛霍克认为,它材料单薄,而“海明威几乎全靠训练有素的眼力和关于情绪的细致准确的报道。最后的产品也许更接近于一个优秀的电影剧本,而不是一部通常意义的小说”。[8]很明显,电影一经产生,便在思维方式上向其他艺术形式渗透,反之,无论“再现”还是“表现”,电影对文学或它种艺术部有一种兼容的姿态,问题在于,电影剧作本身的产生与发展,在内形式意义上的发展趋势是什么呢?我们认为,在世界性范围内,就整体而言,其发展线索及趋势还是明显的。从“只有故事之筋”的“文字叙事”中,可以窥见其为一般叙事艺术都具有的特征:人物、事件、结局等,也就是说电影剧作的萌芽状态已经具备了文学的基本要素;随着科技和电影本身的发展,电影剧作从最初的大纲形式经历了有序的无中断的整体性动作描叙—中断再现的动作描叙(或称蒙太奇的动作描叙)—融进有声的描叙—融进色彩的描叙—融进立体的描叙这样几个阶段,这便是“技术的艺术渗透”。[9]正是在这渗透中,我们看到现代电影技术的发展对剧作的影响使其文学的浓度增大,即技术的发展,为文字的表现能力提供着越来越广阔的天地,而不是相反,但同时又摆脱不了电影思维的制约。而这种制约又在“符号”意义上展现出电影外形式的总体特征。

所谓外形式一般指艺术形式的物化形态。这种物化形态对于文学与电影来说,的确是不同的“载体状态”。试举一例,《城南旧事》中英子一边看骆驼吃草一边学着动嘴唇的细节,在电影这里,它在心理感应上的特点是“视觉形象与感觉的同步”,反之,文学则是“非同步”的,电影剧作的文字特点使它不能超越“非同步”的物化状态,这就是外形式的制约性。像《红楼梦》这样的小说单从语言或言语的角度看,也是不可能产生在此前的时代的。对于电影或推而广之,对影视艺术而言,没有科技的发展,也就没有今天颇为复杂的各种视听艺术。在这个意义上,电影(包括电视)实际上是人类进入真正文明时代在文化方面的一个显著标志。从“书面文学”到“技术的艺术”是人类艺术史的大转折。因而,电影整体的外形式规范对于电影剧作本身也是存在的,即“技术的制约性”。同时,电影剧作的内形式和外形式又强烈地企图将它拉回文学的阵营,这是不依作家的意志为转移的事实,是“带枷锁的舞”。究竟怎样认识外形式的意义呢?此前,我们在理论上的重大失误是“内容决定形式”,岂不知,在“载体”的意义上,形式也决定内容,这并不是承认形式可以制造内容,而是指形式的选择性本身决定了内容的取舍及其外在的物化形态,甚至于在这一判断中,我们似乎更应该强调的是外形式,因为它在心理感应上有重要意义。以文学的小说为例,它的外形式特点可以表述为,感映过程:文字—想象—形象;而电影则可以表述为:形象——想象。对于这种最一般的理论,提及的人很多,却较少有人提到“决定”意义上来理解,对于艺术形式来说,这太重要了。因为在艺术实践中,不管是创作者还是鉴赏者,基本上都是从“手段”的意义上判断文艺分类的。所以,我们赞成韦勒克的判断,他认为“文学是创造性的,是一种艺术。同时,他还从构词法的角度分析了文学一词在不同语言中的不同涵义及精确度:“德文相应的术语 Wortunst(词的艺术)和俄文的 Slovesnost(即俄语 OiobecHocTb 意为用文字表现的创作) 就比英文 literature—词好得多。”[10] 很明显,这是一种外形式的判断。这样一来,我们可以对整体电影中的绘画、雕刻、建筑、文学、音乐以及戏剧要素给出相应的判断:即这些要素一方面保留着原有艺术形式的特性,一方面又从属于电影的特性;具体到剧作本身,两种特性都有制约性,且本身的“文字”特点又成为主要的特性。这样,是否就可判断电影剧作就是文学呢?称不称“文学”并不重要,重要的是承认剧作本身独存的价值。将以上的分析串连起来,我们大约可以给出相应的结论:电影剧作以与小说同等地位面向读者的发展趋势在目前阶段是不明显的,但小说在内外形式既统一又矛盾的状态中有接受电影思维的发展前景。对于前者,拉美魔幻现实主义作家、《百年孤独》的作者马尔克斯曾明确表述过这样的意见,他认为小说与电影有严格的区别,其要点在于从感受层次上着眼,电影的形象直观化特点有助于人们的理解,但同时又具有较强的规范性,而作为文学的小说则反之,即它的想象空间更为广大,而电影剧作在这一点上与小说是有距离的;对于后者,如上所述的对海明威小说中的电影思维状态的探寻可为明证。

对于一种现象的分析未必一定要得出永久性的结论,我们常说:美是难的。同样,我们对有久远历史的文学的“本体”有过统一的结论吗?对于电影也一样,其本性问题始终是争论的焦点。那么,我们对新中国成立以来关于电影文学本体的争论也视其为正常的现象。但,如果始终纠缠在是什么或不是什么这样笼统的判断里,就不会有太大的研究进展,应该给电影剧作研究以重要地位,而这种研究重在对"对象"的分析与考察,在过去、现在、未来一体化的思路上研究,尽管,它也是难的。所以,我们所给出的仍是"分析"而不是最后的结论,但这种分析是否已经绘出了电影剧作在电影中以及在艺术之林中的存在曲线了呢?答案就在读者那里。

权以此作作为对新中国成立以来电影文学本体研究的一点补充意见。

参考文献:

① 钟惦棐.未完成的文学[J]中国电影.1956(10).

②③ 柯灵.电影剧本的特点[J]中国电影.1959(1-2).

④ 陈荒煤.从电影的"基础"说起[N]文汇报.1962-5-12.

⑤ 邵牧君.电影、文学和电影文学[M]文学评论 1984(1).

⑥〔英〕希区柯克.漫谈电影导演[J].电影艺术译丛.1978(1).

⑦〔美〕苏珊·朗格.艺术问题[M].北京:中国社会科学出版社.1986.

⑧〔澳〕W.H.弗洛霍克.海明威的电影化风格[J].世界电影 1984(2).

⑨ 戴剑平.技术的"艺术"渗透[M].中国人民大学书报社《电影电视艺术研究》1985.7.

⑩〔美〕韦勒克·沃伦.文学原理[M].北京:三联书店.1984.

论电影剧作本体

摘　要： 电影剧作的发展趋势表明，现代电影技术的发展对剧作的影响使其文学色彩的浓度增大，使得“电影剧作作为独立系统正在走向成熟”的判断具有了合理性。从另一角度观察，电影剧作的发展受电影整体发展的制约也是不争的事实。从口头文学发展到书面文学是比较单一的变化，从书面文学到今天的“技术的艺术”，则是多项的交互影响的发展。新艺术形式对旧有艺术形式并不具备完全的否定性质。电影剧作无论作为电影整体的原素还是作为自身独存的价值（文学的或美学的）都有理论研究的必要。

电影剧作能否称为文学，它在什么意义上是一种独立的文学样式或非文学样式？几十年来，国内对此问题一直争论不休。笔者以为，对电影文学的研究的首要问题实际上还是概念的定义问题。按目前通行的观点，一系列与之具有种属关系的概念大约是：文化—艺术—文学—各门类艺术—各门类文学。诚然，文学这个概念在我国曾有过等同文化、等于艺术、等于历史的不同意向，但在今天文艺划分比较细致时，文学概念的内涵已经局限在一定限度之内了。具体地说，文学是艺术所涵盖的具体的门类概念。斯大林在《马克思主义与语言学问题》一书中指出：“上层建筑是社会对于政治、法律、宗教、艺术、哲学的观点，以及适合于这些观点的政治法律制度。”单就概念的划分而言，这里没有提到文学，显然，“文学”在这里是包括在“艺术”之中的。如果说高尔基关于文学的特点即关于其文字性的论述尚欠精确，那么，波斯彼洛夫的界定恐怕应该引以为“训”。他说：“文学，正如许多艺术理论家指出的那样，在整个艺术体系中占有特别重要的、甚至是中心的地位，因为文学再现生活的手段是表达思想的语言，换句话说，也就是人类的言语(俄文是 PeHb。”[①] 同样，在西方世界较为流行的韦勒克的《文学原理》一书中《文学的定义与区分》一节里也有过类似的论述。他认为“文学是创造性的，是一种艺术”。[②]同时，他还从构词法的角度分析了文学一词在不同语言中的不同涵义及精确度：“德文相应的术语 Wortkunst （词的艺术）和俄文的 Slovesnost（即俄语 CnobecHocTb 意为用文字表现的创作〉就比英文 Literature 一词好得多。”[③]显然，这类论述在文艺分类学的意义上都是较为笼统的意见，但我们能从中看出界定文学的一个基本标准“手段”，准确地说是“载体”——书面文字或口头言语。国内理论界通行的说法也常以某种艺术不同于他种艺术的特质为界定的标尺，如话剧是对话的艺术，绘画是色彩的艺术等。尽管这些说法并非十分科学，但在一定程度上抽出了属于各种艺术本身的特点。即便是站在符号学的观点上看，符号与符号的差异性依然是存在的。在内涵上理解，符号学的“语言”概念依然与“载体”有关。在这个意义上，就整体电影而言，是不等同于文学的。野田高梧的论述较为准确：“任何一种艺术都不可能像电影那样，包含有各种艺术的要素，它的美来自绘画、雕刻、建筑、文学、音乐以及戏剧的要素，这些要素首先构成每个画格的构图，由这些构图集合成为一个活动的画面，然后由几个画面组成一个场面，再由这样几个场面集合成一个段落，最后由一系列的段落形成一部电影，同时只有通过光影的不断流动才会产生出电影的形式。”[④]特殊的各种艺术因素的“画面”与文学的“文字”构成不同的“手段”或“符号”属性。各类艺术在内容与形式统一的基点上都有一种通感。一般说来，在叙事艺术中，它表现为塑造形象。倘若以此为论题的对象，文学与电影的区别在于如上所述的“手段”的相异，但事实上，从艺术表现到艺术形象，不同的艺术怎样造成心理感映及感映的层次不同才是艺术的各自特性之所在。为了叙述的简略，我们以对比的方式显示这两个系统的区别(以小说为例)：

艺术表现	基本原素	人 物	环 境	叙 事	结 构	表象的心理感映
小 说	文 字	间接组合	间接陈述	文字组合	章节·段落	虚
电 影	有声画面	直观形象	直观表现	画面组合	场景·段落	实

如果我们在分析艺术形式时都以“主题”为准绳，那就找不到它们之间的差别，也谈不上各种艺术自身的美学价值，因为一切艺术的本质都是“表现”与“创造”。正如苏珊·朗格所认识的那样：假如以为为演出和欣赏而创造的音

乐不同于仅能供人在静读中感受音乐形象的乐谱,并以此推论出文学也必须像乐谱一样,只有当读出声而且被听到时才算是被充分地体会到的话,那么,这种类比"是十分轻率和无实际意义的类比"。所以,她明确断定她所说的"以大写字母 A 开首的艺术是指任意一种艺术或是指包括绘画、雕塑、建筑艺术、陶瓷艺术、金器艺术或其他手工艺术、音乐、舞蹈、诗、散文、小说、戏剧和电影在内的一切艺术"。[5] 当然,我们不排斥在具体抽象上寻找艺术的统一规律,但由以上叙述中,可看出理论界对电影文学认识的几种偏颇:一是抹杀了文学与电影的区别,认为"电影是银幕上的文学"。作为形象的比喻,这说法也未尝不可,但作为一个科学的概念则失之妥当,因为这种类比是以文学的基本理论为前提的,而要寻找各类艺术的总的"表现"规律则必须在较高层次如艺术哲学的范围中进行逻辑论证。第二个偏向是以强调电影的总体性而无视电影剧作的独立性及美学价值。三是仅仅承认电影剧本独立的文学意义而忽视了在运动过程中电影剧本与电影整体的同一性。这里有必要为电影是艺术这个前提做关于戏剧与电影之间的关系的补充。目的在于在综合艺术的意义上区分二者,从而进一步确立电影作为艺术的独立性。

理论界常常在戏剧与电影之间寻找同一性。以上文所列表格论,只需将小说改成戏剧,就可以发现二者在这个对比中是没有多大区别的。二者的差异主要表现在较深层次的理论上——简单地说,同是时空艺术,但"空间的封闭"和"时间的连续"是舞台剧的特征;"空间的开放"和"时间的不连续"是电影的特征。同时,"封闭"与"开放""连续和不连续"又决定了二者在运动方式上的不同:戏剧的主要特征是语言的流动、而电影则是画面的流动。在电影理论史上,西方电影理论自 20 世纪 20 年代以来的最大特点是强调电影自身的形象特性,力图将它跟文学和戏剧绝对地加以分割。我们之所以将电影摆在与文学和戏剧的对立位置上,目的是要证明电影是一种不同于他种艺术的艺术,至于各类艺术在整体上的研究,应该属于艺术整体系统。也正是在艺术整体系统中,我们还可以从其总的发展历程中找到作为艺术种类的电影的真正位置。

一部艺术史与整个人类文明的进展有着密不可分的关系。以每类艺术的成熟为标志,以世界范围内的纯文艺为例,我们将看到这样一种现象(如图)⑴:

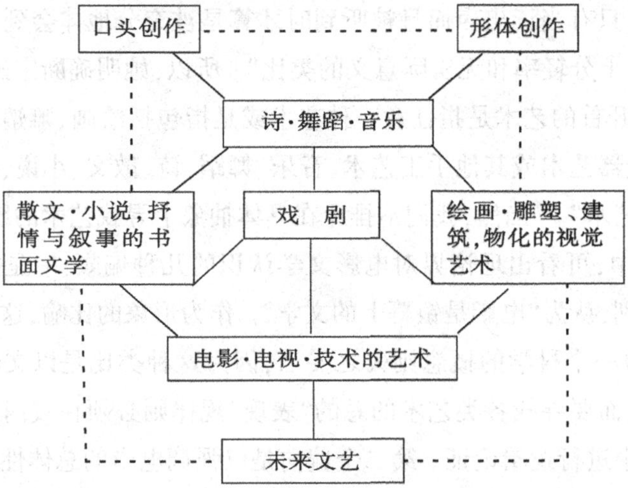

艺术形式的发展大致有一个线索，即从口头文学、形体艺术经书面文学、形象化艺术到书面文学、综合艺术（包括电影电视这样的技术的艺术或称视听艺术）。艺术形式的发展一般都相当缓慢，其历程大致可以表述为从不稳定到稳定，从无序到有序，从单一到综合。而且这种形式不是"一种空洞的范式或制作的程序的编码，其中，融合着形式在发生发展过程中积累起来的美感经验、艺术技巧、审美规范的储存和进化的手段。"[6] 从口头文学发展到书面文学是比较单一的变化，从书面文学到技术的艺术，则是多项的交互影响的发展，而且新艺术形式对旧有艺术形式并不具备完全的否定性质。以戏剧与电影为例，电影产生之初，有人认为戏剧将被取而代之，但是戏剧与电影只是在交互的影响、吸收的情况下并肩发展着。同样，世界范围内的电视危机也曾一度令人发出电影完结了的叹息，但事实上，电影仍然在发展着。从具体艺术门类着眼，像《红楼梦》这样的小说仅从语言学的角度看也不可能产生在唐或秦汉时代。没有科技的发展，也就没有今天颇为复杂的各种视听艺术。在这个意义上，电影艺术实际上是人类进入真正文明时代在文化方面的一个显著标志。这就是电影的"位置"——技术与艺术的产儿。作为这一立论的补充和说明，我们可以站在这样的角度观察问题；如果我们说诗词包含小说，那是很难理解的，反之，如果说小说包含诗词，人们可以在"因素""情绪"等基点上加以理解。同理，电影是综合艺术的观点便是由此生发的，即电影包含有各种艺术的因素。这里有一个论题的前提问题。以艺术的本质论，要找出共同的规律性的东西，通行的观点是从艺术反映(应)生活以及社会职能的各个方面做出质的规定性，但是这种推论缺少对对象的“个性”分析。因为各种艺术在认识意义和审美作用各方面具有不同的广度和深度，其中，作为艺术分类学中的形式论，的确有“这一个”与“那一个”之别，排除内在的因素，外在形式的因素往往亦是差别的重要依据，当然我们这里说的艺术形式应该是指艺术的外形式即艺术的物化形态，至于艺术的内形式诸如叙事艺术的情节、结构等属于问题的另一面，属于又一种艺术分类的理论依据，只能另题论述。但二者对立与统一的关系是无须辩白的。故，研究某种艺术的美学特点都应该从艺术的内容与形式的统一的观点出发，甚至有时还要单纯从形式上观察，否则，则在一定程度上抹杀了艺术的个性。

电影是艺术的立论是否已经廓清了我国电影文学研究的迷雾呢？显然，必须将电影作为一个论题系统来考察，才能做出最后的结论。

在电影这个系统中，从过程上看是从文学剧本到导、表演艺术，经摄影、剪辑艺术直至银幕形式的。通常的理论是把这些视为电影的组成部分并分而论之，甚至经常出现以谁为主之类的问题的争论，编导之争即是一例。高尔基在谈到这一问题时曾说过大意如下的话：“我觉得，应该谈的不是某种用来划分导演和编剧权限的分界线，而是要谈谈怎样才能使他们的工作融合成为一个统一的整体，从而产生最良好的效果……应当使在同一方向上工作的两种力量达到这样一种和谐一致的结合：它们甚至不应该是平行发展的力量，而应该是彼此交融的力量。”电影的各个部分相对整体电影来说，一方面是互相制约、互相影响、缺一不可的，一方面又都具有双向的“功能”。以文学剧本与导演而论，剧本为导演设计了蓝图，导演将蓝图加以创造性的实施，并有许多修正与补充，谁决定谁的论断在这里是绝对行不通的。山田详次认为：“摄影机参与剧作就应当从文学剧作上或在剧本中加以规定，不是从技术上，而是从艺术上；不是抽象地而是从一开始就可以感觉到地体现在构思中。摄影机就是艺术家的视角……是一位新来的剧中人……”[7] 黑泽明在谈到他写《活下去》这个剧本时，描写了主人公渡边勘治从开始工作一直到完成任务的全过程，可是怎么也形不成高潮。后来与大家一起考虑了四五天，突然想起一位学者写的一篇随笔，内容是说他和年轻的妻子到植物园去，休息时，其妻像孩子一样去捡槐子往袖子里装，他用优美的笔调描写自己在一旁凝视的情景，然后空一行写道："妻子死后七年。"这触动了黑泽明，所以，他才使"镜头飞跃到为勘治守灵的场面"，并且自以为这部影片的风格是由此形成的。如是，是否就应承认文学的决定作用呢？就其内涵而言，也许没有异议，但问题的关键在于黑泽明认识的对象是从剧本到银幕的统一的艺术性。从美学意义上说，这里有一个从文学语言到电影语言的问题。而电影语言有自身的特点。有些电影语言是文学语言所达不到的。如在《城南旧事》中，英子边看骆驼吃草，边学着动嘴唇，这是文学难以描写的——在"视觉形象同步"的意义上，这似乎是一个无法更动答案的永久的命题。任何有独立艺术价值的导演都不会一般地反对"文学性描写"和"戏剧性结构"，而是将其掩藏在自己的艺术处理中——将其兼容并蓄在高度统一的电影艺术的形态之中。显然，电影是一个不可分割的整体。由此，再回看国内电影理论界的一些观点似乎是有道理的，如"银幕文学说"。但问题在于是艺术就应该是"艺术特点、艺术性和艺术价值"而不是"电影特性、文学性和文学价值"的组合。

电影艺术，是以导演为核心，贯串起文学剧本、表演艺术、摄影艺术、剪辑艺术以及音乐美术等，缺一不可，而且，各部分之间也是互相交叉、互相渗透和影响的。⑵这是一个高度综合有机统一的艺术整体，若要在这个整体中分割出电影文学来恐怕也是不实际的，因为在整体电影中，文学剧本只是作为一个方面存在着。但问题就在这里，系统理论认为任何一个"方面"或"原素"自身都应该是一个"自我系统"，所以，当我们把文学剧本作为单独的"体系"来看便会发现其自身存在的美学价值。

最初的电影剧本像我国话剧草创时期的文明戏的幕表一样，只有故事之筋。以"文字的叙事"为前提可以认定这是文学的初步形式，如同我们认定"郑伯克段于鄢"中的人物、事件、结局等为叙事文学的特征一样。也就是说作为电影剧作萌芽状态最初的故事大纲，已经具备了文学的文本要素——人物情节等。随着科技和电影技术的发展，电影剧作从最初的大纲形式经历了有序的无中断的整体性动作描叙——中断再现的动作描叙（或称蒙太奇的动作描叙）融进有声的描叙、融进有色的描叙、融进立体的描叙这样几个阶段。正是在这些阶段的发展中，电影剧作才体现出自己的发展趋向。以融进有声叙述为例，电影剧作在融化声音这种因素时，采小说与戏剧之长，确立了自己的特点。如《魂断蓝桥》一剧的起首，经历了战争与心灵双重创伤的上校军官罗依在滑铁卢桥上凭栏沉思，想起自己年轻时代的爱情时，有一段以画外音形式出现的对话：

(玛拉的画外音)："这给你"。

(罗依的画外音)："吉祥符！"

(玛拉的画外音)："它会给你带来运气，会带来……"

(罗依的画外音)："我……一辈子都不会忘记你。"

回首往事与心灵的对话是文学尤其是小说等叙事文学的特长，但在无声电影中要做到这一点是困难的。电影技术的发展使声音成为艺术的因素时，电影剧作迅速揉进了小说的叙述法，从而丰富了电影整体也丰富了电影剧作本身。同样，仍以上面的对话为例，我们将看到电影剧作吸收了戏剧在声音上依靠听觉的感情色彩来描绘人物的特点：当玛拉得到罗依阵亡的消息后，在几乎绝望的情况下与其女友凯蒂生活在一起，在无法生活的困难中，凯蒂为了自己也为了帮助玛拉，背着玛拉当妓女。然而，玛拉终于知道了：

玛拉(痛心地)："钱从哪里来的？哪里来的？"

凯蒂(挣扎、突然高声地)："你以为从哪里弄来的？"(但她再没有勇气喊下去，她沉默、低下头，难过地低声说)："我本来想瞒着你，可是！……"

玛拉(颤抖地)"你这是为了我……"

凯蒂(安慰对方，但每一字都包含着痛苦)"不，不，你不能死！……我们还年轻！"(强烈的控诉)"活着多——好——啊！"(声音又低沉下来)……

小说对话的感情色彩是在默诵中传达给读者的，戏剧与电影的声音是直接诉诸观众的。因而，增加了感情色彩将使电影艺术的手段更为丰富，而电影剧作本身在此意义上又向戏剧文学靠近。我们只要做一简单的比较便可发现电影剧作自身发展的趋势。以卓别林的《流浪汉》第 47 景为例：

彪形大汉甩着鞭子抽打姑娘。姑娘在树下，疼得喊叫。坐在蓬车前的两个吉卜赛男人却幸灾乐祸地目睹这番情景。

显然，这里仅有形体动作的叙述而无声音的感情色彩。对比之下，我们看到电影剧作的发展趋势是越来越向文学靠拢。当然，中断的叙述、立体的叙述、色彩的感情因素等都使电影剧作的发展不断地完善着其自身。(3)

电影剧作的发展趋势表明，现代电影技术的发展对剧作的影响使其文学色彩的浓度增大，使我们得出电影剧作作为独立系统正在走向成熟的结论，但同时也从另一面证明电影剧作的发展受电影整体发展的制约。因而在电影总体上,我们只能承认电影剧作是电影艺术系统的重要“原素”,同时,也承认电影剧作是一个正在发展的系统。在此意义上可以明确电影剧作是一种发展中的文学形式。在整个艺术体系中,这类形式是很多的,戏剧文学自不必说,以较新的形式论,广播剧、摄影小说、连环画等都是交叉的尚待发展的艺术形式。尽管我们不能在所有这类艺术之间全画上等号,但其“交叉”意义则是共同的。所以,关于电影的文学性应该承认是从电影剧本的文学性到电影整体的电影艺术性,前者被后者所包容——起码在电影中是这样。至于各类电影剧作的分析及其美学价值的探讨,当是另一论题的发端——任何艺术门类的研究,首先是正名,然后才是具体分析。

称不称电影文学只是约定俗成的问题。电影剧作无论作为电影整体的原素还是作为自身独存的发展的美学价值都有理论研究的必要,只是我们不能孤立、静止地研究。只有在运动中既考察宏观又考察微观,同时具体研究整体与细部,才是艺术门类研究的要旨。

注　释:

⑴ 艺术的分类可以有各种途径,从形式上划分,我们作如是观。

⑵ 互相渗透与影响的具体情况当另文论述。至于在信息论意义上的电影过程问题,请参阅朱大可先生的《电影过程论》,见《当代文学探索》1985年2期.

⑶ 关于中断的论述、色彩的感情因素等请参阅戴剑平《技术的“艺术”渗透》,中国人民大学书报社《电影、电视艺术研究》1985年第7期。

参考文献:

① 〔俄〕波斯彼洛夫.文学原理[M].北京:三联书店.1985(P.116).

② ③ 〔美〕韦勒克·沃伦.文学原理[M].北京:三联书店.1984(P.1;P.9-10).

④ 〔日〕野田高梧.电影剧本结构论[J].世界电影.1981年6期(P.91).

⑤ 〔美〕苏珊·朗格.艺术问题[M].北京:中国社会科学出版社.1986.

⑥ 〔俄〕P·尤列涅夫,伍菡卿.克拉考尔和他的电影的本性[J].世界电影.1984.

⑦ 〔日〕山田详次.当代电影中的语言[J].世界电影.1982(2.P.27).

电影的民族化及其与时代精神的融合

——新时期电影发展趋向管窥

摘　要： 新的历史时期以来，电影的民族化发展体现在三个层面：一是发展的民族精神与伦理道德观的契合；二是发展的民族精神与振兴中华的时代观的融汇；三是发展的民族精神（包括民族自尊感）与爱国主义的结合。在这个阶段性进程中，电影民族化的内质在客观上表露为“揭露—恢复—发展”。在此基础上，民族的传统文化、民族的欣赏习惯等都决定并影响着电影这个外来物在表现形式及手段上也必须适应民族的要求。这是电影民族化的另一个重要命题。

电影是当今世界最富有群众性的艺术形式之一。在今日“文艺民族化”的呼声中，电影的民族化也成为人们的谈论中心。但是，系统的理论阐述尚感不足，那么，有些观点以“民族化＝传统文化”为确论也就不足为怪了。

恩格斯在《波河与莱茵河》一文中认为民族的分界是“由语言和共同感情来确定的”。斯大林在《马克思主义和民族问题》一文中发展了这一观点，认为“民族是人们在历史上形成的一个有共同语言、共同地域、共同经济生活以及表现在共同文化的共同心理素质的稳定的共同体”。细究两位伟人言之所指，则不难发现民族的最主要的标志则是表现在共同经济生活以及共同文化上的共同的心理素质或叫民族感情。中国古代文献对“民”和“族”这两个概念均有阐述，“民族”合成一词使用，乃始自1899年梁启超的《东籍月旦》一文。广义的民族概念包括原始民族、古代民族、近代民族和现代民族；狭义的民族概念则如恩格斯、斯大林所指，是在资本主义时代形成的“稳定的共同体”。由此可知，民族是一个社会历史范畴，有其产生、发展和消亡的过程。它由氏族、部落发展而来，伴随社会出现阶级、国家而产生。因之，所谓狭义的“民族”者都有其民族的“个性”。以汉民族而论，它除了具有智慧、勇敢和勤劳等特征外，还有一定的保守性，因为这个民族长期的生活基础是自然经济，因而形成了一种狭隘的民族心理；再如美国人向来以刻苦、忍耐精神著称于世，这与这个民族主要是由有创业精神的移民组成的原因是分不开的。如此，可以看到民族形成的主要标志是民族的心理素质的形成；当然，离开共同地域、共同语言和共同的经济生活，则无所谓民族心理，它们是相辅相成的。

由于民族心理是“民族”这个历史范畴的核心支柱，故在一切社会的历史的环境中，政治、经济、文化等诸多方面都存在着民族心理的不同程度的渗透和发展，这便是“民族化”——民族心理主要的也具体的表现在每一民族的文化艺术、风俗习惯、宗教信仰等方面，还表现在生活方式、生产技能等物质文化方面。其综合的表现形式又有内容和形式两个方面；形式要是民族的形式；内容，则是民族的历史、生活及利益的集中反映。在不同的历史时期，在相异的时代环境中，民族文化的表现应该是既无变化（继承）又有变化（发展）的，作为表现民族心理的文化中的一个部分，文学艺术的民族化，其核心内容应是某一历史时期民族精神的体现，诚如普列汉诺夫所说，文学是“民族的精神本性的反映——是那些创造这个本性的历史条件本身的产物”。[①] 而电影的民族化亦应如此。

电影是技术与艺术的“产儿”，在表象上只是“拿来之物”。据此，有人以为电影在形式上是非民族的，这就忽略了一个事实——在世界最具有权威性的法国电影资料馆里，还完好地保存着中国的灯影戏器械，可见电影并非某一民族所专有，加之它与艺术结合，便彻底抛弃了其技术专利的一国化。因而，电影一经“洋为中用”就必须有“中国味”或“中国化”了。正如莎士比亚笔下的外国人都带有一点“英国味”一样。中国电影应该遵循中国民族的欣赏习惯、美学理想和美感标准等，而其核心问题便是某一时期的电影是否表现了民族精神在该时期的主要特征，以及民族心理在该时期的变动和发展。至于“形式”和“手法”，虽然不排斥其一定的美学（存在）意义，但必须与“民族化”的内核联结在一起才有意义。

自1976年10月1日一声惊雷之后，中国进入了一个新的历史时期。它的主要特征是拨乱反正，实现四化，振兴中华，经济起飞。它既是基本国策，也是全国人民的愿望，从而孕育出时代的精神，并促成文学艺术创作更具时代的色彩。

“十年动乱”在物质和精神两个方面都给我国人民留下了灾难性的记忆，国民经济达到了崩溃的边缘，被扭曲了的思想在相当一部分人的精神领域中占据了统治地位，而一旦那紧箍咒似的“权力”被扫进历史的垃圾堆，揭露之声便在祖国的每一个角落爆起，这是声讨历史罪人的战斗檄文，也是批判历史罪人的重磅炮弹。于是，电影界的有识之士很快地推出了一批影片，如《十月风雷》《泪痕》《苦恼人的笑》等。这类影片在一定程度上揭露了“十年动乱”中的社会阴暗面，抨击了说假话的时代弊端，再现了那一时期的历史。但这种揭露的深刻性在今天看来是有所不足的。随着历史的发展，一个从思想和路线上深挖“十年动乱”之历史根源的问题摆在了人们的面前。根据同名小说改编的电影《天云山传奇》较早地将 1957 年“反右斗争”的思想基础与“文革”的思想基础联系在一起，从而深刻地以典型的艺术形象做了回答，使人们认识到我们的民族、我们的党在所谓的“斗争哲学”的旋涡中转了多少年，而使民族的发展、党的威信蒙受了巨大的损失。更为可贵的是，《天》片还真实地再现了三中全会以后我们的党在扭转左的倾向上所做的努力，真诚地指出了我党近几十年的道路是一条曲折的道路，并且是以活脱脱的几个人物再现这一历史过程的。这个片子好就好在它触及了人作为“人”的灵魂——道德、品质、良心等，也正由此而反映了人与社会的关系，即人绝不是一个单独的“自己”，而是一个复杂的客观存在。这与一些理论家空洞地高呼要“写人的七情六欲”等片面地染着资产阶级上升时期人文主义色彩的口号是相悖的，它没有程式化的人物定型，同时，也不仅仅停留在矫枉过正的所谓人性、人情的纠葛上，而是写了一段历史的发展过程。有人以为《天》片是因为雕刻了罗群和冯晴岚的美好心灵而取得观众“青睐”的。笔者则以为，正是由于宋薇这个形象的塑造，才使《天》片更具有历史的美学意义。试想，阿 Q 之成为阿 Q，不正因为它表现了民族的劣根性，披露了当时当地的民族心理，成为那一时代的文学民族化的一个典型吗？(永久的美学意义另当别论)而宋薇则是民族性格在又一历史时期的显现——只要我们想一想在专制的年月里，我们的人民是怎样地富有忍耐力，当那沉重的思想枷锁一次又一次地锁住人们的灵魂的时候，人民是沉默的，但是，这并不意味着中国人民不具有反抗精神，而是一种民族的深沉性格的反映。其间，被欺骗、被愚昧所造成的悔恨感也占有相当的位置。然而，正义感并没有在人们的心中泯灭，鲁迅先生说得好：“不在沉默中爆发就在沉默中死亡。”“四·五”运动，打倒四人帮，神州遍传爆发的春雷——从个人命运上来看，宋薇似乎与这样的时代发展没有什么联系，但从性格发展的历程着眼，青春芳龄时的她是那样的单纯、热烈；而在强烈的事变面前，她又是那样的手足无措；时至中年，她又是那样的冷漠和复杂，这不仅是她“这一个”人的历程的生动描述，也是她这一代人与时代共命运的真实写照。有一种观点浅陋地认为这个形象的意义在于她终于认清了吴遥的嘴脸，论据是由于生活的磨难使她在心灵上留下创伤，使她在感情上负了债。其实，吴遥又何尝不是一个受害者呢？至于在吴遥与党之间画上等号的评论只能是无稽之谈。宋薇形象的美学意义不在于她与吴遥怎样怎样，而在于她终于悔恨了，她恨的是自己的软弱——一个懦弱性格的人终于爆发了。如果我们回想一下从20世纪50年代到七八十年代，我们民族性格的发展历程，便不难在宋薇身上看到属于社会的、历史的、民族的“光”的折射。诚如原作者鲁彦周所说“没有宋薇这个人物，《天云山传奇》就不可能较深入地反映我们二十年来的‘左倾’思想的危害”。[②] 当然，我们不能在艺术形象与社会发展之间画等号，但艺术形象要具有持久的艺术魅力，必须是美学意义与历史意义融为一体的形象。

揭露的曲折和隐晦，是为了拨乱反正。正是从这个意义上说，《天》片等一类影片弥漫了时代的精神，打下了“民族的”烙印，使艺术与民族的时代精神融合在一起。但这仅止新时期电影民族化的一个方面。而另一方面的特征则是“恢复”——恢复一切被错误地否定了的东西。电影在这方面的表现最突出的是新民主主义时期革命斗争题材的恢复。《小花》《吉鸿昌》《从奴隶到将军》《陈毅市长》《西安事变》等堪称这方面的代表。无论写的是普通人民还是历史人物，他们的共同特点是以真实而生动的画面再现了中国现代史上最壮观的一页，讴歌了党和人民，使党和人民之间血肉之情、鱼水之谊又复苏了。党在人民群众中重新获得了崇高威信。这既是历史也是现实。它的积极意义在于说明，中国共产党在历史上曾领导中国人民推翻了压在头上的三座大山，使中国获得了新生；而在今天，清除了自身的污垢之后，重新获得了战斗力，仍是领导中国人民进行社会主义建设的坚强核心。这些影片正是在这里表现出中华民族在此一历史时期的心理特征，同时，也达到了与时代精神融合的境地。

然而，仅仅是恢复新民主主义革命斗争的题材，并不是民族心理发展的顶点。要恢复的东西太多了，一切精神领域中的污垢都要被清除，一切伦理的、道德的、社会的积极的思想因素都应重新占据人们的心灵，新时期电影在这些问题上所迈出的步子较大，它直接与发展着的民族精神结合在一起。

首先,发展的民族精神具体体现在伦理道德观上。其中,以1981年上映的影片表现得最为突出。以《喜盈门》为代表,《乡情》《苦果》《但愿人长久》《潜网》等都属这个行列。以《喜》片为例,它不是没有弱点,但为什么一下子就抓住了中外观众的心呢?这种主要以“儿女情”“家务事”为题材的作品不仅在“文革”时期无人问津,就是在17年间又有多少呢?社会的民族的心理因素在这里成了最关键的问题。中国近百年受欺受压,遭受凌辱,新中国成立后,广大人民扬眉吐气,新的道德风俗习惯正在建立和生长,但“十年动乱”,人们的伦理道德观又一次遭到践踏,尔虞我诈,以绝对的所谓阶级观来代替一切人生观,以绝对的阶级感情(实际上是被愚弄了的教条化思想)来代替人作为“人”的一切情感,思想混乱了,意识堕落了,但是,经过良好的革命传统熏陶的广大群众的内心还是犹如明镜似的,他们在心灵里摒弃那丑的,期望着真的美的情感、意识、道德等的重新到来。十一届三中全会后,随着思想解放运动的深入开展,人们深思要建设社会主义现代化,必须建设社会主义的精神文明,而社会主义精神文明的内容又包括民族的心理、意识、审美、道德观念等,因而,这一批影片遂应时应运而生了。

《喜盈门》是几年来上座率最高的影片之一,人们由衷地评价它是“群众喜闻乐见”的,之所以如此,是因为这部影片真实而不是虚假地描写了生活。它从家事纠纷入手,写出了人的品格的高尚和落后,加之具有民族风味和生活气息的喜剧手法,更使观众赞不绝口,剧中人水莲的形象使人们仿佛看到了一朵出水芙蓉,水凌凌,白里透红,散发出了一股新人的社会主义道德的“清香”。人们欣赏这个形象,正是因为她身上体现了传统的道德情操,并且具有在新的社会环境下的新的意义。多年来,由于“四人帮”的破坏和干扰,由于某些陈腐观念顽固地不愿进入坟墓,加之随着社会的开放而“渗入”的一些资产阶级思想,尤其是以“我”为中心的资产阶级核心道德观念的影响,致使我们的社会风气中还存在着某些酸臭的东西,水莲形象的美学价值在相对于此的意义上显示了一种美德,一种社会主义的美德。《乡情》在这一点上的意义具有更深刻的独到之处。

《乡情》叙述的是20世纪50年代一对农村青年的爱情故事。50年代是一个发人深省的年代,是一个值得追忆的年代,在社会主义中国这个意义上说,它是中国历史上从来没有过的一个大转折——一个新的制度建立了。正如一个婴儿的诞生，将面临如何成长一样，一种新制度的建立并不意味着一切旧的东西都将消亡，如同新的建设任务一样，新的精神建设将是一件万分艰巨的工作，近几十年来的历史发展已证明了这一点。《乡情》正是展示了在革命取得胜利之后，人们在生活中所显露出来的心灵和情操。按说，这并非什么新的题材，可它为什么会引起那么大的反响呢？除了人们对50年代美好生活的回忆之外，重要的在于80年代初，人们的心灵里，那些本已消沉的污垢又重新泛起，如在婚姻恋爱观上，出现了一些追求“纯爱情”以及视婚姻和爱情为儿戏，朝秦暮楚的道德观念，前者充其量也只是资产阶级上升时期追求自由思想的暴露，尽管社会思潮中并非仅此而无其他，但这种思想的影响是不可低估的。它以“思想解放”为金字招牌，有时也压抑得使人透不过气来。在这沉闷的空气中，《乡情》为人们送来了解闷的“美酿”，这“粮食”在人们的精神境界里得到了强烈的共鸣，这便是这个50年代的老题材的崭新意义，其与时代精神的融合的特征也是显而易见的。

其次，“发展”的民族精神体现在振兴中华的时代观上，即要恢复和加强民族的自信力，高奏“大哉中华，美哉中华，伟哉中华”的战歌，摒弃伤痕，抹去泪水，因为伤痕与泪水筑不成社会主义的大厦。鲁迅先生当年大笔成就伟作《阿Q正传》，“扫荡”了国民的劣根性，那是先生那个时代的使命。而今日，则要“建立”和“发扬”民族的“自信力。”这是我们这个时代的任务。电影《沙鸥》便是这类题材中的佼佼者。

有人以为《沙鸥》是近几年体育片中最好的一部，甚至金鸡奖的评委会也如是说，显然，这是粗浅的看法。如果体育题材的影片的意义只限于题材本身的话，那么，写工人、农民就无所谓时代意义，写妓女也谈不上揭露社会。《沙鸥》在新时期“登台”绝不是一般意义的体育片，它的主题也不仅是反映女排的拼搏精神。作者通过沙鸥形象的塑造，热情地赞颂了一种人生态度，那就是从沙鸥身上体现出来的对待生活、对待事业自觉的严格要求，坚韧不拔的意志力，目标始终如一的奋斗精神以及为祖国的荣誉甘愿献身的崇高境界。当我们中华民族披着满身新旧创伤从困难中坚韧不拔地重新崛起的时候，任何悲观失望、意志消沉的思想都是有悖于奋进的民族精神的。《沙鸥》的可贵处就在于唱出了“为达目的，奋斗、奋斗”的赞歌，这是时代的、民族精神的赞歌。

如果说这类“振兴中华”之“歌”仅是序曲的话，那么，《血，总是热的》《在被告后面》等一类“改革”片则是“振兴中华，经济奋飞”协奏曲的重要乐章。这些影片的共同点除了勾画出一幅又一幅改革浪潮中发展与保守等的激烈斗争的图画外，还在于它们喊出了时代的强音：唯有改革，才是我们中华民族的出路——这是民族精神在这个特定的历史时期内更深沉的体现。

诚然，值我们民族处于变革发展的时代之际，各种问题是复杂的，仅以在历史长河中形成的民族传统、道德观念诸如善良、纯朴、勤劳等处窥之，与其交织在一起的还有着民族的惰性，这些历史遗留下来的封建伦理思想，深深地渗入人们的思想意识，并且形成一种民族的惰性，它极大地阻碍着社会的发展。获最新一届金鸡奖的最佳故事片《乡音》通过对陶春这个人物的塑造，在一定程度上渲染和批判了我们民族中的“依附”的惰性。有的评论认为“她的悲剧恰恰就体现在新与旧、变革与保守的冲突与交替之中，在她那充满依附性的‘幸福感’‘知足感’和‘份内感’之中”。[③]这的确是精当的评价，因为只有在这里，这部在表象上宣传妇女解放的影片才更有其民族历史的美学意义。显然，艺术与时代精神的融合也正是在这里得以形象的表露。

再次，“发展”的民族精神又包括民族自尊感与爱国主义的结合。《牧马人》是这类影片中较成功的一部。中国有过闭关自守、夜郎自大的历史，也有“外国的月亮比中国的圆”的崇洋媚外思想，十年禁锢，使前者得以沉渣泛起；思想解放，又不可避免地出现了“过正”的后者。如何认识自己的民族、国家及社会制度，成为新时期社会思潮的一个重要方面。《牧马人》正是以鲜明的人物形象回答了这一问题。

从正面看，剧中人许灵均20年身心倍受摧残，几乎自绝于人世，但他没有因此而在有机会离开祖国的时候离开祖国，因为他已从自身的经历中体验到人民的力量和温暖，从社会的发展中看到了祖国和民族的希望。正是在这里，影片表现出了许灵均的崇高思想境界及其扩而广之的民族自尊心和爱国主义情操。有人以为如上所举的内容是概念化的，笔者以为这固然有“生活应该是这样的”理想化成分(《牧马人》的弱点在这里表现为对“必然性”揭示得不够)，但它又是建立在“生活是这样的”现实基础之上的。所谓发展了的民族自尊感是有异于“夜郎自大”的，因为许灵均所持的“眷恋祖国”之情是建立在对于正在发展的民族精神的信赖以及对国家事业蓬勃向上充满了信心的坚实的基础之上的。同样，依据现代文学名著改编的优秀影片《骆驼祥子》《茶馆》以及稍后完成并蜚声中外的《城南旧事》等，都从另外的角度显现了爱国主义并将其推向高峰。前者的意义并不仅限于使现代文学中的名著以新的艺术样式问诸社会，而在于它通过活生生的人物、血淋淋的场面再现了吃人的旧社会，原作者老舍就认为他的笔尖上能“滴出血与泪来”，这血与泪的写照使广大观众清醒地看到了旧的一切。这对由于“文革”给人们精神上留下的烙印太深而致使在思想解放运动中出现的过激认识，如社会主义不如资本主义等造成了强有力的政治的艺术的抗衡；而后者通过涂抹在每一寸胶片上的浓郁的爱恋祖国的感情色彩，也从这样一个角度给那些对资本主义制度存在幻想的人以猛烈的一掌。获第六届百花奖的《人到中年》也通过对主人公陆文婷的塑造，歌颂了一代知识分子的爱国情操。作为新中国自己培育的知识分子，她有过身处困境，但她勇于肩负起中年知识分子的重担，使民族传统美德得以发扬光大。这种甘为孺子牛的献身精神使这个形象的思想境界得以升华并融入民族的时代精神的洪流之中。这一切不正是电影的民族化与时代精神融合的最佳例证吗？

若以“揭露—恢复—发展”来描画新时期电影发展的轨迹显然是合适的。但必须指出的是，它们之间不是绝对的相交、相接而是绝对的融合，它是新时期电影民族化的内质在客观上的表露。然而，它并非问题的全部。民族的传统文化、民族的欣赏习惯等都决定并影响着电影这个外来物在表现形式及手段上也必须适应民族的要求。

以《邻居》为例。在声响的处理上，它不是用什么“提同提同”的打击乐，而是采录了原生活中的真实声响，在色彩上，选择了蓝灰为全剧造型的色彩基调，与追求异国他乡式的服装展览之类形成了对比。再如《乡情》在表现手法上，吸取了我国传统的美学原则即重抒情立意，传神写人。剧中人田秋月在她静夜沉思时，忽然听到远处悠然飘来“盼儿快长大”的歌声，这种民间流行的摇篮曲，配以几个叠印的镜头：年轻的田秋月，轻晃着摇篮催小田桂入睡；在地庙前拾起大哭的弃婴翠翠；手牵田桂背负翠翠艰难地爬山坡……剧中人田桂与翠翠分别的场面也颇有韵味，伴着“船儿载满故乡情”的歌声，画面上只有河水静静地流。近瞧，一只小船在河面上缓缓地划着；远眺，青青的草滩，散落的牛群，牧童骑在牛背上，真是一幅奇妙的水乡图——《乡情》正是通过我国南方独具特色的水乡生活及其纯朴美好的风俗民情的描绘，展示了闪耀着我们民族精神气质的普通农民心灵深处的情操美。

电影在吸收国外某些技术手段及艺术表现形式等问题上与其自身形式的民族化并不矛盾。仍以《乡情》为例,它在刻画人物思想活动时借鉴了外国的意识流电影,用了不少触景生情的闪回式回忆镜头,但这些镜头有依据、有铺垫,符合人物的思维逻辑,因此并不显得硬接乱跳,与顺畅清晰的中国传统写法是统一的。如匡华一家人追田秋月的戏,画面是急速运动的,但画外响起的却是缓慢深情的《摇篮曲》,一缓一急,声画分立,在"情势高潮"中表现人物"动作",暗点作品主题,起到了强烈的抒发感情的艺术效果。此之一"斑",但也可窥见"全豹"——民族化并不要求一概地"排外"。必须指出的是吸收外来文化有一个角度问题,即不能忽视人民群众的接受能力和欣赏习惯,在这个基础上才谈得上有选择地吸取精华,进行必要的改造并为我所用,否则,像《苏醒》忽视了这一点就不能使观众"苏醒"而成为束之高阁的东西。

任何离开内容的形式都是不存在的,任何手段都有一定的追求目的,传统文化的发扬,电影表现形式的民族化及接受外来的、能为我所用的技术和艺术手段,都与表现民族的心理素质分不开。"皮之不存,毛将焉附?"只有创造出"自己独有的民族风格的东西……才不会丧失民族信心"。[④]

别林斯基说:"每个民族的诗都带有那个民族精神的印记。"[⑤]综观我国新时期的电影,可以很清晰地看到民族精神得以艺术的表现这一线索。它证明我们的电影虽然还存在着不足,但总的发展趋向却是令人欣喜的。可以预见,我们民族的电影是有希望的。

参考文献:

① 〔俄〕普列汉诺夫.论艺术:没有地址的信[M]北京:三联书店,1964(P.42).

② 鲁彦周.天云山传奇创作体会[J].江南.1983(7).

③ 钱学格.清清的水静静的流——(乡音)导演创作的启迪[J].电影电视艺术(中国人民大学书报社).1984.

④ 毛泽东.同音乐工作者的谈话[J].文艺研究.1979(3).

⑤ 〔俄〕别林斯基.别林斯基论文学[M].上海:上海译文出版社,1957.

论电影艺术批评本体及其结构类型

摘　要：电影艺术批评是电影鉴赏的类存在。在审美原则下，电影艺术批评本体表现为科学与艺术的辩证统一，即从一般理性和情感到艺术理性和艺术情感，使电影批评成为一种带有科学性质的情感中介。电影批评的总体规律表现为主客体的对应、历史原则与现实原则的统一以及批评主体的动态结构。

电影艺术鉴赏是一类特殊的社会存在，也是一种系统性存在，而电影艺术批评应是电影艺术鉴赏的一个重要的构成部分。如果我们以审美为最高准则观照电影艺术批评的话，本体及其规律是探讨这一问题的关键。

本体即本质性"存在"之谓，通俗地表述即为"是什么"。正如自有文学以来便有文学批评一样，自有电影艺术问世，便有电影艺术批评，而其最基本的指向便是对电影艺术的本体描叙。比如电影诞生之初，"堕落的科学"与"杂耍"的"桂冠"就是一种本体论。问题在于，当反问电影艺术批评本体时，又以何冠之呢？或许它是电影艺术的附庸？不是有人以为批评从来就是创作的佣人吗?！我们不能说所谓"杂耍"就是一种独立的科学判断，但就整个电影艺术发展来看，这批评又具有史线意义，因而也不失其理论性。再深入解剖，或许与今日之娱乐本性说有一定的"美学联姻"也未尝不可：因为当我们将电影艺术批评的对象界定为"娱乐载体"的时候，便不可避免地将"电影艺术批评"规范为娱乐与娱乐性的阐释和解构"。那么，电影艺术批评无疑是一种对娱乐进行解读的科学了?！再者，既然是一种艺术批评，由其对象本质属性的制约，其存在前提首先是一种情感接受。如此，作为电影艺术整体不可或缺的部分，似乎可以称为再生情感的理性判断，从而认定其为电影艺术的完成形态?！显然，问题的焦点在于它是否能够成为一门科学。参照上述的提问，就其本体而言，我们认为：电影艺术批评是科学与艺术的辩证统一。

所谓科学即关于自然、社会和思维的知识体系，是社会实践经验的总结。科学的要旨在于能够进行分析和概括，发现规律并使之成为改造世界的动力。所以，任何真正意义上的电影艺术理论的总结与史线的勾勒或具体的评论，亦即电影艺术批评总体都将具有多重反思的性质。由于电影艺术批评的对象具有艺术品"与艺术品的对象"的双重属性，则使批评不仅具有阐释的意义，而且具有再创造的价值。在以往的理论中，常将批评严格地规定为社会科学的一个分支，便源出于对批评持一种"创作规律的总结"的认识，在经典性文艺理论中，均庄重地将这一使命赋予文艺批评。应该指出，这的确有其合理的一面，但又是偏狭的。因为文艺批评整体或电影艺术批评整体，无论是以理论的面影或以史线的勾勒出现，抑或一般的具体评论，都既是具体的、交织着感性经验的理性思考，又具有逻辑推演的抽象性；既是对双重对象及其联系的解剖，又是渗透着想象力与情感特征的创造性劳动。比如，我们认为电影艺术批评是别一种艺术，其道理亦源出于此。如是，当我们将电影艺术批评界定为"科学与艺术的统一"时，需要补充说明的有以下几点：1.作为批评对象之一的社会与人生，在进入特定的艺术批评范围时，一方面具有人生价值的理性内涵，一方面又裹挟着情感属性，即理性与情感；2.作为批评对象之一的艺术品，一方面具有社会与人生价值的再造的理性内涵，一方面又具有中介性质，即"情感的中介"、艺术理性与艺术情感；3.任何艺术批评的基本前提均为艺术鉴赏或欣赏，而艺术欣赏必然是一种情感接受的过程，电影艺术批评当然不能例外。由此，在理论上应该承认，文艺批评及电影艺术批评是一个理解的过程，它热情地关注着艺术现实，其总结与归纳的意义在于它本身体现出一定的科学认识价值，其情感面影在于它自身具有欣赏意义。另外，由于存在着批评主体，存在着双重对象且是一个无限复杂的世界，因此，电影艺术批评的对应必然显露出批评主体的目的性、选择性甚至随意性。在这个意义上，批评也不是一门严谨的科学。既不是科学又具有科学价值，既不是艺术又具有艺术特征，两者的统一共同构成了文艺批评及电影艺术批评的基本形态，并以诗意与论辩的融合、情致与审美规范的合一的形式，使电影艺术批评成为特定的精神文化现象。[①] 那么，介于艺术与科学中间地带的电影艺术批评的总体规律该怎样解释呢？在明确了电影艺术批评本体之后，其答案当是明显的。电影艺术批评的总体规律表现为一种整体批评观及特定内容的显现。其基本前提便是在审美主客体的相互作用中确立电影艺术批评的位置。正如文艺批评一样,旧有的理论将其分成客观论与主观论,前者偏重于作品自身的价值判断,后者强调以主体为尺度。我们认为只有在审美主客体的同构关系中把握电影艺术批评才是规律的总结。因此,在电影艺术批评总体规律的描述中,第一个问题便是批评对象的确立。一般说来,人们习惯于将客体等同于作品,其实是不妥的。我们认为电影艺术作品并非真正意义上的批评客体。电影艺术作品是艺术家创造的产品,它是一种永久性的结构形态,它外在于批评主体而存在,可以被人所感知,但它自身的结构却不会因世事生变而发生变异。作为电影艺术审美批评的对象则不同,它仅仅指的是同批评主体发生同构关系的艺术品,正是由于批评主体的渗透与介入,批评对象才能确立。客观存在的电影艺术品与批评对象之间的这种界定,只有用存在与"定在"的概念才能解释清楚。所谓存在是不曾规定的,因此,在存在那里,并不发生规定。但定在却是一个规定的存在,是一个具体的东西,因此,"在它那里,便立即出现了它的环节的许多规定和各种关系"(黑格尔语)。通俗地说,存在是泛指的,而"定在"是特指"对象"的。我们区分两者的目的在于承认电影艺术批评是从批评的主客体的同构关系中出发,从而避免纯粹客观论或绝对主观论的偏颇。由此,可以认定,影视艺术批评是主体对客体的反映与主体再创造的统一。所以,电影艺术批评的效果与反映不是艺术品的固有之物,也不是读者或批评家的固有之物,艺术品在文本意义上表现为一种潜在性,其意义在审美接受的过程中才得以实现。这样,电影艺术的审美批评就包括批评主体对对象的反映与再创造两个层面。作品中的"本意",变为批评主体所把握的"意义",就是主体依据本意再创造的结果。②

试举一例。

电影《老井》是曾在国际上获大奖的影片。其故事的核心是地处中国落后地区的老井村人打井的历史及以旺泉、巧英、喜凤为轴心的情爱历史。打井没有水,酿成了百多年来的历史悲剧,与此关联的旺泉的婚恋也不可避免地染上悲剧的色彩。没有水,也要打下去;欲爱又不能,因为这里的爱与个体人的生存发生了冲突,这便是《老井》的"本意",即艺术品的客观性。那么,批评主体赋予这种"本意"以何种"意义"呢? 这又因批评主体意识的不同而存异。以影片中欲爱不能的“婚恋情结”为例,功利的批评观认为旺泉必然与喜凤结合;理想的批评观则认为旺泉与喜凤的结合宣布了爱情的死亡;我们则认为,尽管旺泉不能在婚姻与爱情的天平上得到两全,但正是在非平衡的状态中,才使得这个“婚恋情结”与打井的巨大历史背景融为一体,因而才使得这个形象更富有厚重的历史感与强烈的现实感。所以,电影艺术批评应该反映和揭示艺术品表现的本意,洞察判断它的社会意义,但却不能停留在对本意的解释上。因为艺术作品的本意作为艺术家的审美价值取向,潜存于作品的客观性之中,只有引导与诱发才能生成主客体的交互作用,进而生成审美价值的判断与感悟。我们之所以选择已有定评的历史性作品为例而不选择当下的影视作品,正是因为从上例可以看到,客体是既定的,而主体是变动性与选择随机性的统一,这其中,历史的话语及其演变当是非常重要的。所以电影艺术作品非客体的认识还包括另一层面:物化的电影艺术品与社会化意识形态话语的交融体共同构成电影艺术批评过程意义上的客体属性,并由此生成批评对象的变异性——不同的历史背景会提供不同的批评对象的客体质,同时也产生不同的批评主体观。③

如此,我们又过渡到电影艺术批评总体规律的另一层面,即一种史线轨迹与一种电影艺术批评观的统一。

所谓一种史线轨迹即是指同时制约着批评客体与批评主体的历史原则及其发展变化的历程。比如以“人的解放”为电影艺术批评的基本的历史原则,我们会发现,新中国成立以来的电影艺术批评有变与不变的统一:变者,即人的解放层次的认识的变化;不变者即无论是20世纪五六十年代以社会解放为人的解放的根本的认识,还是70年代末并进入80年代之后,不断发展与矫枉过正的“社会解放”的命题,以及90年代乃至跨世纪以来“人的解放”更表现在深层的“人自身的解放”(借鉴西方的“自我救赎”观)这样的认识,都基本上以人的解放为前提。排除在这三个阶段认识发展上的极端化倾向,我们可看到作为批评对象的影视艺术作品的变化与批评主体意识的深化与扩展。比如《今天我休息》这样的娱乐性影片,在20世纪60年代,其客体质本身便裹挟着好人好事的外衣,其时的批评主体更多的是对这件外衣的选择与认同,而今天看来,批评主体的再选择就将这部影片放在一个更广阔的历史背景之中来认识,诸如轻喜剧及其娱乐“功能价值”的判断便不再囿于“好人好事”的社会伦理道德与风尚的命意，而是将这类影片置于社会转型期的话语背景中，在变化了的主体观念下，批评主体直奔一种文化观念，即电影艺术从娱乐到娱心，完成的是价值本体质的系统性建构，于是，一种娱乐观便由此产生。同类型的《大李、小李和老李》等均可资证。此外，在中国电影史上，曾两次被拍摄的经典影片《小城春秋》亦是一个最好的例证。早在1948年，由费穆导演的《小城春秋》出品不久，便被权威理论家认定为是一部带有消极意味的影片，而在半个世纪之后的2001年，由田壮壮重拍的这部影片却希望给这部经典影片以新的艺术定位，可惜的是，这部影片未能达到预期效果，倒是电影批评家们对原作影片做了重新定位，诸如认为该片是东方美学的经典性代表的说法曾产生了较大的影响。这是影视艺术批评中“史线轨迹”与“动态的批评观”相统一的最佳例证。可见，电影艺术批评的主客体的统一始终是一个变体，其历史原则有基本的社会历史的层面，也有历史发展的因素。④

通过以上分析，我们看到所谓电影艺术批评的总体规律，表现为批评主客体的对应关系；表现为历史原则与现实原则的统一；表现为批评主体的动态结构。其三者的统一，必将组合成许多不同的形式，这些形式又构成电影艺术批评的基本存在形态。其主要存在形态大致有：有口皆碑与文化渗透、批评层次及形式变异、多元属性及艺术文化传播的媒介。

由于电影艺术是最大众化的艺术，因而，在电影艺术批评中，无论是史、评论或理论阐述，常常受社会的大众舆论所制约，而社会的大众舆论又源于一种社会心理及其变化，再由于较之它种文艺形式，电影艺术所提供的明星现象，直观生活的现实等都涉及大众文化的各个层面，所以，我们无论如何不能排除“下里巴人”的舆论与精英文化的统一及其在电影艺术批评中的地位。这便是有口皆碑与文化渗透的最一般的解释。那么，是否就可以认定电影艺术批评就是大众舆论及其总结呢？是，又不是。是者，如前的分析已做了说明；不是者，乃在于尽管有口皆碑可以成为一种批评形态，但批评主体又存在着层次的区别。自20世纪70年代末80年代初，中国电影进入新的艺术发展时期以来，对一些影片的批评均有歧义的现象产生。如80年代中期对《一个和八个》《黄土地》《孩子王》《盗马贼》等影片的批评就呈现出大众舆论与批评主导意识的错位现象，一方面是“崭新的影像意识的诞生”的桂冠，认为《一个和八个》等影片在影像意识的前提下，是具有里程碑价值的影片；另一方面是不屑一顾地欣赏现实及批评现实，诸如这类影片极低的票房以及观众“看不懂”的嘲讽式的批评，都在“有口皆碑”的意义上传递着大众文化的审美趋向和大众审美意识的层次性结构的问题，从而造成一种大众电影艺术批评的错位性显示。当年，陈凯歌导演的影片《孩子王》折戟戛纳的情状，应该也是对这一论题的较好的证明。由于艺术批评首先是一种反映过程，所以，这种错位是可以理解的——反映的差异性是一个绝对真理。再由于艺术批评是一种创造，因此也不可回避具有创造性的批评才是艺术批评中重要的一面。艺术反映从来都不是单向的而是多重的，即主体对审美对象的反映必须以对主体自身审美意识的反映为中介，通过主体对自身审美意识的反映来反映对象，而“自身审美意识”又是一个复杂的系统，再将这个复杂的系统放在广阔的批评主体的背景中，可以想见，其层次必然是多重的。由于这种多重的选择极为复杂，又不单单表现为纯粹的艺术批评，比如政治性艺术批评虽然不是单纯的艺术批评，但毕竟是以艺术批评的面影问世，所以我们以“形式的变异”称之。本来，艺术就是一个无所不包的兼容体，艺术批评乃至影视艺术批评亦同理，它既不是哲学又不是政治，但又不能排除这些因素通过批评主体制约批评的存在，如果离开了这些既定因素，批评则又失去重要的理性内容而成为空洞的批评。我们可以随意摘取电影艺术批评中的关键词，便可窥见所谓的批评层次与变异无不与非艺术的概念相关联。诸如：英雄与贫民、历史与传奇、青春与成长、爱情与梦幻、革命与爱情、功夫与侠义……[⑤]

正由于影响批评主体层次性与形式变异的既定因素的存在，又使电影艺术批评具有多元属性。所以，上文所举电影《老井》，可以是历史的批评，如对整体意识的批评；可以是现实观念的批评，如对巧英这个形象的批评；可以是道德伦理的批评，如对旺泉与两个女人的关系的批评，如此等等，不一而足。重要的并不在于对一部影片的理解，而在于在主客体的对应关系中，在顺应与非顺应以及既顺应又不顺应等情况下，会生出无数种“排列组合”式。正是在这种种排列组合式中，电影艺术批评成为艺术文化多元属性的传播媒介。显然，并不仅仅是主题、结构、情节、人物才是电影艺术批评的对象，在这个载体中装下的正是整个的人生世界，一切与人有关的文化因素都可能在这里找到对应：人情、人性、风俗、民情、纯朴的乡情、喧闹的城市……正是这众多的“元”因素构成了电影艺术批评本体及其作为审美类存在的基本类型。

参考文献：

① 王志敏.现代电影美学[M].北京：中国电影出版社,2001(1-6).

② [英]梅内尔著,刘敏 译.审美价值的本性[M].北京：商务印书馆,2001(96).

③ 戴剑平.影像美论[M].海口：南方出版社.1998(117).

④ 程季华. 中国电影发展史 (第2卷)[M]. 北京：中国电影出版社.1963(268-272).

⑤ 陈晓云.中国当代电影[M].杭州：浙江大学出版社,2004(7-36).

影像本体及感映的直捷性

——影视艺术鉴赏特性论

摘　要：艺术鉴赏是否具有形式制约性，历来是有争议的。影视艺术鉴赏的特性在两个方面链接这一命题。一是影像本体，主要指影视艺术作品叙事的“语言形式”与观众接受这种语言形式的心理感映的统一；二是由这种统一而派生的影视艺术欣赏在心理层面的直捷性问题。动态与可感是这一链接的“双重呈现”，即这一命题是在影视作品与观众“共在”的意义上完成的。

影视艺术欣赏是一种感映形式，其在心理层面中的特点便是感映的直捷性，而感映的直捷性恰又源于影像本体。

何谓影像本体？这需要对影视艺术理论中与此有关的本性说有一个大致的梳理，以便寻出一种更为合理的解释。所谓本性说又称本体论，自电影诞生以来，便产生了诸多企图规范电影艺术本质、电影艺术特征的理论，但由于认识的不同，在电影史上便产生了直到目前依然存在着的关于电影本性究竟是什么的争论。这种争论在当代西方电影理论中主要包括两方面的内容，一是以法国电影理论家安德烈·巴赞为代表的“照相本体论”，后继者主要有德国著名电影理论家克拉考尔。他们在理论上的共同点在于，认为电影是一种通过机械把现实记录下来的艺术，是照相的延伸。安德烈·巴赞在1945年发表的《摄影影像的本体论》一文中提出：通过摄影取得的影像具备自然形态的属性，影像与客观现实中的被摄物是统一的，所以就有原型影像之说，因而进一步得出结论认为，电影的摄影完全摒弃了主体人的介入并由此推断出一种电影美学的最一般的原则，即再现事物的功能性质。克拉考尔进一步解释，提出“电影是照相的一次性外延”，因而也与照相一样，对人类的世界表现为一种鲜明的近亲性，所以，电影的本性应视为“物质现实的复原”。关于电影本性的另一种具有代表性的意见是形象本性说。主要代表人物有德国的鲁道夫·爱因汉姆、苏联的谢尔盖·爱森斯坦、匈牙利的贝拉·巴拉兹等。他们理论的核心是反对把电影视为一种机械的物理过程,认为电影不是现实的复制品。在承认电影的假定性、主观性、选择性和创造性的同时,形象本性论者认为电影作为一种艺术能够也必须对现实进行选择、概括与提炼,所以电影的完成,应当有艺术家的主观情感和理性思考的渗透,并由此得出结论:电影与传统艺术一样,只有创造银幕艺术形象才是其真正的艺术本性。这种争论,一般说来并不涉及电视本性,我们这里仅作伸延性思考,在其相同意义上承认二者的近亲性,以"同一"而论,至于区别,当另文论述。国内理论界对如上对立意见的基本认识是怎样的呢?以这两种观点普遍流行的程度看,尽管也存在着对照相本性论的介绍与研究,但总体趋势是承认形象本性论。国内承认形象本性论者的基本观点是:照相是一种手段,可以作为特性强调,但不是本性,而对一种艺术本性的概括必须符合艺术的内在规律的制约性。电影并由此延及电视的现实再现,其艺术规律的体现均与假定性、主观性及选择性有关。即便以摄影论,也不能排除"手段"对现实的切割与选择。在影视艺术的总体认识上,创作者与欣赏者对影像的思考与感知都凝聚着不同的情致、气质风格以至分析与评价。那么,我们的意见是什么呢?

我们之所以引出电影理论史上这两种对立的意见,只是为了由此推出影像本体以及在心理层面上的直捷性问题。事实上,这两种意见全面、合规律性的解释应该属于电影学的范畴,即便在我们所特指的欣赏系统中,也应以"心理—社会—文化—审美"四者统一的眼光观之,才能给出较为合逻辑的归纳。我们认为:在整体意义上理解电影、电视艺术,在与其他艺术既同非同的位置上透视影、视艺术,应该承认形象本性说的合理性。若此,如果注意到"形象"一词在概念内涵上的宽泛性,就会发现这种说法的不足。比如文学形象、绘画形象、戏剧形象、诗歌形象等都难以仅用泛指的"形象"来概括。显然,任何艺术的手段都不仅仅是一种形式特性,而是与内容的内在质相统一的本性的一方面,如果以形象的泛指来概括一种具体艺术,就与以整体人的规范来论定具体的人一样的"空洞",所以,我们认为影像本性的概念更为准确。但这里的"影像"不等同于如上叙述中,作为一种流派意义的"照相本性说"中的影像,因为在史线意义上理解,上述的"影像"对于整体影视艺术来说,缺乏全面本质的概括性,并有机械论的色彩。我们所说的影像主要指一种影视艺术的"语言单位"及整体影视艺术"形象性"内在的统一。通俗地说,我们认为上举影像本性说与形象本性说是合二为一的,但在概念的认定上又倾向于以"影像"为准。由这个判断的定义再回到我们需要论述的问题上来,尽管艺术的欣赏性是一个独立的系统,但在这个系统中,又存在着不同的层次,由于每一层次的侧重点不同,所以在具体的分析中也不可避免地经常转换视角。这样,再看我们如上提出的影像本性问题,其在心理层面中,在作品与观众"共在"的意义上理解一种艺术欣赏,便自然地看到一个问题的两个方面,即一是影像本体在这里主要指影视艺术作品的"语言形式"与观众接受这种语言形式的心理感映的统一;二是由这种统一而派生的影视艺术欣赏在心理层面的直捷性问题。对于影视艺术欣赏的心理层面来说,二者是统一的,但"直捷性"更具备一种欣赏系统的本质特征。以戏剧与文学欣赏为参照,区别也就一目了然了。也只有在参照的意义上先认清影像的面貌才能更准确地理解心理感映的直捷性。

影像性并非影、视艺术所独有。以戏剧尤其是话剧为例,也难以在如上我们所表述的前提下否认一种影像性的存在。即便是文学,我们也难以否认其在视觉思维中形成的潜在的影像性。所以,应该看到,在心理感映层次上,影像性对于不同种类的艺术欣赏来说均呈现不同形态。而任何事物的独立价值往往取决于这种参照意义的比较。

我们在影视艺术、戏剧(主要是话剧)艺术与文学三者相互交叉的视觉中分析这种理论的合理性。

在史线上,影视艺术,主要是电影艺术,曾与戏剧有过姻缘,所谓梅里爱的"戏剧电影"即是明证。法国人乔治·梅里爱在电影的创作上有两个特点,一是开创技术主义的先河;二是有系统地将舞台剧的剧本、演员、服装、布景等搬进电影,并由此在电影发展初期一度衰落之时,以一种"戏剧演出"的形式挽救了电影。所以,在戏剧电影产生后不久,就有人疾呼:戏剧完结了。但时至今日,戏剧仍在不断发展。无论在戏剧本体观上,在戏剧结构还是戏剧语言甚至戏剧表演上,作为对话艺术的戏剧的一个明显的趋势是发挥自己的"真人"特点,而这又与电影电视对欣赏心理在"接受形式"上的冲击不无关系。曾有理论认为电影是最真实的艺术,但就与观众的交流形式而言,戏剧是人与人的交流，而电影、电视则是人与物的交流，表现为人与银(屏)幕的“离间状态”。但在欣赏实际中，从形式观着眼，为什么所得出的结论却又与此相反呢？应该承认，由于影视艺术在技术上的优势以及由此导致的诸如蒙太奇等艺术特点的形成，使影视艺术思维大大开阔于一般的戏剧，尽管影视艺术与观众之间存在着银屏幕的“虚设”，但由于其空间的灵活性，从而对戏剧情境的假定性构成了较大的威胁。事实上，在欣赏的生理、心理机制中，人们认为远远大于现实人本身或远远小于人本身的银(屏)幕上的形象就是人本身；相反，却认为戏剧舞台上被缚在“匣子”中的“真的人”(影像)不是人本身，这就是戏剧与影视艺术欣赏的重大的心理差别。该怎样解释这种真者为假、假者为真的现象呢？任何艺术都是有多方面的假定性因素构成的。长期以来，各种假定性的因素已成为一种社会的文化心理积淀，以中国的戏曲为例，那种“甩鞭上马，转身到家”的虚拟动作早就被认可为与实际生活具有同等意义的“行动”。而话剧尽管是“真人”在活动，并且较之中国戏曲，又没有“行头”一类的装饰，似乎应该是“真”的行动，但窄小的舞台，演出状态对声音失真放大的特别要求，以及固定的观察视角决定，话剧在表现真实生活的“动”的行为时必囿之圭臬：表演时破坏原声的拿腔作调，且不能像文学那样任意切断“情节”。文学的这种专利使它成为“假者为真”的文艺形式，人们宁可相信文学而不相信戏剧，其原因很多。有一点似乎应该特别提出，即文学接受的非视觉化使人的思维能够对任何“影像”给予主观性的“重组”，而戏剧由于直接的影像接受却形成了“影像限制性”，加之时空的限制，使戏更成为“戏”，从而铸成属于一种艺术特质的接受规范。显然，文学接受中关于影像的重组有其优势，但其限制亦很明显。在相对于戏剧接受的位置上，文学的“切割”或者“情节中断”等成为有力的“杀手锏”。无独有偶，影视艺术产生之后，一方面，这类艺术在一定程度上保持了戏剧接受的影像特点，同时，又摒弃了戏剧的时空限制性；另一方面，使属于文学的“切割专例”转让了“版权”。影视艺术本身的存在形态为观者提供了具有任意角功能的“多棱镜”，以此来满足接受者那种带着强烈主体意识的任意想象的欲望。当然，这种满足是有层次的，对于欣赏力较低的受文化局限性束缚的观众来说，以“影像”为表象特征的“多棱镜”的影视艺术，表现为一种对观众心理的“假定性征服”，即观众来不及细想就被牵着鼻子走了。属于文学(主要是小说)的更为自然的情节结构特性与属于戏剧(主要是话剧)的直接的影像接受性(表演)的统一形成了强有力的“牵引力”,这种“统一”应视为影视艺术欣赏的感映直捷性的第一层次的内容。同时,这种“统一”使影视艺术的接受形式对思维敏捷的观众或因文化区域性而在欣赏时产生了非吻合状态的观众来说,又留下了任意的想象余地,以补足欣赏过程中的“失落感”,这是所谓“直捷性”的第二层次。这两个层次没有截然的分界线,其统一的立论标尺是,影视艺术形式自身的存在特点规范了此类艺术欣赏在心理的形式接受上的特点。

仅仅到此为止,只不过借一种比较,在一个特定视角中给出了一个直觉式的判断,而在实质上,影视艺术欣赏的这种直捷性又与影像性的另一特质有关,即属于影视艺术的“动作性”与“可感性”。

诚如上文所述,在影视理论史上,对影视艺术曾有过“摄影的延伸”的概括,而“非动”的投影又明显地被推为与绘画同类,于是,我们看到绘画、摄影与影视艺术即同非同的分界点就是“动”与“非动”——如果在绘画、摄影与影视画面的定格这三者之间画上等号的话,似乎可以得出影视艺术是“绘画的延伸”的结论。但事实上,这两类艺术在心理层次上所留下的影像在总体构成上是不同的。只要我们分析一下为什么摄影小说、连环画在文本意义上仍然不与影视艺术相同的事实,便会发现一个“动”字的重要的心理——生理依据:影视艺术成“像”的主要原理之一便是任何影像在消失之后仍在人的视网膜上有一个不足一秒的“视觉暂留”,正是由于人眼的这一特性,才有可能形成视像运动的连贯,这是一个极为普通的事实。拆开来看,影视艺术中影像的任何“暂停”的孤立存在都与绘画等同,但连续的单个影像的组合便形成一个质变,即观众在形式的感映上出现了如下的状态:

假象1(非动)+假象2(非动)+假象N(非动)=真像(动)

很明显,对于叙事艺术来说,影视艺术形式之“真”“源”出于此,而这种“真”是“动”带来的。这种不同于一般绘画、摄影之真的真,其直接的心理后果是欣赏的直捷性,即在思维的意义上,提高了影像思维的比重——文学的语言意象与影视艺术的影像意象构成了一种最佳组合。国内外理论界之所以对电影更靠近戏剧还是靠近小说这样的问题喋喋不休地争论,也与影视艺术在接受层次上所体现的如上所述的心理特征有关。其实,结论并不复杂——在形式论的前提下，给出影像本性及感映的直接性的回答，在整体观上承认影像本性的深层内涵并从而否决了唯形式论。所以，我们视这种“直捷性”为影视艺术欣赏的心理—生理基础之一。至于基础之二，即如上所给出的一神“可感的”判断。

“可感”，是一个极不准确的概念，但在艺术欣赏的领域里，它的确是在形式美学上规范着某一种类艺术特质的重要问题。如前所述，人们宁愿承认放大了或缩小了的影像构成的影视艺术更真实，而不太愿意接受明明是真人“演出”的戏剧的形式之“真”，其道理在于各种艺术的假定性因素由其各种构成“真”的组合状态形成了“新质”。对文学来说，只有在欣赏时借助语言重组形象并使之在思维流程中“活”起来，才能真正进入欣赏“境界”。所谓“钻进去充当角色”之类固然有失偏狭，但这种“钻”法，对任何艺术欣赏的心理状态都是一致的。只是，这仅仅属于“可感的”深层结构即内容的待选状态与主体的选择状态的吻合，在“可感的”表层意义上，我们看到文学的文字组成形式最终也是形象的构成，比如《红楼梦》中写王熙凤，先言其声：一语未完，只听后院中有笑声，说：“我来迟了，没能迎接远客！”再言其形：只见一群媳妇丫鬟拥着一个丽人，从后房出来，这个人打扮与姑娘不同，彩绣辉煌，恍若神妃仙子，头上戴着金丝八宝攒洙髻，绾着朝阳五凤桂珠钗，项上戴着赤金盘蛎螭璎络圈，身上穿着缕金百蝶穿花大红云缎窄裉袄，外裹五彩刻丝石青银鼠褂，下着翡翠撒花洋绉裙；一双丹凤三角眼，两弯柳叶掉梢眉，身量苗条，体格风骚，粉面含春威不露，丹唇未启笑先闻。

如是，尽管形神皆备，但必须经过语言重组才能构成统一，如同观察一个人，从声音到服饰，从五官到神态，有一种电子扫描式的精细。在电视中的王熙凤，虽然也形成类似的心理感映，但其整体“印象”却更清晰，一下子就把一个活脱脱的人物置于观众的视觉之中。这样，在欣赏的心理层次上，影视艺术在一定程度上就不同于文学。其主要表现是由于影像特征的制约，在影像的可感性上即在影像外观上，影视艺术的影像是直接见之观众的，而文学则是“重组”的影像并且只存在于“意象的组合”之中。如此，影视艺术在欣赏层次上的直捷性特点便基本清楚了。需要补充说明的是，戏剧在这一点上似乎与影视艺术有共同的特征，比如“动”的和“可感”的，但必须指出，在欣赏的具体情境中，由于戏剧观众的焦距和视角始终不变，而影视艺术则随时在改变焦距和转换视角，故戏剧艺术欣赏的直捷性仍不同于影视艺术欣赏的直捷性。

我们在相关的比较中，对影视艺术欣赏在心理层面展现的影像性及感映的直捷性特质给予了描绘。这种结论表明：观众对影视艺术欣赏中的影像效果的追求心理，较之通过文学中介而追求影像效果的文学欣赏心理有一定的差异性；由于影像在时空中的位置的不同，又导致这种心理效应有别于戏剧接受心理，在二者统一的意义上，这种心理效应的直捷性表现为影像本身的制约并“动”的与“可感”的形态。如果说以上分析仅是一种推导性论述，那么，在心理学上，最一般的生理机制和心理过程理论都能为以上命题提供坚实的理论基础。

心理学研究表明，人的大脑是一个具有百亿神经细胞的精密器官，各类心理信息在大脑皮层中的储存均呈有序状态。感觉、知觉、表象、概念等分别处于大脑皮层的不同层次。各层次本身是一种有机体，并通过神经通路互相联系着。同时，大脑皮层又分为视觉区、听觉区、语言区、运动区等，这些区域又构成一种复杂的对应关系。对于艺术欣赏，尤其是对影视艺术这类“影像输出”为主的艺术欣赏来说，其心理过程一般表现为：艺术品刺激并作用于感官，在皮层相应区域形成一条兴奋曲线。这条曲线向视觉区伸展，唤醒视感觉、知觉和表象，形成视觉形象；与此相联系的便是其他区域如听觉区的被唤醒等，在诸区域先后并统一的运动中，最后才形成意象。问题在于艺术欣赏是一个过程，在这一过程中，各种艺术品种均以其不同的特性在其对应区域激起“等值兴奋线”，并相继在不同区域形成相应的等值兴奋线，由于“对应区域”与“不同区域”始终处于一种联系之中，才使人们在欣赏视觉艺术时产生听觉表象，反之，则在欣赏听觉艺术时产生视觉表象。由于文学作品构成的基本单位是语言，所以在与影视艺术欣赏的比较中，二者首先在各自的对应区域形成对应，并最终再造出“意象体系”，也正由此，使我们看到从文学作品到“意象体系”之间势必有一个视觉区域的影像重组的心理过程，二者的区别即在于此。当然，直接见诸影像未必不涉及语言区，但问题在于我们所特指的一种艺术欣赏的“直捷性”已经在这里找到了感映层次的心理和生理基础。

为了印证以上论述，我们不妨再举几个例子来证明。

例证一。诚如上文所提到的《红楼梦》写凤姐，其影像的重组表现为先是有声，后是服饰、形态，进而是行动，这显然是多种意象的组合，其每一个意象都有一种文字符号来表示。因而,在欣赏主体人这里的影像反映便是一个间接的过程,这种描写在影视艺术形式中就改变了符号的内质,即形象实体就是符号本身,两种感映的差别显而易见。

例证二。战争,似乎也可以是文艺永恒的主题,连认为文艺与人的性意识直接关系的弗洛伊德,在二次世界大战的残酷事实面前,也承认人的“征服欲”是人的本性之一。以文学作品中战争场面的描述为例,托尔斯泰的《战争与和平》不能不说是规模宏大,但要找出一个具体的场面描写,我们看到的也是从士兵到将军、从前沿战壕到总指挥部的“区域性”描写,因而也只能视为语言符号的重组以及文字的各种排列组合所构成的场景。但在影视艺术中,特别是在电影中,一个镜头所容纳的内容及所具有的符号性质,如果翻译成文字的符号将是一连串文字组合。如美意合拍的电影《伦敦上空的鹰》并不是什么名片,但那几十架、数百架飞机的空战形态只有在影视艺术中才能真实地显现其原貌,否则只能是“间接的”存在与接受的“间接性”。罗马尼亚故事片《斯特凡大公》和美国电影《斯巴达克思》中都有古代战场的规模宏大的场面镜头,那千军万马殊死拼搏的实景,造成一种无可替代的宏观意识——假以文字符号的组合代之,是难以取得如此效果的。一种欣赏理论的合理性,由此可见一斑。

例证三。话剧对于中国人来说是舶来品,进入 20 世纪 80 年代之后,在一片“危机”声中,话剧自身的蜕变已成为艺术界的大事,因而各种创新时有佳作。在形式上,无论是多场景还是无场次,抑或是灯光切割之类的技术手段,以及企图推倒“第四堵墙”的尝试,都在内质上趋于一种“形式之真”的境地。应该承认,在艺术形式发展史的意义上,这是后来的影视艺术的冲击所致,因为话剧所追求的这种“形式之真”显然是在艺术与观众的交流状态中与影视艺术的“趋同性”,尽管话剧力图缩短与观众的视觉距离,但其心理距离却依然存在,即便以 20 世纪 80 年代后中国一批创新剧目为例也是如此。如无场次话剧《绝对信号》,其在形式上的追求主要是企图使观众与表演过程融为一体。其表现是小剧场的演出,演员就在观众眼前的表演,以灯光的切割连缀中断的情节,利用声响、灯光等因素,企图造成读者身临其境之感与剧情本身发生在前进的火车上的情境相吻合。尽管对于话剧来说,这无疑是一种积极的尝试,但相对于影视艺术而言,它仍然不能取得影视艺术欣赏的那种直捷性效果。西方有些戏剧家在这一问题上曾走向极端,认为只要使演出情境高度真实就可以弥补戏剧的不足,比如将一场戏安排在待发的轮船上,一切表演者都在接受者之中,从登船开始,一切剧情就真实地发生在船上,以此取得“真实感”,或者在远离城市某地建立一个几乎可以与二次世界大战中纳粹的监狱乱真的实景,在演出时突然把观众用火车拉到那里,让其“体验”深夜监狱中的种种折磨。作为尝试,这无可厚非,但从“形式美学”的角度观察,这是对艺术本身的否定。仍以《绝对信号》为例,如此的情节换成影视艺术形式,其火车前进中的真实情境在任何一部平庸的作品中都能较好地体现,而且仅仅需要几个简单的镜头的组合,甚至更精彩。如此,我们看到在影视艺术欣赏中,作为影视艺术本身最基本的符号——镜头及其可感性,一方面是受技术的恩惠,即可以随意转换角度,一方面是欣赏者的一种生理和心理本能的要求,即观众的想象与推测在艺术接受过程中始终是一个动态的结构,因而也要求客体乃至客体形式都有对应的“机制”。影视艺术欣赏的直捷性在这里找到了最一般的理论支架。

寻找一种艺术欣赏的特性,大约总是为了积极地全面地肯定,其实,未必尽然。比如影像接受有影像接受的益处,但文学语言重组影像的接受亦另有妙处,如“把玩”和“品尝”,其细腻之特点大概与这种影像重组的形式更靠近一些吧!我们无意在这里评述这个问题,只是作为一种补充讲明而为如上的论述更添一种辩证的色彩。

情绪波动率·接受定向·接受心境

——影视艺术鉴赏的心理层面

摘　要： 影视艺术鉴赏是一种复杂的系统。对应心理层面，影视艺术鉴赏直接呈现的是“情绪波动率、接受定向和接受心境”。关于影视艺术鉴赏的情绪波动率及与接受定向、接受心境的系统性认知，在国内此行当中，当是首次提出。所谓“动态”与“可感”只是这一命题的“形态呈现”。

影视艺术欣赏是整体艺术欣赏的一部分，整体艺术欣赏在心理范畴中具有的基本特征，影视艺术欣赏同样具备。既然艺术欣赏是主客体的一种对应关系，是一种感觉、思维的精神状态，那么，对这种特殊的精神状态的解剖将是窥见影视艺术欣赏秘密的重要环节，在心理层次上与这个环节相关联的因素有情绪波动率、接受定向与接受心境。

什么是情绪波动率呢？一与“率”结合，似乎都是数量分析，事实上，现代科技还不能准确地对文艺欣赏，哪怕是最一般的欣赏行为做出精确的类似“率”的统计，但由于人的生理器官所制约的心理承受力是一个客观的存在，所以在文艺欣赏中，作为一种宏观扫描式的量与质的分析，情绪波动率也是一个重要的问题。

首先，我们必须回答什么是情绪。

一般说来，情绪是体验，又是反应；是冲动，又是行为；是以情感与情态为表象特征的表现的心理存在。它主要包括情绪体验、情绪表现和情绪生理三个层次。显然，生理是基础，而在体验和表现中，尤其是文艺欣赏过程的体验和表现中，可以寻出如下范畴：和缓与激动、细微与强烈、轻松与紧张等。同时，在存在的意义上，情绪与环境、认知和行为三个方面有直接的关系。而情绪的直接效应似乎也存在于这三个方面。具体到文艺欣赏之中，情绪就是一种感情交流状态，而这种感情交流常常具体化为爱与恨、快乐与悲伤、期望与失望、羡慕与忌妒等。由于人类文化的长期发展,就普遍意义而论,人类已存有许多基本的情绪,如愉快、悲伤、愤怒、惧怕、惊奇,焦灼、厌恶等。对于整体艺术欣赏来说,这些人类的基本情绪都是积极的参与状态,其表现形态与对象之物的性质及内在的“情绪对应质”有关。但对于影视艺术欣赏来说,其特殊性何在呢?我们不妨以情绪及其变态形式“焦虑”为例。

在电影艺术发展史上,一个最基本的事实是,自从发现并运用了蒙太奇,电影才真正脱离了“断乳期”。而对这一转折最早做出重大贡献的是美国的著名艺术家格里菲斯。他早期对蒙太奇的实验现在已成为最一般的知识了,如他一方面设置了匪徒与母子的搏斗,一方面又连缀了丈夫从外地急匆匆往家赶的画面,进而进行交替的映现,这种处理的心理依据便是由此引起的情绪波动,并具体化为超出情绪常态的“焦虑”进而造成“心理—生理”的变化,即紧张感的生成。在实际创作中,任何艺术家都没有也不可能在一部作品中让这种形式处于一种持续的状态,而是在一种持续的紧张之后迅速地给出了丢弃焦虑感的机会,比如让丈夫突然回来了,与歹徒展开了激烈的搏斗。这样,接受者尽管仍存在着焦虑的情绪,但此时的焦虑已明显地处于降低的趋势。至于结果如何,将伴随着情绪的继续发展,可能是新的焦虑的出现,可能是原有焦虑的解除。以格里菲斯的《冷落的别墅》为例。在这部影片中,先是一家人被匪徒围困,然后再剪接到父亲驾着一辆吉卜赛人的马车前去营救,接下去又回到家人在别墅中的危险境地,由此形成焦虑—焦虑的减弱—焦虑的加强的形式并直奔焦虑的解除或者新焦虑的生成。显然,以影像为本的影视艺术及其在欣赏过程中的直捷性对情绪的影响是重要的,起码,它会影响影视艺术欣赏及情绪表现的强烈程度,因为这里存在着心理承受能力的问题。为什么电影放映时间一般控制在一百分钟左右?为什么对较长的叙事情节,电视一般都采取连续剧的形式?这当然与人们的业余生活时间、起居时间有关,但更重要的是,它与人的心理——生理机制及情绪波动有直接的关系。在如上所述的情绪进程中,超出了一定的生理许可线,不仅不能带来美的享受,甚至将会造成一种疲倦感或者短暂的病态,一些惊险片常常明确规定心脏病患者不宜观看也是这个道理。假如影视艺术作为对象之物而造成了接受过程中超出“度”的后果,这样,艺术欣赏就失去了其审美的心理基础,而对于这个“度”的大致界线,我们称为情绪波动率。假如情绪波动可以视为情绪异常的话,它的变化应该有一个较大的范围即量变的幅度，在艺术欣赏中，特别是影视艺术欣赏中，其变化的幅度与心理的接受时间成正比。对于“幅度”的认识，应该取一种“宏观”的理解：早在20世纪，冯特就提出情绪的三维度量，即“愉快—不愉快”，“激动—平静”，“紧张—轻松”，尽管心理学界对此的认识有新的发展，但这最基本的划分的确有一种合理性。对于“度”的解释，似乎可以借审美感受程度的概念（审美度M）作为参照来理解。例如艾泽克认为审美度体现在作品的欣赏中。他提出了这样一个公式，M=O× C。这里，M是审美度，而0是整饬性，C是作品的复杂性。如此，艺术欣赏的强度与艺术现象的整饬性和复杂性成正比。这个公式注意了艺术欣赏的本质，即，使欣赏者获得完满感和满足感。以此类比，我们看到影视艺术欣赏中的情绪波动率似乎应该与接受时间及作品的复杂性有关，假如列成公式可以是：

情绪的波动率=接受时间×作品的复杂性

试以实例说明。

以爱情描写所体现的情绪论，我们可以在一种比较中大致找到一种“度”的规范。美国电影《一夜风流》曾于1935年获得好莱坞艺术科学院颁发的五项金像奖。这部传统的爱情喜剧，描写一个大富翁的女儿因婚姻问题与其父反目，只身乘公共汽车逃往纽约，半路上与一个失业记者邂逅，在特定背景的旅程中，两人从互相蔑视、针锋相对、冷嘲热讽到互相吸引、互相了解直至产生了真挚的感情。剧中有这样一段情节：当记者彼得与女主人翁埃利偶然碰到一起并因路上的桥被冲坏而不得不住进一家客店的时候，彼得因为没有充足的钱，便要了一个单间，于是就在二人之间爆发了紧张的冲突，埃利以为彼得企图用不法手段占有她，一切都在这种能够激起观众紧张心情的情绪中行动着。最后，终以一种平安无事的状态告一段落。可是，第二天早上，正当他们早餐时，突然遇上了埃利父亲派来的侦探。在无路可逃的情况下，这一对昨天夜里刚刚起了姓名的假夫妻急中生智地演出了一幕真夫妻的闹剧，从而骗过了侦探，化险为夷。于是观众的情绪又在一“起”之后形成了一“落”。在情节线上，假如我们视每一次情节转折为一个“情绪结”的话，如上的情节叙述在一张一弛、一起一落中构成的应该是两个相互联系的情绪结。在全剧中，粗略地计算一下，类似的情绪结大约有12个，我们不能以此论定这就是影视艺术欣赏中观众情绪波动的“度”的范本，但可以在大致的意义上看到类似“度”的规范。到目前为止，还找不到这方面实验心理的例证分析，但在影片放映长度的意义上理解，这种度的规范主要指情绪结在单位放映时间中的大致累计及心理—生理效应，在情绪标志上主要以观者不产生太重的疲倦感为宜。事实上，假以电视片的放映时间为参照，便可看出这个判断的合理性所在了。以墨西哥电视连续剧《卞卡》为例，该片长达一百多集，但在单位放映时间里，大约总在两至三集的限度内，因而，这个单位时间也与电影的单位放映时间大致相当。我们可以随意举出像《卞卡》这样的电视剧中两至三集的内容，从中看到各种既独立又联系、既纵向又横向的情节发展以及情绪结的连缀等。以第89—91集为例：大的情节线如次：医生毛里肖与病中卞卡的友谊、情爱；卞卡病前热恋的未婚夫米盖尔对病中卞卡的绝望，及与护士阿德里娅娜的恋情；米盖尔原配妻子莫妮卡因杀人罪而逃亡并被其姘夫所发现；卞卡在特殊的治疗下终于出现了转机，她已经能认出眼前的医生就是她大学时的同学……由此例回照我们所提出的公式，便不难发现在如上的公式里，对影视艺术欣赏来说，接受时间在具体的接受过程中是一个恒量，而作品的复杂性是个变量。可见欣赏客体本身是重要的。但在欣赏是主客体的对应关系的意义上理解，欣赏主体是非常重要的，所以，我们自然地将问题过渡到主客体统一的接受定向与接受心境的判断中去了。

接受定向与接受心境依然是在心理层次上对艺术乃至影视艺术欣赏的观察。这是一个问题的两种表述，其区别在于前者是对人的总体心理机制的认识，后者是对个体心理境况的描述。接受定向与接受环境有关，而接受环境显然与时代、社会、历史等因素有因缘关系。

而时代、社会、历史等因素，显然在内质上有两个层次，一是社会的，一是心理的。那么，在心理层次上，接受环境究竟指什么呢？首先，它的哲学涵义是两种存在即接受整体环境的存在和具体的接受存在，二者的统一构成艺术欣赏的重要心理因素；其次，它是指一种文化凝聚——凝聚在人的头脑中的属于整个人类历史的文化体系(文化积淀)。在这个体系中，又存在着许多相互影响的因素，诸如人种、民族、历史，甚至具体到对前人欣赏心理的继承以及欣赏者的趣味方向等。这些因素在整个影视艺术感受过程中始终存在并发挥积极与消极的作用。

以整体人的存在而论，人种、民族、历史是三位一体的。由于文艺的产生与发展总是有一定的地域性，所以，艺术欣赏的人种差异、民族差异、历史差异，当然也包括在此基础上认识的从宏观到微观的文化差异的现象有一种“历时”的连接。在旧有的文艺范围里，这类差别的表象基础首先是语言障碍，其次才是欣赏心理的、民族的、历史的相异性。随着文化的发达，对于语言艺术来说，翻译成为沟通地域性差别的第一座桥梁，但这并未触及本质问题。自从以影像为本的影视艺术诞生以来，人类的艺术交流在欣赏的沟通上出现了新的质变，即人们可以对异国语言仅仅略知一二，便可以看懂作品。特别是那些充分注意了影像本性的优秀影片，无需复杂的语言处理就可以形成跨语言沟通。比如早期的无声片，像卓别林的一些影片也具备这种影像传递的色彩。曾经风靡世界的动画片《米老鼠和唐老鸭》更以其天真活泼的动物形象消除了民族语言的隔阂，成为世界各民族欣赏的共有对象。怎样解释这种现象呢？究其因，乃在于此类艺术的影像本性及“行动化”过程适应了人的生理和心理对影像的世界和行动的世界的认识欲望，也可以说，这种艺术在形式上为人们提供了对自身、对世界的认同方式。站在这种影像本体的角度观察，该怎样认识影视艺术欣赏的接受定向呢？

早在20世纪，丹纳就在《艺术哲学》中提出了文艺创作的地理环境因素问题。这里的地理环境实际上包括经济地理、人文地理等。以文学为例，在中国，《山海经》既有地理科学的意义也有人文科学的意义，所以它是中国古代科学与文学的结构兼而有之；再如《楚辞》之“楚地”性质及与文体风格的关系，也是一种说明。我们还可以在更广阔的范围里提出这样的问题，为什么在世界范围内，人们常称东西方文化，而在中国的具体环境中却常说南北文化？一种地理与人文统一的答案就在这问题答案的本身，艺术欣赏同文化一样，与人种、地域以及随着社会发展而产生的民族与历史有直接的关系。按说，这又是社会学视角的审美观照对象，但在这里，显然是就人类心理——民族心理而言的，所以，所谓接受定向在宏观意义上是指艺术欣赏的“大环境”。这个"大环境”有两个特点：其一，便是在如上的分析中已经提到的，由影像本性表层意义所制约而形成的影视艺术接受定向的跨国界、超民族性质。在理论发展的意义上总结，这种影像本性的表层意义早在无声电影及登峰造极发展的时代就已经确立了。由于这种影像本体质的确立，在整体艺术范围中，我们看到视像语言是一个相对于文学语言、戏剧语言的独立的“语言系统”。这种语言系统对任何人自身的感知与认同的内容,都形成一种世界性的、大大减少了民族、地域限制的形式载体;其二,主要指由影像是一种文化规范而形成的定向环境,其具体内容的分析应属影视艺术欣赏的社会属性或文化属性的分析,这里仅以与影像本性的内在关联为前提认定其存在的合理性。以上两个方面既是矛盾又是统一并共同形成影视艺术欣赏接受定向的大致面貌。那么,在二者统一的意义上,我们对这个“大环境”的具体分析应是怎样的呢?

影视艺术欣赏的接受定向,在宏观上一方面标明了影视艺术是最少国界、民族、地域限制的艺术,一方面也标明了这类艺术是各种文化交流的艺术传播体。有句名言,艺术是无国界的。但在欣赏过程的意义上,任何艺术欣赏都是有国界的,只不过是这种差别的程度不同罢了。比如诗歌,中国人读西方的诗就很难读懂,反之,中国古典诗歌翻译成英文等符号属性的文字是绝对达不到原有意境的。像《天净沙·秋思》这样的散曲,一旦译成英文,原作中属于中国文字特有形式制约的韵律感、节奏感、流畅感将大大逊色甚至隐遁消失了。如果将这首诗以实体的画面展现,其在欣赏心理中构成的效应则可以是无国界的。试想象一下这样几个画面:秋风吹来,乌鸦落枝而大叫,枯萎的树,一条山涧小溪,一座摇摇晃晃的小桥,一间破草房;远远的,带着忧郁、企盼、失望与希望等复杂心情的人正骑着一匹枯瘦的马向着观众走来……当然,在与一种切合内容的相关联系中,更能造成一种特定的氛围。事实上,这种文字叙述的本身已在一定程度上改变了原诗(散曲)情境的韵味,但问题在于,一旦以形象实体表现,无论在哪一个民族的观众眼里,它都将构成基本一致的心理效应。如此说来,影视艺术欣赏的接受定向由于影像本质的影响而相对减少了地域、民族、历史等因素造成的艺术欣赏的差异性,尽管地域、民族、历史等范畴在社会学的意义上仍然存在着影视艺术欣赏的制约性,但在形式上,影视艺术欣赏改变了人类艺术欣赏中的思维定势,这便是我们对影视艺术欣赏中接受定向的心理观察。至于在微观意义上的具体环境则表明,任何个体或群体的艺术欣赏都在“大环境”的制约下显现继承性及个体与群体意义上的复杂性和趣味性。

任何继承都将是一种反叛,否则,就无发展可言,影视艺术欣赏的具体环境所体现的继承性也是如此。任何个体的人与群体的人都是一种“历时”的存在,由于艺术本身的历史性促使了艺术欣赏心理的历史性的形成,这种历史性主要表现在两大方面,一是民族、历史、文化诸因素构成的社会心理内容,一是艺术欣赏历史所构成的社会欣赏模式,前者的继承既包含民族、历史、文化诸因素的存在历史,也包含诸因素的历史的变迁及扬弃。历史是发展的,文化是变化的,欣赏的继承性也必将有相应的发展与变化;至于后者,由于文艺本身的发展与变化的制约,任何时代所形成的社会欣赏模式都将是从模式到非模式直至新的模式与非模式的循环系统,只是从整体上看,这里有一个等级的存在,即新的模式对旧模式的回复是在高一层次上的回归而不是简单的重复。同时,艺术形式本身的发展也是模式解体的一个重要动因,因为艺术形式也是构成欣赏模式的重要内容,如前所述的影视艺术形式在欣赏心理上与它种艺术形式欣赏的既同非同的现象都是极好的说明。当然,作为欣赏主体的人,无论是个体还是群体,除了是历时的存在之外,还应是"共时"的存在,显然这种"共时"性在文艺欣赏的接受定向中,多表现为心理层次的复杂化与趣味性。事实上,我们常说的这种复杂化与趣味性就概念本身而言,其所指在这里表达的并不十分准确,二者在统一的意义上似乎用心理选择性为佳。这种选择性是整体艺术欣赏的通则,故影视艺术欣赏也不例外。显然,这已经是具体的接受问题,所以我们以接受心境的概念来界定。

接受心境主要包括两个方面:一是在形式即风格的意义上对"文体"的区别性。以形式论,有人爱读诗,有人喜欢看电影、电视,也有人乐意沉浸在小说的艺术氛围之中。同时,因为风格并不仅仅是"文体"的意义,所以在特定的情感和特指的审美信息的意义上,接受心境也表现为主体人的接受期待心理或称选择性心理,这是接受心境另一方面的涵义。对于此二者,我们可以做如下的分析。

高尔基在论到俄国作家时,认为莱蒙托夫是忧郁的,屠格涅夫是伤感的,涅克拉·索夫是愤怒的,而陀思妥耶夫斯基则是病态的。这些直觉式的判断的理论内核究竟是什么呢?在中国的传统文论中,类似的判断则更多,如刘勰《文心雕龙》称:"贾生俊发,故文洁而体清;长卿傲诞,故理侈而辞溢;子云沉寂,故志隐而味深;子政简易,故趣昭而事博。"这类判断在直觉的意义上展示了一种对文体形式的把握,但又不仅是一种文体的把握。比如小说或散文,乃至我们所特指的影视艺术,在每一类艺术之内,作者的表现是极难统一的,如高尔基与刘勰的论断就是明证。因而,这种直觉式的把握的实质似乎可以用风格来界定,所谓形式即风格、风格即美的说法虽然似有商榷之处,但其基本推论还是准确的。这样,在欣赏的心理层面上,任何主体性格本身的个性都存在着属于主体的潜在风格质,这种潜在质一旦与处于积极待选状态的作品相撞便自然地形成一种欣赏风格,这种风格在形式意义上可以是喜抒情,亦可以是爱叙事。即使是叙事的类型中也有以想象为特征与以影像为特征的不同,影视艺术欣赏在形式上明显地归属于叙事与影像的统一。由于人的存在不仅仅是个体的,所以,这种形式风格论也适用于对群体的概括,这便是我们对艺术欣赏中接受心境第一层次的认识。

至于第二个层次, 即主体接受心境所体现的接受期待心理的差异性,理论上也与第一层次的分析相同,所不同的是其论据主要是指"主体人"的情感差异性。就一般意义而言,一个人观察、欣赏事物总是带着一定情感,怀着一定情趣,由于情感和情趣的不同,对事物注意什么、不注意什么以及对这些事物取什么样的感情态度,也就有了差别。遭到不幸的人可能会对悲剧作品有更强的感受力,而愉悦心境则对接受喜剧作品更为合适,同时在悖论的意义上,此二者也存在着相反的可能性。人类直到目前还找不到这个问题的"数理统计"的方法,大约主要原因就在于任何接受都是个性的,而接受者的心理个性在与文艺本体所包蕴着的复杂化的对应关系中可以组成无数个排列组合式,因而选择在这里表现为主体对主体的认同,或称自我趣味的寻找及回归,其中介便是文艺的客体属性,同时,也存在反客为主的可能性,即主体被客体的同化。事实上,后一类现象倒是一般欣赏中最普遍的存在形态。作为最富有大众性的影视艺术,其欣赏过程中主体被客体同化的现象则更为普遍。承认这一点并不等于就降低了影视艺术的地位,尽管在影视艺术史上曾出现过电影是最市民化的艺术而被拒之艺术大门之外的事实,今天的人们早已对这类艺术刮目相看了。以美国为例,最新的调查已经发现,电影的主要观众已由市民阶层转移到知识阶层。影视艺术本身的发展与人们欣赏水平的提高,都使我们这里所指的接受心境问题趋于复杂化,无论是欣赏的风格还是接受心理的差异性,二者的统一对于接受心境来说,显然是以艺术欣赏的个性显现自有身的。任何个体或以群体面世的"个体"的内心世界都是隐秘的,影响于此的因素则很多,诸如个人的生活经历、文化修养、心情、临时的心理状态等。这些因素本身是变化的,但在欣赏中又常常以固定性的面目出现。以文化的不同为例,它可以表现为个别的差异性,但更多的则表现为接受层次的不同,即所谓类型化状态或称群体化状态。在理论上,人们常犯的一个错误是将群体=整体,从而使之与个体"对立"。事实上,任何绝对的整体都是不存在的。以人性为例,在普遍意义上的人性是一种绝对的抽象,而任何欣赏在这一层次的呈现,尽管都是不可肢解的,但由于绝对的人性始终处于一种社会化演进状态,所以,它一方面是独立的抽象形态,一方面又时时与社会化因素交织在一起,因而在整体上所呈现的接受心境就是一个"交融体",即它不是以任何单一层次的意象出现。因而,在绝对的人性意义上理解的实际应该是各类群体的集合,这些"集合因子"本身都呈现"群体状",有人称这为"中观"似乎亦有道理。当然, 由于理解不同, 加之任何绝对的抽象只存在于理念之中,所以,欣赏群体一般视为层次群体更为合适。由此,我们又可认定,个体性与群体性及其交融体是具体的接受心境的社会心理的表征,而其深层涵义当属社会学视角的观察对象,如上所述的接受定向亦如此。任何心理及社会心理纯理论的推导,都应有实际的社会存在为依托,而对这种社会存在的探讨则应换一种眼光。

时代精神与历史意识
——影视艺术鉴赏的一个侧面

摘　要：时代精神与历史意识是所有艺术欣赏的通则。在影视艺术这里,鉴赏的时代精神与历史意识,只有在“进步与发展”的意义上,才能真正地确定一种理论的地位。问题的关键在于二者往往是既相悖又统一的,如《野山》中的道德观。结合影视作品鉴赏实际,廓清其“纹理”,对建立“影视艺术鉴赏学”有积极的意义。

艺术鉴赏是整体艺术的接受过程或称为艺术的非文本意义的完成形态。在过程的命题下,其明显地呈现出一种系统性质——电影与电视艺术固然有多种不同的形式,但在一种通则的意义上却显出共同的系统属性。在这个系统中,除了心理层面和审美的视角之外,一个最重要的标志便是其固有的社会属性。按目前笔者所列,影视艺术鉴赏社会属性各范畴,主要包括:一是时代精神与历史意识;二是真实观、真实属性及对应关系;三是情感、个性的社会化及有序的结构状态。本文主要论及第一个问题。

18世纪的哲学家维柯在探讨人类文化的起源和发展时,考察了文艺与社会生活的联系,认为荷马史诗(文艺)不是某个人或一时代的产品,而是希腊人民长期集体创作的。尽管维柯的结论是凭直观的经验和理性的推断,但由于看到了荷马史诗所反映的社会生活与希腊某一时期的社会文化的关系,其正确性是应当首肯的。继维柯之后,法国浪漫主义女作家史达尔夫冬接受了孟德斯鸠的“地理环境决定论”,提出文艺是时代精神与自然环境的被支配之物;继而,法国哲学家泰纳比较详尽地提出了文学创作和文学的发展决定于种族、环境和时代的三要素理论。泰纳的观点之所以至今仍有一定价值,主要在于他强调了文艺的时代性,认为艺术作品只有体现了时代精神,表达了大众的社会感情,才是符合社会需要的真正的艺术。当然,马克思主义的文艺观在这个基础上又有新的发展。马克思主义文艺思想以历史唯物主义为依据，从社会的、人和现实世界的关系考察文艺，认为文艺乃是“社会的人”旨在认识、变革世界的活动的因素之一。这样，再吸收接受美学的观点，便不难看出，文艺在一种社会场的意义上，其时代精神表现为一种辩证的存在形态：社会制约与社会需要的统一。整体艺术即如是，影视艺术——这类近代社会的科技助产的艺术“婴儿”更是如此。进一步探究到影视艺术的鉴赏系统，也必然在社会属性的命题下寻出时代精神与历史意识的命题。在我国，由于长期机械唯物论的影响，对这一问题的理论阐述常常偏于一隅，即片面强调时代精神的决定意义而忽略了“时代是历史的时代，历史是时代的历史”的重要命题。诸如艺术中的道德倾向，不是偏向历史尺度的衡量就是纯粹的道德评价，并从而透露出文艺接受的机械化倾向，如新中国成立初期的《我们夫妻之间》曾被拍成电影，但囿于所谓描写对象的非时代政治化，不久便遭到了批判。由此所窥见的与我们以上叙述的理论史线相联系的、属于影视艺术鉴赏系统的社会属性的意义究竟该如何判断呢？显然，一是强调艺术鉴赏时代的精神制约性，一是明确对时代精神的真正的历史的解释。二者在统一的意义上，在我们所特指的系统内形成了影视艺术鉴赏的时代性与历史感、现实与历史的统一的命题。

同一切艺术鉴赏一样，影视艺术鉴赏离不开主客体及其对立的统一，因而，影视艺术可以被视为一种运动形态。在鉴赏客体与鉴赏主体的对应关系中，在非文本意义上，这种形态具有了如下本体属性：影视艺术品是物质的对象又是精神产品，它能够在文化领域内显露其精神并能产生深刻的社会意义及影响；影视艺术作品一方面从属于既定道德，一方面又成为理智的反道德对象；影视艺术作品是个人的，又是社会的，它可以是艺术家的自我表现，亦可以是社会心理和意识形态的反映；影视艺术作品是现实与理想的结合。显然，在诸范畴之中，精神、道德、社会心理、意识形态以及理想等都是非确指的概念，因为鉴赏主体也存在着精神、道德、社会心理制约等属性，而这类概念又仅能在特指的意义下才能寻出一种规定的意义。这样，我们就自然确定了时代精神与历史命题的合规律性。以上诸范畴一经如此划分，便在影视艺术鉴赏系统中自然构成了各自的确切含义。比如：现实精神与历史精神、现实道德与历史道德。那么，时代精神在我们特指的系统中是怎样的面貌呢？

以中国新时期电影鉴赏为例,可以看到一种时代精神或曰时代感最强烈的表现是民族精神的再现。

《天云山传奇》曾是较有影响的一部影片。它之所以赢得观众欢迎,其主要意义在于真诚地反映出一个伟大政党的曲折道路,为在特定的历史时期提供了民族自我审视的一个范本。作为主要人物之一的宋薇则分明是民族性格在又一历史时期的显现——只要做稍微之回顾,便可窥见这个形象的意义:在专制的年月里,我们的人民是怎样的富有忍耐力。当沉重的思想枷锁一次又一次地锁住人们的灵魂的时刻,人民的沉默正意味着一种民族精神爆发的积累,鲁迅先生的名言"不在沉默中爆发,就在沉默中死亡"恰好言中新的历史,而宋薇形象所表明的一个懦弱性格的解体历程,正是一种时代精神的体现。

《沙鸥》虽然算不上艺术精品,但这部影片在中国特定历史时期内的价值是十分重要的。应该承认,在表面的反映中国女排拼搏精神的主题之中,这部影片通过对沙鸥形象的塑造,热情地赞颂了一种人生态度,那就是从沙鸥身上体现出来的对待生活、对待事业自觉的严格要求,坚韧不拔的意志力,目标始终如一的奋斗精神以及为祖国的荣誉甘愿献身的崇高境界。当我们中华民族披着满身新旧创伤,从困境中重新崛起的时候,任何悲观失望、意志消沉的思想都有悖于奋进的民族精神。《沙鸥》的可贵处就在于唱出了"为达目的,奋斗,奋斗"的赞歌,这是时代的、民族精神的赞歌。

在影视艺术鉴赏中,时代精神可以是一种政治情绪或是一种民族性格的显现,但同样可以是泛文化的形态。关键是这种"显现"可以构成与一定历史时期的社会心理的沟通。

以美国电影为例。时值20世纪70年代,科幻电影在美国兴起,并演成所谓的"银河热"。在这股跃动的潮流中,我们能透视出什么呢?从外观上看,似乎可以用人类的幻想这种十分宽泛的解释来说明,但深究其因,很难回避其中内藏的时代的思想潜流。以1977年出品的《星球大战》为例,这部影片在美国公映后,引起空前轰动,票房收入高达两亿美元,被称为"国际票房价值的冠军"。这部影片成功的原因在表面上看,与神奇的宇宙之战的故事以及各种先进的技术有关,但实质上,人们可以从许多方面来理解这样的内容。比如,可以认为影片所表现的科技高度发展直接威胁人类自身——影片中所谓的坏人“莫金”之所以能够建立银河帝国，靠的正是各种发达的科技。同样，也可以认为科技是人类进步的“桥梁”，否则，我们就无法解释以“莱阿公主”为首的一些反叛者的最后胜利。当然，影片在这一情节中显示的宗教情绪，如宇宙之神的帮助等都属于一种原始艺术思想的积淀及演化。在《星球大战》之前，欧美国家的许多科幻片常常是悲剧性质的，而该片以祝捷的形式结束，从而在整体上似乎给人一种印象，即高度发展的科技所带来的危机感及其消失，尽管它所给予的“解禁信条”是虚无缥缈的“宇宙的神力”，但如果联想一下世界范围内军备竞赛的加剧以及西方人普遍存在的忧虑心理，便不难理解人们欣赏这部影片的重要的社会需求心理是反战——祈求神灵的帮助以拯救面临全球性灾难的人类；对好人掌权的期盼心境等。显然，这种解释使欣赏客体与欣赏主体之间在时代感的问题上出现了差异：欣赏客体的存在意义并不主要表现在“反战”上，但鉴赏主体在层次的划分上，的确存在着如上所述的事实。从一种时代思潮的意义理解，在这种鉴赏联系中，有时代政治、文化的精神因素的影响，但同时也存在着历史意识的影响：如对人类战争史的理解与对此时世界范围的一种社会动荡源的担忧心理的必然联系。如此判断彰显了影视艺术鉴赏系统在时代精神的背影中，潜存着种种十分明确的历史意识，这样，我们就自然将论题指向了“历史意识”。

由于影视艺术鉴赏毕竟是一种艺术王国的“产儿”，所以，这里的“历史意识”仅作为鉴赏心态的一种描述，当然，如果排斥了艺术作品本身的“客体质”，也无从谈起这种心态，同时代精神一样，我们仍是在主客体统一的意义上认定这一定论的。

苏联电影《莫斯科不相信眼泪》在世界影坛上有着较好的影响。该片问世后，苏联的《电影艺术》杂志曾以“观众为什么如此激动”为题讨论过这部影片。就故事内容而言，该片始终充满着平凡的生活气息：一个从农村来到莫斯科的纯真少女，受环境的熏陶，不自然地冒充了教授的女儿并未婚先孕，有了女儿，却遭到了“多情公子”——电视摄像师的遗弃。但在16年后，女主人翁卡捷琳娜在经过了艰苦的奋斗之后竟成为莫斯科一家较大的联合企业的厂长，但在感情生活上一直坎坷不平，经过一番磨难，她终于找到了早已失去的“青春”。对于这样一个并不太新鲜的故事，观众激动异常的原因是多方面的。假如参考一下几种判断，就会有一个大体的结论了：真正和睦的家庭，是人类幸福的保障;情感或者说真正的情感是人相对生存的不可取代的条件。该片导演说,他拍这部影片是为了让普通观众在银幕上看到自己,在影片主人公身上看到他们自己。评论家则认为这部影片充满寻求成功和自我肯定的道路的愿望。如此等等,联想到苏联从20世纪50到70年代的历史发展,以及70年代艺术中普遍存在的道德因素等,便不难发现这部影片一方面企图勾画整体人的幻灭与追求的心迹,一方面又具体描述了一代苏联妇女的心态变化。显然,这里的历史意识既表现为时代精神的追求,又表现为跨时代的人的历史的追求。请看影片中的女主角具体找到了什么呢?显然,她所找到的可以信赖的男人果加,是一个“自然地”带着下层劳动人民泥土味的既幽默又豪爽、富有正义感的男人,甚至于在这个男人的身上还鲜明地存留着与现代社会不甚协调的“大男子主义”。谁也不能说这里的大男子主义就等于一种历史意识,但在影片整体上理解,显然这里的历史意识呈现为复杂的形态——只要是真正的人,以真正情感而不是以权利、地位决定的人,哪怕存在着许多的弱点,也应该得到“类”的认同。虚伪永远是一个民族或者说是整个人类的天敌。这部影片有一个极好的细节证明了我们如上的分析:那个曾因卡捷琳娜是“教授之女”而获得了她的“贞操”的电视摄影师在16年前后两次说了同一句话:“以后除了电视,什么也没有了。”而后一次,果加在座,便接上了一句颇有意味的话:“总还会留下什么。”做稍稍的延伸,便可看到绝对的“什么也没有了”的后面隐藏着的虚伪性,而“留下点什么”之后却是“复杂的真实”。这里的历史意识是否就体现在这种对民族道德感的真实追求上呢?答案显然是肯定的。所以,无论是宏观背景还是具体的历史与时代思想,都以不同形式渗透在这部影片乃至这类影片中。

当然,这类分析往往囿于一种“民族”的历史与时代的框架,而影视艺术鉴赏在这个问题上并不存在严格的国界或民族的界限也是事实,在不排斥民族性、民族化理论的合理性的同时,也应正视使世界各民族更加接近的影视艺术在鉴赏的系统意义上的跨国界形态,也即是说不变的艺术本体在可变的鉴赏环境中之所以能够形成一种影响、一种渗透,往往取决于一种历史意识和一种时代精神的相互参照。

中国与日本,虽为不同民族,但在民族心理上似乎既接近又疏远。日本近代启蒙思想家福泽谕吉(1834—1901)在他的《文明论概略》中曾比较了中日民族性格，其论述未必十分精当，但对两个民族同中有异、异中有同的民族心理的描述，的确不乏宏论。而艺术在跨民族及文化参照的意义上，常常能够形成一种“共鸣”。进入 20 世纪 80 年代之后，在日本及在中国均形成一股旋风的电视连续剧《阿信》，就使不同民族的历史意识与不同的时代精神形成了一种“沟通”。在宏观背景上，二次世界大战后日本的艺术发展有很多积极的现象，其中，作为一种美学风范的“坚忍心理”便是重要的思想基础：一种民族心理重建的巨大工程，一方面体现在对传统文化的顶礼膜拜上，一方面体现在广泛吸收外来文化的心态上，二者的统一便构成了战后日本影视艺术在某一方面的突飞猛进的发展。在日本，《阿信》播映时，虽不能说是万人空巷，却是家家收看，尤其是一代女性，更视其为“慰安的天国”。如此“狂热”的人们希望在一种欣赏中得到什么呢？这与其时日本国民的思维定势有关。应该承认，《阿信》的成功与日本在战后反思日本历史的时代思潮有着密切的联系。通观全剧，人们看到的是阿信的一生与近代日本历史的侧面，从明治、大正、昭和三个历史时期的世态和人际关系中，从阿信由一个贫家女而成为拥有众多超级市场的“老板娘”的历程中，一种鉴赏关系在内质上表露为日本从战败到经济繁荣的社会心理的认可与梳理、反思与前瞻。阿信的命运十分坎坷，但她以坚强挣扎、自强不息的精神赢得了社会的同情，当然也赢得了观众的理解。阿信的同辈人在阿信身上寻找逝去的年代，阿信的晚辈在阿信身上寻找一个民族的历史，如果承认任何年龄的人都企图在这里寻找失去的年代与历史的见证，以及为今后发展所必须具备的“阿信精神”，恐怕也未必过分。也许，这有点抬高了艺术，但影视艺术鉴赏的这类事实却是不容置疑的。至于阿信在中国鉴赏流通中的风行，恐怕主要也源出于特定的改革时代，对一种搏击、奋进型的“女性”的社会认可心理。高尔基说过，文学是时代的生活和情绪的历史。可以推测，阿信生活的背景在中国观众的“思维定势”中转化并形成一种新的置换关系——战前战后日本民族的历史与“文革”前后中国环境的“位移”，并在此基点上借一女性所展现的“历史的情绪”，希望重写又一民族的“情绪的历史”。一种艺术欣赏的沟通在不同民族这里尽管有不同的表现，甚至在内涵上亦有差异，但就影视艺术鉴赏系统而言，历史意识与时代精神的面影却时刻存在着。这种现象并非现代艺术所独有。中国古代艺术思想中对此早有“论证”。古代文论家王充说道：“天文人文，岂徒调墨弄笔为美丽之观哉？载人之行，传人之名也。善人愿载，思勉为善，邪人恶载，力自禁载。然则文人之笔，劝善惩恶也。”① 当然，这指的是文学的社会性，但艺术欣赏又何尝不是构成这一形态完成的重要阶段呢？曹丕说：“盖文章经国之大业，不朽之盛事。”恐怕离开了一种“欣赏环境”及时代的制约性，也就无所谓“经国之大业”了吧？中国电视剧《新星》不也存在着与阿信热同样的境遇吗？如果离开了改革的时代、离开了这部作品对社会弊端的揭露，哪里会有“时代曲”的“流行”呢？必须补充说明的是，以上的分析仅作为一种视角的观察，要进一步认清的是，历史意识与时代精神未必都是一种“发展”的姿态。以历史意识而言，在上举例证里，《阿信》中的“克己哲学”“反战情绪”及对战争性质的笼统认识，《新星》中的“清官意识”“人治思想”似乎都有悖于时代的发展，因而，这里的历史意识与时代精神又呈现矛盾状态。作为一种全面的理解，应该承认鲁迅先生那段什么人从文艺中看什么的话至今仍是至理名言——对于《阿信》所精心构筑的日本 80 多年的历史框架，文化史家可以看到不同民族的文化的同异；经济学家可以从中考察日本小农经济怎样解体并迈进资本主义王国；社会学家从中拾取民俗风情和社会建构。然而，如果站在传统道德的立场上，承认《阿信》对所谓“义”“利”思想批评的正确性，比如对所谓“为富不仁”的否定性评价的肯定，则势必导致接受主体在时代精神面前的困惑——中国现时代的观众大约更是如此。同样，对一种战争的非明确的认识也将造成欣赏的时代性失误；至于《新星》中的“清官意识”与“人治思想”是否在鉴赏中成为一种社会的无形阻力，大约也是不能断言为“无”的。如此，似乎应该得出这样的结论：只有进步的历史意识与进步的时代精神的统一，才是我们所给出的影视艺术鉴赏系统中这一命题的最佳诠释。

除了在政治情绪、民族精神、民族性格的参照等方面理解影视艺术鉴赏的时代精神和历史意识之外，文艺思想是否也可以成为一种鉴赏关系的“历史与时代”的联系呢？世界电影史中的几次具有思潮性质的重大转折对此可以给出较明确的解答。

以艺术史学的眼光看，以现代派电影为例，应该看到早期的先锋派运动与后期的新浪潮运动有必然的联系。所谓先锋派主要指 20 世纪 10 年代末至 20 年代初，以德、法两国为中心的先锋派电影，其显著特点是反对商业电影，照搬现代文艺的各种所长；所谓新浪潮运动，主要指 50 年代末在法国兴起的电影流派,其特点是主张商业性与艺术性的结合。尽管这两个流派都未能持久发展,但在电影史上的影响还是应当重要的。虽然在主张上不尽相同,但在接受现代主义思潮这一点上,甚至包括超现实主义电影在内都有一种内在的联系。50年代末的世界电影市场中,这类电影与商业电影的融合是值得重视的现象。对此,有的理论认为产生这种状况的原因有二,一是这类影片以表现"现代人"相标榜,改变了早期这类电影的纯梦幻及晦涩的面容;二是电影从50年代开始在欧美国家真正地跻身于艺术的殿堂,提高了自身的地位。应该说这两个理由仅具有表层意义。在实质上,不能不承认它与现代主义思潮,尤以艺术领域内这类思潮的渗透有直接的联系。如瑞典导演伯格曼的《野草莓》(1957年),叙述了一个老教授在去大学接受荣誉学位的旅途上回顾了他的一生,在既是现实又是梦幻的回忆中谴责了自己的冷漠与自私。在影片的画面中,观众看到的是老人在起床前的一场富有表现主义色彩的噩梦:广场空寂,无人的街道,大钟没有指针,柩车无人驾驶,主人翁在棺材里突然发现了自己。如此等等,我们在技巧的意义上看到时空错乱、音画错乱的表现,同时也在思想意义上看到人生是一种过去、今天与将来的三种现实的统一,尽管这个判断是一种逻辑的推衍,但对影片本身及欣赏意境来说,一种非理性的潜在的思想意识的确存在着。当然,此些影片在这种表现中所展现的思想是复杂的,但如果在背景的意义上理解,亦应该承认以下诸多因素的制约性:上世纪初产生的现代主义文艺思潮;弗洛伊德学说的广泛影响;非理性主义与存在主义思潮。如果将这三方面的问题联系起来并使之具体化,我们又看到许多类似的问题:我怎样才是我自己?我是一个享有绝对精神自由的、不受理性制约的、超乎社会道德规范之上的"存在"吗?艺术在什么意义上模仿人生?艺术是人类的白日梦吗?人的处境真相是什么?人的自由意志呢?人的自我是怎样丧失的?由此再看现代派影片,不能不说,离开了复杂的思想意蕴,连标榜为最无形式束缚的这类作品也只能是形式的躯壳。随意举出的这类影片都可以用如上诸命题的内涵来概括:表现了一个疯子眼中世界的《卡里加里博士》;一个在情欲上得不到满足的僧侣的一连串狂乱幻想纪录的《贝壳和僧侣》;试图从潜意识世界出发来表现人物行为的《去年在马里昂巴德》;现实的梦与梦的现实的《白日的罗网》等。这些分析企图言明的影视艺术鉴赏对思想的要求在内质上究竟是什么呢?与前述相同,是一种时代精神与历史意识的统一，只是在这里，时代精神更多地表现为一种艺术思潮的渗透，而艺术思潮又常常表现为跨时代的联系。

在以上的分析中，我们企图证明影视艺术鉴赏是离不开时代精神与历史意识的，而这二者又有着不同的表现形态，并且提到了只有在进步与发展的意义上，它们才能真正地确定一种理论的地位。那么，怎样认识时代精神与历史意识的统一及其具体形态呢？问题的关键在于这二者往往是既相悖又统一的。要解开这个谜，只有深刻分析具体的作品或以一种具体的道德观来说明。

中国电影《野山》以其影像思维的特征和深刻的思想意蕴而获第六届金鸡奖的殊荣。但是对这部影片的争议却是明显的，以换老婆的描写论，人们认为这是对中国人的文化意识的挑战，对于这种挑战，叫好者有之，嘲弄者亦有之。问题出在哪儿呢？显然，这是一种道德观念的左右。作为一种对比的形象，桂兰与秋绒似乎代表了“改革”与“守旧”的思想，但事实并非如此简单。如对秋绒，当观众看到她背着孩子走过那架在溪水上的简陋的木桥和在田里艰难劳动的情景时；当人们从她背着孩子强撑着推磨以及挟抱着孩子操持家务的影像中感到一种生活的重压时，人们，尤其是中国人，便产生了一种对民族历史艰难发展轨迹的“认同”心理；这就是中国人啊？！联系到她在影片中的所谓守旧思想，便会看到中华民族的劣根性与优秀的坚忍心理在这里得到了较好的统一。在全片的思想氛围中，观众给“赞成改革”、观念更新的桂兰以“认可”——这是一种时代感的认可；而对秋绒这个具体形象，观众又给出了一种历史的默认——这便是艺术鉴赏的社会心理造成的两难境地。仅就秋绒这个“个体”而言，以道德的推衍来衡量，似乎只用“历史感”也难以概括。在生活中，她十分要强，并不俯首就范于生活命运的安排，她能够主动离异自己的丈夫，也能够直接向意中人表达一起生活的愿望，单就这些细节论，她应该属于“开放体系”，只要我们想想中国妇女传统的贞节观便可对此有一个明确的答案。这说明，秋绒在有些观念上并不仅仅属于历史，而早已打上了时代的印迹，问题是这种印迹的“支配权”是这个女人对古老生活方式的执着追求。同样，对于桂兰的理解，也有类似的问题，谁又能否认桂兰对禾禾的情感变化也有一种“依附观”的内质在起作用呢——对一种可能成为现实的理想的依附意识。假如我们说秋绒能够主动提出离婚是一种开放的妇女观使然，可我们又怎样理解当灰灰要求她同床时，她为什么又能够立即用明媒正娶的尚方宝剑来“挡驾”呢？显然，要绝对地区别艺术及形象的历史感与时代感是困难的。一切优秀的艺术包括影视艺术在思想层次上都是历史与现实的统一，而任何鉴赏主体要绕过这一问题的企图都是违反艺术规律的。但是，仅仅强调这种统一还不够。俄国伟大的文艺批评家杜勃留波夫有句名言：“衡量作家或者个别作品价值的尺度，我们认为是：他们究竟把某一时代、某一民族（自然）的追求表现到什么程度。”[2] 对于影视艺术鉴赏来说，由这儿引申的意义是，时代与民族的追求应该是能够代表历史进步的历史意识和时代精神，具体到如上列举的形象身上，秋绒和桂兰一方面具有历史的惰性，一方面又具有历史发展的积极因素，而在二者的对比存在中，从影片的总体主旨看，它又诱导着接受主体去体验一场改革的汹涌澎湃的社会心态，这体验的内质又是社会的和现实的。

是的，时代精神与历史意识的辩证统一，时刻以其鲜明的姿态跃动在我们特指的影视艺术鉴赏系统中。

参考文献：

① 钱钟书．管锥编·太平广记（论衡·佚文）[M]．北京：中华书局，1979．

② 〔俄〕杜勃留波夫．杜勃留波夫文学论文选（黑暗王国的一线光明）[M]，上海：上海译文出版社，1984．

情感、个性及其结构形态
——影视艺术鉴赏的一个剖面

摘　要：在意识形态范畴，影视艺术欣赏必定立足于人类在精神上对情感的需求，涉及这一命题的关键词是：个性；主体；结构；共鸣与同波振荡；情感度；认同与想象。

艺术鉴赏属于意识形态范畴，其最主要的标志是形象性与情感性。对于艺术之外的认识范畴，情感未必是“法定因素”。但在艺术及至艺术欣赏中，失去情感的力量，不能动人以情，就不是真正意义上的艺术和艺术欣赏，影视艺术欣赏亦然。那么，影视艺术鉴赏中的情感，其最一般又最突出的特征是什么呢？列宁曾说过，“没有人的情感，就从来没有，也不可能有对真理的追求”。显然，如果离开了生活真实与艺术真实及二者的辩证统一，也就无所谓艺术情感。正是在这里，出现了概念的偏差：情感与艺术情感。二者究竟是怎样的关系？很明显，只有从本体的角度给出对情感的最一般认识，然后才能分析影视艺术鉴赏中情感层面的表现形态及总体性规律。姑以影视艺术欣赏的一个剖面观之。

在本体的意义上，情感是什么呢？在心理层面上，情感以情绪为基础，在心理与生理统一的意义上，情感以情绪为表征，但重要的在于我们所特指的情感是指艺术鉴赏过程中所特有的精神现象，而不是一般的情感。朱光潜先生曾对此做过对比，他说：“一般人的情绪有如雨后行潦，夹杂污泥，朽木奔泄，来势浩荡，去无纵影。诗人的情绪好比冬潭积水，渣滓沉淀净尽，清浅澄澈，天光云影，灿烂炫目。”朱先生这里是以创作为对象的。对于形态来说，这个形象的描述亦有同样的意义：艺术情感有别于自然情感和日常情感。对于艺术情感来说，感情因素是双重的，或者说在艺术鉴赏中有双重的情感之流，一是生活情感本身的情感之流，一是艺术品本身具有的情感潜在质及其与欣赏主体所构成的具有创造力、娱乐力、理解力等多种功能的情感之流。在二者统一的意义上，我们可以说艺术情感是人类情感的高级形态，是一种被改造了的、来源于人类自然情感又高于自然情感的富有创造力、娱乐力、理解力功能的情感形态。显然，这里我们已自然给出了艺术情感的第二方面的意义，即艺术情感是本质或者是典型化了的情感。诚如托尔斯泰在《艺术论》中所表述的那样："真正的艺术作品能做到这一点，在感受者的意识中消除了他和艺术家之间的区别，不但如此，而且也消除了他和所有欣赏同一艺术作品的人之间的区别。艺术的感动人心的力量和性能就在于这样把个人从离群和孤单之中解放出来，就在于这样使个人和其他人融合在一起"。这明白无误地告诉人们，艺术情感作为沟通欣赏者与创作者、欣赏者与欣赏者的"桥梁"，其中介的意义在于反映了人类情感生活的本质或者说是人类情感的典型化。对于影视艺术欣赏来说，由于情感是主客体运动过程意义上的存在形态，所以，又不可避免地具有想象性特征。影视艺术鉴赏在这里不同于他种艺术鉴赏的特点，表现为影视艺术鉴赏中的想象因素的最小构成"单位"是"影像"。而他种艺术比如文学的最小构成单位则是语言，这就是语义影像与实体影像的差别。当然，绘画也是实体影像，但影视与之不同之处在于影像的连缀即动态化过程。艺术情感以自然情感为基础，不等于情绪又以情绪为表征，具有对人类情感概括的典型质和想象特征。除此之外，艺术情感作为一种观念形态是否有一定的结构形态？这种结构是有序还是无序？只有解决了这个问题，影视艺术中的艺术情感问题才能是立体的面影。

托马斯·哈代描写苔丝姑娘在逃亡的路上，由于极度的惊悸和疲惫，于黎明时分在古老的太阳神庙的廊柱下睡着了。正在这时，搜捕她的军警赶来了，苔丝的丈夫，这个曾经在伦理观念上给笞丝以极大打击的、似乎有着铁石心肠的人向军警发出请求说："她睡着了，让她再睡一会儿吧！"这个场面被完整地搬上了银幕，当银幕上出现了晨雾，朝霞正如每一个晴日一样染亮天空的时刻，"让她再睡一会儿吧"——面对军警，回思苔丝之苦难，一切都似乎凝聚在这平静的画面之中，但是，这表面的平静却蕴藏了强烈的情感潮流。一句极普通的话产生了震撼人心、催人泪下的艺术力量——谁能不为这美丽、单纯的姑娘洒一掬同情之泪？谁不为社会的不平而愤慨？鉴赏，在这里以一种情感的形态出现，不管它包蕴着怎样的内容，其在情感层次上所产生的是一种不可抑制的推动力，这种推动力使欣赏主客体之间构成一种感情的对流。任何艺术创造都以情为主导，都是情感的萌发与推动，而这种情感一旦溶入作品就成为一种情感的凝固体，只有在适度的气温下才能释放情感的能量，而适度的气温就是鉴赏的情感对应过程。这种情感对应过程假以图示，应该是一种双向迴流式系统。

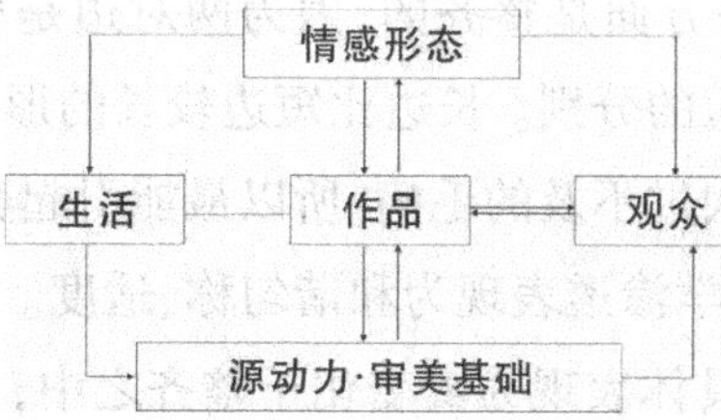

由图观出，情感是一种心理过程，但这种心理活动的诱因乃在于生活的原动力，因而，情感在社会场视角的观察中应是一种社会化心态。而这种社会化心态的主要特征是艺术情感反映人类情感本质，使情感自身成为一种有序的结构，因为任何抽象本身都将表现为一种“组织形态”。这样，以文艺创作过程为参照，鉴赏过程中的情感形态作为一种“中介”物，便进入了“有意味的形式”的范围。也即是说艺术鉴赏中的情感舍弃了自然情感的偶然与个别的实体，抽象概括了一种结构关系。诚如电影《苔丝》中苔丝姑娘最后被捕时的场面组合，在一种极平淡的画面中，情感的社会化和伦理化，使情感本身形成一种丰富生动的状态，也因此呈现有生命力的形态，这种形态为人类普遍存在的情感模式提供了对应的或者可以说是共时性的物化形态（情感形式与情感符号），一切优秀的艺术品及其鉴赏都可以在这里找到对应关系。承认影视艺术鉴赏中的艺术情感是一种结构还不够，因为这种结构本身还是有“序”的。怎样认识这种有序性呢？总体上描述，大约是喜而不狂，怒而不纵，乐而不伤，乐而不淫。如日本电影《远山的呼唤》民子爱慕田岛的描写，就是一种有序状态。主要特征是“情感的适度”——民子让儿子武志去问田岛“叔叔叫什么名字？”当两个人面对面时，民子又将自己的心里话假儿子的口吻说出，“武志想问问你能在这里住多久？”“武志听了一定很高兴”。对于一个寡妇的心境，这真是恰到好处地给予了展现，一种爱慕之情，一种羞涩心理，一种以孩子为媒介的情感交流形态，都极为自然地形成一种“喜而不狂”“乐而不淫”的有序结构。理论家认为艺术情感是一种社会化心态，它一方面以社会化为基础，一方面依赖于具体人，同时也超脱出社会与普通的人，因为艺术是一种再造的生活，是一种个人性的存在。也正由此，一切艺术情感，包括我们所特指的影视艺术鉴赏过程中的情感都表现为一种“情感度”。对于“情感度”的解释，我们以为取黄金分割律及其在艺术创造中的美学渗透为参照是较为合适的。美学家朱光潜说：“黄金分割一方面是整齐的，因为两对边是相等的；一方面它又有变化，因为相邻边有长短的分别。长边比短边较长的形体很多，而黄金分割的长边却恰长到好处，无太过不及的毛病，所以最能引起美感。”① 简言之，黄金分割律对艺术创造的美学渗透表现为和谐匀称、适度。而和谐、匀称与适度又是一个变化体，所以又具体表现为寓变化于整齐之中，由于整齐，显示了有序性，由于变化，显示了活跃的生命力。以此为参照，便可窥见我们所特指的影视艺术鉴赏的情感度应是指各种适度的情感之美。中国古代文论对此有另外的表述，但大意是相同的。如中国古代特别讲究的气韵、神韵，韵味之“韵”，大体上即是指情感的节奏。节奏者，有序也。所谓情感有过强、过弱、适度之说，也是指一种情感变化的幅度，而在幅度之内的变化便呈有序状。问题在于这种有序状态的结论对于鉴赏来说并不是终极判断，其深层结构表现为情感的选择性及其表现形态。

所谓情感的选择性的基本前提是，影视艺术鉴赏中的艺术情感是一种过程而不专指艺术品或欣赏者的主观情感，这样，艺术情感的主体性属性便是社会性与个人性的统一及其制约性。前者，在具体的欣赏中表现为一种对鉴赏对象的寻找或称选择，而后者在同样过程中则表现为一种逆向的情感类型的顺应性，因而在这种对应关系中，大致可以寻出吻合、离异与超越等形态。

在旧有的共鸣理论中有理性的内容，亦有非理性的形式。如果我们对苔丝持有极为同情之心，便说明鉴赏“主体之情感”与“艺术家寓于具体艺术品的情感”在这里形成了“同波振荡”。如果在这里仅仅承认理性内容的沟通，便否定了情感作为形式与内容的统一体的系统性。黑格尔说：“艺术应该通过什么来感动人呢？一般地说，感动就是感情上的共鸣。”② 情感的吻合状态基本上属于这种感情上的共鸣，可表述为接受者与艺术家融洽的结合。故，当这种状态出现时，以致使接受者觉得那部电影或电视不是别人的创造，而是自己所为，进而表现为，这些作品中所表达的一切都正是接受者早就想表达的内容,作品的主观倾向性与鉴赏主体的情感倾向趋于一致。对于带有普遍意义的影视艺术作品来说,这种吻合状态是一种社会鉴赏的普遍性常态。以美国电影《克莱默夫妇》为例。这部影片被认为是美国 1979 年度“最富于感情的影片”。[③]其内容极为简单,叙述的是一个带哀伤情绪离了婚的女人在一年半之后回到丈夫那里要求由自己抚养孩子,在丈夫不同意的情况下,不得已诉诸法庭,最后以母亲的胜诉而告终。这部影片在美国上映后先后获得了各种各样的嘉奖,已被人称为电影与生活中少见的奇观。它之所以赢得千百万观众的情感选择,其基本的属于作品本身的情感基础是什么呢?显然,这是因为它所表现的社会内容与现实生活的内容的和谐一致及典型化。请看这样的历史背景:据当时的统计数字表明,影响到美国的重大社会问题之一的婚姻,在当时的状况是全美国平均每年有 220 万对男女结婚,但同时又有 117 万对夫妇离婚,其离婚率高达 50%。这样,年均有近百万的儿童经历由家庭破裂所造成的精神痛苦,这是两代人的创伤。影片女主人翁的出走宣告了一种婚姻观念的破坏,而在整体意义上,人们又看到妇女解放问题、下一代的抚养问题等。片中男主角只关心工作而不关心家庭的事实向人们提出两类实际问题:一是生存竞争愈演愈烈,影片中的父亲泰德.·克莱默为了维持家庭生活已经沦为工作的奴隶;另一种实际是,人作为人对情感的不可抗拒的追求。影片中作为妻子的乔安娜·克莱默对丈夫的不满、儿子对父亲的不满以及夫妇离婚之后,父子感情的真挚交流都积极地证明了这一点。这两种实际问题构成了影片的基本冲突,正是这种冲突与现实生活中的普遍现象形成了一种情感的对应或者说是吻合,才使这部影片成为最优秀的影片之一。由此可见,我们所特指吻合状态是指欣赏主体情感的选择与客体情感的社会属性的契合。那么,如果是逆反或者是相悖状态,是否就是我们所特指的相对于吻合状态的离异状态呢?可以说是也可以说不是。

仍以《克莱默夫妇》为例,如上的分析仅是一种宏观的考察,一旦具体化,就显现出鉴赏的个性差异来,这种差异往往表现为不同的情感认同。一个持妇女解放思想或者说有着强烈的自我意识的妇女可能对乔安娜的不幸持有较强的同情心,美国影评界就有人从法律及人的本性的角度评论说:孩子应该归母亲抚养。反之,一个每时每刻都不得不为了自己及妻子儿女的生存而疲于奔命的男人,哪怕他也认为妇女应该有独立的人格,恐怕更多的同情心仍在克莱默先生一边,这种情感认同表现为局部性,即非整体性的接受。正是在这种非整性的接受中,情感过程表现为一种离异状态——如前所述的一类妇女站在女主人一边,同时产生的则一定是伴随性心理,即对那种唯工作为第一宗旨的男人的反感。同样,如上所述的一类男人则必然站在相反的立场而拒绝影片中所表现的对乔安娜的同情,这种情感接受的差异性便是一种离异状态。造成这种离异状态的原因很多,其中最主要的是情感内容的决定性。赫尔岑说:“人类世世代代, 各以自己的方式反复阅读荷马。” [④] 所谓仁智互见,是指对内容的不同理解,而伴随着这种理解的不同便是情感的离异,所谓一千个读者有一千个哈姆莱特,也应该承认情感选择及认同在这里所呈现的非一致性,所以,理解力是影视艺术鉴赏中情感吻合与离异的主要基础。以法国、东德、意大利三国根据雨果的小说改编并联合摄制的《悲惨世界》为例,如果缺少对于法国历史上 19 世纪复辟王朝及七月王朝的了解, 就很难产生一种情感“共振”。具体到影片中的人物,对冉·阿让从苦役犯到当市长以及被迫逃亡的经历在情感上的认同会自然地与“世界”的“悲惨”这样的社会内容联系在一起。但对警官沙威,在鉴赏的过程中,主体情感的选择就有可能出现一种犹豫与彷徨:人们不理解为什么这个维护统治阶级利益的、干尽了坏事的警官会在一个“逃犯”的精神感召下突然良心发现,放走冉·阿让并以自尽来表示自我的悔过。在普遍的社会存在的意义上,接受主体对此的情感认同一般表现为相逆状态,即以反向的情感形态出现。但在抽象的意义上理解,从人道主义观点出发,以浪漫主义文学特征为参照,也能存在着一定程度的情感顺应过程即对这种描写的理解。影视艺术鉴赏过程中情感形式吻合与离异往往是交织在一起的, 所谓鉴赏的个性便也在这不同的情感认同中得以显现。可见, 鉴赏中的情感吻合状态和情感离异状态是与鉴赏的个性联接在一起的。那么,为什么说离异状态可以是一种相反的情感认同却又未必一定是指一种相反的情感认同呢? 这主要取决于鉴赏客体的复杂性。《克莱默夫妇》的结尾,经历了一场激烈的情感搏斗之后却出现了化干戈为玉帛的景象:为了取得孩子的监护权,乔安娜不惜上法庭,但在胜诉之后,丈夫已经准备让她带走孩子,乔安娜却突然改变了主意,她告诉丈夫泰德说,她不打算把孩子接走了,这个突然的改变使泰德思潮起伏,不能自制。影片在电梯关门的一瞬间夫妇两人的对视中结束。老实说,这里对艺术情感所产生的作用是一个硕大的问号！为什么？为什么？！正在奔流的情感不管它是站在那个角色的立场，都会突然有一个停顿，这样，情感就因内容的突变而产生了类似诗歌韵律的节奏性，人们恍然大悟：这不是生活，这是艺术。同时也突然明白了，正是在法庭的对抗中，夫妻二人都企图为自己找理由而争辩的时刻，双方才得以找到了理解的渠道，因为他们二人都猛然发现他们从来就没有很好地了解过对方，做丈夫的不了解妻子在单调的家庭生活中的孤寂，而只是一味地要求妻子做一个贤妻良母，当家庭的机器；做妻子的也不了解在激烈的竞争中工作的丈夫所面临的种种压力和危机，以及作为丈夫为维持一家人生活所承受的沉重的负担。当接受主体对这一深刻内涵的醒悟性的理解发生的时刻，如上分析的类型化的接受情感的离异状态又趋于一种吻合。一个最微不足道的词在这里形成了情感的内容与形式的统一，那就是：理解。如此，我们无法判断《克莱默夫妇》情感认同的统一形态，它可以是吻合的，也可以是离异的，又可能是二者交叉的或者是统一的。所以，离异状态与吻合状态都是一种相互关照的抽象判断，其存在的前提则是欣赏过程中情感认同的类型化及个性化属性。同理，这种类型化及个性化属性亦是鉴赏情感的超越状态的基础。这种超越状态主要表现为情感认同过程中的想象性特征。什么是想象？什么是艺术想象？其在情感结构中属于何种地位？显然，这是勾画情感认同中超越状态的基本问题。

想象是人在大脑中拟想出可以感觉到的事物的能力，是一种追忆、幻想、织构形象的机能。追忆是基础，即在思维过程中对已知现象的认可，然后才是假设、推论，并以幻想的形式出现，以重组形象为终结。在鉴赏过程中，艺术想象专指一种与情感内容互为一体的情感形式。这种形式有一般想象的特征，也有自身的特征。所谓自身的特征与如下因素有关，一是其存在前提是再创造的艺术及艺术形象，一是再造情感的伴随性即艺术想象是与艺术情感联系在一起，并因情感的差异而不同，再就是艺术想象是受艺术的假定性制约的。关于第一点，对于影视艺术鉴赏来说，其独特之处如上文已提到的，其基本“单位”是“影像”。比如电视连续剧《红楼梦》，在未选定演员之前，未来的观众已在心中为这个形象勾画了一个朦胧的轮廓，其基本内容大约是寂寞并清瘦的内容与形式的统一。一旦演员上了屏幕，鉴赏者千姿百态的想象及其寂寞与清瘦统一的总体特征便自然融为一体，任何由林黛玉形象的想象都以此为基点。鲁迅先生认为在《红楼梦》的文字中推见的林黛玉就有不同形态。他说“排清了梅博士的‘黛玉葬花’照相的先入之见，另外想一个，恐怕会想到剪头发、穿印度绸衫、清瘦、寂寞的摩登女郎或者别的什么模样，我不能断定。但试在和三四十年前出版的《红楼图咏》之类里面的画像比一比罢，一定是截然两样的，那上面画的是那时的读者心目中的林黛玉”。[5]鲁迅先生的“推见”与“断定”显然是一种想象。而这种想象的不同与艺术及艺术形象本身的特征及在不同时代、社会、文化背景下的变化直接联系在一起。想象的不同也取决于情感的变化，反之情感的变化也是形成想象的个人性的主要原因之一。关于艺术想象是受艺术的假定性制约的判断，其基本理论与如上的分析类同。这里举一个例子说明。卓别林在《摩登时代》这部喜剧片中扮演一个机械工人，在他不停地操作了十几个小时的拧紧螺丝钉的工作，下班走在马路上的时候，看到妇女上衣的纽扣也不由自主地要去“拧”一下。这貌似荒诞的细节，如果孤立起来是不会被认可为真实的，但是在影片鉴赏中，在最一般的意义上，鉴赏主体也会给予认可。其中，有对由此细节展现的深刻的社会内容的理解，有与理解伴随着的在喜剧面影笼罩下的悲愤情感——一种对被扭曲的现象的情感认可，这种情感认可显然是以想象为表征的，由想象所承载的内容与情感又分明是影片本身的艺术假定所提供的。除了以上三个方面对想象的基础概括之外，在总体上想象作为艺术鉴赏中情感的一种表现形态，其价值如何呢？黑格尔说“真正的创造就是艺术想象的活动”。[6]对于艺术创作来说，是如此，对鉴赏来说，亦然。因为真正意义上的鉴赏作为一种观念形态的思维活动，是对创造本身的再创造。所谓听话听音，锣鼓听声，意在言外使人思而得之都指离开了想象，就无所谓理解，无理解也就无情感，无情感也就无艺术，无艺术何来艺术鉴赏？所以，人们的欣赏过程，在某种意义上也表现为一种发挥想象力的过程。至于想象的丰富与否，则取决于影视艺术作品本身提供的余地以及欣赏主体的想象力的大小与强弱。陆机说“精骛八极，心游万仞”(《文赋》)与刘勰所说“思接千载”“视通万里”，[7]都指的是想象的作用，而这种作用只有在鉴赏的主客体互为一体时才能发生，表现为情感与想象的统一。一般说来，鉴赏主体感知艺术及艺术形象是富于情感的，而想象则依赖于情感的推动并借助这种推动来丰富情感。正由于此，我们才得以在二者同一的命题下认为艺术想象是艺术情感的一种结构形态，并以“超越”来概括，而这种超越显然是指想象对艺术品固有情感的超前认同。吻合、离异、超越三种形态是艺术情感结构有序化的最基本的特征。显然,我们在分析这三者时,同时强调了受社会群体制约的个性原则,也正由于个性原则源出于社会的复杂性,鉴赏主体的复杂性及作品本身提出的“对象属性”的复杂性,我们才将情感与个性联接在一起并放在社会视角的观察范围之内,而不将情感与个性摆在纯粹心理和生理的位置上,这是一个问题的两个方面。

影视艺术鉴赏是一个复杂的机制,情感、个性及其结构形态也仅仅是一个剖面而已。

参考文献:

① 朱光潜.朱光潜美学论文选[M].长沙:湖南人民出版社,1980.
② 〔德〕黑格尔.西方心理学家文论[M].北京:商务印书馆,1996.
③ 〔美〕弗·里奇.评《克莱默夫妇》[J].美国:时代周刊,1979年12月3日.
④ 〔俄〕赫尔岑.赫尔岑论文学[M].上海:上海文艺出版社,1962(P.7).
⑤ 鲁迅.鲁迅全集(看书琐记)[M].北京:人民文学出版社,1981(第5卷.P.429-430).
⑥ 〔德〕黑格尔.美学(第1卷)[M].北京:商务印书馆,1962(P.47).
⑦ 刘勰.文心雕龙[M].上海:上海古籍出版社,1988.

观念、主旨与人物

——黄建新、冯小刚电影创作的差异性比较之一

摘　要：在电影创作背景和艺术理想的意义上，电影导演黄建新、冯小刚的共同处又是他们差异性的出发点。主要表现是：在总体观念一致的前提下，他们对电影艺术的观念和属性的理解的切入点不同；在他们的电影作品表现出思想主旨即都市意识在总体上的一致性的同时，又呈现出对都市意识在分类和层面意义上的不同理解，如对都市人生存状态的不同理解及其作品中对人物形象塑造的差异性。

作为当代中国大陆著名的电影导演，黄建新、冯小刚的电影创作在背景和艺术理想意义上的共同处又是他们相异的出发点。主要表现是：在总体观念一致的前提下，他们对电影艺术的观念和属性的理解的切入点不同；在他们的电影作品表现出思想主旨即都市意识在总体上的一致性的同时，又呈现出对都市意识在分类和层面意义上的不同理解，如对都市人生存状态的不同理解及其作品中对人物形象塑造的差异性。

一、观念差异：艺术与娱乐

观念，在最通俗的意义上是指人们对世界存在的认识、理解以及由此形成的思想和理性认识。艺术观念，一般是指人们对艺术存在的认识、理解和看法。[①]在这个意义上，电影观念就可以理解为人们对电影存在的认识、理解和看法。事实上，理论家对电影观念的界定是颇为复杂的，但我们仅取电影观念是人们对电影存在的认识、理解和看法。用通俗的语言表述，即“电影是什么？”那么，黄建新、冯小刚这类导演对电影本体的认识、理解和看法又是怎样的呢？事实上，只有把他们放在中国电影观念嬗变的大背景下，结合他们的创

作实践，剖析其电影观念的形成，才能给出明确的答案。

在中国，自20世纪上半叶至当下，尽管电影发展多姿多彩，但强调意识形态属性始终是中国电影最鲜明的特征。直到20世纪80年代，这种占统治地位达半个世纪的电影观念才重新被恢复过来。诚如周星教授所描述的那样，中国电影在20世纪90年代以来，“涉及电影更多的话题集中在改革、票房、策划、档期、买断、盗版、明星、市场等等，和艺术欣赏直接相关的编剧、创新、手法、思想等则渐为鲜见。”[②]正是在这种背景下，这一时期的电影创作呈现了多元化的趋势，与之相辅相成的是电影观念也呈现了多元化的态势：强调电影应具有时代性，或以探寻电影艺术形式为己任，或将电影继续看作宣传的一部分，或把电影视为自我表现的工具等等。

黄建新是在20世纪80年代中期以《黑炮事件》震惊影坛的。当时，中国电影在电影观念上仍处于一个过渡期。有相当一部分导演在形式探索上走向了极端，中国电影的审美实践后来被简化为一句广为传播的格言，即说什么并不重要，重要的是怎么说。现在看来，这种说法的局限性是显而易见的。还有一部分导演仍然没有脱离前期的窠臼，对电影艺术性的重视仍显不足。在这种历史背景下，黄建新脱颖而出，其中有两个重要的方面：第一，他比较关注人生，关注社会，关注时代，颇为敏锐地注视着激变中的中国都市，注视着都市中的小人物的生存状态和文化心态。第二，他把电影是一门艺术当作他对电影本体的最高理解，也即是说，他不仅仅把电影看作是对生活的反映和表现，而是把电影视为生活的艺术的再现或再塑，即视电影为一门艺术。

与黄建新相比，冯小刚所处社会的政治经济环境、社会情态、话语背景虽然大致相同，但20世纪90年代以后，观众的欣赏习惯和审美趣味都很不一样了。一方面，从20世纪80年代中期开始，中国电影业开始戴着各种现实的“镣铐”走上了市场化之路，20世纪90年代，政府加快了电影市场化的步伐，毫不留情地将电影推向并不完备的市场；另一方面，域外电影的引进、电视剧的日益通俗化和世俗化，使得国内相当一部分电影人也接受并实践着电影是商品的理念，开始追求电影的观赏性和娱乐性。[③]但这并不等于说，他们否认电影是一种艺术，而是说他们的创作或观念发生了变化。这种变化，用比较流行的话来形容或概括，那就是娱乐。冯小刚就是这种电影观念的忠实实践者，但较全面的表述是，他认为电影是一类商品，当然也是一门艺术。

相对于国内屡获各种大奖的导演，冯小刚自封是“商业片”的导演。在《没完没了》的贺岁片访谈时，冯小刚就说：“电影就应该是商业的！”[④] 相对于中国电影承载教化功能的传统，冯小刚也直言不讳地说道“电影的主要功能是娱乐，我拍戏主要是为了娱乐自己国家的人民，而不是为了到外面去拿奖。”[⑤]“国外的评委对娱乐性强的电影不会感兴趣，与其投其所好，不如为自己人服务。”基于此，冯小刚对自己的贺岁片做了两个定性：一是人民性，二是传奇性。北京大学文学与比较文化研究所教授戴锦华也认为，冯小刚具备两个商业生产电影人的基本素质：第一，他了解普通市民观众的艺术口味；第二，他的职业道德、职业伦理使他重视投资人的利益，想着为投资人从市场上获得回报。[⑥] 1997 年的《甲方乙方》、1998 年的《不见不散》、1999 年的《没完没了》、2000 年的《一声叹息》、2001 年的《大腕》、2003 年的《手机》到 2004 年的《天下无贼》，再到 2007 年的《集结号》，冯小刚凭借其敏锐的商业理念和独特的影片风格以及准确的市场定位，他的每一部电影都获得了不菲的票房，书写着中国电影的“票房神话”。无疑，冯小刚已成为了中国商业电影的领军人物，但并不等于说，他的作品不看重思想性，不严肃，不追求艺术性。冯小刚曾经表示：“我虽然看重市场，但并不是不讲艺术。真正的电影就是介于艺术与观众之间，以艺术的形式服务于观众。”[⑦]

二、思想差异

主旨与分类在电影创作中，观念是形而上的范畴，而电影作品中的思想主旨是观念的价值体现的重要方面。综观黄、冯两位导演的作品，在思想主旨上，他们的共同点表现为“四个关注”和“两个统一”，即“关注时代与关注人生的统一，关注历史与关注现实的统一”。[⑧] 在此前提下，他们又将都市作为其作品的主要表现对象，显示出思想追求的共同性，即在他们的作品中体现出共同的“都市意识”。但是在具体解读都市的过程中，他们作品的切入点和解读的方式以及观察的视角又有不同，主要表现在以下几个方面：

(一)整体与部分

把握与理解在都市意识细分的前提下，黄建新的电影作品所体现出的“都市意识”更多的是密切联系时代的当下发展,追寻时代发展的敏感话题,或者是寻求与当时的舆论中心相吻合的话题作为具体的描写对象。

比如20世纪80年代中期以来,异化问题就是理论界、文学界持续讨论并且热情不减的一个话题。1987年,黄建新秉着“宁可在探索中失败,不愿在保守中苟安”的信念拍了一部《错位》。《错位》将影片整体构建在梦幻之上,试图造成整体上的荒诞感。全片以三个梦构成一个带有荒诞色彩的故事:三个梦分别是医院的梦——产生行为的动机;荒漠的梦——惶惑中的空灵;结尾的梦——没有结局的“实在”。非叙事的梦境与机器人从诞生到即将毁灭的叙事形式组成了影片的整体结构。但荒诞的故事不是为了荒诞,最终目的是为了关注现实,企图给“人的异已化生存”一个答案。尽管这种探索未必是成功的,但其追寻对时代的整体把握的思想却是清晰可见的。再比如1988年,在中国电影史上,这个年份被戏谑为“王朔年”,因为这一年王朔的四部小说被搬上了银幕。在这样一个特定的文化氛围里,黄建新执导了《轮回》,把都市人心理生存的迷茫状态艺术地展现出来。他的都市三部曲,更是契合时代的出色之作,只是这种契合,是在他对时代整体变动的理解上的契合。

而冯小刚的电影作品则表现出较多的随意性。在比较黄建新作品的前提下,冯的作品表现出并不特别地追求舆论中心话题,更多的是从构成都市生活的某一部分或某一点去勾画都市人情。在他的创作中,有写都市欲望与满足的《甲方乙方》,有写现代异域都市爱情的《不见不散》,有金钱与爱情的另类描写的《没完没了》,有对都市人广告式生存的一种自我嘲讽的《大腕》,也有涉及都市爱情新景观和婚外恋题材的《一声叹息》或者现代人与人之间的陌生化的《手机》,也有对乡土的淳朴与都市的狡诈的幻象式比较的《天下无贼》……无疑,这些都是都市里的故事,但这些并不都是时代发展中的舆论中心话题,只是都市生活的某一部分或某一点。

(二)对现实的贴近与超越

在对都市意识细分的前提下,黄建新对都市的关注更贴近主流话语,而冯小刚则更注重群众话语。由于这个原因,导致黄建新对都市的关注具有贴近现实的显著性特点,而冯小刚对都市的关注有时让人感觉到像一种现代的传奇。

综观黄建新的作品,从《黑炮事件》到《求求你,表扬我》,每一部作品都跟主流话语贴得很近:《黑炮事件》关注社会转型时期知识分子的心态;《错位》表现都市人的异已化生存;《轮回》描述现代都市人心理生存中的迷茫状态;"都市三部曲"更是把脉20世纪90年代市场经济刚刚建立起来时都市人心理的、观念的、人际关系等各方面的变化,而《求求你,表扬我》也从"面子问题"挖掘现代都市人的深层心理结构。

比较而言,冯小刚的作品与社会的敏感性话题似乎有点距离。比如他的《甲方乙方》用类似小品的片段把一个一个的梦想连缀起来。其实"义气梦"也好,"英雄梦"也罢,虽然都是都市人的梦想,但不管是把这些梦想置于当下还是放在刚刚改革开放的背景中,这些梦想都是我们老百姓的梦想。再以《天下无贼》为例,讲述了在一列车上,两伙贼欲打劫一农民工的血汗钱,但其中的一伙贼由于想替肚子里的孩子积点德,决定放弃打劫、护送傻根到目的地,而与另一伙贼展开生死较量,并最终圆了傻根一个天下无贼的梦想的故事。其实,这样的一个类似于传奇的不是故事的故事,不管放在哪种背景里讲述也都是可以成立的,显然,这是一种对现实的超越。也许这就是对现实在另一层面的贴近,但在表象存在中,冯小刚此类带有"传奇色彩"的作品与黄建新密切联系现实的作品相比较,具有明显的差异性。

(三)心理探询与情感勾画

在对都市意识细分的前提下,在表现都市的普通人和小人物时,黄建新注重的是人物心理的探询,并且深入对人性的挖掘、对心灵的拷问的层面。而冯小刚则往往注重对都市人的情感勾画。

在黄建新的系列作品中,有对都市人惶惑与恐惧心理直接反映的,如《说出你的秘密》。乍一看这部影片,有些类似美国电影《肇事逃逸》的情节模式。但随着剧情的发展与推进,观众看到了何利英这个肇事者在案发后内心的种种惶惑与恐惧,也看到了李国强这个目击者深陷于社会公道与个人私情的两难选择时的焦躁和彷徨。为了深刻而细腻地挖掘影片中人物的内心隐私与阵痛，导演在影像语言上大量使用了运动镜头，以及不规则的倾斜构图。当何利英紧急刹车不及撞倒下班女工时，一个低机位的镜头绕着桑塔纳汽车做弧形移动至车门下部，车门开了，迈出何利英那精巧优雅的脚，那只脚犹豫了片刻又缩进车内，直至汽车开走，消失。这个镜头的设置就明显是表现肇事者的责任与怯懦的内心挣扎。在他的作品中，也有展示焦虑心理和失重心理的，如《轮回》。按黄建新自己的话说，《轮回》应是一部描写特殊个性心理的电影，影片的主要人物的心理过程及内心体验是首要的。基于此，影片确立了全片的主色调为橙黄色，补以青灰色和黑色的基调。橙黄色（有时是赤红），使影片前半部表现主人公刻意寻求刺激的场面及表现主人公精神昂奋的场面得到渲染，并统一于一种整体的气氛中。青灰色及黑色同样使影片后半部表现主人公涣散、消极的心理状态及一步步逼近死亡的场面得到渲染，构成一种整体氛围。黄建新的都市电影中，还有涉及对更年期女性心理细致入微的刻画，如《谁说我不在乎》等。据说，这部影片的原名是《妈妈到了更年期》，虽然最终影片没有用此名，但片中一句台词暴露了原来片名的用意。剧中人小文对爸爸说"亏你还是医生，我妈到了更年期，你知道不知道？"顾明的回答是："你妈的岁数还没到呢。"尽管作者把原来要大力张扬的"更年期"意念尽量掩盖起来，但是通观全片可以感悟，作者实际上是暗自铺陈这个意念，把小文妈妈的更年期心理深刻地揭示出来。一句更年期提前的话，就暗示了都市人生存的压力之大。尽管是一种暗喻，但直视都市人心理的动机和效果是统一的。

而冯小刚对都市人的关注，更多的是把摄影机深入到了作品中人物的情感方面。描绘爱情，是冯小刚作品不变的追求，他的每一部作品几乎都可以用简练的语言概括出一个有关爱情的故事：《甲方乙方》中，姚远和北雁实现了别人的一个个梦想，最终也成就了自己的爱情，正如最早的片名一样，"成全了我也就陶冶了你"。《不见不散》中，刘元和李清虽然一见面就倒霉，但结局还是双双回国，留下了一段美好的异域爱情……不仅如此，亲情亦是冯小刚真诚的呼唤。《没完没了》中韩冬对小芸的绑架，是因为韩冬为了拿钱给姐姐治病，而对"植物人"姐姐几年如一日的悉心照顾，更是让观众感受到了浓浓的亲情；《一声叹息》中梁亚洲对妻女难舍难抛，最终选择了回归家庭，也不能不说是在呼唤一种弥足珍贵的伦理亲情；《天下无贼》中贼婆王丽最终放弃

“打猎”,护送傻根平安到达目的地,除了良心发现之外,腹中小生命的即将诞生不能不说是个关键的因素。

三、人物形象创作差异

人物塑造是叙事作品的生命线,但是如何塑造、塑造什么样的人物与艺术家的思想倾向性和审美风格有关。而思想倾向性,一方面显示着艺术家的主体性,一方面见证着艺术作品的思想主旨。

(一)类型化与个性化

黄建新关于人物的塑造,尽管也突出个性,但更多的是对共性的一种关注,或者说他更倾向于人物在社会中的代表性。具体而言,类型化是指他的人物具有一类人的代表性。这倒不是说他的作品缺少个性,而是从他对时代思潮的追寻、强调人物的思想归属等方面所强调的。比如说《黑炮事件》中的“赵书信性格”,在既往的评论中,都认为他是中国转型时代知识分子的一个代表。显然,这种评价是从一种类型的意义上来界定的。而冯小刚则不同,他在人物的塑造过程中,更强调一种个性。比如《手机》中的严守一,就有着鲜明的个性特点:作为一名成功的男性,有着渴望婚外刺激的欲望,但又不止于刺激(选择“沈雪”,放弃“伍月”是不是可理解为对真情的呼唤呢);作为一名电台的知名主持人,具有知识分子的气质和魅力,却一改既往中国知识分子艺术形象塑造中的猥琐和懦弱,甚至有点大胆和“痞气”。可以毫不夸张地说,严守一,作为知识分子形象,从20世纪80年代以来直至当下的电影艺术,他都是独一无二的。⑨

(二)从人物群像上用力与从具体人物上落笔

黄建新在他的作品里,往往注重的是与时代脉搏共振的思想因素,又将这些思想融进其作品中的人物塑造中,由此造成了与时代合拍的众多的人物群像。《站直啰! 别趴下》,全片设置了17个人物,就有一种百态的倾向,以至报百花奖的候选人时,厂里给冯巩报了个“最佳男配角”。其实比较而言,冯巩饰演的高作家更接近男主角。《背靠背,脸对脸》中的人物就更多了,围绕着王双立的官运沉浮，一群人物形象塑造得栩栩如生。《红灯停，绿灯行》一片中的人物最多，有名有姓的20几个，出现了无主角的情况，搞不清楚谁是主角，谁都不知道谁重要，每个人都有他自己的一个故事。而冯小刚则不同，在他的作品中，往往更注重在具体人物上落笔，每一部作品都可以找出主角来。比如《甲方乙方》的姚远、北雁，《不见不散》中的刘元、李清，《没完没了》中的韩冬、小芸，《大腕》中的尤优，《一声叹息》中的梁亚洲，《手机》中的严守一，《天下无贼》中的王薄、王丽等等，故事总是围绕着他们而集中展开。

参考文献：

① 钟惦斐.论社会观念与电影观念的更新[J].电影艺术.1985(2).
② 周星.中国电影艺术史[M].北京:北京大学出版社.2005(P.291).
③ ⑨ 黄清，戴剑平.时代背景及其作品总印象——都市意识视域中黄建新、冯小刚电影创作比较[J].电影文学.2008(7).
④ ⑤ ⑥ ⑦ 任义，冯小刚.我不当贺岁片的奴隶[J].记者观察.2002(3).
⑧ 玉雪石，冯小刚.中国电影导演中的“另类”[J].艺术家.2001(2).

第五编　电视剧研究

电视剧的叙事形态

摘　要：观察这一问题有一个原则和三种角度。一个原则是“电视剧叙事与艺术的整体叙事有一致性，又存在差异性。”角度之一是影像与符号。电视剧叙事中的影像是与“看”的心理相对应的“叙述者”的“画面运动”，其中的文字、符号与影像是三位一体的。角度之二是与“非影像艺术”的比较。作为影像叙事的电视剧叙事在叙述表征上与小说等叙事形态具有非一致性，并以影像为本，呈现出“动作性、整体性和直捷性”；角度三是“受众因素”在电影叙事、戏剧叙事和电视剧叙事中影像认同的差异性。故，电视剧叙事形态在最根本的意义上是“形式美学范畴”，这种形式规范在叙事的意义上制约着内容的叙述。这便是电视剧叙事的审美价值。

一、影像与符号

当我们从“叙事—艺术叙事—电视剧叙事”这样的线索观察作为特殊叙事形态的电视剧叙事时，便会发现，电视剧叙事与整体叙事原则的一致性以及电视剧叙事与其他艺术叙事诸如小说叙事、戏剧叙事、电影叙事的区别，这种同与不同共同构成作为艺术叙事形态之一的电视剧叙事形态。这种在比较中确立的一类艺术叙事形态，有一个基本的存在前提，即叙事符号的自身独存的形态，如在小说叙事中，叙事符号是以文字为代码的语言叙事形态，而在戏剧、电影乃至电视剧的叙事中，语言必须依赖影像的载体的传播而存在(戏剧的真人演出形式在这里已不能与人的现实存在画等号，故一并视为同一类型)。尽管在特指的电视剧叙事中，有一个经过文字叙述的阶段，使电视剧同电影一样，只有在荧屏上与观者形成“传播—受众”的文化形式才能真正称为电视剧，而且电视剧的播放与收视特征反转来又影响着文字的电视剧叙述。因此，在具体分析电视剧叙事与其他叙事的异同之前，必须先确立电视剧叙事的自身独存形态。我们认为其中的核心问题是影像与符号。

怎样理解“影像”并认识作为一种叙事审美原素的“影像”及其发展呢?

在词义上解释,“影像”可直译为“影子”构成的“形象”。影像概念的确立首先建立在一种物质基础之上,即影像表现为光影生成原理与人的生理视觉的统一。在西方哲学家那里,影像还被释义为“相对于人的存在的存在”,我们并不认为这种概括就可以成为影像内质的界定,但我们认为前述物质基础并不是影像概念的全部,因为,一旦与“形象相关”,就在本体意义上指向了存在的人,于是,影像便与人同在,即影像以人为本,与人一起诞生并在人的实践中形成社会性变异。因此,在广义文化的角度看,影像是以人为本,并以其与视知觉的关系为表征的,在自然与社会融合意义上生成的一种人的特殊心态。而在艺术领域中使用的“影像”概念,往往并不注重“影像”的内容,仅仅以影像的“表征”为前提,作一种比喻性描绘。如在法语中,影像(vision)被界定为“生理器官通过光的刺激产生的感觉”;在英语中,影像被解释为“通过视觉器官获得意像”(image oblainedthrough the organs of seeing);在日语中,影像有两种涵义,即映像与画像。显然,从不同的语种中,我们发现对影像的解释是大体一致的,即集中在“光影生成原理与人的生理视觉的统一”这一点上。那么,影像在艺术中的发展是怎样一种线索呢?

无论是远古时代还是当今的时代,人本心理中都潜存着“看”的欲望,希望看到世界,看到人,看到自己。这种欲望在艺术中的变异与相近艺术的形式演变存在着直接的联系,即从绘画、雕塑、戏剧、摄影到电影和电视。在人的存在环境中,此类艺术与人的视知觉相联系而存在。当人在现实世界中发现“类”的存在时,便自然产生认同心理,比如“人是什么”的古老命题,比如“我是怎样的我呢?”这样的疑问,都在形式上为影像的认同提供了内在的动力。正如人在镜子面前都会下意识地发问:“这就是我吗?”人们在一切与影像有关的艺术面前,同样会发出感叹:这就是人类。尽管这并没有涉及内容与本质,但内容与本质在这里表现为潜在的决定性,而影像在这里,无疑是一种存在的中介或媒体。于是我们看到,这种影像意识是被思维着的观念与被实践着的物化形态的一体化。如此,在艺术形式的演进形态中,便会看到不同的线索。在世界范围内,以纯文艺为例,小说、散文等成为书面文学;雕塑、绘画等成为视觉化、固态化的艺术,而位于此二者之间的戏剧形式则是前两类形态的综合，在这类综合艺术的基础上，随着现代科技的发展，又产生了高级形态的"看的艺术"，即如电影与电视。在电视尤其是电视剧艺术中，影像便成为与"看"的心理相对应的"叙述者的画面运动"。

影像及其发展即如上述，是否就可以在此基础上认定电视剧叙事的主要特征了呢？显然，只有在影像形态与符号形态之间作一番比较之后，才能确定"特征"的特殊性。

符号即符号文化的基本单位、基本概念和基本的出发点。在现代社会中，红绿灯已成为世人皆知的文化现象，"行与停"便是其中的内涵，这是否就是一种符号呢？应该承认，这是符号现象而不是符号文化的主要形式。当早期人类发现以石块或其他替代物代替被猎获的动物时，符号意识便出现了，最终，这种意识导致以文字为表征的符号文化的产生，当人们认可了"鸟""鱼"的代码意义之时，人类便进入了符号文化的时代。人类的童年时期同个体人的童年一样，均有形象思维的共同思维特征，主要关注的是客体的整体存在，因此原始图画常常以动物的完整图像的形态出现，从而为独体文字的产生奠定了基础。鲁迅认为："画一只牛，是有缘故的，为的是关于野牛或者是猎取野牛、禁吃野牛的事……他们(指原始人)一面看，就知道野牛这东西，原来可以用线条移在别的平面上，同时仿佛也认识了一个'牛'字。"[①]《语言论》的作者布龙菲尔德说："文字是图画的产物，一切民族的人民大概都会涂颜色、画线条、刻画，或雕琢，借以制成种种图像，这些图像……能够影响看见的人的行动……"[②] 由此看出，文字产生的基础是图画，而这些图像本身就是初期人类以传达信息为目的的符号。显然，符号主要指语言的中介——文字及其语义的文化形态。问题是这种广义文化的基本要素与我们特指的电视剧叙事有什么关系呢？

当文字作为符号产生之后，原来融为一体的"图画文字"的分化则不可避免，在一个漫长的历史过程中，它们又各自形成文字范畴和绘画范畴。作为叙事的艺术同时存在于这两大范畴之中，但在人类的符号文字高度发达的文明时代，叙事更依赖于文字，而不依赖于绘画。于是，在符号系统中，以整体性原则为思维出发点的绘画就形成了独自的"代码系统"，在持续不断地发展中，电影与电视改变了人类的文化形成结构，使绘画语言借助文字的叙事成为"光影生成的动态的符号系统"。电视剧在整体意义上便是这种符号文化的"叙事本体"。目前，通俗的理论将这两种符号系统界定为：文字的符号系统和影像的符号系统。

由以上描述可发现，电视剧的叙事和文字、符号、影像及其三位一体的共同发展有直接的关系。试以具体的分析为例。小说《红楼梦》中写王熙凤，历来被誉为“经典的叙述”，其描写如次：

一语未完，只听见后院有笑声，说：“我来迟了，没能迎接远客！”

紧接着是：

只见一群媳妇丫鬟拥着一个丽人，从后房出来，这个人打扮与姑娘不同，彩绣辉煌，恍若神妃仙子，头上戴着金丝八宝攒珠鬓，绣着朝阳五凤挂珠钗，项上戴着赤金盘蛎螭璎珞圈，身上穿着缕金百蝶穿花大红云缎窄裉袄，外罩五彩刻丝石青银鼠褂，下着翡翠撒花洋绉裙；一双丹凤三角眼，两弯柳叶掉梢眉，身量苗条，体格风骚，粉面含春威不露，丹唇未启笑先闻……

我们在前述叙事本体中曾将人物与情节列为叙事的重要方面，《红楼梦》中这段关于人物的描写无疑是文字叙述中的上品。当我们将这段文字分解开时，便会发现从文字的符号到形象的构成是一个分解并重组的过程，先是声音，后是外形，衣着和服饰，进而深入性格如“丹凤三角眼”，便是“形式化的内容”。在这一段叙述中，每一个关于王熙凤形象的意象都用一种文字符号来表示，我们称这为符号的影像化过程。但在电视剧《红楼梦》中。在屏幕上映现的王熙凤则是一个具体有整体印象的形象的存在，表现出影像的符号属性，即这个形象态体的内涵的具体化，如“美丽”“歹毒”“辣”等就表现为影像整体的内容。于是我们看到文字符号的具体化与影像符号的态体性之间的差别。再考虑到电视剧叙事是从文字到屏幕影像的过程，则电视剧叙事符号的基本因素便是从文字的具体性叙述(具有分解的性质)到影像的整体性叙述；而在文字的具体性叙述中，必须考虑到未来“影像形态”的叙述以及表现与接收的可能性，又应尽量使文字的符号性叙述与影像的符号性叙述更为接近，如在电视剧《红楼梦》的文学剧本就不会出现上引小说《红楼梦》中的叙述，而是取其“声音”“动作”“形象内涵”的动态构成为叙事的框架。因此，我们认为可以用“符号的影像与影像的符号的统一”这样的理论前提规范电视剧最基本的叙述要素，或称电视剧的“叙事语言”。

或许，对电视剧这种独特语言的具体分析，将成为电视剧叙事语言的解构前提，试以非同类与同类艺术的叙事语言相比较，描述电视剧叙事语言的具体内容。

二、非影像艺术的折射

先以非同类艺术如小说叙事为例，与电视剧叙事加以比较。中国现代著名作家巴金的小说《家·春·秋》曾是震撼国人心灵的巨著。20 世纪 80 年代初，这一系列小说开始被改编为电视连戏剧，剧作改编者黄海芹在改编过程中曾对改编这部小说产生过疑问，在《关于‘改编’的思索》一文中，作者说："我急急忙忙找出《秋》的小说，急急忙忙地重看了一遍，结果，却很失望。我把《秋》放到一边，觉得没有什么再创作的欲望。"[3] 根据作者后文的分析，产生这种思想的原因主要是对原著所反映的主题与那个时代的精神契合缺乏了解。但我们认为，其中关于"叙事形式"的类型心理是阻碍产生创作冲动的更重要的原因。事实上，作者分明表述了个人的意见，只是援引了巴金的话，即小说与电视是"两种不同的艺术形式"，借以表述了"形式"对叙事的重要性。毋庸置疑，巴金的这部系列小说在叙事形态上，具有广泛铺陈、细腻刻画的特征，但在后两部(《春》与《秋》)小说中，情节的欠集中也是明显的。问题还不仅仅于此，关键在于巴金的"叙事"是以文字的叙述为"情感形式"的，正如我们前文所述的，人物、情节以及"分切重组"的符号性质均是构成小说叙事的重要方面，而电视剧的叙事除了人物、情节等基本要素之外，又需要考虑到影像的叙事与接收的符号系统的制约性，这便给改编者造成了两难境地。改编者是怎样完成从文学叙事到电视剧叙事的"安全"过渡的呢？仅举一例：在电视连续剧《家·春·秋》中，一个在原小说中写得并不十分出色的人物"瑞珏"，却成为比较受人理解、接收的形象。其中，改编者深刻领会原著的精神，如在《瑞珏之死》一集的片头，改编的剧作引用巴金在其他文章中的一段话作为"引言"："……神的眼睛闭着；鬼的耳朵也给塞住了。只有死沉沉的静寂。一切都死了。鬼也死了。神的公道也死了。"的确，对于理解一个年仅 16 岁便嫁到复杂的封建大世家中，面对风霜刀剑并溘然早逝的不幸女人来说，这段直接从文字符号系统"移植"过来的"叙述的铺垫"是能够震撼观者心灵的，但如果没有该集具体内容的"情感内容"的填补，人物形象的确立则是困难的。改编者对这个女人的“叙述”的线索是怎样的呢？作者自己是这样表述的：“她出场就是用手接着雪花，满心欢喜地说：雪是甜的，真的，清甜清甜！觉慧对觉新说，嫂嫂真是个孩子；她被高老太爷宠爱，觉新想告诫她，可她说：我孝顺呀！使得觉新不忍心再说什么；爷爷让她分发节日的赏钱，她为分不均匀而烦恼，最后还自己垫出了钱，却想不到别人会嫉妒；她去世以后，觉慧忍不住哭了……”[④] 从这里可以看出，无论是“捧雪花”还是分发赏钱，无论是小叔子们的称赞还是丈夫的“关心”，都体现出叙事内容上的相关性，同时也更鲜明地体现出影像叙事的动作性特征；体现出人、物、事的整体描述性特征；体现出与受众直接感受、心理接受直捷性状态相对应的影像符号的再现与表现的统一性。原小说中一些精湛的心理描写如鸣凤投湖前的心理自述，都不能在电视剧叙事中保留原来的面貌，而代之以画外音、回忆性镜头的闪回等属于影像语言的手段完成“形式对内容的传递”。

小说叙事与电视剧叙事一方面从属于整体叙事，在人物、情节等艺术美学命题上极为靠近；另一方面又呈现各自不同的符号叙事的特征，即电视剧的叙事以影像为本，以动作性、整体性、直捷性为主要叙述手段，完成自身的美学结构。

那么，这三种叙述手段在电视剧叙事中的具体状况如何呢？

先看动作性。动作性在这里有两层涵义。首先，它表现为“动”的心理依据——早在电影的发明之时，“视觉暂留” 已成为视觉形象连贯的心理和生理存在的主要依据。旧有的理论认为电影是绘画、摄影的“伸延”大致也是这种认识，电视剧赖以生存的电视传播系统在这一意义上依据的是同样的原理。其次，动作性表现为感映形式的连续性，当一个单个镜头的画面“暂停”时，与孤立的绘画并没有两样，只有连续的单个画面的组合才能形成新的质变，即“非动的假象”加上“非动的假象”以及持续不断的影像运动共同构成感映中的“真像”。[⑤] 对于电视剧的叙事形式来说，其“真”源于“动”。这种情况在任何一部电视剧中都能找到例证。以上两方面的统一构成电视剧叙事的动作性特征。

至于整体性，前文已有描述，需要补充说明的是这种整体性是相对于文字叙事而言，在回避分切叙述的前提下加以界定的。如在小说《铁道游击队》中，刘洪等人飞身上火车的描写是较细致的，有心情，也有动作，亦有环境描写；但在同名的电视剧中，游击队员飞身上火车的描写，在感映阶段是现实的

"实体"再现,表现为整体性,在剧作中,也仅仅是"飞奔的火车";"游击队员跃步随车飞奔,腾飞,抓车"等简单的叙述,这些叙述虽然使用的是文字符号,但已经考虑到未来的影像构成,因此,其基本的叙事语言的单位不是文学叙述中的"词"而是"画面的叙述",而画面与画面的组合才构成完整的句子。在审美效应上,这种组合是不同于它种艺术的,由于实体"整体"的再现,导致"直接的现实感"的产生与认同,因而,对具有强烈动作性的描写对象,整体的叙述产生的情感冲击力是强烈的。电视剧的这种叙事手段与电影中的叙事手段是一致的。如早期卓别林的电影中,任何一部电影都能找到类似的例证。如在《流浪汉》第 47 景:

> 彪悍大汉甩着鞭子抽打姑娘。姑娘在树下,疼得喊叫。坐在篷车前的两个吉卜赛男人都幸灾乐祸地目睹这番情景。

显然,影像叙事中的整体性是对叙述对象的"整体描述",浅显地理解就是将"人、景和物"作为整体叙述的基本单位,并由此构成画面的主要的美学意义。正如马尔塞·马尔丹所说:"美学只有在人们清晰地意识到画面的感染力并令人信服时才存在。"⑥"令人信服"就是真实感,而真实感又离不开画面叙述的整体性。

再看直捷性。由于在电视剧叙事中存在着动作性与整体性,而动作性与整体性叙述所达到的心理后果是可感性,因此,在完成"可感"的心理过程中,又存在"直捷性"的叙述特征。所谓"直"即"直观","捷"即"快捷"。这主要是从叙事效果的角度看问题的。以叙事的接受为例,电视剧一类以"影像输出"为主的艺术的叙事接受在心理过程中表现为:影像刺激并作用于感官,在人的大脑皮层相应区域形成一条兴奋曲线,这条曲线向视觉区伸展,唤醒视感觉、直觉和表象,形成视觉形象,然后是听觉区的被唤醒,在诸区域先后并统一的运动中,才最后形成意象。作为相对应的文学叙事的接受在视觉区域必须经过"影像重组"的心理过程才能与电视剧的影像刺激产生一致性。于是,我们便能看到电视剧叙事的直捷性的表现该是怎样的呢?由于存在着这种心理感映的差别,艺术家们逐渐发现电视叙事中的摄影机成为文学叙事的自来水笔的替代物,摄影机的运动为改变叙事画面的观察视觉提供了方便,于是,画面的影像语言也出现了"分切—重组"的潜在运动(在叙事接受中并不表现出来，只表现为叙事过程中的影像语言的结构）并形成自身的“语法系统”。推、拉、摇、移、升、降等原属于电影叙事的技术手段在电视剧叙事中也成为具有同类意义的叙事手段。当前一帧画面的影像语言的内容表现为“高山”，紧接着便是“仰望着的人”时，影像语言自身的“句子”便形成了。假以文学中的“他望着高山”为参照，对“他”和“高山”必须借助想象和原有的“影像”积累才能完成“符号的解构”，而电视摄影成为叙事的这种表述则直接提供了“可感”的心理对象。镜头的叙事已成为电视剧叙事及其可感的直捷性的主要手段。

从以上分析可以看出，在电视剧叙事中，动作性、整体性和直捷性是三位一体的，且以影像为基本的叙事单位。

此外，需要说明的是，勾画出如上关于电视剧叙事的诸种特征，并以“非影像艺术的折射”为题，只是加以比较的方法，并不证明电视剧叙事决然不同于其他非影像形态的叙事形式。因此，在总的前提下，电视剧即作为叙事之一种，在整体叙事原则上，如人物、情节、环境等因素便与小说等非影像艺术的叙述并无二致，这是由叙事接受对象即人的主体性因素决定的，诸如前文中的分析，以人为本是一切叙事的出发点。因此，从非影像艺术的角度观察，作为影像叙事的电视剧叙事只是在叙述表征上与小说等叙事形态具有非一致性。在明确了这一点之后，电视剧的叙事与同为影像叙事的戏剧、电影叙事形态的比较，即同为一类叙事形态，是否仍然存在着差别呢？答案显然是肯定的，否则，就抹杀了电视与电影、戏剧在叙事美学意义上的差别，电视剧也就不具有独特的审美价值了。

三、“孪生姐妹”的异同

在艺术形式分类中，一般常将电影与电视列为“姐妹艺术”，我们认为，从播放与映出形式上看，电视只是电影发展的新阶段，当高保真电视、巨大屏幕电视进入实用阶段并普及之后，电影与电视的界限就不太清楚了。届时，任意选择频道、有线电视以及提供家庭观看电影的专门频道的开播，共同使电视成为电影的新的广泛性传送渠道，胶转磁技术的发明或许最终导致磁带代替胶片？其实，电影院除了放映影片之外，也将成为多功能的文化设施，其中并不排除每个影院都有自己的电视发射台的可能性，观众在电影院中也将从没有选择权过渡到象当今家庭看电视一样，对电影院中的“电影放映”有选择权。于是，我们可以说，从发展远景看，电影与电视最终的趋势是融为一体，这在今天的影视文化中已显露出明显的趋势性。但在今天，探讨属于当下文化环境的电视剧的叙事，就必须以今天的影视现状作为出发点，即电影与电视存在着映出形式的差异性，这种差异性导致电视剧叙事与电影叙事的不同。当然，在未给出这个不同之前，应先明确电影叙事与电视叙事的相同点。

电影叙事在基本叙事要素上如人物、情节的叙述，表现为对“整一性叙事原则”的遵循，当然也必须接受影像语言系统的制约性，而电视剧叙事中的动作性、整体性、直捷性等特征在电影叙事中同样可以是一种叙事的“法则”。既然如此，电影叙事与电视剧叙事的区别又表现在哪儿呢？我们认为这种区别表现在影像叙述的深层次结构上。其一，由于电视现阶段的清晰度较之电影有明显的距离，由于电视屏幕的画幅的狭小，使电视剧的影像叙事常常依靠非影像语言即“画面中人物的语言”等加以补充，从而完成整体情节的需要；相反，由于电影为观众提供了十分清晰而又超长超宽的画面(相对于生活真实而言)，就无须在看不清的意义上照顾观众，于是，在电影叙事基本单位的画面中，其动作性、整体性等就更为突出。例如中国电影《黑炮事件》中以纯白为会议室的背景，展示一种“文化心态”的影像语言的叙事形式，已成为电影叙事中的标准的“象征语言”；同一部影片通过电视播放时，不用说在黑白接收机前，这种“象征效应”不会产生，就是在彩色接收机前，因尺幅所限，缺少一种空旷感，其象征效应的程度明显略逊一筹了。像万马奔腾、江河咆哮这样壮阔的镜头场面，在电影叙事与电视叙事中也同样存在着感映的差别，试想在印度影片《甘地转》中为甘地送葬的叙事画面中，动用了几万人，若将这种叙事形式照搬到电视剧中，无论经济还是效果都是得不偿失的。也正因由此，电视剧的叙事往往避开这种宏大的场面。其二，由于电视接受环境在现阶段与电影的接受环境存在较大的差异，也促使电视叙事选择更适合自身接受环境的途径。当观众坐在电影院里时，灯的关闭像是一个“正式”的讯号，告诉观众进入放映情境，观众此时的接受一般是绝对时间中的绝对的注意，在心理上很容易进入影像的叙述内容，而同样的观众在客厅里的电视机前，在茶余饭后，一边与家人交谈，甚至一边从事着不同的家务，一边观看着电视剧，这种情景造成了观众心理的若即若离的状态，或称相对时间里的相对注意，因为观众可以选择看什么或不看什么,什么时间看或什么时间不看。在这个前提下,电视剧叙事就更应集中在寻找观众心理的沟通,其中最有效的手段是情节与情节心理的构成。当日本电视剧《阿信》在中国连续播放时,甚至开始并没有观看的观众在后来成为最热心的观众,因为在"电视后效应"中如在第二天的办公室里或街头巷尾的议论中,"一个女人多舛的命运"的话题会成为继续收看或加入收看行列的重要契机:"后来怎样了呢"的情节心理成为左右观众的法宝,并使电视剧叙事形成情节化倾向、家庭亲情化倾向(如国外专注家庭的肥皂剧)。当然,情节属于整体叙事,但在电视剧叙事中,其位置更为重要,相对于电影,亦然。我们只是在深层内涵上从总体倾向上看待这样的问题,而电影可以完全不顾情节心理的现实。因此,如上的分析也也就具有了相对的合理性。这便是电视剧叙事与电影叙事的异同。或许,我们应该对电视剧叙事与戏剧叙事亦可加以比较,并在此基础上总结戏剧、电影、电视叙事的总体框架。戏剧叙事既不是小说叙事,也不是影视的影像叙事,但我们将其列入影像叙事的一类,原因在于戏剧中的真人演出的"真人"在演出过程中已经"符号化"了,故以影像换之,或称"亚影像形态",所以,戏剧叙事可以表述为"亚影像叙事"。

戏剧叙事与电视剧叙事存在着哪些异同性呢?

与分析电影叙事的出发点相一致的是,在叙事接受的意义上理解,戏剧叙事虽然也是在"闭灯"之后与观众构成一体的,但由于正在进行的叙述着的戏剧由真人扮演剧中人,而且"事件"的发生又不得不局限在"框式"的舞台中,以真人为符号的代码意义的影像就受到动作性的限制,当电视剧中描写人从高楼上摔下时,可通过特技来完成其动作化,同样地叙事对象在戏剧中就无法展示。所以,在戏剧叙事中,动作性更多地体现在情节的冲突上,而不便利用外在形态的动作特征。此外,由于外在动作的实施受到局限,戏剧叙事又必须依据整体叙事原则推动情节发展,借以塑造人物。所以,戏剧叙事就不得不借助剧中人的对话——文化符号的语音化形态来完成情节的起、承、辩、合,以及细节的交代,人物关系的展示等。这并不等于说电视剧就无须用剧中人的对话来推动情节的发展,只是由于接受形态的限制,两种叙事就出现了不同。即在这里,戏剧叙事的整体性就较之电视剧叙事的整体性而出现了与文字叙述相近的"分切—重铸"现象。也正由此,戏剧叙事的"直捷性"相对也出现了迟缓现象。至于由于“闭灯”使观众产生的“梦幻的真实感”。戏剧叙事在这一环境意义上虽然接近电影并与电视有区别,但由于动作性、整体性、直捷性所依附的是实体人的“符号代码”,其外在的真实感相对于电影或电视就有弱化的现象。因此,戏剧叙事在这里倒更应靠近电视剧而追求情节的多变,借以达到吸引观众之目的。如果说影像语言是叙事形式的外在形态,情节便是叙事的内在形态,在内外两种形态的相同又不相同的比较中,电视剧叙事与戏剧叙事的差别便表现为影像语言、亚影像语言与情节的整一性。由此也看出我们为什么称戏剧叙事为“亚影像语言”,即它不属于文字符号的系统,也不完全等同于电视剧的影像语言系统。

在以上几个层面的分析中,我们始终注意了“读者因素”,即在电视剧叙事形态中,存在着明显的“受众因素”。这里的受众因素并没涉及叙事的内容,因为受众的文化存在是一个复杂的文化系统,其道德、政治、伦理、阶级、历史、时代精神等都是其文化的制约性因素。参照我们在前文中的描述,这些因素可以成为故事的内容,但并不决定怎样编织故事。显然,这里是叙事的形式的制约性。所以电视剧的叙事形态在最根本的意义上是“形式美学范畴”,这种形式规范在叙事的意义上制约着内容的叙述。这便是我们所给出的电视剧审美中叙事形态的最基本的概括。

完成对叙事、叙事主体、电视剧叙事形态的本体分析,已扫除对电视剧叙事具体分析的所有障碍,在这个基础上,在前述各个命题的前提下,我们再来具体分析电视剧的叙事类型。

参考文献:

① 鲁迅.鲁迅全集(《门外文谈》)[M].北京:人民文学出版社.(6卷P.68-69).
② [美]布龙菲尔德.语言论(汉译世界学术名著丛书)[M].北京:商务印书馆.1980(P.357).
③ ④ 黄海芹.《围城》的剧本改编[J].当代小说.1989(2).
⑤ 戴剑平.影视美学[M].太原:山西人民出版社.1989(P.188).
⑥ [法]马塞尔·马尔丹.电影语言[M].北京:中国电影出版社.1980.

电视剧叙事类型解构

摘　要：电视剧叙事与其他文艺叙事拥有一些共同性特征，以电视剧叙事的“中观类型”予以概括并解构。此研究共涉及四个方面的内容：一是客观叙事。包括叙述者、客观性、时间顺序、事件发展、人物命运等；二是主观叙事。包括主观性、中断的叙述、正(倒＼插)叙、接受心理等；三是复合叙事。包括复合性、人称视点、先在语境、选本等；四是情节与人物。包括人物、形象、情节架构、情节空间、情节引导、接受主体、叙述情境、关系总和等。

一、客观的叙事

在叙事学意义上，电视剧叙事是整体叙事及文艺叙事的一部分，电视剧叙事是以影像语言为符号载体的叙事。尽管理论家们煞费苦心地勾勒了电视剧叙事的诸多理论层面，借以确立电视剧叙事的自主地位，但在对电视剧叙事的微观的分析中，我们仍然不能回避电视剧叙事与其他文艺叙事的共同性特征，诸如客观叙事、主观叙事、复合叙事等都是所有叙事研究应面对的实际。我们把这些称为电视剧叙事的中观类型，由于深入分析所采取的立场是具体的拆解，故以“解构”命之。

所谓客观的叙事，其意义主要是指叙事的客观性。无论是文字语言系统的小说还是影像语言系统的电视剧都存在着客观叙事的问题。涉及客观叙事的首要问题是“谁是叙述者？”电视剧同小说一样，在叙事视点的观察中可以看作“讲述故事所采用的视角”，或者是“谁在叙述”。一般说来，叙事常有“我”“你”“他”的叙事主体的不同。在客观叙事中，叙述主体主要通过“他”在做什么，以及“怎样做的”再现完成叙述，尽管剧中的“他”受潜在的叙述者的控制，但“他”必定在剧中起主导作用，剧中的思想、感情、其他人物的行动，与剧中人有关的背影、场景等都以“他”为转移，在叙述主体与接受主体之间“他”是故事完成的中心。在客观的叙述中，叙述主体不强加主观意识于“他”，而“他”的行动则是生活的本质真实的虚拟性“替代物”。当然，这个“他”不是固定不变的，而是因故事内容的演变而变化的。根据著名古典小说改编的电视连续剧《红楼梦》《水浒》等都是这种客观叙述的例证。

在电视剧《红楼梦》中，这个“他”就是贾宝玉。所有关系，上至贾母，下至看门人，都与贾宝玉有关，全剧中至关重要的十二个女人“金陵十二钗”也都与贾宝玉有关，或表现为爱情，如黛玉和宝玉；或表现为婚姻，如宝钗和宝玉；或表现为宝玉深层意识中的意淫对象，如秦可卿。在与其他人物的关系中，或表现为亲情与威权的对立统一，如贾母与宝玉；或表现为权力意志的象征，如贾政；或表现为主仆关系的既定模式以及这种模式对人的本性的阶级性束缚，如晴雯与宝玉……总之，宝玉这个“他”是《红楼梦》叙事的焦点，他的命运是其他人物在艺术作品中生存的前提。在电视剧《红楼梦》的整体叙述中，“谁要叙事”并不重要，原小说中有一个“贾雨村”，似乎可以理解为假借的叙事者，但由于存在着“太虚幻境”的“先在的”命运规范，其叙事者们仍然等于“作者”，而且这个作者明显是一种“全知”的角色。表面上看，一切都是“命定”的，实际上是“全知作者”既定的叙事框架所左右的。问题在于，所有叙事学理论似乎都在回避叙述的内容这一问题，好像叙述什么并不重要，重要的只是叙事本身。我们认为，叙事的作用是指“叙事是使故事充满艺术魅力的中介”。如果在《红楼梦》的叙事中，并不存在以宝玉为中心且并不以宝、黛、钗的情爱线索为支架，那么，可以推见的“红楼故事”决不会具有现存的《红楼梦》这样的艺术魅力。这种以“全知视角”观照故事的叙事，将叙述者完全隐蔽起来，造成了一种“客观的接受视野”，即观众(或读者)在对本文的阅读过程中全然不知叙述者的存在，所感映的是激动人心的故事本身，那大起大落的家族的兴衰，那令人永世不忘的情爱纠葛，以客观的现实形态在一幕又一幕地演变着，使故事成为艺术与艺术接受之间的不事雕琢的桥梁。

由山东电视台根据古典名著改编的电视剧《水浒》，也是这类客观叙事的例证。该剧在拍摄过程中，将原小说《水浒》中的主要人物独立出来，以每一个主要人物为题、为中心，展开客观的叙述。观众看到的就是武松、李逵、林冲各自的坎坷命运，以及他们的生生死死，他们所作所为的是是非非。尽管叙述者并没有出场,但其作为“缺席的在场者”始终推动着剧中人物在不停地“运动”——从事件的发生到事件的进展到事件的高潮,直至事件的结束,事件与事件不同,人物与人物相异,情节与情节亦不重复,但潜在的叙述者的客观的叙述视角,一种以等同于剧中人的全知视角的叙事模式并没有改变。因此,在这类例证中,客观的叙事与叙事的客观性是统一的。那么,这类客观的叙事在电视剧中是否不存在其他类型呢?我们认为在叙事视角上,叙事的客观性是客观叙事的唯一标准,但叙事的客观性并不只是一种类型。在理论上,一般将这种叙事的客观性分为三种类型,即按时间顺序叙述、按事件发展叙述和按人物命运叙述。试分而述之。

所谓按时间顺序叙述,事件的发展与既存的时序是一种正向联结,正如吃过早饭以后才能进行上午的活动,然后才是中饭、下午的活动、晚饭和夜生活一样,既存的时序并不预告结果,只是存在着“事件的逐步深化”。

中国古典小说中最常见的便是这种按客观的时序进行叙述的特征,中国古典戏曲中也基本上是此类叙事形态。理论家认为“从某种意义上说,叙事的时间是一种线性时间,而故事发生的时间则是立体的。在故事中,几个事件可以同时发生,但是话语则必须把它们一件一件地叙述出来,一个复杂的形象就被投射到一条直线”,[①]这就是说,被叙述的事件并不发生在同一时刻、同一地点。多种事件的组合更是如此,叙事文本中,可以交叉叙述,可以夹叙他事,但都遵循故事的自然顺序。在小说叙事中如此,在电视剧叙事中亦然。以电视剧《在水一方》为例,在杜小双、卢友文和朱诗尧三个主要人物之间,表面上是一种旧式三角恋爱的“主题”,实质上却是作者叙述故事中隐藏了一个人生永恒的命题,即“究竟有没有超越世俗婚姻的爱的存在”,我们不难从这部诗化了的电视剧中找到些许答案。问题是这种明显理想化的内容是包裹在一个三角故事之中的。在这个故事中,如果按照现行时序作反向设计,那将使“小双究竟爱谁”这个表象的悬念失去对观众的控制力,在原小说和改编的电视剧中,按正常时序安排故事的结构,叙述人物的命运,上述的悬念就如同悬挂着的一个“苹果”,观众始终期待,希望能吃到这个“金苹果”。但在叙述过程中,这只能是一种愿望而已。因此,在这个故事中,卢友文只能在朱诗尧与小双的爱情遭到打击后才能与朱诗尧构成掎角之势,继而在婚姻上赢得小双,只有在卢、杜完婚后,卢的弱点才明显,朱诗尧的一往情深才更合理,也才能在深展意蕴上完成“超越婚姻的爱”的潜在主题。当这部电视剧播放之时，在观众的普遍反响中存在着截然相反的两种意见：一是同情朱诗尧，一是理解卢友文。其中的奥妙虽然直接涉及婚恋观、道德观、责任心等社会学命题，但叙事的中介所形成的美感力量，却是左右这种相异认识的关键。其中，按生活既存的时序安排结构(并不排斥杜小双父母的插入戏)是使观众产生“客观认同心理”的主要前提，上述“反向”的分析也可为这一结论作反向的资证。

没有中断，以正向的时序叙述为基本前提，其直接的效果是导致叙述的客观性认同心理的产生，因此，我们将这种叙述列为电视剧叙事的主要类型。与按时序叙述极为相近的叙述类型，在电视剧叙事中主要表现为按照事件发展的结构进行叙述的类型。这种类型是中外戏剧(戏曲)按冲突律原则叙述结构的衍生物，即主要按事件的发生、发展、高潮直至结局的四大块安排情节、叙述故事。如中国现代话剧名作《雷雨》便是这种叙述的标本。从“一个初夏的上午”开始的 24 小时内，所有已经发生、正在发生、即将发生的事件糅合在一起，形成了正在发生的事件的顺序，于是，矛盾在事件的叙述中暴露出来，并在事件的发展中形成高潮。电视剧叙事类型中，这种按事件发展顺序叙述的叙事是最为常见的客观性叙事的一种。在电视单本剧中，受播出的时间的限制，单本剧的叙事常常采用按照事件发生发展顺序的形式谋求叙事的最佳通道。那么，在电视连续剧中，是否也存在着这种叙事类型呢？虽然电视连续剧更像长篇小说，但在叙述结构上，以戏剧冲突为原则的这类“事件的叙述”也是常见的一种类型。如电视连续剧《新星》便有这种倾向。在该剧中，改革人物李向南一进古陵县便遇到了许多棘手的问题，在以后的事件发展中无论是来自阻碍改革的思想，还是来自爱情方面的困惑，以及这诸多方面所形成的矛盾冲突的交织，都直接或间接地与李向南发生关系。一个事件的解决潜伏着另一个事件的发端，多种事件的发生与解决，使矛盾在李向南这里达到激化的程度，从而使事件循序渐进地发展到高潮。其中，事件与事件的联系是建立在社会制约性因素的必然联系的基础上的，在这个意义上，是不容许出现倒置的事件的，如李向南对违法乱纪者的撤职，必然是在被撤职对象的错误行为之后，而正在发生着的李向南与林宏、顾小莉两个女人的“事件”，虽然可以插入李、林旧情的起因等“前事件”或“已经发生的事件”，但必须先让李向南来到古陵县，与顾小莉形成接触，并使林宏的处境出现困难，然后才能安排李陷入两难境地以及李、林“已经发生的事件”的插入，在总体上，事件的链性结构便是这样一种被“叙述”的“环状体。”从受众接受心理方面考察，“正在发生的事件”是引起受众客观性认同的前提，在前一点上，按事件发展进行叙述与按时序叙述的两种类型是极为接近的，所不同的是，前者注重事件的内在联系，后者更注重发生事件的时间顺序。

显示叙事客观性特征的第三种主要类型是“按人物命运叙事。这类叙事把按时序、按事件叙述的两种类型融为一体，可以有倒置的事件，但在总体上不违背按事件叙述的冲突原则；可以中断时间，而在总体上亦不“逆时针”叙述。简言之，可以有“花开两朵，各表一枝”，可以有“早在某某时间，事件前的事件的面貌是这样的”，而这两方面所遵循的叙述尺度的深层内涵便是“人物的命运”，所以，这类叙事主要表现的是“人物——形象的塑造”。香港武打片《霍元甲》在内地放映时形成轰动效应，究其因，情节心理、武打形式都是重要因素。从总体上看，这部连续剧的叙事并没有明显的时间倒叙，事件发展亦是按内在逻辑结构的，但在具体的各集之间，时间的中断和对“正在发生的事件之前的事件”上的叙述却是经常出现的。全剧将各集中出现的主要人物、事件串联起来，按人物命运的潜在线索叙述故事，推动剧情发展。在全剧开场或每一集的开场时，主要人物并非是定型的，只是在各集不断的故事的发生演变中，人物的命运紧系着观众的关切心理，并逐渐完成对形象的塑造。如主人翁霍元甲刚直沉稳、冷静宽厚、热爱祖国；陈冲鲁莽冲动，急中有稳、正义，每每路见不平便拔刀相助等性格特征，都是在不断发生的事件中得以强化和确立的，而鲜明的人物形象也在这一叙述框架中成为叙述的突出现象。正由此，按人物命运的叙述类型在电视剧叙述中也呈现出明显的叙述的客观性，即从发送到接受的客观对应性心理。

目前，国外叙事学理论在深层结构上常常否认叙事的真实性，认为任何叙事由于受语境的制约，对同一事件有各种不同的说法，叙事本身便是一种虚构。在以上三种叙事类型的分析中，我们一再强调本质真实的出发点即在于我们强调叙事是一种形式中介，但同时也认为任何叙事都离不开客观的真实，只是对这种真实也要从主客体的统一关系中加以考察。

在实质上，从叙事的角度出发，除了主客体的真实性对应之外，一种以生理和心理为基础的虚拟性心理状态也是客观叙事成功与否的关键，有必要加以简要的说明。

这种虚拟性心理最通常的心理刺激形式是“他究竟怎么样了呢”这种心理在心理学中被界定为“焦虑”或“焦虑感”的生成。在电视剧的姐妹艺术电影的发展早期，美国著名导演格里菲斯就掌握了这种叙事方式，如他一方面设置了匪徒与女子的搏斗，另一方面又连缀了丈夫从外地匆匆往家赶的画面，进而进行影像的交替映现，从而使心理情绪在给予“平行发展”的双方的认同之时产生焦虑感。这种最基本的叙事模式被称为“最后一分钟营救”。在今天的叙事艺术中，尤其是在电视剧的叙事中，这种叙事母体已演变出多种形态，随意举出的任何一部情节性电视剧都包含着这类叙事的审美因素。“他究竟怎样了呢”成为客观叙事最富有魅力的关键性手段。以墨西哥电视剧《卞卡》为例，该片长达 100 多集，给人以冗长之感，但在其叙事的框架中仍然时时能抓住观众的心，其原因亦主要如上所述。以第 89—91 集为例，我们看到的是：医生毛里肖与病中的卞卡的友谊、情爱；卞卡病前热恋的未婚夫米盖尔对病中卞卡的绝望，及其与护士阿德里娅娜的新恋情的出现；米盖尔原配妻子莫妮卡因杀人罪而逃亡并被其姘夫所发现；卞卡在特殊的治疗下终于出现了转机，她已经认出眼前的医生就是她大学时的同学……关系越复杂，观众越希望能按自己的心愿去组合剧中人的关系，在每一个“枝节”出现之时，观众的焦虑就多增加一重。在观众的心理认同感产生的过程中，一种认识的客观性便随之产生。

这种心理过程与前述的客观叙事的几种类型以及我们对客观的叙事与叙事的客观性的理论描述，共同构成我们对电视剧客观叙事的总体性理解。由此，在理论的对应性分析中，我们看到与客观叙事相比照而存在的应是主观的叙事。

二、主观的叙事

在电视剧叙事中，与客观叙事相对应的是主观叙事。正如没有绝对的客观叙事一样，并不存在单纯的主观叙事，但主观的叙事作为客观叙事的对应性存在，亦有其自身的美学价值，其主要表现便是叙事的主观性。在客观叙事中，叙述者是隐藏在被叙述对象如“他”的身后的，是一种幕后的操纵；而在主观叙事中，叙事者时常从叙事的框架中走出，即从幕后走到幕前使观众明确感到作者作为叙述者正在向自己讲述着什么。从人称变化看,主观叙事虽然并不排除"他"或"你"的视角,但往往以"我"的面貌出现。一切人物、一切情节都与"我"有关。在中国小说叙事的历史中,以"我"为主体的主观性叙述只是到了近现代之后才开始出现的,如郁达夫的"自叙小说"或称"身边小说",最有代表性的就是《沉沦》。小说中的"我"在异邦国土上的一切经历、一切身心的折磨都构成了"我"的讲述。事实上,这里的"我"并不具有特别突出的叙事价值,相对于"他在干什么"的叙述,只不过是换了"我在干什么"的视角,但在这表面转换"视角"的背后,"我"对"我"的故事性描述则造成一种叙述的主观性,而这种主观性在接受主体的接受过程中更容易形成作为观众的"我"的认同,即从叙述者的"我"到接受者的"我",其叙述的转借或称"间离感"相对减弱了。这便是叙事的主观性。

应该承认,由于电视剧叙事是通过影像形式完成的,致使"可视性"成为电视剧叙事在总体上是排斥主观性的叙事的形式障碍,但作为一种"反形式规范的形式",主观性叙述仍然在电视剧中不乏成功的例证。

西藏电视台录制的《巴桑和她的弟妹们》就是这类主观叙事的形式。全剧中,记者(或者说是作家)成为"出场的剧中人",但由于影像符号的限制,必须添加许多"我"的画外音,以求让观众不时地提醒自己"我就是剧中人"。"我"与巴桑的相识、巴桑生活的艰难与改善,她对其弟妹们的关怀,一切类似于电视报告的"故事"本身,失去了或者说是减弱了情节化倾向,使被叙述者的行为、被叙述者的生活更切近于一种"自然的描述"之中。所以,尽管主观叙事与叙事的主观性在形成一体时具有强烈的"我"的意愿的渗透,但其美学效应所达到的叙事效果并不是使事件或人物具有较浓的主观色彩,而是使事件与人物在贴近自然的过程中更具现实感,当然,这种现实感的内在性往往是被叙述内容在传输过程中的情感的联系。

由于影像符号的制约,电视剧叙事虽然对主观性叙事并不是全面的肯定(这大约与观众的接受心理有关),但正由于电视剧赖以影像为基础,镜头本身也是叙事的主要载体,它可以体现叙事的客观性,也同样能够体现叙事的主观性,而所谓的主观叙事往往与镜头的主观性联系在一起。根据刘心武的小说改编的电视剧《钟鼓楼》的开头和结尾就明显带有叙述的主观色彩。在片头中,摄像机从古老的钟楼、鼓楼,摇到给人以陈旧感的灰蒙蒙一片的四合院,又转向现代光亮派建筑的长城饭店、繁华的自选商场等等。显然,这中间潜隐着叙述者的主观意念,即古老与现代、历史与现实、传统与创新是今天融为一体的文化的总体特征;当全片结束时,给人以朝气的几个青年人在交谈着关于人生、社会和未来的话题,与片头也形成类似的叙事性结构,如果再联系到全剧的内容与形式,这种主观性更加明确。原小说作者在答记者问时是这样说的:“作为小说结构,我采用了‘传花式’,即由一个花心生出四个花瓣,四个再衍生出八个,以至扩展繁衍向四方辐射,改编的《钟》剧,同样是采用‘传花式’的辐射结构。‘花心’即是薛家婚事,由此而派生出许多命运不同的人物和息息相关的事件。”“这部作品实际上希望能唤起人们神圣的感觉,实际历史是由我们大家共同创造的,在我们每个人身上、心理上、感情上、生活方式上都有过去历史的痕迹,《钟》剧旁白也进行了这方面的解释……今天生活中有很多过去历史的阴影,剧中不断提醒人们这一点,然而今天又在向明天迈进,所以在全剧中不断出现许多新的因素……”[②] 很明显,原小说作者的主观意愿已经外化为电视剧叙述中的主观性因素,这绝不是用单纯的“主题思想”所能概括的“叙事现象”。当然,在所有这类叙事中,一切主观的叙述都不能成为纯粹主观的产物,而只能表现为对客观叙事的辅助性价值。从以上关于主观叙事审美效应的分析中,我们已经界定了这一命题,故不重复。问题在于,主观叙事往往给出一种既定的假定性,即作为叙述者突然出现在观众面前加以评述时所出现的情节中断、插入戏、旁白、主观镜头等使观众的鉴赏心理的连续性遭到了“破坏”,从而不自觉地打破了受众正在完成的真实性认同心理的整体结构。怎样评价这种叙事现象呢?我们认为在艺术审美的理论体系中,这仍不能逃出主客体统一的规范,其规范的内在前提便是“艺术真实与生活真实的统一,”这是个既古老又年轻的命题。试以日本电视剧《阿信》为例,予以说明。

从叙事的角度看,《阿》剧是兼倒叙、插叙、正叙为一体的形式。当超级市场的老板娘突然出走之后,孙子便成为她的旅伴。在此后的叙述中,就内容的整体性而言,仍然是客观的叙述,但每当孙子问奶奶“那以后,您又干什么了呢”的时候,问者就成为叙述者的代言人,即在叙事意义上必须将“过去的事件”重新中断,回到现实中来,使受众的认同心理在两次中断(实际上是多次)中形成一种双向叙事的联结,即受众的心理轨迹是“现实——历史——现实……”的反复交替,这种交替使鉴赏心理中的真实感得到破坏与重建,同时也在艺术的假定性中成为对接受对象的一种假性控制：这不是真实而是艺术。在这种叙事的审美效应中，作为叙述者人为地使事件的中断与再续，明显地成为一种整体叙事的辅助性手段，即叙述的形式在真实的内容的叙述中成为艺术的假定性与真实性相对统一的必然中介。

那么，主观叙事与客观叙事究竟有什么不同呢？在理论上，这几乎是无法描述的，原因在于，对于作为第一自然的生活来说，任何存在都是主客体在客体基础上的统一，包括主观意识，也不能脱离这一法则；而对作为第二自然的艺术品而言，同样不能脱离这一法则，但在艺术品中，由于存在着叙事的中介，则必然存在着假定性；而作为叙述的内容，在本质真实上又不能具有反真实的倾向，于是任何叙事一旦与被叙述的内容形成一体时(实际上是不可分割的)，就无法使自身成为脱离主客体统一的纯粹主观性的存在。在相对的意义上，主观叙事的形象的比喻是“让我告诉你吧！”以此与客观叙事的“他究竟怎样了呢”相比，我们会发现其中的差异就是叙述者是否在本文中出现，理论上表述为“缺席的在场者”和“在场的叙述”，但在所有叙事文艺的叙述中，这两者又是难以截然划分的。正由此，从宏观上看，叙事的种类划分只是理论家们对一种审美现象的理性把握与分析，而作为审美分析对象的叙事如电视剧叙事本身，往往与叙事整体是一致的，即所有叙事都表现为“复合的叙事”。尽管在此前的描述中，我们已经提到了这样的问题，而且在具体的举例如对《阿信》叙事的分析中明显披露了这一现象，但仍有作进一步探讨的必要。

三、复合的叙事

鉴于我们已在前文中全面分析了主观叙事、客观叙事两个问题，对于复合叙事的理性概括，我们认为有以下几点应该加以重视：1.所谓复合叙事一般是指叙事的复合性，非单一性等；2.复合叙事是电视剧叙事的“全天候”形态；3.复合叙事是主客体统一的最佳结构；4.从叙述视角的变化与统一的现象观察，所谓“我”“你”“他”是对立的统一体。试以具体的例证分析，加以进一步的说明。

电视连续剧《西游记》是根据同名原著改编的，在国内外已有一定影响。其叙事的基本框架与原小说的出入也不大。从内容上看，无论是在小说中还是电视剧中，都有一定的前提即合理的想象以及神、鬼、人的三位一体；而在叙事形态中，每一集的叙述既相同又不相同，如“三打白骨精”的叙述基本上是客观叙述，包括交叉进行的唐僧师徒与作为妖魔一方的白骨精两方面的事件的描绘，但其中又不能排斥潜在的叙述者所给出的既定“内容”，即让受众和剧中被叙述者孙悟空都明白地认清白骨精是一个妖魔，唯独给唐僧“蒙”上双眼，从而增加了叙述的主观色彩。同样的例子在该剧第八集“坎途遇三难”中也存在着。在这一集中，前两难均为正面叙事，表现为叙事的客观性，在第三“难”中却改变了叙述视角，先将隐藏的事实披露给观众，所谓叙述者与观者都是清醒的，而被叙述的当事人却成为不知情者。具体细节是，菩萨等众仙扮成美女模样，一试唐僧师徒凡心是否已改，所谓四位大仙扮的母女四人的“坐山招婿”之“骗”成为叙事内容的“转借”——因为八戒后来被戏弄的结局早在读者预料之中，假如用概念表述，就是“结局的提前交代”，在接受过程中观众自动放弃已经被告之的“结局”，偏偏在骗局中深入，成为“明白的被骗”，这不能不说是叙事的别一种途径。

显然，这里的主观性在受众和叙述者那里都有表现，但与叙述整体的客观性又不相悖。由此，我们看到一般的叙事中，客观性与主观性是难以截然划分的。往往表现出叙述的复合性和非单一性。在电视剧叙述中，尤其是在连续剧中，这种复合的叙述更为常见。所以，我们称复合叙事为电视剧叙事的“全天候”形态。至于为什么说这种复合叙事是主客体统一的最佳结构，理由大致如次：在所有艺术美学的研究中，叙事的前提就是“为了阅读（观看）”，因此，所谓“复合叙事是主客体统一的最佳结构”的出发点也是“艺术的接受”。在电视剧的艺术接受的心理中，接受需求一方面要求变化和非一致性，另一方面也存在着接受的心理定势，二者的统一便构成“定势与定势的破坏”，从叙事美学的理论出发，也称为“意境与语境的结构”，即一种叙述视角是一种既定的“先在的语境”，但在接受过程中，这种“先在的语境”本身就包含着“反先在语境”的因素，所谓对一种叙述视角的界定本身，即如此叙述而不是那样叙述的本身便是在“这样”与“那样”的对比中确立的，因此，破坏这忡“先在语境”的原动力来自两个方面：一是作为接受客体的先在语境本身，一是作为接受主体的受众对变化的语境的寻求心理。于是，我们看到，在电视剧的接受过程中，语境是一种变化的动态过程。以此为参照，复合叙事的变化性和非一致性明显与这种“动态的语境结构”形成对应，正是在这种意义上，我们视电视剧的复合叙事是主客体统一的最佳结构。当然,这仅是一种宏观认识。在具体的分析中,仍然不能排除其他叙事形态存在的合理性。

在以上描述的基础上,我们再来确立电视剧叙述中“我”“你”“他”的视角变换的关系。单就本文而言,“我”“你”“他”的变换只是换一种观察的眼光,而所有“选本文化”即我们通常所指的既存的文化包括作为一般文化的电视剧在内,都将在接受过程中因“人称视点”的转移而出现心理变化,所以,任何“本文”都不能单独和孤立的存在。因此,对“人称视点”变化在电视剧叙事中的意义的分析必须照顾两个方面,即“本文”中的“变化形态”与“接受文本”中的心理流程。这方面较有突出代表意义的是曾在中国中央电视台11频道连续播放的美国电视电影片《时间隧道》。[③]这部连续影视剧在总体结构上有一个幻想的前提:时间在高科技时代可以按人的意志而改变,或者说是可以突破“现在的时间定位”而进入“过去的时代”或“未来的时代。”在每—集的叙事中,剧中人托尼和他的朋友或被“送”入已逝去的时代或被“送”入将来的时代。因而,在时空观念上,我们看到的是两个“时空”,加上观众自我感知的个体时空,在完整的时空意义上,这里就存在着三个时空。比如在某一集中,托尼被“时间隧道”送入了法国大革命时期,这时的托尼就具有了双重身份,一是20世纪80年代的科学家,同时也是一世纪之前的“现实中的人”;对于剧中人托尼而言,或者说是站在托尼的角度观察,他的第二种身份便使他在叙事中增加了“你”和“你们”在干什么的新的时代关系,即作为叙事“能指”的托尼的“所指”产生了多义性。而对这—“变化”,接受主体的叙事接受心理中的被叙述者,即如托尼在一瞬间便在“他”的意义上形成了“他—他”的双层结构。在叙事本文中,托尼和他的朋友因为一颗钻石戒指成为一个世纪之前的囚犯,并将被送上绞架,于是,现实世界中,时间隧道工程的总管,这位原来钻石戒指拥有者的后代,现任美军将军的贵族后裔,也被卷入两个世纪的时间(历史)的长廊中,成为叙事转机的新的人物替代,也就是说,只有“他”才能解救被囚的托尼。事实上,在受众心理中,托尼是肯定会被解救出来的,受众意识中的“我”的这种潜意识与电视剧本文叙述中隐藏的叙述者的“我”的主观安排是一致的,当经过一番离奇的事件之后,被叙述者的“他”,以及被叙述的“他”眼中的“他”(在文本中是“你”,上述已提到了)终于在事件的结束时被暂时“凝固”了,以后会怎样,叙述者并不会告诉你,因为下一次的“行动”,托尼和他的朋友可能进入的是未来的世界。

是的,这的确有点分不清谁是谁了,在人称变化方面,这种安排是一种“极致”,似乎不可能再有突破了。我们仅仅为了理论说明的必要而描述了这样的例证,而在电视剧的一般叙事形态中,人称变化的现象同样存在着,并且与上举的例子有相同的叙事美学的价值。

仍以前举《西游记》为例。在第七集“计收猪八戒”中,就可看到这种变化的又一普遍的实证。

这一集中的“正在发生的故事”是唐僧、孙悟空路过高家庄,巧遇猪八戒娶媳妇,开始是高老员外夫妇叙述已经发生的女儿被抢的事件,其间,有两次中断,在结构上看,一般称为套层结构。这种结构使正在叙述的剧中人成为旧故事的叙述者,使已经发生的故事与正在发生的故事融为一体。问题是,人称在这里出现了“他”由“我”代替的结构;当叙事第三次中断时,是猪八戒在背“媳妇”(孙悟空假扮的媳妇)的路上,孙悟空用话套出猪八戒在天上时曾是天蓬元帅,曾企图调戏嫦娥的往事,重新进入以往的叙事之中,而作为叙事者的猪八戒,这里已由“他”的身份成为“我”的身份了。这种例证在电视剧叙述中是非常多见的。所以,我们认为人称的变换只是一个表象,实质上是叙事视角的不断转换,以便造成与观众心理相对应的语境系统:所谓变与不变的统一。

总之,绝对、单一的叙事,在电视剧叙事中几乎是不存在的,而复合叙事往往是最常见的叙事文本,当然,或主观,或客观,其侧重是不会相同的。

四、人物、情节及其他

在关于电视剧叙事的前三个问题的描述中,我们曾多次提到叙事中的情节,显然,无论怎样看待叙事,都不能撇开情节,而在情节中完成的是对人物的塑造。因此,离开了人物和情节,叙事将无所附丽。再者,从接受心理的角度观察,叙事的变化性也是为了适应被叙述的事件的情节发展,以求与观众形成“欲求、欲知心理”的对应,而人物便在这一活动中成为联系文本与读者的“中坚”。由此推衍,在旧有的文艺美学体系中,对人物、情节的高度重视亦是可以理解的。也正由此,我们必须在对于深入研究了电视剧叙事的基础上,重新提出人物和情节问题,以此为叙事研究的补论。只是由于在旧有的文艺美学的体系中关于人物与情节的论述已经汗牛充栋，这里仅择其要点简要描绘，以构成电视剧叙事研究体系的理论的完整性。

先看人物。我们认为在艺术的叙事美学中，人物是叙事的灵魂。其实，这种表述并不符合理性的规范，因为“灵魂”本身也是一种无确指的“替代”，其含糊性是明显存在的。修正这一说法的具体表述应是：一方面人物是叙事本文中事件的制造者、事件的演绎者、事件的执行者、事件结果的发送者；另一方面，在接受文本中，人物是接受主体自我认同的首要的对应性前提，即表现为人对人自身的认同。当以上两个方面在一种叙事过程中达到有机统一的时刻，叙事中的人物也就真正“活”起来了。至于人物是否典型，人物与环境的关系，人物本身所提供的本文的复杂性如人的历史意识和现实感的对立统一等诸方面，都是这一前提下的产物，而改变人物在叙事中的境况，如转换视角等，则是为了更加有力地推动被叙述的剧中人与观众的心理认同的统一。

参照固有的艺术美学理论，关于电视剧中的人物，还应该提到的问题便是，人物（又被表述为形象）是生活的再现与表现。至于再现与表现的程度，诚如伟大的艺术家罗丹所说：“所谓大师，就是这样的人，他们用自己的眼睛去看别人见过的东西，在别人司空见惯的东西上能够发现出美来。”④对于被叙述的人而言，亦然。在如前的分析中，我们经常提到的一些电视剧中人，如《丹姨》中的丹姨；《今夜有暴风雨》中的裴晓云等都是这样一些被叙述者。同样，在本文中我们提到的《西游记》中的人物也具有这样的特殊性。在电视剧叙事美学中，对人物的基本理论规范，由以下几个方面构成：人物是生活的再现与表现——要求真实，但体现出叙事的客观性与主观性；人物有一般与独特之别，但更要求鲜明的个性即要求典型；人物不单单是人物本身，人物是人生与哲理的思考——追求更高的价值；在电视剧叙事中，对人物的叙述应追求符合影像符号的叙事前提，以及加强人物在叙事接受中的支配地位。

显然，离开情节而奢谈人物只是问题的一个方面，所以，必须对电视剧叙述中的情节范畴予以必要的说明。

在理论上，情节是电视剧叙事的基本架构，具有多重组合性，情节是被叙述人物的活动空间，具有可变性；情节是引导接受主体进入被叙述情境的“向导”；在具体的电视剧叙事中，情节是人物与事件的关系总和。在前述的《西游记》中的“计收猪八戒”一集中，这种关系范畴表现得较为突出。首先，是事件的发生,即高员外的女儿被抢亲,接着是路遇不平,碰上了猪八戒,一个矛盾平息之后,异军突起,猪八戒与高小姐的“新恋情”出现了偏差,即猪八戒酒醉之后现了原形,于是,人妖之间便形成了新的冲突,然后才是孙悟空解救高小姐,唐僧收猪八戒为徒,化干戈为玉帛。事件发生又发展,人物出现又强化,其中,几起几落的冲突构成了这集电视剧的基本情节。我们在前文分析叙事类型时,已经提到这一现象,即这里的情节便是叙事的基本构成,主要表现为“冲突的产生—冲突的激化—冲突的解决”的循环过程。至于如何安排冲突,便体现为叙事的不同类型,正如这一集片名中的“计收”,其“计”之一字,在具体内容上是“猪八戒背媳妇”,在叙事中则是视角的转换,人物关系的变化,在情节意义上则是“急与缓”的美学范畴及其与收视心理效应的统一。正是在这里,人物、事件、冲突共同构成情节,情节组合为叙事,而内容也就是形式,形式亦即内容。

既然在电视剧叙事中存在着人物、情节的命题,在语义学的意义上,则必然存在着“非人物”与“非情节”的叙事现象,是否真的如此呢?我们认为这个问题只能在对立的关系中才能确立,而且“非人物”与“非情节”在绝对意义上并不存在,所以,有必要对这一问题加以补充说明。

在中国,进入20世纪80年代之后电视剧的发展中,当《新闻启示录》《女记者的画外音》《希波克拉底誓言》《我们起誓》《大角逐序曲》《狂潮》等电视剧先后问世之后,便出现了一种理论的新概括,即“电视剧进入了非情节化的时代”,理论家分析的着重点是将这类“新结构”与旧有的“戏剧式结构”加以对比。评论家们援引了文艺美学历史上和当代影视文化史上较有代表性的意见,作为自己的论据。诸如美国大众传播学者施拉姆提出:“电视同观众之间的距离,是一种普通人与人之间的距离。”[5]苏联电视剧理论家萨巴什尼可娃认为:“电视使我们习惯于,总是那么一个从屏幕上对着我们讲话,陈述自己的观点,寻求和我们的联系,指望着理解、反应,仿佛想和我们对话。”这些理论上的表述被引为电视剧“非情节化”的“文化制约性”。我们已在前文提出,所谓“非情节”只是相对于“情节”而言,仅仅是一类“淡化”的处理,在深层美学意义上也无非是向纪实性原则靠近,而“非人物”似乎并没有专门的批评家指出,但在多种批评的文本中已经提到将人物的平常化与人物的典型化对立起来的“审美原则”。如何看待这种理论表述呢?我们还是以具体例证加以说明。

洪风在关于《临海的校园》的“艺术构想”中提出自己对这部电视剧创作

的指导性审美原则，即“魔方色彩”，其大意是：魔方由54块颜色组合而成，解法有一亿种，每个人都有自己的解法，构成无限变化、色彩缤纷的世界。在电视剧的具体实施中，根据这一原则，他将剧中人处理为“复杂的、组合结构的、变化无穷的、色彩迷人的生活流”⑥整体。无疑，“生活流”与纪实性原则是相通的，因为《临海的校园》的主创人员认为“我们生活的信息社会决定了现代审美意识，生活中的情感意识和情感价值与过去有了明显不同……因此，情感抑制化、深沉化的交流方式，情感结构的复杂化、多元化，心理活动的内向化是当代生活的重要现象”。⑦尽管这部电视剧并非没有情节，但其对情节以及在情节中的显现的人物的处理明显表现为从外部走向了内部，这并不是“内部化结构”的典型代表作品，但唯其观念上的更新以及对“模糊”与“个性”统一的处理方式，已经成为具有“淡化情节”“淡化人物”的一种探索性质。

显然，“非情节”与“非人物”只是相对于旧有的戏剧冲突原则而建立的“观念体系”，它使外在的事件冲突向内在的人物心灵冲突的转变成为艺术叙事的别一种样式，在这个意义上，非情节不是没有情节，非人物也不是没有人物，只是对情节与人物做了新的叙事调整而已。《新闻启示录》《女记者的画外音》等电视剧都有此类倾向。

总之，人物与情节仍然是电视剧叙事不可分离的部分，但怎样处理人物与情节也是电视剧叙事美学中值得注意的课题。

参考文献：

① ［法］韦坦·托多罗夫．美学文艺学方法论(《叙事作为话语》)［M］．北京：文化艺术出版社1985．
② 刘心武．《钟鼓楼》改编答记者问［N］．北京日报1986年10月7日．
③ 首播时间：1990年2月．
④ ［法］罗丹．罗丹艺术论［M］．北京：人民美术出版社．1978(5)．
⑤ ［美］施拉姆．传播学概论［M］．北京：新华出版社．1984．
⑥ ⑦ 洪风．关于《临海的校园》的艺术构想［J］．当代电视．1989(2)．

电视文艺理论研究概观(上)

一、"电视文艺理论"界说

摘　要(待续):电视的诞生催生了电视文艺,电视文艺的理论研究成方兴未艾之势。梳理此类研究,发现要点如下:一是关于电视文艺的本体界定。针对"电视艺术""电视中的文艺作品"和"电视不是艺术"等有争议的命题,提出"电视文艺既是电视的又是文艺的"本体观;二是国内外电视文艺理论研究的异同。指出中外电视文艺研究的起点是一致的,相异处表现为:国内电视文艺研究的文学化和专门化,而国外的电视文艺研究主要是多向性和非专门化;三是国内对电视文艺的本体研究。分析认为"电视文艺具有教化功能"、"电视文艺具有通俗性特征"、"电视文艺本性是娱乐"和"电视文艺具有时空特性,"是目前此类研究的焦点。

一、"电视文艺理论"界说

如果有谁提出"近几十年来世界上发生的重大变化都有哪些"的问题,电视及其发展的态势便当之无愧地跻身于这些问题之林。面对电视对人类文化的全面冲击的现实,在理论上给出相应的解释早已成为理论家们的任务之一。无疑,"电视文艺理论"当是其中一个重要的命题。由于电视历史较短,对其进行总体理论概括的研究,在世界范围内也属年轻的学科,加之中国电视普及只是进入20世纪80年代之后的事情,理论研究的薄弱更是不可避免。但是,当一种社会现象形成时,应该说,伴随着这种现象的便是一种理论的萌芽。无论在中国还是在外国,电视理论的兴起已经成为引人注目的事实。在中国,近几年来,对电视理论的研究正方兴未艾,其中,最为突出、最有影响的就是对电视文艺理论的研究。然而,正是在这里,出现了概念使用的歧义。

歧义的源起在于对电视艺术认识的不同。一种意见认为,电视是与电影类同的艺术,另一种意见则认为电视不是艺术。的确,无论在国内还是在国外,都曾有过“电影与电视是同一种艺术”“电视的艺术特性”等判断,而且这种论断已经成为判定电视价值的总前提。同样,国内外也都存在着对电视价值的别一种形态的界定:所谓电视是一种传播媒介,电视是一种新的信息载体等等都是这类判断的代表。为什么说“近几年来中国电视理论界关于电视文艺理论的研究比较突出”这样的问题与“电视艺术”概念的使用及歧义有关呢?只要我们对以上两种意见稍事分析,便可发现,所谓“电视不是艺术”的观点是指电视在总体上所具有的传递信息的功能而言的,而“电视是一种艺术”的意见则主要指通过电视媒介表现的艺术形式,二者并不构成根本的冲突,且双方的论述又都以“电视中的文艺”为主要对象。所以,应该说,这场发生在20世纪80年代后期的中国电视理论界的小小的争论,从不同的侧面证明,中国其时的有关电视的研究,注意力主要在电视文艺这里。究竟应该怎样在理论上总结这种现象呢?我们认为,对“电视文艺理论”加以必要的界定,会有助于问题的说明。在此基础上,才能进一步阐明国内外电视文艺理论研究的异同,从而给出对中外电视文艺理论研究的基本状况的描述。

诚如上述,电视文艺理论就是关于电视文艺的理论,而对于“理论”,最普遍、最原则的说法是:理论是人们由社会实践概括出来的关于自然界和社会的知识的有系统的结论,因此引申,通常意义上的文艺理论,理所当然地成为人们由文学艺术实践概括出来的关于文艺的知识的有系统的结论。这种结论具有一定的科学性、系统性,并且具有一定的指导意义。由此再引申,便可看到,电视文艺理论就是人们通过电视文艺的实践概括出来的关于电视文艺的系统的具有科学价值的结论。问题恰恰就在这里,即关于电视文艺的认定究竟应该包括哪些内容呢?当有人提出电视中的时装模特儿表演属不属于电视文艺的范围这样的问题时,我们该如何回答呢?应该承认时装模特表演属于广义的电视文艺的范围,只是在电视文艺中,它不占主要地位。在电视文艺中占主要地位的是以电视的形式问津观众的电视剧及其相关的电视形态。正是在这里,立刻出现了反对意见,认为电视剧一类文艺形式，只是电视借其吸引受众观看其他电视节目的一种手段，并不构成真正意义上的"艺术形式"，因而，只有通过对电视文艺现象的具体分析，才能给出最后的结论。

什么是电视文艺现象呢？国内外在电视发明以来，均播出大量的电视文艺，只是由于电视从直播到录像系统的形成明显存在着差异，即在录像系统形成之后，才产生能够复制的电视文艺。至于"时装模特儿表演"一类，虽然其本身是商业性与审美性兼而有之，但一经电视转播，便明显带有艺术渗透的色彩。电视发展的实践证明，电视包含了艺术的内容，电视也进入了其他艺术领地(如戏剧，如时装表演等)，反之，艺术也大规模地渗透到电视中来——电影、文学、音乐等等都在电视中拼抢电视的"领地"。电视不仅承担了大量地传播几乎所有艺术部门的艺术成果的使命，而且直接参与了文艺创作的过程，产生与形成了一些仅仅与电视的存在相联系的艺术样式或品种，这便是以电视剧、电视艺术片、电视报告等样式为主的电视文艺。应该看到，电视文艺给人们的文化生活方式带来了巨大的变化，也给人们的审美活动带来了变化，它冲击着其他文艺部门，引起文艺结构的调整。人们已经越来越多地通过电视来接受各类艺术，并从中获得大量信息和审美上的满足。这种事实表明，与电视相联系的电视剧和大量的其他艺术节目，已经越来越多地成为人们艺术鉴赏活动的主要对象。面对这种崭新的文艺现象，我们能不承认电视文艺是一种新的艺术样式吗？而对这种新的艺术样式的理论阐释不正是文艺理论的又一个新的分支吗？！

假如一定要给出电视文艺理论的定义的话，参照我们以上的分析，可以看到在前文中所给出的定义是准确的，即电视文艺理论是人们通过对丰富的电视文艺的实践概括出来的、关于电视文艺的系统的具有科学价值的结论。根据以上的分析，电视文艺理论的研究对象和范围也应该是明确的，即电视文艺理论研究的对象以电视剧、电视艺术片以及电视报告等为主并涉及其他艺术产品，其范围，当以一般文艺研究的范围为参照。所以，电视文艺理论又可包括电视文艺发展史、电视文艺学及电视文艺批评等不同学科。除此之外，电视文艺理论研究尚存在一个基本方法的问题。

在一般的文艺研究中，方法是多样的，对电视文艺理论而言，观察的视角也应该是多角度的。它可以是历史的，也可以是道德观念的；可以是文化的，也可以是社会的；可以是哲理的，也可以是审美的；可以是局部的，也可以是整体的；可以是系统的，也可以是比较的；可以是本体的，也可以是接受主体的。比如对中国电视剧、日本电视剧或美国电视剧，就可以从不同的区域文化的角度加以分析。日本电视连续剧《阿信》中所透露出的道德观念明显地带有日本近现代社会的文化痕迹，因此，对该剧的审美分析则不能脱离一定的历史、一定的文化观念、一定的哲理思辨，甚至还应包括它在中国播放时，中国受众在接受主体的意义上存在的顺应和逆反两种伦理的矛盾统一。再以中国电视剧《希波柯拉底誓言》为例，那种追求声画空间造型的探索，如果离开了对电视剧本体的研究，也将黯然失色。

如上的描述，似乎给人一种错觉：电视文艺研究与其他文艺形式的研究，在理论上并无太大的区别，其实这是不妥的。原因在于电视文艺理论虽以文艺理论的研究为参照，但它毕竟是“电视的”。所以，在所有如上的方法中，还必须使一种理论具有独自的形态，即以“电视的文艺”为本，寻找符合电视文艺创作、播映、接受规律的“真理”，而不是以一种旧有的文艺理论完全“照葫芦画瓢”。因此，电视文艺理论又是一门交叉的学科。

总之，电视发展的实际，提供了电视文艺现象无限丰富发展的事实，为电视文艺理论建立了基础，电视文艺理论既要吸收一般文艺理论的营养，又要有“电视的”本体特征，二者的统一才是电视文艺理论发展的前途。那么，国内电视文艺理论研究的基本状况如何呢？要回答这个问题，必须先介绍一下国内外电视文艺理论研究的异同。

二、国内外电视文艺理论研究的异同

应该承认，要全面评价国内外电视文艺理论，绝不是短小篇幅所能承担的。因此，我们仅从宏观上作一鸟瞰，给出一个大致的轮廓。

国内外电视文艺理论的发展是以电视文艺的发展为前提的。因此，我们应先从国内外电视文艺（以电视剧为代表）的发展谈起。在国外，1930 年，英国广播公司实验性地播出的意大利著名剧作家皮蓝德娄的独幕剧式的电视剧《嘴里叼花的人》，根据现有资料证明，这大约应视为电视剧艺术的发轫之作。由此观之，不难发现的事实是，电视剧艺术初创时期主要来源于舞台剧。除了传播手段不同外,在剧作上,电视剧与舞台剧几乎没有太大的区别。另外,由于电视制作与电影制作虽然不尽相同,但同为映象艺术,又有许多相近之处。所以,初创时的电视剧亦受电影的影响。在此基础上出现的电视理论——电视文艺理论,除了在整体上承认其传播载体形式的特征之外,更多的是以戏剧或电影的“理论”对电视文艺加以观照。在国内,这种情况大致相同,只是时间上晚一些罢了。如果说1958代的《一口菜饼子》仅仅是一种宣传产品的话,到了20世纪70年代末,中国才大量发展电视剧。1978年5月22日,中央电视台播出了新时期第一部电视剧——《三家亲》,显然,它既是舞台式的又是“小电影”式的,当时,对此几乎没有严格意义上的理论研究。稍后,由于国外电视剧的大量引进,中国电视剧在一种思潮的冲击下发生了裂变。同时,关于电视文艺的理论研究也从简单的评论、观后感之类进入了新的理论层次。那么,在宏观上,中外电视文艺研究的异同究竟如何呢?

根据如上电视文艺发展的事实看,中外电视文艺研究的起点是一致的,即在总体上承认电视传播手段是电视文艺发展的“中介”形式。这是国内外电视文艺理论研究相同的一面。关键在于相异处。在宏观上,这种相异表现为:国内电视文艺研究的“文学化和专门化”,而国外的电视文艺研究主要以“多向性和非专门化”见长。如何评价这种相异呢?

国内关于电视文艺研究的文学化和专门化,是有其文化根源的。尽管中国曾是一个商业十分发达的国家,但一直到20世纪70年代末之前,甚至在今天,人们的商业意识仍然不能说是十分发达了。再者,中国历来关于文艺的研究明显地具有“道德化”倾向,因此,中国的电视文艺便具有了与国外电视剧不同的风格特征,即缺少商业宣传的属性,有较强的“载道”意识,缺少娱乐性。这样,中国的电视文艺的研究便基本上照搬了文学研究的“观念”:理论家们关注的重心是电视文艺的政治轰动效应,如对电视剧《乔厂长上任记》《新星》等的评价便是较突出的例证。事实上,在电视文艺接受过程中,这种载道意识也鲜明地呈现出来。因此,几年来国内对电视文艺的研究便出现了两种事实:一是将电视文艺视为与文学的类同物;一是将电视文艺从电视整体研究中分离出来。于是关于电视剧社会效果的分析,对电视剧所包含的思想意义的评价等已成为电视文艺研究的主干。

所不同的是,国外关于电视文艺的研究则呈多向性和非专门化。这也有其深刻的文化背景。以美国为例,专门的编剧理论研究更多注意的是应用性分析,而这种分析是将戏剧、电影、电视作为对立的一体加以解剖的,这种非专门化的研究与他们的电视观念有一定联系,他们更多的理论焦点是对电视整体,当然也包括对电视文艺的注意。比如《大趋势》的作者约翰·奈斯比特在他的书中陈述说:"大约在七年之前,即1975年,可供在客厅里观看的投影电视发明之后,阿瑟·利特尔在一篇报告中指出:1980年,美国就几乎不会再有电影院了。他们不理解的就是这种高技术与高情感相平衡的问题。人们到电影院去并非只是为了看电影,他们到电影院去是为了和二百个其他人在一起,一起哭,一起笑,他们把这看成一件大事。"[①] 这里,将人们观看电视中的文艺节目与观看电影作为对比,从而分析了电影的观众,当然也评价了电视受众。国外更多的关于这类研究是注意对观众主体的探讨。如:电视使观众进一步分化,到达所谓微型结构的程度——把受众分解为仅有局部关系的受众群,受众在看电视时,是以"家庭成员"的身份出现,所感受的也只是这一观众群的标准与主人评价的反应。或许,人们会以为这并不是对电视文艺的研究,但只要我们看看国外常以家庭生活、家庭伦理为题材而拍摄的大量的电视剧,便会明白,关于电视文艺的研究已经包含在这种对电视整体的理论研究之中了。以日本电视剧为例,《阿信》《血疑》《三口之家》《血的迷路》《家兄》等,无不是以家庭成员之间的关系为题材的电视剧,是给以"家庭成员"身份出现的观众在家中观看的"文艺"。由此,我们也不难发现,国外对电视文艺的研究既是多向性的又是具体化的,并且常以非专门化的形式出现。

当然,要以如上的区别绝对地分开国内外电视文艺的研究是不妥的。事实上,相反的情况也是存在的。如日本人对《阿信》就有专门性研究,将剧作、原作、评论等收为一集,有点类似中国关于重点文学作品的研究形式。而国内在近几年的电视文艺理论研究中,虽然仍然存在着类似文学分析的现象,虽然还没有跳出专门化的框框,但在一些具体的研究中已有新的发展,比如关于电视文艺观念的探讨,关于电视剧本性的分析,以及新兴的电视剧美学等都在一定程度上拓宽了一种理论研究的道路。那么,国内这种研究的具体情况如何呢?稍加分析,便会看到,国内电视文艺理论研究有大致两个方面的基本走向,即对电视文艺的文学性研究和对电视文艺审美诸范畴,接受对象的研究,且以此为描述的对象,从而对一种理论研究进行概要性评述。

三、国内关于电视——电视文艺本体的研究

在所有关于电视的研究中,人们普遍承认有一个前提,即电视是一种新的文化形态。其具体意义的表述大致是这样的:人类发展史上发生过两次重大的信息革命。一次是印刷术的发明,产生了印刷品,主要以书籍和报刊为其存在形式;再一次就是电视,虽然直至目前,这场“革命”尚在进行之中,但已经显示出强大的威力和深远的影响了。这后一次的信息革命,人们称其为电视文化,其存在形态是以影像或声画为特征的屏幕。进入20世纪80年代以来,国内关于电视本体的研究基本停留在这个层次上。这种对电视本体的宏观认识是建立在对电视本体的具体认识之上的,对电视本体的具体的认识是:电视就是利用无线电波传送物体影像的装置,由发射台把实物的影像变成电能信号传播出去,接收机将收到的信号再还原成图像显示在荧光屏上。对于这种既存的事实,国内理论界基本无异议。问题的关键在于对这种新的信息载体形式给出怎样的体系归属。在这一点上,国内一般有两种意见,一种意见认为,电视是电影的孪生姐妹,主要以一种艺术的形式面世;另一种意见认为电视是以现代电子技术作为传播手段的新闻传播工具。事实上,这两种意见都有其合理性,但对于电视本体而言,仍缺乏深层的理论意义。我们以为,从人的心理本能与视觉本能的视角观察,电视是继戏剧、电影之后产生的“别一种艺术”,这种“艺术”的特征与满足人的“看”的欲望取得了一致。但电视又不仅仅是一种艺术,由于它的节目多样,由于它承担着重要的新闻传播的任务,所以,电视不仅以“看”为本,也以传递信息为本。即便是以“看”为本,也不能简单地归结为艺术的领地,因为在新闻及其他节目中,人们同样有“看”的欲望的满足。当然,如果离开了“听觉”,这里的“看”也无太大的意义,但如果我们注意到在广播中,人的听觉需要已经得到满足的事实,便会发现“看”在电视中的重要性了。我们至今仍然不能对电视本性给出深刻的解释的障碍,主要是因为电视本身发展的不完善。在国外,当录音机迅速发展之后,当人们制作电视节目同写一篇文章一样时,人们才会普遍认可电视本性是“看”的欲望的满足。其实,国外的理论家早就解释过这种现象:“只有到那个时候,当对待电影就像对待书那样简单的时候,才会显示出电影的全部威力

及其对人类的全部意义。这是不久将来的事。”这就是把影片的音和画面录制到磁带上可以在任何时刻“读一读，任何影片的任何一部分。这将成为人的要求”。[②] 今日的电视和录像系统的发展已经初步证明了这一点。早在20世纪初，电影刚刚诞生不久，格里菲斯就有过类似的预言，他认为未来的电影将改变人们的阅读习惯。虽然这一预言至今尚未全面实现，但趋势已呈明显态势。在这个意义上，电视是电影的新阶段的发展，或者说电视是影像文化发展历程中的一个新阶段。同时，由于电视使广播中的声音具有了对“影像”的依附性，也使报纸的文字由符号变成影像的自然形态。所以，电视的传播本性与影像本体又是联系在一起的。这便是我们对电视本体的最概括的描述。既然我们专注在电视文艺学的研究，那么，国内理论界对特定的电视文艺本体的研究呈现的是一种怎样的形态呢？了解了对电视本体的认识，再来介绍理论界对电视文艺本体的认识，便会发现其中的正确与谬误。

国内对电视文艺本体的研究是从“电视文艺(电视剧)是怎样一种艺术”这样的命题开始的，其大致的轨迹是从对电视文艺的教化功能的认可，到对电视文艺通俗性的论证；从电视文艺的娱乐本性的重提，到对电视文艺时空特性的研究，目前的研究仍在这四个方面徘徊。这四个方面的论题的产生，均有其不同的动力。

关于教化功能，明显是受整体文艺思潮的影响。上文已有表述，中国是一个具有“载道”传统的国家，这种意识在“文革”时又被推至登峰造极的地位，从而损害了这个天经地义、含有真理性命题的名誉。新时期以来，文艺观念上发生的重大变化，也是从这里开始的。从物极必反的意义上说，最初的批判文艺对政治的附庸意识有其合理性，但在不同程度上出现了因人(事)废言的现象。经过多次讨论与调整，对文艺教化功能的认识到了八十年代基本取得了一致的意见。在电视文艺研究的领域，最早的这方面的专门论述并不多见，原因是电视普及的较晚，但在新时期刚开始不久，针对国外一些电视片的放映，一些评论中透露出的观点便在这个问题上出现了分歧。比如对《加里森敢死队》的播映及舆论风波，再如对《安娜·卡列尼娜》中女主人公“是否道德”这样的命题的讨论，深刻地留下了前一时代整体文艺鉴赏中存在的“政治第一”的心理定势；同时，也显露出电视文艺理论基础的薄弱。在持续不断的讨论中，这个命题终于回到正确的轨道上来。在1988年全国电视剧题材规划会议上，就有这样的议论:“电视文化作为现代社会的一种全民文化的现象，其渗透力、包容性、覆盖面都为其他文化所不及。电视剧作为电视文化的重要组成部分闯进了千家万户,这些节目除了满足观众的审美情趣外,更左右着观众的思维、心理和认识。因之,如何通过电视剧评论正确地用改革思想、改革意识,影响、引导一代观众的进取精神,如何适应改革开放的大潮,唱出时代的最强音、主旋律,是我们艺术工作者义不容辞的责任。”③ 艺术可以不反映时代的主旋律和时代的最强音,但艺术同样具有反映主旋律和最强音的责任;同时,这种反映或者说这种教化功能是通过“满足受众的审美情趣”这样的审美过程来完成的。无需再给出电视文艺的教化功能是什么什么的意见,仅此表述,便可得出对教化功能的最一般的认识了。

至于电视文艺的通俗性与娱乐性,在国内关于电视文艺本体的研究中是较为流行的一种意见。为什么将这二者摆在一起呢?因为在国内具体的研究中,一种意见认为娱乐性就是通俗性,通俗性就是低层文化;相反的观点则认为,通俗性不等于低层文化,娱乐性也不排斥艺术性。前一种意见在具体分析中,主要有三个方面的论据,一是因为电视文艺带有娱乐性与通俗性的特点,其在艺术性质指向上更接近音乐茶座、时装表演等“亚艺术”;二是电视文艺的普及性决定了其必须具备通俗性和娱乐性;三是目前国内电视文艺水平较低,与戏剧、电影等艺术相比,明显处于低水平制作,因此,电视文艺不属于高层文化或精英文化。后一种意见在具体分析中提出:电视文艺的普及性可以带来通俗性和娱乐性,但并不排斥艺术性,因为艺术性在其内在上并不与通俗性或娱乐性相悖,而所谓“亚艺术”一类电视文艺节目在整个电视文艺中并不占主导地位,尽管目前我们的电视剧质量较低,但已经有相当一部分创作开始显现较高艺术水准了。比如《红楼梦》《水浒》等的改编,虽然仍存在不足之处,但绝不是“亚艺术”所能概括得了的,国外有线电视的发展,专门播放艺术影片的电视频道的开播等也证明,电影正在逐渐成为电视的一部分。而《安娜·卡列尼娜》《约翰·克利斯朵夫》等电视剧则均具有一定的艺术造诣,有精英文化的属性。至于娱乐性并不与艺术性相排斥,可以《米老鼠和唐老鸭》为例,这部电视动画片不仅老少皆宜,令人捧腹,而且仍具有相当的艺术水准,其中对形象造型的设计、动作的设计、细节的策划远比此类内容的小说等文艺形式高明的多。再者,从未来学的观点看,当精英文化群体与普通文化群体都极容易地掌握电视的制作技术之后,二者也会出现新的融合趋势,即艺术层次将会出现不太明显的差别,人类文化普遍提高的共同性趋势也将成为这一论断的证明。我们认为,截然地将电视文艺归属于精英文化或低层文化的认识是片面的,电视是人类整体文化发展的一个里程碑,而电视文艺,无论从制作、创作、接受,还是从播放、传播、价值方面看,其在总体上当是既具有精英属性又具有通俗性的一种艺术。而无论怎样,受接受目的、接受环境或接受心境的影响,这种深入到每一个家庭内部的艺术必须具备一定的娱乐性,才能使其成为真正的欣赏对象,正如以文字见长的文学必须具备可读性一样,电视文艺的“可看性”一方面是指以影像为本的形式观念,另一方面则与影像载体的内容呈现的娱乐性有关。

国内对电视文艺的研究的另一个命题是对电视剧时空特性的分析。对这个问题,理论界一般争议不大,而对时空特性的探讨一般又以电影为参照。大致的看法认为,电视文艺(电视剧)是时空的综合艺术。是在时间延续中的空间艺术,也是在空间中展现的时间艺术。只是由于国内电视剧创作往往注重对时间的“叙述”,并且认为电视的小屏幕不具备使空间无限展开的条件,所以,在理论上,对空间性的讨论也较薄弱。在不断的发展变化中,一批刻意追求空间造型的电视剧出现之后,理论界才开始对时空的统一性有了更多的关注。理论界目前有一种意见,认为电视剧的主要信息传递系统是视觉形象,是空间形式,而创作者的思维当然更应该靠近属于形象思维的空间思维,这样,造型就成为电视剧中重要的审美元素,它与时间意义上的叙事共同构成了电视剧的时空特征。在具体的分析中,理论家们以《今夜有暴风雪》《雪野》等电视剧中所显示的北国辽阔的外景,以《努尔哈赤》《凯旋在子夜》中那气势恢宏的血与火的古今战场为例,证明屏幕的小并不排斥造型,因为“看”必须有空间的存在。同时,由于未来的电视发展趋势之一是超大屏幕电视,所以,这种空间意识对电视来说,在理论上的确是有意义的。至于时间,在所有电视剧理论研究中都认为它是电视剧的优势所在。因此,理论界对电视文艺时空特性的探讨是有积极意义的。

事实上,娱乐性、通俗性、教化功能等并非电视文艺所独有,甚至时空特征也非电视文艺的专利,但当这些因素构成一个整体时,从电视本性到电视文艺本性,国内理论界比较趋于一致的意见大致如下:电视文艺是一种适应电视广播特点的视听综合艺术,以电视技术手段为基础,以影像的二维平面来反映现实的多维立体空间,同时重视声音手段的运用,艺术表现上有较强的兼容性,其主体即电视剧观念的演变的轨迹是:戏剧化—电影化—符合电视播放特点的多样化,同时,电视文艺的鉴赏又受小屏幕和家庭欣赏环境的制约。参照我们如上的描述,便会发现这诸多方面的总括就构成了电视文艺(电视剧)的本体观念。

应该承认,国内对电视——电视文艺本体的研究已有可观的成绩,但正如上文指出的那样,国内对电视文艺的研究的主要着眼点不在"本体"而在于"文学性",所以,有必要对此进行深一层次的归纳。

参考文献:

① 〔美〕奈斯比特.大趋势——改变我们生活的十一个方向[M].北京:中国社会科学出版社 .1984(P.45).

② 〔瑞〕罗姆.世界艺术与美学 [J].北京:文化艺术出版社.1988(P.337).

③ 阮若琳.在改革的大潮中发展电视剧事业[J].中外电视(京).1988(3).

电视文艺理论研究概观(下)

摘　要(承接"上篇")：四是国内关于电视文艺的文学性研究。主要是电视文艺(电视剧)的剧作研究，包括剧作特性、剧作创作、剧作改编等基本内容，以"电视剧作的主要特征是'可视性与动作性'的统一"为主线；五是国内关于电视文艺审美诸范畴的研究。主要包括情节与非情节化、情感与节奏、分类和类型、鉴赏与批评等；六是国内关于电视文艺接受对象的研究。主要集中在"区域文化与接受对象"、"接受对象的主体性"、"接受对象的层次性"等三个方面。七是未来电视文艺研究预测。电视技术将成为电视文艺发展的首要条件，电影、电视、录像系统将出现一体化趋势。电视的有效接受、受众心理调查与社会心理评估将成为未来电视文艺传播实践的应用性研究的重要课题。

四、国内关于电视文艺的文学性研究

国内较早且较为系统地研究电视文学的著作是刘树林先生的《电视文学概论》，紧接着便有路海波的《电视编剧技巧》，高鑫的《电视剧创作概论》，叶子、刘实的《电视创作技巧论》等。举凡这类著作，均以电视剧作为主要研究对象，兼及电视作为艺术的基本特性等，因之，我们以电视文艺的"文学性"加以界定。这里的"文学性"主要包括电视文艺(电视剧)的剧作研究，以剧作特性、剧作创作、剧作改编等为基本内容。

同电影剧作研究一样，电视剧作被理论界认定为"电视艺术的基础和关键"。这种理论明显是对电影剧作理论的借鉴。苏联人认为电影剧作是暂时存放影片的"匣子"，中国的电影理论家则认为电影剧作是未来电影的一幅蓝图。国内电视理论的研究认为："正像建设宏伟的大厦需要事先设计蓝图一样，电视剧制作不能凭空而来，它也需要设计蓝图作为基础——这就是电视文学剧本。”[4]这种观点以承认电视剧作是电视剧的“基础”为前提，并不直接认定电视剧作就是电视文学。另一种意见虽然也承认电视剧作是未来电视剧的基础，但却直接认定电视剧作是一种新的文学样式。“电视剧既然是一种新兴的艺术样式，那么为电视剧提供文学基础的电视文学剧本，自然也就成了一种独具特色的文学样式。正如电影文学剧本已经跻身于文学殿堂一样，电视剧文学剧本也必然会在文学领域中占有一席重要的地位。”[5]无论是“基础说”还是“文学说”，重要的在于对电视剧作的特性的概括是否妥当。事实上，执以上不同说法者对电视剧特性的概括却是基本一致的。

特性之一即电视剧文学剧本以文字形式出现，但更注重对视觉形象的塑造。在这一点上，电视剧作靠近电影剧作，不同于小说一类叙述艺术；特性之二，电视剧作运用语言描写时，具有不受时、空限制的特点，因之，它不同于戏剧剧作，与小说或电影类同；特性之三，电视剧作不具有像电影一样的长度限制，伸缩自由。长，可以是连续剧；短，可以为电视短剧或电视小品；特性之四，由于受接受条件的限制，电视剧的题材一般不具备更多灵活性。因此，在总体上，理论界一般认定电视剧作的主要特征是可视性与动作性的统一。

由于在理论上已将电视文艺纳入艺术的范畴，所以，在关于电视文艺特性研究的基础上，进一步的研究就是电视文艺的创作。在这方面也存在着不尽相同的认识。一种意见认为电视剧创作与其他艺术的创作不同的是它所具有的多种形式的制约性，这些形式一般表现为五种基本形态：短剧、单本剧、连续剧、系列片、系列连续剧。[6]至于创作原则，诸如“为屏幕而写作”的心理规范，属于电视剧特性的制约；“主题的选择”则属于整体艺术通则，而不单单属于电视剧创作；至于编织情节，写好人物、塑造典型等，均属于各类艺术创作的共同性问题。因之，理论界对此类问题的论述一般都是借用文学研究的成果对电视剧创作加以观照的。此外，在创作理论研究中提到的一些与电影表现类同性的问题，如对场面、悬念、声音等审美因素的概括，则表现出一定的独立价值。这些研究认为“场面意识”在电视剧创作阶段就应该具备；悬念及其戏剧性特征并不仅仅属于侦探片、惊险片，它是一种影响观众的心理手段；声音是电视剧这种现代声像艺术的两大支柱之一，是电视剧创作以“切近人生”必不可缺的重要的审美元素。

关于电视剧创作的理论研究，理论界所涉及的课题还有审美心理的制约性,社会环境决定论以及文化积淀说等,但这些都是刚刚起步的研究,尚未构成体系。总体上,国内对电视文艺(电视剧)的创作理论的研究仍处于开创时期,并且主要以小说研究、戏剧研究、电影研究的体系为参照,在一些具体问题上仅仅是“拿来”或“照搬”的理论,但以视听为本的理论构架正在形成。

此外,与对电影剧作的研究一样,由于存在着大量的改编的电视剧作,理论界对这一问题也有较深入的探讨。在这个问题上,是否忠于原作、如何忠于原作是议论的焦点或称为电视剧改编的原则。对这个原则的具体内容,一种意见认为:改编的第一要素是创造性原则,即在忠实于原作的基础上必须进行再创造,因为从一种艺术形式到另一种艺术形式,形式的规范已经改变了原作的风格。在此基础上,其他原则是典型化原则,遵循电视规律的原则等。以对古典名著《红楼梦》的改编的评论为例,该剧播映后,众说纷纭,对电视剧将小说结尾的较大改动形成了截然相反的两种意见:一是认为它破坏了原著的风格,一是认为这是对原著的突破性的改编。由此可见,即便是理论界,对电视剧改编的原则的认识也是不尽一致的。究竟哪种意见更有道理呢?我们以为如上介绍的改编的几项原则是值得首肯的,它所提倡的“创造性”原则的“创造”,实际上包含形式变更的“创造”与内容取舍和适度再造的创造这样两大方面。如此,我们便会发现,即便是改编,也应该允许多种风格并存,否则,怎么能称得上是“艺术的创造”呢?

除此之外,电视剧改编理论研究中还有一个值得提出的问题是,电视剧的改编较之电影的改编,在目前阶段的技术状态下,前者更拥有时间的主动权。这属于对改编的外部研究,但作为一个问题,理应引起重视。

五、国内关于电视文艺审美诸范畴的研究

国内关于电视剧的剧作研究,还有其他方面的内容,均属偶尔涉及的命题,只有拭目以待发展。关于电视文艺研究的另一重要议题是对电视文艺(电视剧)各审美范畴的研究。它主要包括情节、情感和类型意识以及电视文艺的鉴赏与批评等。

先看情节。在一般文艺研究中,“情节是性格的历史”的说法早已成为一种定论,其实,这个判断只是一种宏观意义上的判断,缺少对形成情节现象的

心理层面的分析,因为情节是建立在悬念心理的基础之上的,只有从“文艺观赏的心理需求和艺术创作遵循这种规律并为塑造人物、描述事件服务”这样的角度认定时,情节才成为真正的艺术意义上的情节。我们之所以将情节研究列入电视文艺的审美范畴而不将情节列入剧作研究,原因就在于,理论界对情节的研究在总体上属于电视文艺的文学性研究,但在具体论证中,它又属于文艺美学的对象。那么,国内理论界对电视文艺(电视剧)中的情节因素的研究状况究竟如何呢?

一种有代表性的意见认为,电视文艺的情节与戏剧中的情节为“同一”的审美元素。在这个原则下,情节与结构一起构成一对范畴。于是,就出现了“情节的真实性原则”“情节以人物为中心”“情节的外在形态是外部矛盾和心灵冲突两种对抗的再现”“情节在结构意义上的可选择性”等理论命题。这些命题与如上我们提出的对情节的基本界定是大致吻合的,所欠缺的是从接受心理角度对情节或情节心理加以“本体”的界定。在其他的关于情节的研究中,基本没有超出这个范围,只是变换一下叙述的角度,比如将情节与人物的关系视为情节的典型化原则等。值得注意的是,与情节研究相关联的一些具有充分理论意义的命题的提出,其中包括关于“非情节化”的命题。这个命题的提出是受电影理论的影响,认为电视比电影更具有纪实性特征,所以,电视艺术在其表现本性上应以纪实为主干,而“情节化”则有损于这种纪实风格的形成。但这一命题尚未在国内电视文艺理论研究中全面展开。另一个值得注意的命题是对“节奏”的研究。这个命题认为“节奏是情节的派生性审美元素,又可分为‘情节节奏和情绪节奏’。节奏是情节与结构作用下生成的新的审美形态,它以张驰之变、悲喜之变等为表现特征,其丰富多彩的变化使电视剧增加了感染力,也使观众的审美心理在节奏的形成中得到调节,从而完成接受主体心理的平衡过程”。[7] 总之,国内关于电视剧情节的研究借用了其他艺术领域的成果,因此,具有一定的体系性特征。

再看情感。国内关于电视文艺中的情感问题的研究,有两种趋向,一种是以真实论为基础的情感研究,这种研究认为无论从表演、创作还是接受来看,电视同其他艺术一样,无不具有真实性特征,而这种真实性所铸成的人物性格的真实与环境的真实、动作的真实等构成一种情感的认同。这就要求电视剧的创作与欣赏必须形成真实的情感沟通,才能达到一种艺术的审美境地。

另一种关于情感的研究,借鉴了国外“文艺是一种特殊的情感形式”的论断,重新建构了电视文艺中的情感系统。这种意见认为,同一切艺术一样,电视文艺作为一种艺术活动,是建立在人们能够受别人情感的感染这一基础之上的,而艺术家借以传达情感的是某种外在的表现形式。如电视剧《今夜有暴风雪》中,伴随着六年没有洗过澡的年轻姑娘裴晓芸的“沐浴”,画外响起“小草之歌”的伴唱,从而使这场戏深深地打动了受众的心,形成了强烈的情感认同。因此可以说,这里的情感是内容,又是形式,因为这种艺术表现形式抓住了受众的情感,所谓“艺术叙述着人”和“接受者(人)的自我认同”的统一,便是形成这种情感力量的两个方面。进而,对情感本体的研究也已提到议事日程上来。有的观点认为;情感是自然情感与艺术情感的统一,前者以情绪为基础、为表征;后者又包括两个方面,即一是生活本身的情感之流,一是艺术品本身具有的情感潜在质,二者的统一构成了艺术情感或者说是人类情感的高级形态。进一步的研究认为,电视艺术中的艺术情感是一种过程,有一定“情感度”,并且具有选择性特征,而选择性又导引出“情感的吻合、离异与超越”等形态。[8] 总体上,对电视文艺中的情感研究并未超出其他艺术领域对情感的研究,但也自有其一定深度。

其次便是类型研究。国内电视理论界对这一问题最常见的意见是,电视剧类型与电视文艺的风格是一致的,所以,一般的划分有如下几种:按结构形式划分,电视剧分为戏剧式和散文式,也有认为电影式也是一种类型的意见;另一种分法是按表现内容,划分出社会问题剧、人物传记剧、历史剧、文献报道剧、情节剧、哲理剧等。此外,还有按传播方式的不同,划分电视剧类型的意见。以上对电视剧的分类,可以看作是初步的电视剧类型的研究,但在类型意识上,这种研究是远远不够的,原因在于,当类型成为审美规范时,类型电视剧便自觉地符合类型意识,使划分的类型标准成为审美因素的构成部分。以电影为例,只有像西部片这样的“模式化”类型才能称为类型电影,同样,如上对电视剧的划分只能是电视剧类型,而不具备“类型电视剧”的多种组合因素,诸如叙述模式化、背景特定化、人物定型化等。在一般的影视理论中,似乎一与模式、定型相联,便不会出现优秀作品,其实,这是一种偏见。同电影一样,只有达到了一定相近的风格特征,且这种风格在审美心理上能够具有永久的魅力的时刻,类型电视剧才能形成。这种风格的内涵是十分丰富的,比如西部片中的《铁骑英雄救美人》就是一例。在这个意义上,电视理论界对电视文艺中的家庭剧的研究证明,在目前条件下,家庭剧的确是类型电视中的重要方面,因为家庭剧在欣赏环境、表现背景、注重对家庭人伦的渲染,切近人的家庭情感等方面都表现出共同的审美规范。正如有的理论所评价的那样:家庭剧的环境性背景、城镇、人物等是人们所熟悉的,因而,“从电视剧的全部艺术类型分析,家庭剧是最能体现和最符合电视剧艺术规律的一种类型。家庭剧的题材基本是写实性的,它包括一般人们在生活中普遍遇到和能产生某种共鸣的社会内容,这些内容又与特定的国家、社会制度有关。让观众在观看这些剧目时,使他们从中寻找和自己相似生活经历和苦恼的角色,可以为角色担忧、着急,或以自己的生活满足为对比,得到一种下意识的满足;当看到剧中人的生活碰到比自己实际生活更多困难,或遇到更多遭遇时,似乎自己的生活也在改变。这种感情上的共鸣、生活的补偿,则构成了家庭剧的社会功效,也是广大观众得以每天不厌其烦观看的诱饵。”⑨对电视剧类型及类型意识的研究,尚有待于在此基础上的进一步深化。

国内对电视文艺审美范畴研究的另一个问题是对电视文艺的欣赏与批评的多样性描述。这类研究认为,电视文艺的欣赏是观众围绕电视艺术进行审美活动的一种意识形态,它是电视反作用于社会现实的一种表现形式。⑩在具体分析中,这种意见认为电视欣赏是感受与理解的统一的意识活动,是主动性与客观性相统一的鉴赏活动,是一种教育性与娱乐性有机统一的精神活动。除此之外,对电视文艺欣赏的随意性的研究,对电视文艺欣赏的再创造的审美特性的研究等都是较有意义的问题。同样,关于电视文艺批评,国内理论界一般以批评是否真实这样的命题为大前提,而在具体的描述中,又提出电视批评应注意“电视性”这样的课题。此外,关于电视文艺批评的方法也有以“宏观的电视评论”“微观的电视评论”等为界定标准的意见。统而观之,国内电视文艺评论具有广泛性、普及性,但缺少相应的理论性,因此,致使对电视评论的研究也处于较薄弱的境地。事实上,电视文艺批评是最有希望成为崭新的人文学科的,这恐怕要依赖于电视文艺的高水平发展,否则,只能是空中楼阁而已。

此外,也有观点提出:电视文艺的审美研究应以电视文化为总的前提,在这个意义上,现实感应成为电视文艺的最高审美原则,有研究者说:“电视剧是现代社会艺术文化的一种表现形式,而电视文化是社会文化的缩影,而电视剧美学必须建立在社会艺术文化的根基上……”“电视剧的创作要求电视编导具有强烈的现实感。”[11] 凡此,与上述电视文艺各审美范畴具有互补的意义,因此,具有一定的理论价值。

六、国内关于电视文艺接受对象的研究

从接受美学的观念出发,如果离开了观众的“观看行为”,则电视文艺就不是完整意义上的艺术体系。由此,国内电视理论界对观众或称“接受对象”的研究也呈繁荣景象,只是这种研究往往与电视整体研究密切联系在一起。根据初步的梳理,国内这类研究的课题,大多集中在以下三个方面:1.区域文化与接受对象;2.接受对象的主体性;3.接受对象的层次性。

所谓区域文化,是指一定社会区域的文化,而“一定的社会区域”又是一个变体,如农村与城市就是不同的区域,但南方城市与北方城市或不同文化流域的城市又是不同的区域,所以,“区域文化”一定要有前提。很明显,这是社会学的概念,但在电视理论研究中,区域文化却有“不同区域的文化”这样比较确定的内涵。国内在这一方面的研究,主要集中在区域文化对电视文艺的影响这样的问题上。诸如外国电视剧对国内电影剧的影响,台湾、香港的电视剧与大陆电视剧的异同等都是议论的焦点。如对日本电视剧《阿信》《血疑》《三口之家》的评论中,就出现了日本近代文化与传统文化交融这样的命题。研究者认为《阿信》是日本近、现代社会的一个缩影,是日本人在近、现代社会中的观念大转变的真实写照,但同时,作为一种传统文化心理,剧中对“为富不仁”思想的认可,以及对核心家庭式文化的依恋心理都明显存在着矛盾之处。另外,它对中国观众而言,剧中人阿信的成长历程显然对特定时期,即中国开放之后,观众心理中普遍寻求发展的心态相吻合,但其中对二次大战的不恰当叙述,则成为中国观众逆向思维产生的根源,所以,不同的文化及其各种表现形态都以一种社会的区域性特征制约着一种艺术的发展。像《血疑》《三口之家》一类追求人情味的电视剧,前者的大起大落与后者的“平缓的激情”,则共同形成日本文化的两面观。研究者认为,在中国电视剧的大发展的20世纪80年代,国外这类电视剧对中国电视剧的影响是较大的,但由于中国

特定的区域文化的影响,主要是现、当代以来的社会思潮的积淀意识所制约,中国电视剧在总体上均具有强烈的载道意识或者说是历史责任感,《新星》《乔厂长上任记》《新闻启示录》等都是明证。再如,台湾、香港与大陆虽然同根同族,但由于现代社会发展的不同,则明显构成不同的社区文化形态。香港电视剧明显的商业属性,台湾电视剧中传统与现实的文化交融形态,以及大陆电视剧追求社会真实的风格特征均具有不同的区域属性,当然,随着三个区域的交往的增加,这类现象正在发生较大的变化。总之,区域文化研究为发展与突破区域模式提供了一定的理论基础。

与区域文化相关联的是对接受对象的研究。这种研究有三个方面的表现。一是在区域文化的意义上划分了不同文化区域的观众,一是接受对象的主体性意识,再就是接受对象的层次性。

在区域文化的意义上划分观众的研究认为,生活在不同社区的观众,因为观念不同生活节奏不同,生活方式不同,致使他们对电视文艺的接受也存在着不同的接受心理。以广州、深圳等地为例,由于可以直接收看香港的电视,就造成对中央电视台正统文艺节目的收视率的下降,其原因是极为复杂的。其中,由于商品经济的发达,这一文化区域的人群已经在生活节奏、生活方式与文化观念上与香港文化极为接近,可能是重要的原因之一。

至于接受主体的研究,电视文艺理论界明显是受文艺思潮变化的影响。当一种以人为本的思想、以人为主体的思想成为创作理论、接受理论的一个标尺的时候,电视文艺接受主体的研究也存在着这种理论的影响,比如对观众的参与意识、干预意识、逆反心理,以及电视文艺的轰动效应的论述已成为这方面较有意义的论题。所以,对这一部分理论研究的概括,大致可以参照对这个时期国内关于文学主体性研究的概括,二者的区别仅仅在于具体的描述对象不一致,但理论前提是基本一致的。

此外,对电视文艺接受层次的研究也值得重视。社会本来就是一个万般变化的大千世界,但在总体上,仍然有着不变的层次性,这就是作为社会人的变与不变的统一,因此,作为电视文艺接受主体的人,即使是处在同一区域文化背景中,或者是处于不同的区域文化背景中,都有相近的"群体"存在。比如知识型群体、青年型群体等都是重要的接受层次,至于一定要在这里区分通俗与高雅,大约是不合适的。

同样,关于电视接受对象的研究,还有一种意见值得提出。这种观点认为电视接受与电视接受的环境有关,与此相关的因素是:电视受众与戏剧、电影观众的接受心理不同,电视受众接受心理中的个性意识较强;电视受众对电视文艺的真实性有亲近感;电视受众具有家庭群体的属性等。[12]在对电视文艺接受对象的研究中,从受众鉴赏心理角度加以分析的理论也有一定价值。如一种意见认为,构成与电视受众审美心理相对应的电视剧"魅力要素"与"认识性因素、情感性因素"和"娱乐性因素"有关,尽管对这几个因素内涵的解释尚有不同意见,但这三个方面的概括是有一定积极意义的。[13]

七、未来电视文艺研究预测

从未来学的观点看电视文艺的未来发展态势,至今仍然不太明朗,因为能够施加影响的因素很多。其中,电视技术的发展将是一个较为重要的方面。

电视技术发展的趋势与远景究竟如何呢?根据目前研究的态势看,电视技术发展有四大趋势:首先是大屏幕、超大屏幕电视的发展。在日本,已经有37英寸、41英寸以上的新品种;其次是微型电视或超微屏幕电视的发展。在美国,对12英寸以下黑白电视机的需求正在增加,它主要用于教育,日本松下已经推出的8英寸电视机可以放在不同地点或扭转方向,甚至已经有了2英寸到6英寸的小型机的出现;再次是电视向超薄型和超高清晰度发展;最后是电视机与录像系统的配套发展。这种技术发展的意义是什么呢?其中最重要的是电影、电视、录像系统的一体化,尽管电影使用的材料与电视不同,但有线电视开通之后,电视大屏幕的出现,基本上取消了二者鉴赏形式的差别,而电影接受本身也在拼命向电视靠拢,像国外家庭包厢式影院的兴起等都是证明。再就是电视鉴赏的随意性在加大,更能充分体现接受主体的个性自由与自我意识,录像(光盘)系统又为个人创作提供了良好手段,所以,可以预料在不久的将来,电视技术(或其他影像传播系统)的新发展可能会带来新的革命。事实上,电视对人类社会造成的冲击才刚刚开始,浪头正在一个一个地打过来。这样,再严格地区别电影艺术、电视艺术或录像系统,就会出现理论上的偏狭。在这种未来的前景中,电视文艺将呈现何种姿态呢?应该承认,这是无法定型的未来学课题,目前只能根据现有的发展,予以推测性展望。

也许,未来的电视文艺不会再以电视剧为主干,将是集电视剧、电视舞蹈、电视音乐以及其他电视文艺节目为一体的文艺形式。由于频道的激增,观众具有较大的选择余地,电视文艺将出现激烈的竞争局面,具有广泛接受面并且具有较强轰动效应的电视文艺会越来越多,但相对来说,产生效应的范围则有一定缩小。另外,由于电视录像系统的普及,个人制作电视节目将同写一篇文章一样随便时,电视文艺节目将会更进一步地靠近生活真实,也即是说,电视文艺将在一定程度上体现出新闻特性。电视文艺发展的另一个趋势将是商业化与非商业化的两极分化形态,商业化是具有商品经济属性的电视文化所不可避免的,电视文艺自然不能例外,况且电视文艺历来就有商品宣传的属性;而非商品化则属精英文化的电视化,由于"电影—电视—录像系统"的一体化及迅速普及,精英文化将逐渐由其他文艺行业向电视文艺中渗透,事实上,在目前条件下,各个艺术门类染指电视文艺已不算新鲜事了,什么电视小说、电视报告文学等均属此类。据悉,香港已在筹拍可供阅读的《红楼梦》,可想而知,那将是一种怎样的形态——它不会是小说的形式,也不会是目前的电视连续剧的形式,它将是新的电视文艺形态。此外,电影与电视之间的"误会"的战争将被新的"亲朋"关系所取代,每一座电影院都可能成为一个小的电视发射台,而每一台电视机也可能具有小电影院的性质。这样,电视文艺将吸收相当的电影的养分,促使自己更快地成长,一大批具有优秀传统的文学作品、电影作品将通过电视的形式进入传播渠道,而对如此多彩多姿的电视文艺,未来的电视文艺理论将呈现或者应具有怎样的形态呢?

科学研究早已证明,当对象发生变化时,关于对象的理论也将改变原有形态。未来电视文艺的发展势必促使未来的电视文艺理论有一个较大的变化,但是,由于电视整体理论框架已经基本形成,所以,未来电视文艺理论的发展仍然有其不变的一面,即电视整体理论的制约,在此基础上,电视文艺变化的主要趋势应是其独立品格的形成。

所谓电视整体理论的制约主要是指电视的传播性、社会性等基本属性,即便是在未来的电视理论中也不可能改变其固有的性质。以传播为例,从电视的被传播对象来看,其内容是丰富复杂的,而其表现形态则以"影像文化"

为前提;从传播媒介的角度看,被传播对象只是信息素材,需要重新加工、整理、编排,然后以亲近渗透的特点输出;从传播接受者的角度看,现行的传播媒介体制也不是最后的定型结构,观众完全可以自由转换频道或关机片刻,或在不同地点选择频道,再次进行内容和结构的调整,使观众最大限度地参与电视传播,从而强化有效接受。这样,传播的作用就显得异常强大,并且具有高度的独立自主性,它又规定与制约着电视本性。因此,从本体上说,电视是一种最有效的文化信息传播媒介。即使在未来的电视理论研究中,也不可能改变对电视传播性的这种概括。因为电视的本性规定着电视最主要的功能是社会文化交流,而交流的结果将是接受者从电视屏幕的反光镜中建立自我个性与社会群体的意识形态。进一步需要说明的是,电视文艺作为整体电视的一个组成部分,无论如何是不能回避这种文化传播理论的。

那么,电视文艺理论将怎样形成自己独立的品格呢?首先,传播理论的应用性研究将在电视文艺理论体系中占有一席之地,它标志着电视文艺理论面对复杂的电视文艺现实将从经院理论中走出来,深入传播受众之际,大规模的、小范围的各式各样的受众心理、调查与社会心理评估将成为电视文艺传播实践的应用性研究的重要课题,因为这种研究的成果将改变电视文艺节目的安排,使受众的主体性得到进一步发挥。其次,电视文艺发展史将成为重要的学科,因为在电视文艺已经成为人们主要的欣赏对象的时刻,电视文艺的时代感将更加强烈,历史感将更加深沉,审美感将更富有魅力,所以,它将成为人类文化发展史中一个最有力的"见证",而文化史永远都是人文学科中最重要的学科,如此,电视文艺发展史很快就会成为独立的学科。除此之外,像当前时代的文学研究一样,只有丰富的理论,才能适应丰富的文学现象。未来电视文艺理论研究亦将出现高层次理论的指导,从而使一种文艺样式的研究上升到一种文化研究,一种哲学研究的高度。届时,电视社会学将会出现电视文艺社会学这样的新分支,而电视文艺哲学将成为新的思辨性学科,电视文艺美学将与电视美学同步发展,而电视观众学中将分离出电视观众文艺学的新门类。总之,一切理论研究将出现高层次理论的指导性,以区别于目前阶段的描述性理论;将出现具体的应用性研究,以发展目前的纯理论态势;将出现许多交叉学科,以展示电视文艺科学的全面发展。由此,研究方法或方式上将出现经院式与应用性相结合的形式,借助计算机等现代科技手段也将成为电视文艺研究必不可少的方面。此外,电视文艺比较学科的发展也会出现,像电视文艺教育学等也将从教育学与电视文艺学的交叉地带中脱颖而出。只有到了这时,电视文艺学才真正具有了体系化、科学化、学科化的特征,也才真正具有了"自身独存"的文化品格。

参考文献(承接"上篇"):

④ 路海波.电视编剧技巧[M].天津:南开大学出版社.1988(P.90).

⑤ 高鑫.电视剧创作概论[M].北京:十月文艺出版社.1986(P.220).

⑥ ⑩ 刘树林.电视文学概论[M].哈尔滨:东北师大出版社.1985(P.85;P.217).

⑦ 孟涛,张奇能.电视知识百题[M].长沙:湖南文艺出版社.1988(P.115)。

⑧ 戴剑平.影视艺术欣赏的一个剖面[J].江西师大学报.1988(4).

⑨ 李光一.家庭剧是电视剧中的主要类型[J].当代电视.1988(8).

⑪ 田本相,崔文华.电视剧美学随想[J].北京广播学院学报.1987(3).

⑫ 钱世粱.电视剧审美感受的特殊性[J].当代电视.1988(5).

⑬ 钟晓阳.试论电视剧观众的鉴赏心理系统[J].长春:戏剧文学.1987(1).

香港回归十年间粤港电视剧比较研究框架

摘　要：自1997至2007年，香港回归10年间粤港电视剧均有较大发展。对其进行比较研究涉及国内外同一命题的文献背景、研究意义、主要内容与思路、研究方法、重难点和评价的主要观点等多个方面。

一、研究现状述评及研究意义

（一）研究现状

首先，国内对电视剧的研究文献较多，近5年有论文2390多篇、图书50余本，多以电视文化为维度或以全国或以整体电视行业为论述范围。如《为构建和谐社会提供大众精神食粮——党的十六大以来中国电视剧创作主潮简论》（当代电视2007.11）等。但专门论及广东或港剧及其比较的论著相对较少。

其次，现有国内相关文献可分为三类：其一是对广东电视剧的论述，以会议论文和报纸评述为主，从"新珠江文化"出发，结合广东特殊的文化背景、政治气氛、地理位置，对电视剧和文化产业提出中肯回顾，如《主旋律与大众化——广东电视剧创作的启示》（《写作》2004）等。此类论述缺少系统的共时比较和特定时间段内的"历史"梳理。其二是对港剧的论述，从广东电视人的视角出发，以应对发展和借鉴的态度看待在广东落地播出的港剧，如《港剧回顾与展望》（《当代电视》1998.07）、《香港有个好莱坞——试析港剧的流行元素》（《中国电视》2005.10）。此类评述多为一般性介绍。其三是对粤港两地社会文化的论述，多从两地的政治经济、文化社会入手展开，比如《粤港澳社会关系》（李伟民主编，2001.8），价值在于对文化社会方面的宏观语境分析。

再次、在文献形式上，多以零散的讲话或介绍性文献为主，难成系统。

关于文献回顾的结论如下:1. 对粤港两地的电视剧进行对比研究的文献很少;2. 对两地电视剧进行大跨度时间段尤其是香港回归以来特定历史阶段的研究几乎是零;3.内容上,现有文献多是简单的剧集评论和电视剧作为产业的总结,缺乏对电视剧结合两地文化的深度分析。

(二)研究的意义

1997—2007 年,香港回归十年的历史意义是巨大的。这一时期既是中国改革开放进一步飞速发展的时期,又是“一国两制”伟大构想成功实践、香港和大陆两地互动发展的时期。而对这一时期两地文化、社会各个方面的研究总结都将成为中国当下发展的成功实践和重要参考。作为以通俗文化和市民文化为主的媒介形式的电视剧,其发展与两地社会的政治、经济、文化、民俗演变有千丝万缕的联系。在我国媒介和娱乐市场逐渐开放的今天,本研究把目光聚焦在经济高度发达、电视剧市场相对繁荣的粤港两地,从区域文化比较出发,以大中华文化圈为广阔语境,比较分析两地的电视剧,借以寻找未来大中华政治、经济和文化一体化与多样化并存且共同发展的成功的例证,并勾勒一种前景,为新技术和新政治时代的大中华文化艺术的发展奠定一类理论基础和史实见证。

因此,本研究的意义体现在以下四个方面:

首先,理论上填补空白。过往的文献对粤港电视剧的研究多停留在单个“点”上,缺乏两地比较的共时的“面”和历时研究的“线”。本课题在这“一‘面’一‘线’”的基础上,对长达 10 年的粤港电视剧进行共时和历时的比较,揭示香港回归十年这样一个特殊的时间段里的电视剧艺术的嬗变及其在传播价值意义前提下派生的影响力的规律性,使得本研究具有理论构建上的创新。

其次,本研究对广东乃至整个大陆的电视剧行业具有指导价值。随着我国媒介的进一步开放,除了港剧以外,美剧、日剧、韩剧都大量涌入国内市场。为应对外部挑战,需要知己知彼,在比较中寻求变化与发展。

再次,对两地电视剧的探讨离不开对受众心理、文化源头的梳理,这样无形中分析了两地的市场格局,对于影视剧乃至其他文化产业的发展都具有重要参考价值。

最后,该研究的结果可以给相关的学科如传播学、社会学、区域文化学等带来参考。而作为史料本身的整理,该研究对研究对象的系统化梳理也可以催生一大批与区域文化相关的后续研究,为中国新时代的文化艺术研究做出贡献。

二、研究内容、思路、方法与重难点描述

(一)本研究的主要内容

本研究从内容上可归结为以下七个方面:

第一,创作背景比较:文化同源不同流的时代背景研究。该部分主要探讨粤港电视剧比较的可能性。“比较”是本研究的重要立足点和基本点,如比较的基础、方法等。其中,两地同源不同流的文化背景和时代背景是分析的重要指标。

第二,创作体制比较:全球化视角下的政体转变带来的话语融合趋势研究。主要探讨在全球化语境下,两地政治体制转变融合过程中,文化内容和形式的互动以及新话语体制的生成。

第三,10 年中作品类型比较:类型和类型意识中生成的“一体化和多样化并存”的倾向性研究。以电影分析中的“类型观念”为参照,着眼在类型电视剧的形成、发展、嬗变,如古装片中“戏说”背后演绎观念的“一类真实”及其价值正谬;言情片中物欲充斥下的爱情故事的“性爱标本”及其潜在的结构性影响;警匪片中的虚拟、仿真和“异域模仿”的“三类结构”;家族剧的泛文化与地域文化相结合的特性等。

第四,电视剧创作的文化结构比较:唯商业化与主流意识形态话语及其交互影响。该部分从文化结构对电视剧创作的影响入手,分析香港的“唯商业化”创作观,以及广东在电视剧中灌输主流话语的舆论导向创作观的区别、融合和交互影响。

第五,电视剧作品的影响因子比较:两地“从娱乐到价值追求”与“从说教到娱心”的发展和互动。该部分着重解决电视剧吸引观众、占领市场的因素;香港方面是“娱乐至上”,而广东则经历了从“说教”到“娱心”的变化,这两者经历了一个漫长的相互渐变的过程。

第六,受众心理诉求和审美倾向的比较:消遣(费)文化与精神价值追求

的互补性及其十年发展轨迹研究。该部分属于受众研究,分析两地观众的心理诉求和审美倾向,消遣文化和精神价值追求是研究重点。

第七，大中华文化新格局视角下粤港电视剧的未来发展走向及影响力。后冷战时代,世界文化新格局正在形成,大中华语境正在融汇,粤港两地电视剧的未来走向将成为特定文化类型的风向标且具有示范性；未来台海政治、经济和文化的变化会在此寻找到可资参照的例证。

(二)思路与方法

本研究的总体思路是:以两地文化艺术的发展趋势为指导,以两地影视艺术本体、价值体系和影响力为研究对象,以论代史,构建两地比较的理论框架,描述 1997 至 2007 年这个特殊的时间段内，粤港两地电视剧的变化和发展趋势,同时揭示电视剧这种电视文化形态娱乐大众背后的文化和社会意义。

本研究以质化研究为主,同时力求多种研究方法并重:

第一,本研究从文本出发,对十年间两地生产的电视剧进行甄别,选出有代表性的片目,结合上述的理论框架进行多方面的理性剖析和案例分析;

第二,从现有文献出发,既注重学者的研究,也注重官方的政策导向,注重将能够成为定论的某些结论提升并融入本文的框架;

第三,引入一定的量化研究,一方面注重分析索福瑞、尼尔森的收视观测报告;另一方面,开展特定范围的受众心理调查。

(三)本研究的重难点描述

重难点之一是观测点的选择。因为比较研究,所以需要找到一个比较的“点”,由此点散发开去,形成一个完善的理论框架;而这个点,就是基于大中华与区域文化背景下的影视文化艺术,以及一种综合因子的解读。

重难点之二是研究背景的复杂性。研究涉及的时间段漫长而敏感,香港回归十年期间,各种政治思潮、文化流派的交融和演变纷繁复杂,随着粤港两地的交流随香港回归上升到一个新高度,对这部分的分析更加复杂。本研究紧扣研究框架,力求把各种影响两地电视剧创作的变量囊括进去,勾勒一个清晰的图景。

重难点之三是对研究对象本身的缺陷性的定位。粤港两地尤其是香港,其文化雅俗共赏,精华和糟粕鱼龙混杂,如果完全恪守我们一贯的传统,可能会忽略一些对市民影响比较大的电视剧,但如果完全不加以甄别,难免格调不高。广东电视剧生产的观念和体制本身的缺陷性也是产生此类问题的原因和难点构成。在对待这类问题时,本研究从文化人类学和社会学的角度出发,把它们视为广泛的社会文化、区域文化的一种现象来看待,透过烟雾迷离,力求在动态的审美观照中确立文本。

三、主要观点的层次架构

首先,电视剧是社会文化的产物,必定受到宏观政治、社会、经济的影响。两地十年电视剧的实践证明,政治体制的差异性能够在共同的文化背景中得以适度消解,从而给“和谐世界”的观念文化以证实。

其次,在承认电视剧和社会文化相关联的基础上,本课题以“同与不同、同中有异、异中有同”为研究主线,以“文化、观念、类型、交互影响、趋势预测”等为展开的面,使杂陈的对象有了系统性。

再次,对两地电视剧的研究,也是对香港回归以来“一国两制”成功实施的文化解读。10年来,两地的交流相互频繁,两地都获得了长足的发展,这一点在电视剧的创作手法、类型等一系列方面都有所体现。其影响在更深远的意义上,对未来大陆、台湾两岸政治、文化的发展有启示和前瞻的价值。

最后,一个初步的结论也是研究的假设,可以表述为:香港回归的10年,也是粤港两地文化社会进一步融合繁荣的10年,这10年间的粤港电视剧的演变与发展,就是电视剧作为文化选本形态和文化载体,其艺术因素与商业因素、政治因素之间博弈的演变与发展,也是两地电视剧随政治、文化背景的演变而自我完善和嬗变的过程。它反映了两地政治、社会的发展,为几代人提供了一种集体的记忆,在政治、经济、文化、社会的影响力作用下,具有显性和隐形的导向与影响,构造了一个具备地域特色的媒介文化范本。在大中华政治、经济和文化一体化逐渐形成的过程中,其意义重大。(此文系国家社科基金艺术学项目的一部分,合作者张昕之为香港城市大学传播学博士)

香港警匪题材电视剧的三种类型

摘　要：香港回归以来，TVB自制电视剧中的警匪剧形成了新的样态，即“涉案剧”“学警剧”和“女警剧”。此三类警匪剧在产生积极社会影响的同时，也不可避免地带来负面影响。

香港作为特别行政区，其地位非常特殊。回归以来，因政治环境的改变，香港的文化或多或少都在悄然发生着变化。其中，香港的电视剧行业变化巨大，而警匪剧作为香港电视剧的主要类型之一，更呈现出一种分类的态势，分别是“涉案剧”“学警剧”和“女警剧”。如此划分，表面上看是对警匪剧的细分，实质上是香港社会的变化在警匪剧中的折射。按照“电视剧作为艺术，是生活的反映”的观点，上述变化的确可以按照生活与艺术对应的法则进行诠释，但事实上并不尽然。因为在香港人的理念中，电视剧首先只是商品，而后是技术，最后才是艺术。在这一视角下，笔者根据回归以来TVB自制的三类警匪剧，就每一类型剧集的内容、人物关系和播出反响，对这一类剧集的核心特征进行归纳，从而管窥该类型警匪剧在整体警匪剧乃至香港电视剧中的影响和意义。

一、学警剧

以年轻警员励志奋斗和成长为主要内容的“学警剧”，是香港回归以来警匪剧中具有显著影响的一类。这一类型主要围绕青年警员的学习和奋斗历程展开故事情节，典型剧目如《学警雄心》《学警出更》和《学警狙击》共同组成的“学警”系列三部曲；同样讲述学警初毕业就执行任务的《新扎师兄》系列和讲述消防部队成长的《烈火雄心》系列等，都是这一时期香港警匪剧中产生较大影响的一类。

27周的警校严格训练,青年学警在摸爬滚打中的成长是“学警”三部曲讲述的系列故事。剧中两个青年成为学警(香港警察学校学员)参加训练,毕业后投身警队,经过一系列案件的锤炼,最终成长为优秀警员。该剧由《学警雄心》《学警出更》和《学警狙击》三部剧组成,分别在2005、2007和2009年于无线黄金时段首播。故事围绕男主角钟立文、李柏翘以及他们的父母、亲友、同事以及敌对分子(黑社会)之间的博弈展开。在《学警雄心》中,钟立文和李柏翘二人同期考入警校,并在警校教官李文升严厉刻薄的指导下接受艰苦的训练。通过训练,钟立文明白了做警察的真正意义,而李柏翘无意中得知教官李文升原来是自己的亲生父亲。当李文升终于知道自己和李柏翘是父子关系时,却来不及相认就在一次行动中英勇殉职。当一批青年学警顺利完成27周的艰苦训练,一起毕业之际,故事即告一段落。这一剧集播出后,在香港的收视率一直维持良好。到了第二部的《学警出更》,顺接第一部的故事,钟、李二人毕业后来到“油麻地”地区作为真正的警员执行任务。在这一部中,二人的恋情有甜蜜发展,但在工作上他们与同一警区担任卧底的张景峰警官产生了冲突。原来张景峰当年曾经和李柏翘的父亲、已故警官李文升有很大的分歧。这时,三人都需要进入香港警察机动部队,面对为期12周的严格训练,几经波折,三人终于化敌为友,成为生死兄弟。到了第三部的《学警狙击》,钟、李二人终于成为EU(紧急行动队,即香港警察中的“冲锋队”)的成员。他们在与黑社会“进兴”社团的冲突中经历了一波三折的故事。从剧集内容上看,第三部《学警狙击》主要涉及警员办案的故事,似乎已脱离“青春励志”的路线,但在系列剧的完整意义上,可以视其为青年警员经过励志奋斗成才故事的“成功篇”。

铺陈开来,可以看到上述“学警”系列剧,通过对经典警匪剧必备元素的融入和显现,表达了一个“青春励志”(当然主要是前两部)的主题,将警匪剧中的必备因素演化成一系列矛盾。如在《学警雄心》中,由于警校特殊的情境设定,矛盾冲突的展示就成为叙事的重点。而在警校内部的生活、学习、训练中,对于矛盾的叙述关键是其复杂性。如有严厉教官与懒惰学员的矛盾,但该教官是一位男主角多年未能相认的亲生父亲;有学员之间的矛盾,但警队偏偏又是一个讲求相互协作的团体;剧集中两位青年警员的恋爱关系也显露出矛盾的意味,一个是学警与平民的爱情,但是这个平民的家族是一个“偷盗世家”;另一个则是富家女和穷小子的故事。再则,在《学警出更》和《学警狙击》中,香港社会上可能出现的矛盾冲突都成为被刻画的重点,如黑社会会议、群架斗殴、贩卖毒品、开设娱乐场所、卧底、牺牲、暗算等。如果对这部电视剧所展现的“警匪”社会关系作一个较为宏观的描述的话,应该是“警察、黑社会与社会正义”之间“互为存在”的互动关系。

剧中警员与现实生活中警员的仿真性,是香港TVB“学警”系列剧的另一个特点。这一特点通过青年警员积极向上的形象塑造,为香港社会的稳定起到了较好的促进作用。具体来看,该组剧集对一般民众不为人知的警员生活细节的描述,使观众了解了香港的警员生活,看到了位于香港黄竹坑的警察训练学校的各个方面和各类细节。如教官带着学员逐楼逐层参观警察学校,实际上也是带着所有观众了解香港这一培养警察的学府。此外,警察的宿舍、训练场;各种枪械子弹的外形、组装;投考警校的面试情境、警察办案的范围和程序,以及冲锋车(一种供紧急行动部队日常巡逻、赶赴现场的大功率警车,这种冲锋车时常会出现在香港街头执行任务)内座位的分布,甚至各座位人员的职责等,观众都能得到全面的认识。这种对警员生活“设置”性的影像表达,在描述香港政府飞行服务队的电视剧《随时待命》、讲述消防队员的《烈火雄心》、讲述出入境办事程序的《ID精英》等系列剧中,都有鲜明的展示。这种细节的展示,使观众获得了一种真实感和认同感,而且其本身就是剧情的一部分。在社会对此的反响方面,香港警员招考在特定时间内的火爆就是有力的证明。可见“学警剧”的这种仿真性描写是成功的。

二、涉案剧

在TVB的警匪剧中,讲述警务部队办案过程的警匪剧被称为“涉案剧”。这类剧集的故事重心在办案,重点叙述职业探员的工作、生活、情感,情节复杂紧张,从而塑造了香港的社会百态。这一类型对现实的虚拟程度较大,既更加深刻地刻画了香港警察的心理,也流露出香港社会的平民心态。这一类的典型剧目有讲述重案组工作的、由《刑事缉侦档案》四部曲组成的“刑事缉侦”系列,刻画鉴证科办案细节的《鉴证实录》系列和《法政先锋》系列,叙述专门抓捕赌场摆设骗局的诈骗分子的(俗称“千局”)《皇家反千组》,讲述位于香港

“边界”范围里围绕着香港岛、九龙和新界的262个岛屿上特警队的《离岛特警》,讲述入境事务处和中港两地情的《ID精英》,讲述“O记”(O记是香港警务处刑事及保安处中一个特别的分支,是“OrganizedCrimeandTriadBureau”即“OCTB”之缩写,中文全称是“有组织罪案及三合会调查科”,它还有另外一个口头称呼“重案组”)的《O记实录》等。

《鉴证实录》分为一、二部,分别于1997年和1999年播出。从该剧的标题“鉴证”二字来看,顾名思义,该剧讲述香港警察中一个特别的工种——鉴证科的故事。鉴证科的职责多为在案发现场进行调查采样,抽离线索追缉凶犯,有时还可能陷入犯罪分子精心布下的迷魂阵。该工种不像街头随处可见的军装警员(穿着警服、佩戴编号肩章),于是不免多了一份神秘感。

讲述专属警务部门探案过程的警匪剧最大的特点,就是突出该“类”纪律部队不为人知的细节。西方有学者撰文指出,以“法律”为例,普通民众对于专业机构不甚了解,大部分了解都是基于媒介(比如报纸)的报道、影视文艺作品的刻画,包括对政治、经济、体育,以及医生、法律等行业的认识亦大多来自于媒介。那么,该类剧集是否如实反映了现实?首先,从艺术创作的角度来说,任何艺术都是“源于生活、高于生活”,该类题材的剧集天然地具有吸引眼球的效应,即激发受众的好奇心,如同新闻规律中选取“应知、欲知而未知”的事实。剧集中出现的任何内容必定符合真实情况,香港警匪剧不可能过分夸张离谱以求得轰动效应。另一方面,既然是电视剧,就不可避免地要制造戏剧冲突。然而事实上, 香港社会是否真如电视剧中描写的那般险恶呢?恰好相反,香港一直是公认的世界上治安状况优良的地区,更有“亚洲最安全城市”的美誉。因此,香港专业类警匪剧在“仿真”的大环境下, 将其铺排重点进行了符合社会价值和商业属性的双重选择。在社会价值上,刻画办案人员和犯罪分子内心世界的变化,出演《学警》系列的演员苗侨伟在访谈中就曾指出,青少年不能行差踏错,否则后悔莫及;在商业属性上,将不同种类的大小矛盾聚焦在一点,模仿古典戏剧中的“三一律”,在有限的时间、空间、社会价值、商业要求之下,制造符合真实情况的最大冲突。正因为如此,从香港广播局公布的受众反馈数据来看,受众除了对部分情节、部分江湖黑话表示投诉以外,并没有指责香港专业类电视剧“夸张”、“不符合现实”的现象。

三、女警剧

这一类型剧与前两类有重复之处，但重要区别在于“女警剧”着重刻画女警员的成长、生活。在这个高度男性化、危险化的职业里，女性自然有特别之处。这一类型的作品不多，比较典型的当属《陀枪师姐》四部曲与《无名天使 3D》。

其中，《陀枪师姐》共四辑，分别于 1998 年、2000 年、2001 年及 2004 年播放。“陀枪”是一个粤语词，就是“佩枪警员”之意。“枪”作为男性力量和勇气的象征，与“女人”放在一起，本身就是一个不大协调的搭配。在吸引眼球之余，该系列剧在叙事风格上也有别于其他同类剧集。在“陀枪”系列中，重点描述了一个“四角”关系：作为警员的女性与警员中的女性成员、其他警员、社会关系和其他反派势力的关系。首先，女性警员既为人妻，就有家庭中的各类矛盾；其次，女性警员与同行共事之时，自然会因其女性视角的天然特性而产生新的矛盾；再次，女性对待感情的视角与男性也有较大差异，情感冲突成为矛盾焦点之一。

《无名天使 3D》的叙事手法与“陀枪”系列有显著差别。该剧明显突出了女性在男性化职业中独到的特点。一方面，该剧中的三位女主角均年轻貌美、精明干练，同时具有出色的探案能力，一改其他剧中女性优柔寡断、婆婆妈妈的特点；另一方面，与“陀枪”中的女主角在交通队(一般警员)不同，该剧中的三位主人公都在保安科的反恐部队任职，每天要处理极具危险性的大案要案。剧中展现女性风采的情节有很多，例如：反恐组需要一个得以接近黑社会老大的卧底，之前警方派出的卧底身份暴露，英勇牺牲，此时姚丽花警员化装为年轻貌美的女律师，以美色接近恐怖分子，获取情报。该剧最后，女主角之一被恐怖分子劫为人质，另两名主角需要打消上级疑虑，在通讯联络中断的情况下冒险解救该人质等。

这类“女警剧”的故事及其意蕴是有双解的。一是女性警员所展现的性别角色的魅力及其社会传播的意义；二是女警成为香港电视剧中新的叙事符号的见证。对于前者，从表象上看只是女性的亮丽、青春和性别困惑，但在深层结构上则是取特定背景条件下女性的情感为解剖对象，并企图为香港电视剧中的女人戏再添亮色。对于后者,香港电视剧中的人物角色符号早已多种多样,但新女警形象在艺术传播条件下,其形式意义在于女性意识正在成为港剧叙事符号中新的话语内涵。

应该承认,香港警匪剧是一个最为宽泛的区分,有个别剧目与其他类型交叉。比如《栋笃神探》是一部插科打诨的警匪剧,与时装喜剧有所相似;《突围行动》更像一部家族商战片。此种类型可视为上述三类警匪剧的补充。

四、香港三类警匪剧的社会影响

事实上,香港三类警匪剧的社会影响,可以从以下几个方面分析:

首先,励志奋斗题材的“学警剧”激励了香港的年轻人加入警队、服务社会的斗志。据香港媒体报道,在“学警”系列热播时,报考香港警察的人数有所增加。类似的关联还发生在《烈火雄心》与消防队伍招聘、《冲上云霄》与投考飞行师的热潮等之间。

其次,从题材上,香港警匪剧塑造了一大批正面的警察形象,以至于他们在剧中“英勇牺牲”后,仍为受众所怀念。如2009年热播的《学警狙击》,剧中有一名反派角色实为警方派出的卧底,该角色在22集“牺牲”时,大量网民表示对该角色的声援。为了照顾受众情绪,剧集播出结束后该剧组召开记者发布会,表示会就该角色专门再拍摄一部电影。更为史无前例的是“学警”系列三部曲终结之后,编剧表示将尽快开拍第四部,重点刻画该角色。可见,香港警匪剧中的人物形象已经深深留在广大受众的脑海中。总体而言,香港警匪剧弘扬了香港警界奋斗、励志的拼搏精神,批判了官官相护、黑社会的丑陋现实,彰显了特区警员顽强拼搏、克己奉公的正义精神。同时,回归以来的香港警匪剧更加突出了特区政府、特区警界的办事效率。

最后,香港警匪剧通过各种人物关系、情节推动,也营造出香港人的文化身份认同。

当然,香港警匪剧也有其负面影响,主要表现在两点:一是情节雷同较多;二是因为该类型剧的特殊性,在刻画黑社会角色和犯罪过程中,涉及淫秽、低俗、暴力、江湖黑话等内容,对青少年或多或少会产生一些负面

影响。(此文系国家社科基金艺术学项目的一部分,合作者张昕之为香港城市大学传播学博士)

参考文献:

① WilliamR.Davie.CrimeandPassion:Journalism fortheMasses[J].JournalofBroadcasting&E-lectronicMedia.2001(2):355-365.

② 戴剑平."学警"与"女警"的意蕴解读[J].中国广播电视学刊.2011(12):59.

③ 记者:逾千七人蜂拥考警察《学警出更》效应[N].香港:成报.2009-07-09.

④ 记者:集合效应 投考机师超额70倍[N].香港:成报.2003.

论跨世纪以来TVB电视剧的“师奶化”倾向

摘　要：香港电视剧中最具代表意义的是TVB电视剧。回归以来，此类电视剧的叙事正在形成模式化发展状态。其中，“师奶现象”成为最具代表性的传播类型。这一状态在故事与题材、人物塑造及经典语言(1)等方面构成“师奶传播模式”的三维结构。

一、“师奶”概念

十余年来，以TVB为代表的香港电视剧在自身迅速发展的同时亦对内地产生了一定的影响。如果说电视剧及其所引领的电子媒介艺术的传播是新世纪以来新的人文景观，那么，在地域与历史两类文化因子的制约下，与此类新景观密切关联的叙事及文化叙事，一定会出现相应的变化。[①]其中，TVB电视剧的传播模式便出现了“师奶化”的发展态势。

师奶，是一个变化的概念，在粤语中通常指已婚妇女尤指家庭主妇，是“太太”的俗称。在原发状态下，“师奶”之说是没有贬义的，后逐渐被添加了“外观老土、俗气、无知、斤斤计较又爱讲是非”的内涵，或专指中下层家庭妇女和有点俗气的未婚女士。在新近的变化中，师奶开始披上OL(officelady)甚至是女强人的“外衣”而越发光鲜起来。事实上，“师奶”已经被泛指为中年妇女，并往往被贴上保守、短视、自卑和虚荣等标签，当然，这些标签并非一定表现为否定，有时只是一种调侃，甚至已经有了较多的肯定。这一概念在长期的变化过程中，已经形成为一种价值观。

在师奶的世界观里，温饱、安定、务实、较真、不吃亏等都占据重要位置。由于长期自我感觉欠佳，“师奶们”普遍存在自卑心理。一方面她们需要感受自己存在的价值，另一方面又拒绝接受新思想并拒绝改变，最常见的外在行为是“大声说话”，又由于“师奶们”缺乏安全感而带来了强烈的自我保护意识。她们不亦乐乎地共同分享娱乐新闻及邻里的蜚短流长,从而封闭自己的内心世界。

随着女性地位的日渐提高,新型的"师奶们"虽然同样有着短视、凡事算计、自卑又虚荣的特点,但已经彰显出某些"心理强势",如师奶们对家庭和事业的双重关注以及自我意识的提高等都是此说的证明。正是由于师奶们在生活中的角色地位越来越重要,以密切关注现实见长的 TVB 电视剧就十分敏锐地捕捉到这种社会发展的新景观,将其融人电视剧的叙事,借以提高电视艺术的通俗性、平民化和温情度,以吸引更多目标受众的注意。

二、题材、人物、语言

TVB 电视剧对师奶因素的运作,主要体现在故事与题材、人物塑造及经典语言表达等三个方面。

首先,在题材类型的变化方面看 TVB 电视剧叙事模式的"师奶化"倾向。

电视剧虽然是视听结合的大众传播艺术,但讲故事仍然是其获取受众欢迎的主要叙事形式,而讲何种故事以及如何讲故事才是问题的关键。[②] 在"97回归"和跨世纪前后,考察当时 TVB 电视剧的题材类型就可获知媒介主体所讲为"何种故事"。这类故事与题材的关系作为一类问题是研究 TVB 电视剧叙事模式的基本出发点。而这个基本出发点又与 TVB 电视剧的语言叙事特色密不可分。具体说来,在故事和题材类型方面,TVB 电视剧是以受众为中心的,而以师奶为受众主体的接受群体则是香港区域性受众的特点之一。如此,投师奶之所好当是 TVB 电视剧"题材运营"的策略之一。

在题材类型方面,自 20 世纪 90 年代 TVB 的"行业剧"热潮始,当时推出的《陀枪师姐》《妙手仁心》《刑事侦缉档案》等剧目都广受好评。此后,TVB 不断开拍续集形成系列,一直到 2005 年随着《妙手仁心 1》的结束,这股一拍再拍的系列剧风潮才悄然退去。在这些行业剧中,警察剧和律政剧的表现最为突出。以 1997—2009 的时间段为例,TVB 播出的自制电视剧中,警察和律政剧所占比例,1997 年为 29.17%;1999 年为 27.27%;2004 年高达 36.84%;2009 年为 23,81%。在这些"行业剧"中,"警察"和"律师"的模式化、类型化的形象,最具影响力。对于艺术而言,创新和标新立异是其追求的目标,而上述以不变应万变的故事讲述与题材选择的固定模式,则是 TVB 多年来不变的叙事框架。究其因,香港电视受众以女性为主,而女性中广义的师奶类人群又占据主导地位,并且是警察剧和律政剧主要的“粉丝”。向来以寻求商业利益为基本原则之一的 TVB,势必会遵循受众心理诉求的发展规律,以争取市场的最大化。

问题在于,自 21 世纪第一个十年中期前后开始,TVB 电视剧的故事题材出现了新的转向,即由原来师奶们喜欢的行业剧直接过渡到“女人戏”,或者说是以师奶为主要表现对象的商业剧或类型剧。

“女人戏”是 TVB 最近几年取得高收视率的“秘方”。这类戏以女性为主角人物、并侧重主角人物之间的明争暗斗和唇枪舌剑,营造了一幕又一幕火辣的“故事”。

为了配合这类女人题材剧,或彰显此类剧的特色,TVB 的“女人斗争戏”中的语言如对白等,常常表现出精妙的辞藻借以凸显说话者的工于心计和含沙射影;或者言辞直白却十分犀利、咄咄逼人。甚至在剧中人表演对白时,会刻意加大语速,提高声音,企图营造一种针锋相对的情境,增加影片的紧张、紧凑感。《金枝欲孽》(2004)、《溏心风暴》(2007)、《宫心计》(2009)等都属于这类“女人戏”的代表作。这些电视剧将“师奶们”的勾心斗角、凡事算计、得理不饶人等特质表现得淋漓尽致,戏中的台词既符合“师奶”的话语口吻,又在“师奶”思想变化的深度上如对事业的关注等均有所提高。

除此之外,TVB 电视剧中强悍的男人形象正在被“女人戏”中的“小男人”形象所代替,从而反衬出女性的“伟大”,借此满足“师奶们”不甘附属于男性、希望强大独立的心理投射。仅从一些电视剧的名称上,就可发现其中“女强男弱”的命意。电视剧《憨夫成龙》(2002)、《足秤老婆八两夫》(2004)、《老婆大人》(2005)、《男人之苦》(2006) 等都是证明。这些电视剧实质上仍是 “师奶剧”,不过将“师奶”异性化了。男性主角多表现为唯唯诺诺、啰啰嗦嗦、略显愚笨,与女主角的风风火火、雷厉风行相比,形成鲜明的对比。

哀怨缠绵的情感,一般是“女人戏”不可或缺的,但在“97 回归”以来,TVB 却较少创作此类电视剧。产生这种现象的原因之一,是 TVB 在外购剧时会选择这种“理想化”、并缺少“柴米油盐”现实生活感的剧目,如 2003 年来自内地的《还珠格格》、2004、2007 年均来自韩国的《天国的阶梯》和《悲伤恋歌》等;而另一原因则是 TVB 囿于成本和受众心理诉求趋势的培育，会在一定时段内选择较为固定的题材类型。当然，在“女人强大”更符合师奶精神的前提下，适当搁置女人的缠绵戏，也会成为一个深层次的决定因素。

一个不争的事实是，来自多种渠道的调查和访问结果都证实，对此类讲故事的方式和电视剧题材选择的固定搭配，是师奶们最喜欢、最津津乐道甚至百看不厌的。从反向的角度看，师奶意识已经强烈地影响了 TVB 电视剧的生产。“97 回归“以来，TVB 电视剧对内地的影响日渐增强的事实虽然可以有作别解，如内地受众对“差异对象”的寻求等，但在内地与香港两地文化差异的对比中，处于香港电视剧原生态的“师奶”因素，在粤语区域的题材类型与定位是不能被忽视的。

当然，内地受众心理诉求的复杂性与港产剧在原生文化地域的单纯性是不能给予同等判断的。这同样可以成为对分众传播理念研判的例证。

其次，从人物形象变化看 TVB 电视剧叙事模式的“师奶化”倾向。

回溯 20 世纪八九十年代，TVB 电视剧以塑造男性形象为主，其形象定位主要涉及专业人士、英雄等，而形象元素更多涉及正派、有才干、敬业、不屈不挠、英勇、刚毅和人性善等，且男性形象占绝对主导地位，常常表现出一种职业精神和英雄主义。回归以来，TVB 电视剧在人物形象方面有一个明显的转型，即女性形象逐渐成为主要人物形象。这一变化的初期，女性形象基本上是职业女强人或中产阶级、白领等，她们独立、知性，有小资情调，不同于传统女性。1998 年的《妙手仁心》就是较好例证。此类剧中，虽然涉及女性的元素较多，如婆媳关系等，但“师奶”元素在当时尚不明显。

世纪之交以来，因行业剧的短暂流行和相对弱化，TVB 电视剧中的娱乐元素不断增加，而行业剧的行业背景相对弱化，电视剧语言的情感色彩有所增加。2004 年，香港著名“栋笃笑”(类似相声)表演者黄子华饰演《栋笃神探》里的警探角色，把“栋笃笑”的表演植入剧中，戏中警探身体孱弱、性格滑头，语言使用更是颠覆以往警察角色，说话总是不着边际，诸如“人生目标：吃喝玩乐，不劳而获！”“若要人不知，唔好太低 B!(想要别人不知道，就不要太愚笨了！)”“唔使腾，Noproblem!(不用烦，没问题的！)”……此类搞笑的语句充斥整部剧中，全剧直白的语言和故事情节，使受众不需过多的思考就可准确预测剧情，而受众最期待的是主角的语出惊人，因为受众在感悟滑稽语言的同时捧腹大笑并获得满足感。从某种意义上看,这是 TVB 电视剧人物形象转型的开始。所以,此类形象很快被变化了的女性形象所取代。

到了 2005 年,TVB 开始高举“师奶剧”大旗,那种渴望讨好“师奶们”的举动,同样可以透过剧名窥见全豹:《我的野蛮奶奶》(2005)、《女人唔易做(女人不易做)》(2006)、《师奶兵团》(2007)、《野蛮奶奶大战戈师奶》(2008)、《师奶股神》(2008)、《有营煮妇》(2009)。在这股“师奶”热潮中,TVB 电视剧将剧中的“师奶们”打造成不再局限于在家打点家务、照顾小孩的角色,“师奶们”开始成为事业、家庭两不误的形象。以此类剧中主角的具体语言风格论,多表现为因其身份地位的不同而相异,但此类语言却有一个共同点,即无论用何种形式“说”,核心内容都离不开师奶们对维系家庭的关心和付出。可以说,此时的 TVB 电视剧已经开始高调地为“师奶们”唱赞歌。

2007 年的《溏心风暴》和 2008 年的《溏心风暴之家好月圆》更使“师奶化”人物大行其道,主角们的语言虽然通俗到有时缺失了文雅,但娱乐效果十分明显。相关语言不胜枚举。如“优!优你个死人头!你条裤就未优!(优!优你个屁!你的裤子就还有没有穿上,“优”字粤语读音一语双关);又例如“乜宜家D人戴住个 bra 抹窗嘅?(怎么现在的人穿着胸罩擦窗户?)”又例如“就算佢净翻一条底裤,我都要扯佢一半(就算他只剩下一条内裤,我都要抢他一半)”……此类语言对师奶们的形象而言,是有双重意义的:一是女人在这里成为了与男性平等的人,成为了有性格的人;二是女人在与男权社会的对话中发出了自己的声音,从而丰富了 TVB 电视剧的人物塑造。

再次,从刻板语言模式看 TVB 电视剧叙事模式的“师奶化”现象。

诚如上述,TVB 电视剧的题材运营是一种策略,即从受众对象的心理诉求出发,在一定时间段内维持行业剧类型的稳定性,而在另一时间段内,会以同样的理由改变这种状态,以变化的类型取而代之并实施新的类型稳定性原则。事实上,这一思路在 TVB 电视剧的语言传播中,同样有刻板模式的生成并成为 TVB 电视剧语言的类型化的代表。

以在上文所述警察与律政行业剧为例,包括剧中人物的对话等在内,刻板的语言模式随处可见。在此类剧中,警察逮捕疑犯时肯定会说“你有权保持沉默,但你所讲的将会作为呈堂证供”;剧中警察办案受阻时,一定受到上司痛骂并以“Thisisanorder!(这是命令!)understand?!(明白吗?)”作为结束语,而警察只能垂头丧气地回复，“Yes，Sir/Madam.(是的，警官)”。剧中有财有势者被捕后，对警方的盘问工作常常不太合作，警察就会生气、拍桌子，气冲冲地说：“你喺唔喺玩嘢啊？！（你是在捉弄我吗？！）”然后疑犯的代表律师就会说：“我的当事人有权不回答这个问题！”或者“请你注意你的言行，我们可以告你诽谤”。剧中法官的台词始终就那么几句，如“反对无效”“陪审团，你们有结果了吗？”“辩方律师，请注意你的提问方式”。剧中警察告诫记者或者“线人”卧底或与警察私交甚笃的小混混时，常说：“你知不知道这样我可以告你妨碍司法公正？！”剧中充满正义感的律师或含冤者面对恶势力欺辱时，会正气凛然地说：“香港是法治社会/香港是讲法治的……我相信法律是公正的！”……如上所列举的语言状态几乎可以在每一部同类题材的行业剧中找得到。这种为固定题材搭配的模式化语言，会在固化故事叙事框架、强化“香港法治社会”话语权、铸造香港社会中流行的通识性语言符号以及给受众以强烈暗示(表现在两个方面：被不断重复的正义；呆板却又被认定为最具合理性的叙述方式)等方面获得高强度认可。

上述 TVB 行业剧中的语言在现实社会中的广泛流行的态势已经证明，TVB 电视剧不仅在题材选择上有战略思考，在人物塑造上有战术安排，在语言成为叙事因素方面，其刻板的类型模式也是服务于“师奶”战略的。因为一旦题材定位成功，人物定位准确，则语言模式势必会随之生成。正如上文例举，所有涉及警察和律政剧的“正义与邪恶”“维护法的尊严与损害法的尊严”的“街谈巷议”，都是香港市民特别是师奶们的关注和争议的焦点。同理，当“女人戏”成为新的主要题材类型时，师奶们有点粗俗却很真实、有点不近情理却富有个性的语言特点就非常鲜明地表现出来。君不见，读者(受众)很难区分香港新闻媒介中的现实(第一自然)与虚构现实(第二自然)的原因正在于此。

三、原因探析

TVB 电视剧日趋“师奶化”的原因应该是多重的。

首先，师奶们”成为 TVB 电视剧的主要受众群体的事实，与 TVB 的分众传播理念的契合是原因之一。

当下的电视传播已走向“分众传播”或“窄播”之路,[3]其传播类型之一的电视剧亦有此趋势。现实中很少有一类戏是各年龄段、各阶层都乐意接受的,这就使TVB必须明确自己的定位,尽可能制作目标受众喜欢看的电视剧。所以,对香港电视受众的构成因素的分析就显得尤为重要。

以年龄的划分为例,香港的受众分类是十分鲜明的。调查数据显示:4～14岁的香港儿童群体,通常“一线剧集”(20:30—21:30所播剧集)对他们比较有效果,到“二线剧集”(21:30—22:30所播剧集)的时候,他们就要做功课进而睡觉了。所以TVB“一线剧集”会制作得比较“合家欢”,比较适合儿童观看。常态下,妈妈也会陪同孩子一起看,产生“连带效应”;对15～24岁的青少年群体而言,他们的学习和作息表允许看“二线剧集”,但他们没有形成收看电视剧的固定习惯,收看行为比较随意;25～34岁的青年群体,是电视最难争取的群体,如今香港的知识分子和高收入人士是最少看电视的,他们会选择新潮的娱乐或选择户外活动;30～40多岁的高消费群体也越来越少看电视,因为网络对他们有很大吸引力;至于50岁以上的中老年群体,尤其是家庭主妇和退休人士,他们空闲时间较多,习惯于传统娱乐,对电视剧有一定情结,属于TVB积极争取的人群。

从以上分类中可以看到,家庭主妇和一定数量的“女白领”是TVB最主要的观众,而女性观众在性别构成中则占了很大的比例。这个群体本身有时间看电视剧,也乐意看电视剧,更重要的是,她们喜欢讨论剧情的发展,等于帮助TVB做“病毒式”口碑传播,制造话题,形成效应。因此,TVB电视剧的制作从故事(题材)、人物形象和语言风格等环节的设计都要符合“师奶”的审美情趣。

其次,“师奶经济”的兴起为TVB电视剧语言风格日趋“师奶化”提供了背景支持。

现在的“师奶们”与以前相比,在经济水平上有了很大提高,具有较强的消费能力和潜在的消费欲望。各种商家想方设法满足她们的消费需求以作为自己的盈利方向。媒体也同样看到这个盈利的市场,香港各式报刊还有电子传媒结合“师奶们”的心理特点对新闻素材和故事创作进行“把关”,不仅为“师奶”风气推波助澜,还不遗余力地通过舆论生产制造更多的“师奶”。“师奶”不再局限于低下阶层的家庭妇女,而是延伸到中产阶层,以及有着相同观念的未婚女性。“师奶”这个词在泛化的过程中已经被抽象成一种价值观，男性也可以很“师奶”，学生、老师、警察……也可能成为“师奶”一员。加之香港回归之时，遭遇金融风暴和“非典”，其负面影响以及自身区位优势的下降，使香港经济环境不景气，失业率上升，市民都有一种“能省则省”、自求多福、更加务实的观念。在这种观念与传统与“师奶们”过日子或在超市购物时的心态如出一辙。于是，“师奶”成了香港社会一种经济现象的代名词。香港社会这一显著变化的事实为 TVB 电视剧提供了社会心理支撑的背景和话语表述的条件。

再次，香港女性自我认同感的提升与传统意识对女性定位之间的矛盾成为推动师奶群体多重性格产生的新的文化背景。

TVB 电视剧语言风格的“师奶化”，既展示了香港社会尤其是女性的生存状态，又表现了在新形势下香港女性的“自我意识”以及社会对女性价值认识的变化。

在男权文化主导下的意识形态话语中，女性是“被观看”的“客体”，但在 TVB 电视剧“师奶化”现象形成的过程中，可以看出女性也开始担任了“看”的“主体”。她们不再以男性的标准和价值来衡量女性自身，开始关注女性从传统的束缚中解放出来，拥有自己独立的性别意识和审美观念，享受自己的性别。甚至我们可以从上述“小男人”与“师奶形象”的对比中找到“女性对男性的性别消费”，[④] 这是一种女性“自我意识”的进步和突破。

关键在于，香港的殖民历史时期，西方思潮和得以长期保留的封建意识，让香港女性的“自我认识”深受中国传统文化和西方现代思潮的双重影响：一方面，香港女性认同在家做“贤妻良母”带来的稳定与温暖；一方面又确信必须作为独立个体而存在。这些价值观的杂糅和矛盾，使社会对女性的认知以及女性自身的“自我认识”都有了多重面影。这种多重面影成为香港师奶现象的强大的文化背景。所以，TVB 电视剧中的“师奶们”就具有了香港旧女人和香港新女性的双重性格特征。[⑤]

无疑，在上述变化的背景下，TVB 电视剧故事（题材）、人物形象塑造及典型语言等不是孤立存在，而是一体的存在。至于 TVB 电视剧所体现出对“师奶”的认同甚至赞扬，与社会现实对师奶现象评价的趋势密切相关。此二者是一种“互在”的关系。在此关系中，信息内涵的传播及其意义解读是不可或缺的。诚如传播的理论表述，人类传播是一种交流和交换信息的行为。任何信息都携带意义。而意义就是人对自然事物或社会事物的认识，是人赋予对象事物的含义，是人类以符号形式传递和交流的精神内容。TVB 电视剧叙事的师奶现象及传播形态正是这一对象的显现。至于以具有历史意义的“香港回归”事件作为断代标志，是基于艺术传播的历史，往往受制于社会历史变化的前提。(此文系国家社科基金艺术学项目的一部分，合作者曾思美为广州大学新闻与传播学院毕业生)

注　释：

(1) 本研究仅取电视剧语言是最本原的“剧”的语言，即指剧中人物的对话、独白和旁白，而不取包括影像、画面和蒙太奇在内的广义语言的视角，缘于这一选择推衍的结论将更多指向意义和价值，从而回避了泛语言状态下研究对象难以定位的偏差。当然，泛语言状态下影像等语言意义的研究可以作为狭义语言研究的补充，是需要另文阐述的

参考文献：

① 戴剑平.香港回归以来粤港电视剧比较研究框架[J].艺术百家.2008(12).
② [美]翟德尔著，廖祥雄译.映像艺术——电影电视的应用美学[M].台北：志文出版社，1989.
③ 姚君喜.社会转型传播学[M].上海：上海交通大学出版社.2008.
④ 张蔚.从文本影像到审美接受——谈电视剧人物的塑造[J].云南艺术学院学报.2003(4).
⑤ 李欣.由港剧《女人不易做》看香港女性价值观[J].电影评介.2009(4).

香港 TVB 电视剧文本生产模式述要与启示

摘　要：香港回归以来，TVB 电视剧的影响力日益提升，TVB 电视剧文本“生产”是其制胜的关键。相关性启示主要体现在两个方面：一是“学徒制”与 TVB 电视剧生产机制的准确定位；二是市场化的受众心理需求与 TVB 电视剧文本生产的契合。源此，在与内地电视剧文本单纯的“创作”观念相比较的意义上，TVB 电视剧的文本生产就具有了观念和实践的双重价值，进而具有可资借鉴的意义。

香港回归已逾十五载，在与内地共同发展的背景下，同所有行业一样，香港传媒业的变化具有多重意义。其中，内地与香港传媒业的交互影响正在形成一个新景观，香港 TVB 电视剧对内地的影响力日益提升，而 TVB 电视剧文本“生产”，是其制胜的关键性因素。相关性启示主要体现在两个方面：一是“学徒制”与 TVB 电视剧生产机制的准确定位；二是市场化的受众心理需求与 TVB 电视剧文本生产的契合。源此，在与内地电视剧文本单纯的“创作”观念相比较的意义上，TVB 电视剧的文本生产就具有了可资借鉴的价值。

一、缘起与影响

自 1997 年回归以来，香港与内地在政治、经济、文化彼此交互影响中呈现共同发展的态势。电视剧作为大众文化的媒介形式之一，一直影响着社会生活的各个层面。

回归以来，TVB 每年制作大约 6000 小时的节目，为香港 227 万个家庭免费提供电视娱乐节目，是全球制作华语节目最多的电视台之一。其中，TVB 电视剧每年平均制作 700 集。从平台建设的角度看，TVB 原有的旧电视城(邵氏影城)，虽然也是全天候运行，但只能提供 13 个拍摄厂棚，现有的新场地是投资22亿港元并已投入使用的全新“将军澳电视城”。新的平台配合全新的数码广播设备,能够提供2个外景拍摄场地及22个拍摄厂棚,具有了更新、更强的竞争力。硬件的升级为TVB电视剧的制作创造了最具竞争力的辅助条件。同时,约4000名员工(包括约600名合约艺员)在不同岗位配合电视剧及其他视像产品的生产、播出、销售等,使TVB形成了强大的传播影响力。TVB作为全球三十大传媒企业中唯一的华语电视传媒企业,其品牌效应持续获得了华人市场的青睐。回归以来,这种品牌效应持续发酵,使TVB的电视剧及其衍生的视像产品在大陆形成强大的冲击波。TVB通过新媒体技术的介入,配合多媒体的联动传播,使TVB电视剧一直成为香港市民精神文化生活不可或缺的一部分。而且,TVB电视剧的收视率每年都居高不下,还常常造成风靡街头巷尾的话题。“TVB剧热”已经是香港市民的常态。当然,这一热浪对于内地的受众而言,也是感慨良多、影响较大的。TVB电视剧在内地影碟市场中经久不衰的现象就是很好的说明。

当下,香港、内地以及其他华语地区的电视剧正处在交互影响和良性竞争的时期。面对大陆内地媒体及影视产业的迅速崛起,作为香港电视剧的中坚,TVB制作电视剧的历史已逾40余年,自成一体的运营模式已经得到市场的检验,其良好的发展态势和影响力,是值得研究的重要课题。尤其是电视剧的文本生产。

二、学徒制、人才机制与TVB电视剧的文本生产

对于“文本生产”,内地一般称为“创作”,二者之间的内涵性差异显而易见。

香港与内地不同,一般将电视剧分为古装剧、民国剧与时装剧。而电视剧的文本作为制作电视剧的基础与核心,其衍生出来的剧本生产问题一直为学界及业界关注。在剧本生产环节,TVB对其生产机制的定位,对市场化条件下受众心理诉求的关注是其成功的核心要素。

剧本乃一剧之本,与收视群体密切相关的电视剧更需要一批优秀的编剧将理想中的故事转变为制作电视剧必备的“文本”。在香港,电视剧的文本生产,一般是由电视台编剧组完成的集体创作。由于电视剧对剧集的要求多体现在情节丰富多样化等方面,有众多编剧共同制作的方式就具有了明显优

势。在 TVB，编剧组内一般分为见习编剧、编剧、高级编剧、剧本审阅等职位，这些职位就是编剧人员在职业规划中的晋升空间。

事实上，TVB 在编剧培养方面，采取的是“学徒制”。在人才选拔上，只要具备基本的学历，经初步筛选，就可先行进入编剧训练班学习，学习模式就是媒体从业人员惯用且管用的实习制。实践出真知，特别是作为商业机构的 TVB，更要求每位员工的工作效果是符合市场预期的，绝不容许闭门造车，出门合辙。再加上集体创作的前提条件，新人师从有经验的前辈，边看边学边做，使得各种理论性的编剧知识和实际应用技巧能够迅速得到有效传授。此外，针对电视剧在市场反应上的热与冷，依据快速回馈的收视率，对编剧人员进行必要的优胜劣汰，保留那些市场业绩好的人才的做法，残酷地证明了剧本生产应尽量减少个人理想主义的影响。

传媒作为创意文化产业的一部分，人才就是商业博弈的制胜点，用人是关键，看重的是个人能力与发展空间。TVB 没有陷入唯学历论这些误区，“唯人才论”才是王道，绩效就是重要的评价标准，其内涵主要包括收视率、受众评价和其他体系的评判。同时，建立良好的人才再培训制度，给人力资源的循环营造最佳通道；以旧人的经验带动新人的创新，实施优势互补战略，使编剧团队保持最佳的创作力，也是 TVB 电视剧文本生产的保障性系统。由此反观 TVB 电视剧的生产，其机制直接关注“生产”的基本出发点，即“受众为王”的观念形态，其特色与价值不言而喻。

三、市场化、受众心理诉求与电视剧的文本生产

作为商业电视台的 TVB，其电视剧文本的创作遵循了商业社会的运作规律，一切以市场需求为主导，创作从来都与商业挂钩，政府的干预极小。一个电视剧本的操作，由负责剧本生产的“剧本审阅”和主要控制拍摄的监制谈构思，再向电视台的管理阶层备案，管理阶层一般从商业角度，即预期得到的收视率及由专业市场调查公司进行观众口味的调查报告出发，以此作为衡量该构思可行不可行的标准。构思一旦通过后，交由剧本审阅负责掌控整个电视剧本的编写和编写进度，剧本审阅一般会带领 3～4 个编剧进行集体创作，构思和编写剧本，具体的情况是先编写每集电视剧的故事内容，然后再依据拍

摄所需编写分场,详细列明每一场戏的编写重点,包括时间、地点、人物都需要统一协调,以符合集体创作的要求,然后把分场交给编剧各自编写,最后由剧本审阅完成统稿。

相对于将电视剧文本创作单纯看作艺术甚至教化的工具导致的市场错位,TVB 电视剧从创作之初就希冀吻合受众的心理诉求,填充市场需求空隙,由此带来的是市场的繁荣。纯商业性的考量,使得规模化生产的电视剧在供需关系上获得了平衡。作为人、财、资本高消耗的电视剧,人力、财力的庞大支出,需要良好的收益来支撑制作机构的生存与发展,受众的关注度无疑是电视剧制作成功与否的唯一市场标尺。如进入新世纪以来,TVB 电视剧的"师奶化"倾向,就是基于回归以来香港受众对"师奶"认知的变化所产生的电视文化的新景观。①

所以,TVB 电视剧十分重视叙述内容是否符合大众的心理诉求,而娱乐也是 TVB 电视剧文本创作中不可或缺的元素。

21 世纪以来,TVB 出品的警匪剧的变化,是诠释这一问题较好的例证。诚如有关评论所述,TVB 警匪剧的文本生产与受众心理的链接,常常表现为受众把香港社会中的诸多矛盾视为"警匪剧"的故事内涵,于是就会不自觉地彰显出一类社会心理,即香港社会可能的动乱因素是大量而多重存在的。这种心理一直像一把悬在港人心灵上的"刀子",随时都有可能落下来。回溯香港历史,这虽然是一种不争的港人的心理事实,但在进入 21 世纪以来,香港警匪剧的这种转型却恰到好处地显示了新香港人的社会心态,即原有的打打杀杀的警匪剧变成了青年偶像警员的"宣传片"。其中,以励志奋斗、青年警员成长为背景的"学警戏"就是重要的代表类型。在这一类型剧中,较有影响的典型剧目有"学警"系列三部曲,即《学警雄心》、《学警出更》和《学警狙击》。评论认为,"学警"并非仅仅是娱乐大众的搞笑对象,而且是港人变化了的社会心态的意蕴写照。在社会传播的视野下,这种社会元素、娱乐元素和励志教育因素的融合,是进入新世纪以来香港警匪剧的重要变化之一。②

再以《陀枪师姐》四部曲和《无名天使 3D》为代表的 TVB"女警剧"为例,其故事的创作从文本生产的角度看,其意义"一是女性警员所展现的性别角色的魅力及其社会传播的意义;二是女警成为香港电视剧中新的叙事符号的见证"。③结合具体的作品,如果说早年的《警花出更》还有一种"调笑"色彩的话,《陀枪师姐》则是女警生活的"正经版"。此类剧集中,所有情节都围绕着女警员的工作、家庭、孩子、与男警员的关系等予以展开,不追求花里胡哨的细节,给观众犹如与女警生活在一起的"同在感",[④]这也是受众心理诉求及其变化的展示。所谓关注类型人群就是这个道理。

由上例看出,社会的变化与受众的心理追求是 TVB 电视剧的文本生产的晴雨表。考察原因,一是香港市民高度城市化的生活模式形成了既定的社会受众的生存背景;二是受众对减缓平时生活压力的需求促使他们对放松心情的认同与追求,这种需求的互为互动状态正是媒介的传播现状。在这一条件下,让 TVB 电视剧持续受欢迎是制作部门各种商业决定的终极目标。当然,从电视剧是一类艺术的角度出发,我们可以把 TVB 电视剧的文本生产看作是"在商言商的电视剧文本创作"。

四、启示:电视剧文本生产的观念及价值体系判断

以"在商言商"论定电视剧文本的生产仅仅是一种比喻,或许有些许偏颇,但在这种形象性比喻的背后存在着观念形态的朴素哲理,即电视剧的生产在内涵和形式两方面都直接链接到商业和艺术两个层面,而观念形态的表达就是如何判定电视剧的属性。关于这一命题,内地曾在长时期内有过将电视剧简单地界定为"宣传载体"或"纯艺术"的两种判断;当历史远行之后,反观 TVB 电视剧的生产理念,蓦然发现"电视剧是商品"的第三种观念。由此,不难发现"电视剧是什么的"简单命题真的不是那么简单。反思内地关于电视剧本体的判断意见,再借鉴 TVB 电视剧生产现实及背后体现出的价值观,是否可以从融合的意义上给出关于电视剧的新的本体观呢?且看基于相异出发点的不同意见:电视剧是一类思想载体,电视剧是一类宣传工具,电视剧是一类艺术,电视剧是一类商品……是的,任何单一类型的判断都是有失偏颇的。不过,上述判断中综合的、合理的内核应该在哪里呢?且以为"电视是一类艺术传播的商品"才是合理的观念性判定。也许这只是基于对 TVB 电视剧的繁荣与合理化生存现状的一种启示性判定,或许是基于对上述 TVB 电视剧文本生产的描述性评判的延展性推论,但其潜存的与电视剧本体观密切联系的"艺术、传播和商品"三类因素当具有无可争议性。这一判定直接回答了"电视

是哪一类载体”的基本问题，同时也给理论界一种提示，即把“传播”直接等同于“传播内容”的理念（一般传播理论经常性强调“传播”就是“思想传播”或其他的内涵性传播，这里的传播不单单指内容传播，而是指内容与形式传播的整体，或者说是传播的一种态势，如传播与艺术、传播与商品等）是值得推敲的，对于电视剧作为艺术的认定尤为如此。这一命题的提出，将会较好地体现一种电视观并兴起适合社会和受众需求的电视剧作品的繁荣。（此文系国家社科基金项目的一部分，合作者李辉为广州大学新闻与传播学院教授）

参考文献：

① 戴剑平．论跨世纪以来TVB电视剧的“师奶传播模式”[J]．新闻界．2012．

② ③ ④ 戴剑平．“学警”与“女警”的意蕴解读[J]．北京：中国广播电视学刊．2011(12)．

后　记

转眼就来到了北方，8 月 10 号上午刚开完高水平大学申报的会议，就从广州飞回合肥；转瞬就从夏天来到了秋天，每年都是这个时间，白天还是那样火热火热的，晚上却可以享受最惬意的睡眠——不用空调的舒适感觉就是一种奢侈啦。

连天加夜的审读和改稿，只是想抓紧这个假期的时间。朋友们不理解地问道：干嘛呢？何必呢？我无言以对。

紧迫感也许是一种心理现象——不能说是一种心理障碍，因为我会在这种过程中找到愉悦和实现的快乐。

把很多年以来写的东西汇聚在一起，一直是许多文化人的追求，我也是其中的一员。或许，在这个过程中可以充当一名“判官”：审视当年“码”下的那些字丁，审判自己曾经的思考。不是有一句话叫作“一样的人生不一样的思考”吗！其实，人生的最大不同就在于自己是否有过思考和思考过什么。尽管有时看上去是那么微不足道。

今天看来，这些文字或许没有太多的意义，但对于个人而言，这就是自己曾经的“思维的路径”。

技术上的问题很多。三十年来的词汇和词语变化是巨大的，但思来想去我还是保留了原貌。要真实的再现吗？不，要的是“重现”。在当下的语境中，文中有些表述可能值得推敲甚至质疑，但原样的保存，则是个人思考历史的见证。

这本书所选的文章，从总体上看是“从文艺到影视”的演变轨迹，大多关注的是“形式与形态”，窃以为“影像的力量”的表述是可以涵盖的。但这不是全部，下一本也正在校勘中，名称已经确定为“传播的力量”。这两句话是我这几十年来思考的核心，没有什么惊天地泣鬼神，就是如此平淡。

感谢责任编辑杨力军老师，是她催促我对自己有一个“小结”；感谢我的妻子瞿丽娜，是她帮我逐字逐句地审查与校对；感谢我的同事李鲤博士，是她帮我对文稿进行复审和校对；感谢帮我整理资料的刘凤园老师，是她帮我整理了散乱的文稿并汇编在一起。

有些文章涉及曾经的同事、朋友和学生，已在文中感谢。

还想说什么呢？一句话：我是幸运的也是幸福的！因为“我思故我在”。

2015年8月16日

戴剑平再记于安徽阜阳市龙腾静馨山庄